SANTA ANNA y el MÉXICO PERDIDO

HISTÓRICA

Santa Anna y el México perdido

Primera edición: febrero de 2017

D. R. © 2017, Alejandro BASÁÑEZ LOYOLA
D. R. © 2017, EDICIONES B México, S. A. de C. V.
Bradley 52, Anzures CX-11590, Ciudad de México

ISBN 978-607-529-083-6

Impreso en México | *Printed in Mexico*

ALEJANDRO BASÁÑEZ LOYOLA

SANTA ANNA y el MÉXICO PERDIDO

MÉXICO 2017

BARCELONA · BOGOTÁ · BUENOS AIRES · CARACAS
MADRID · MIAMI · MONTEVIDEO · SANTIAGO DE CHILE

Prefacio

Santa Anna y el México Perdido es una novela diferente sobre la vida del controvertido general presidente, y esa enorme parte del territorio mexicano, que fue perdida ante Estados Unidos en la polémica guerra de 1847.

Estas páginas presentan la saga de la familia Escobar, y su tragedia, al verse dividida por las guerras de Texas y México.

Ciertos estados del norte de México alguna vez fueron mexicanos y, después del triunfo de Houston y Scott, pasaron a manos extranjeras, con lo que la vida de sus pobladores cambió de la noche a la mañana, puesto que tuvieron que enfrentarse a una nueva economía esclavista, una religión diferente y un gobierno discriminador, dando inicio a ese profundo racismo que hasta el día de hoy agrede a los mexicanos residentes en Estados Unidos.

El norte de México, de mediados del siglo XIX, era un territorio poco poblado y gobernado por el centralismo de Antonio López de Santa Anna. Al pasar a manos de los norteamericanos, por su triunfo en la guerra contra México, se desató una fiebre de colonización que fue seguida por las expediciones de los pioneros en las sendas de Oregón y California, partiendo del río Mississippi, en Independence Missouri.

Aquellos territorios, que según se pensaba eran mexicanos, en realidad desde tiempo atrás pertenecían a tribus indígenas, las cuales empiezan a padecer el acoso y la destrucción de su mundo por parte de los norteamericanos, los nuevos invasores y dueños de sus tierras.

En *Santa Anna y el México Perdido* se detalla cómo la familia Escobar, a pesar de que estaba compuesta por ciudadanos mexicanos arraigados en Santa Fe, Nuevo México, pierde todo en el momento en que el coronel norteamericano Sterling Price invade su territorio, en febrero de 1847.

Los hermanos Escobar, oriundos de Santa Fe, sufren en carne propia la paulatina invasión norteamericana en Texas, auspiciada por Esteban Austin, hasta llegar a la rebelión por su independencia de México, insurrección que tiene que ser sofocada por el general presidente Antonio López de Santa Anna, en San Antonio Béjar en 1836. Teodoro y Genaro Escobar enarbolaran banderas antagonistas al enfrentarse en el Álamo y San Jacinto. El destino los junta de nuevo en la sangrienta invasión norteamericana a México, en 1847.

Sixto Escobar, Kit Carson y John Mackenzie recorren las peligrosas y desoladas rutas de Santa Fe y Oregón, atravesando medio México (Estados Unidos desde 1848) hasta llegar a California. Caminaremos por los mismos senderos que recorrieron los primeros exploradores americanos como Jedediah Smith, Zebulon Pike, John Fremont, Jim Baker y Jim Bridger. Atajos llenos de naturaleza y belleza impoluta, en territorios aún deshabitados, antes de la conquista del oeste americano impulsada por el Destino Manifiesto.

Don Melchor Escobar y doña Gertrudis Esparza, oriundos de Santa Fe, formaron una familia compuesta por siete hijos. Cada uno de ellos se verá afectado de algún modo por la invasión norteamericana en Texas y México. Los odios se desatarán y la sangre correrá al ver sus intereses expuestos ante la ola yanqui que poco a poco los empieza a invadir.

Los Estados Unidos, a mediados del siglo XIX, contaban con un ejército de primer mundo. Militares destacados como William Worth, Robert E. Lee, Ulysses Grant, Quitman, Zachary Taylor, Winfield Scott y el capitán Teodoro Escobar, protagonista ficticio de esta emocionante historia. Hombres egresados de academias de renombre como West Point, quienes se graduarían en plena guerra contra México, para demostrase a sí mismos que eran el mejor ejército del mundo.

Como un castigo divino, 13 años después de la invasión a Chapultepec, este glorioso ejército invasor se destrozaría a sí mismo en una espantosa guerra civil, donde correrían ríos de sangre para acabar con el sistema esclavista que regó con sangre de negros los campos algodoneros del sur de Estados Unidos.

Acompañaremos a los hermanos Escobar en la heroica defensa del Álamo, junto al coronel Travis, Davy Crockett y Jim Bowie. Juzgaremos la inclemencia de Santa Anna al ordenar la ejecución de todos los prisioneros, para engendrar la legendaria frase de odio entre los texanos «Remember the Alamo», que lo perseguirá hasta la capital de México, diez años después.

Seamos testigos de primera fuente de las polémicas actuaciones de Mariano Arista en las batallas de Palo Alto, Resaca de Guerrero y Monterrey contra el osado Zachary Taylor; y la de Santa Anna enfrentando al aguerrido Winfield Scott en la Angostura, Cerro Gordo, Padierna, Churubusco, Molino del Rey y Castillo de Chapultepec, hasta ver ondear la bandera de las barras y las estrellas en Palacio Nacional, el 14 de septiembre de 1847.

John Mackenzie junto con los valientes pioneros en sus conestogas[1] irán en su largo viaje hacia al oeste norteamericano, entre soles abrazadores, espectaculares paisajes, tormentas torrenciales, poderosos tornados, manadas de lobos, gigantescos osos, serpientes venenosas y el abominable Sasquatch. Un peligroso viaje entre interminables manadas de bisontes y ataques de furiosos indios en la ruta de Oregón, una década antes de que se desatara la fiebre del oro en California en 1849.

Emocionante aventura sobre la vida de don Antonio López de Santa Anna y la saga de los Escobar, en el México que todos los mexicanos perdimos, aunque para esperanza nuestra, millones de inmigrantes mexicanos ya están recuperando poco a poco con nuestra fuerza de trabajo y legal inmigración.

---

1   Carreta con el piso curveado hacia arriba en forma de cuna de bebé, cubierta con gruesas lonas. Su capacidad de carga era de hasta ocho toneladas. Las ruedas traseras eran más grandes que las delanteras y su piso estaba recubierto con brea para poder cruzar arroyos y ríos de considerable caudal. Fue la carreta ideal que transportó a la mayoría de las caravanas al oeste de Estados Unidos en el siglo XIX.

1

La ruta de Santa Fe

Albino Pérez, veracruzano como el presidente don Antonio López de Santa Anna, aprovechó su fuerte amistad con el general para ser nombrado como el décimo gobernador de Nuevo México, en la historia. Don Albino ascendió al gobierno en febrero de 1835, sucediendo a Francisco Sarracino y a su capitán Blas de Hinojos, asesinado en una emboscada en territorio navajo por tratantes de esclavos.

La famosa ruta de Santa Fe —abierta en 1821 sobre las veredas y brechas usadas desde siglos atrás por los indios de la zona y magnificadas por los españoles durante la colonia— atravesaba el enorme estado de Nuevo México. El Camino Real de Tierra Adentro, abierto en 1598, cubría 3 000 kilómetros, desde la Ciudad de México a Santa Fe, Nuevo México. La ruta de Santa Fe pasaba por Paso del Norte, lo que hoy es Ciudad Juárez, y corría paralela al Río Grande o Bravo, hasta llegar al pueblo de Santa Fe para de ahí enlazarse con la otra ruta comercial de St Louis Missouri, que conectaba con Nueva York y su puerto hacia Europa. Con la ruta comercial de Santa Fe, era posible que se comerciara en semanas entre la Ciudad de México y Nueva York. Para las caravanas bien organizadas y protegidas militarmente, la ruta era más cansada y larga que peligrosa. Para los aventureros y viajeros solitarios, que la desafiaban, era una ruta peligrosísima, donde lo mismo podías morir de sed en el desierto, que mordido por una serpiente de cascabel o ensartado por las flechas de los indios comanches y navajos de la zona.

Desde la Independencia de México en 1821, estos desolados territorios se vieron invadidos paulatinamente por los norteamericanos del este, que impulsados por el Destino Manifiesto, doctrina que les permitía posesionarse de cualquier territorio que Dios les pusiera en su camino, llegaban con sus anhelos de expansión desde San Luis Missouri hasta el océano Pacifico y de la frontera con Canadá hasta los estados del norte de la República mexicana.

La familia Escobar era una familia mexicana que vivía en Santa Fe, Nuevo México. Con el correr de los años empezaron a vivir esta paulatina invasión, donde los nuevos usurpadores, con un idioma y religión diferente, llegaban a posesionarse de amplias extensiones de tierra con sus esclavos negros, algo que rechazaba rotundamente la Constitución Mexicana de 1824.

Don Melchor Escobar y doña Gertrudis Esparza vivían en un modesto rancho con sus siete hijos. Don Melchor mantenía a su familia con una bien surtida tienda en el pueblo de Santa Fe, punto de paso obligado para las caravanas rumbo al norte. Durante años la familia prosperó con la venta de comestibles y provisiones para los viajeros del camino de Santa Fe. La familia completa ya empezaba a vivir los estragos de esta bien planeada invasión norteamericana, que contaba con más fuerza y desarrollo en San Antonio Béjar, al sureste de Santa Fe, en la provincia de Texas. No era ningún secreto para nadie de estas regiones, los deseos de independencia de los texanos comandados por Stephen Austin y Sam Houston, el Cuervo. Se rumoraba que de un momento a otro el ejército mexicano viajaría a Texas para poner las cosas en orden con los insurrectos esclavistas. El general presidente, don Antonio López de Santa Anna, planeaba él mismo en persona pasarlos por las armas por tan tremendo desacato a su gobierno.

El hijo más grande de los Escobar era Genaro, con 21 años cumplidos. Lo seguían, Teodoro, Sixto y Evaristo de 19, 18 y 16 años y Lucía, Jimena y Dominga, con 15, 14 y 13 años, respectivamente.

· El gobernador Albino Pérez era buen amigo de don Melchor y juntos mantenían una sociedad secreta al abastecer a las caravanas del gobierno con agua, caballos y alimentos en el viaje de Santa Fe a Chihuahua.

Aquella soleada mañana de marzo de 1835, Albino Pérez y don Melchor se juntaron para desayunar, como acostumbraban hacerlo cada semana.

Su mesa se ubicaba en un pequeño espacio al aire libre a un costado de la tienda. Desde ahí se contemplaba majestuoso el paisaje desértico de Nuevo México, con sus largas extensiones de tierra, donde la vista se perdía hasta topar con alguna lejana montaña o risco de forma caprichosa.

Los dos hombres vestían como vaqueros del oeste norteamericano. Entre los hombres del pueblo llevar una o dos armas al cincho era común, ante el temor de algún asalto sorpresivo de los indios navajos de la zona.

—Este pueblo polvoriento se encuentra tan lejos de todo que si lo abandonáramos para siempre, el gobierno de México se enteraría cinco años después, Melchor.

—O a lo mejor nunca, Albino. Están más enterados los texanos de lo que pasa aquí con nosotros, que el gobierno de México. Si no fuera por el camino de Santa Fe, yo no estaría aquí con mi familia.

—No te quejes Melchor, que tu tienda vende muy bien. Invertir contigo me levantó los ánimos para no regresarme y decirle a Santa Anna que se fuera a la chingada con su Nuevo México de mierda.

—No me quejo, Albino. Lo que me preocupa es el alboroto que Esteban Austin está haciendo por querer separar a Texas de México. Gómez Farías lo encarceló el año pasado en Nacogdoches por andar incitando a los texanos a formar un gobierno independiente.

—Todo esto es consecuencia de errores garrafales cometidos por los gobiernos anteriores. El virreinato de la Nueva España nunca debió permitir que Moisés Austin trajera familias de protestantes a Texas, como si fuera la tierra prometida del gran Moisés bíblico. ¿Cómo permitieron que gente que no era católica, que no tenía nuestra sangre y que no hablaba nuestro idioma, tomara tierras que deberían ser para los católicos? Lo peor vino cuando la Nueva España, enfrascada en su lucha contra los insurgentes, dejó que las familias de Austin multiplicaran su población e influencia. Ahora ves que su hijo Esteban, con la muerte de su padre hace 14 años[2], se cree el enviado de Dios que va a separar a Texas de México.

—¿Te has dado una vuelta por Nacogdoches últimamente, Albino?

—No, Melchor. ¿Qué cambio ha habido en ese maldito pueblo que parece una sucursal de Nueva Orleans?

—Ahí viven más o menos 4000 habitantes, donde sólo una cuarta parte es mexicana. Los esclavistas hacen sus tianguis de negros en la plaza central sin importarles un pito lo que diga el gobierno local. El pueblo está lleno de tratantes de esclavos y vendedores de tierras texanas. Los verdaderos regidores del pueblo son los hermanos John y William H. Warton; David Burnet; Gail Borden; Williamson y Samuel Houston, todos ellos más norteamericanos que el difunto Washington y tienen como objetivo común, junto con Austin, hacer de Texas un territorio independiente de México.

—¡Hijos de la chingada! Que ni se atrevan a intentar algo así en Nuevo México, porque los fusilo a los cabrones. Soy el gobernador de este estado y por ningún motivo voy a permitir que contaminen la mente de nuestra gente con su porquería de protestantismo y esclavismo.

Don Albino revisó su pistola como cerciorándose de que estuviera cargada para evitar ser sorprendido por imaginarios texanos irrumpiendo en su sagrado desayuno.

—La cuestión es muy preocupante Albino. Mis hijos están tomando partido por los eventos y eso divide a mi familia. Constantemente tengo pleitos en la mesa por culpa de Austin y de Santa Anna.

—¿Quién defiende a quién?

—Genaro se quiere unir al ejército que Santa Anna planea mandar a Texas. Teodoro, enamorado de la hija de un texano, le coquetea a Sam Houston, el Cuervo. Cómo verás no tengo mucho para dónde hacerme.

—¿Y que con los otros dos?

---

2   En 1821.

—Sixto es neutral. Está hecho un idiota con las aventuras del trampero Kit Carson. Se quiere ir con él a explorar el oeste y Evaristo ama Santa Fe y me jura que multiplicará mis negocios en Nuevo México.

—¡Qué hijos! —dijo don Albino en broma—. Dile a Genaro que hoy mismo mando una carta a mi compadre Santa Anna para que le reserve un lugar digno en el heroico ejército mexicano. Genaro llegará muy lejos por estar en el lado justo de la contienda. Sé que Santa Anna tiene pensado entrar en acción contra Zacatecas por oponerse al centralismo y principalmente contra los texanos, es un hecho que se levantarán contra el gobierno.

Melchor agradeció el enorme favor de su gran amigo. Don Albino evitó preguntarle más sobre sus otras tres hijas. Los planes de las hijas no contaban en estas pláticas.

El ejemplo cismático de Texas, aunado al criticado sistema centralista de gobierno, despertó el interés separatista de algunas provincias del país como Yucatán y Zacatecas. El presidente general, don Antonio López de Santa Anna, accediendo a los ruegos del general Miguel Barragán, tomó el mando del ejército para someter en persona a Francisco García, el insurrecto líder zacatecano. Aunque las tropas zacatecanas sobrepasaban en número a las de Santa Anna, éstas no pudieron ante la superioridad militar de tropas entrenadas profesionalmente, a diferencia de las norteñas, reclutadas mediante la leva.

En mayo de 1835, las calles zacatecanas se vistieron de gloria, ante el abrumador triunfo del Napoleón del Oeste.

Días después, don Antonio López de Santa Anna, ataviado con su elegante uniforme militar, se encontraba en el palacio municipal de Aguascalientes, con una lista de los insurrectos que todavía faltaba por detener y fusilar, cuando una sorpresiva visita lo sacó de sus vengativos pensamientos.

—Mi general, afuera hay una persona a la que le urge hablar con usted —dijo uno de los escoltas que cuidaba celosamente la puerta del despacho.

Santa Anna frunció el ceño furioso, golpeando la mesa con un sonoro puñetazo que cerró nerviosamente los ojos del guardia.

—No estoy para nadie, grandísimo pendejo. En estos momentos sólo estoy para fusilar traidores y rebeldes.

El escolta regresó hacia la puerta, sólo para volver al minuto en compañía de una hermosa mujer de grandes ojos negros y cuerpo escultural.

—Usted, como hombre grande y vencedor del gobernador de Zacatecas, no puede decirle que no a una admiradora de sus proezas castrenses.

Santa Anna se quedó tieso como un cuerpo disecado al mirar a la hermosa mujer que deslumbraba el cuarto como un sol al aparecer entre las montañas. El insignificante guardia se encogió tras la ancha crinolina de la distinguida dama, para ser despedido del cuarto con una señal de su superior.

—¿A qué debo el honor de recibir a tan distinguida dama de la sociedad aguascalentense?

—Mi nombre es Luisa Fernández Villa de García Rojas, mi general.

—Mucho gusto, señora. ¿Qué la trae por acá?

Luisa Fernández era una mujer delgada de 33 años. Su belleza era admirable, especialmente ese día que la combinaba con un fino vestido de color vino, el cual contrastaba con su níveo rostro de ojos negros.

—Buscar con el invencible vencedor la separación de la provincia de Aguascalientes de Zacatecas. Nosotros no estamos contra el gobierno ni contra el centralismo. Somos un territorio independiente y queremos marcar nuestra línea contra el gobierno de José María Sandoval. Mi marido don Pedro García Rojas es un hombre de dinero e influyente en la sociedad de Aguascalientes. Él me mandó a hablar con usted para pedirle esto.

Santa Anna estaba deslumbrado con la belleza y empuje de la joven mujer. Cuando la dama se distraía, Santa Anna aprovechaba para mirar su escultural cuerpo. El hecho de presentarse sola, argumentando que el marido la enviaba para intervenir por la separación de Aguascalientes, lo ponía en terreno seguro para maniobrar. Mandar sola a negociar a una mujer, con un hombre como Santa Anna, era como ofrecerla para lograr el cometido. Su Alteza Serenísima no desaprovecharía el generoso regalo.

—¿Don Pedro sabe que lograr lo que usted me pide podría implicar un sacrificio?

—¿Qué es un pequeño sacrificio a cambio de convertirme en la esposa del primer gobernador de Aguascalientes?

Santa Anna se acercó a ella tomándola de la cintura. Sus rostros estaban a un centímetro de unirse en un ardiente beso.

—Nada, doña Luisa. Aguascalientes y su marido toda la vida le agradecerán enormemente este noble gesto de sacrificio. [3]

La singular pareja se abrazó en un apasionado beso de varios minutos. Doña Luisa estaba fascinada con el atractivo del general presidente y don Antonio absorbería hasta la última gota de este sabroso manjar que los dioses le ponían en su camino.

Sixto Escobar levantó el pesado costal de harina para terminar de colocar en la carreta conestoga los tres costales que el cliente requería. El vaquero los pagó y antes de subir a su carreta para continuar el viaje preguntó:

—Voy a Independence y necesito dos jóvenes valientes que me ayuden contra los indios del camino.

El vaquero era un hombre alto de ojos azules, delgado, de piel blanca, pero bronceada por el sol de Nuevo México.

Sixto y su amigo Kit Carson se miraron entre sí ante la oferta del vaquero.

—¿Cuánto paga? —preguntó Kit.

---

3   Santa Anna independizó Aguascalientes mediante un decreto el 23 de mayo de 1835. El escudo de Aguascalientes tiene unos labios con una cadena rota, en representación de este noble sacrificio de doña Luisa Fernández y su altruista marido don Pedro García Rojas. El muralista Osvaldo Barra Cunningham inmortalizó en 1961, en el palacio de gobierno del estado, un mural donde aparece la singular pareja. Santa Anna, a cambio de un tierno beso, le entrega a doña Luisa una paloma que lleva en el pico un listón que dice: «Libertad de Aguascalientes». Con la otra mano Santa Anna corta con un cuchillo la sangrante frontera de México. El mural causó tanto escándalo en la sociedad aguascalentense que el gobernador de esa época, Luis Ortega Douglas, le pidió al artista que borrara semejante imagen, a lo que el muralista chileno hizo caso omiso, por no ser otra cosa más que la verdad.

—Les pago el viaje de ida y vuelta de Santa Fe a Independence[4], más 200 dólares para cada uno.

Kit y Sixto compartieron miradas de complicidad. La paga era buena y el riesgo valía la pena.

—Déjenos ir por nuestras cosas y nos vamos cuando usted diga —repuso Kit con una sonrisa contagiosa.

—En la carreta tengo dos buenos fusiles Baker y parque. No está de más que lleven sus pistolas.

—Voy por mis cosas —repuso Sixto emocionado.

Media hora después la conestoga jalada por seis briosos caballos, rodaba tranquilamente sobre el polvoriento camino. Abriendo el camino, librándose del polvo, venía otra carreta con el señor Mackenzie, su esposa y sus dos hijos pequeños. Kit Carson, Sixto Escobar y dos hombres más vigilaban el camino, mientras cabalgaban junto a los dos carros. A lo lejos, a su izquierda en el horizonte, se divisaban imponentes las montañas Sangre de Cristo. La ruta de Santa Fe se bifurcaba en el pueblito de la Junta, para abrir dos atajos que llevaban al río Arkansas y de ahí seguir por el borde norte del río hasta entrar al estado de Kansas. La ruta del río Cimarrón, aunque era más corta, implicaba cruzar varios ríos hasta llegar al cruce del Arkansas.

Kit Carson, conocedor de ambos atajos, tomó el libramiento norte que llevaba a Bent's Old Fort (al viejo Fuerte de Bent) a través del cañón Raton Pass. Kit Carson[5] a sus 24 años de edad, ya conocía ambas brechas como la palma de su mano. Su amistad con Sixto se remontaba a la adolescencia en Santa Fe, le gustaba

---

4   Poblado ubicado a la orilla del río Missouri, entre la frontera de Kansas y Missouri.
5   Christopher Carson nació en 1809, en Boon's Lick, San Luis Missouri. Cuando tenía nueve años, su padre murió, evento que lo alejó para siempre de la escuela, haciéndolo incursionar en los bosques y senderos del oeste norteamericano. A los 14 años de edad fue aprendiz de fabricante de sillas de montar, en 1826 decidió cambiar de residencia a Santa Fe, Nuevo México. De 1828 a 1831, utilizó el pueblo de Taos como campamento base para sus incursiones como trampero y guía hacia California. Con el paso de los años, Kit se convertiría en uno de los más grandes tramperos y exploradores del oeste norteamericano. Participó como guía del general John C. Fremont en sus incursiones hacia Oregon, California y el centro de las Rocallosas. Además, guio las fuerzas del general Stephen Kearney de Nuevo México a Los Ángeles, en la guerra contra México en 1846. El presidente Polk lo premió por su patriotismo en Washington. Murió en Colorado, en 1868.

llevarlo como acompañante cada vez que podía a lo largo de la ruta a San Luis, Missouri. El atuendo de Kit era más el de un indio norteamericano que el de un vaquero de Nuevo México. Los seis años de diferencia, que le llevaba a Sixto, eran lo que distinguía entre aprendiz y maestro, en cuanto a rutas hacia el oeste americano se refería. Sixto idolatraba más a Carson que cualquiera de su familia.

La ruta de Santa Fe a Independence cubría más o menos 1300 kilómetros. A 160 kilómetros de Santa Fe, después de cruzar el pueblito de Cimarrón, en el río Canadiense y Clifton House. Al atardecer llegaron al cañón Raton Pass. El viaje había resultado sin incidentes y decidieron pasar la noche ahí, aunque con sus debidas precauciones.

Al calor de la fogata el señor Mackenzie les ofreció una agradable cena con carne de búfalo. El cañón era un sitio agradable y la vista de la bóveda celeste los dejaba sin aliento.

—Nos fue bien en el primer tramo. Ustedes son unos buenos guías —dijo Mackenzie ofreciéndoles un poco de ron y unos cigarros.

—El peligro no ha pasado, señor Mackenzie. Estamos en tierras de los comanches y es probable que ellos sepan que estamos aquí —repuso Carson sonriente, bebiendo el sabroso ron que le ofrecían.

—Los indios no atacan por atacar, si pueden comerciar lo que necesitan. Si ellos quieren algo nos lo harán saber mañana temprano.

—¿A qué se dedica, señor Mackenzie? —preguntó Sixto.

Mackenzie se sorprendió por lo directo de la pregunta del muchacho. Sabía que Sixto era un muchacho curioso.

—Si me están cuidando es justo que sepan lo que cargo para que tomen sus precauciones.

Los cuatro vaqueros se miraron nerviosamente. De lo que cargara Mackenzie en las conestogas dependería el acercamiento de los indios navajos y comanches.

Esa conestoga está retacada en su parte baja con botellas de ron que cargué en el Paso del Norte. El alcohol es un negocio muy redituable, muchachos, y su desplazamiento no es tan riesgoso como cargar plata u oro.

Los cuatro vaqueros miraron al mismo tiempo sus vasos. El ron blanco que les había ofrecido míster Mackenzie era muy bueno.

—¿Es del Caribe? —inquirió Sutton, uno de los dos vaqueros acompañantes.

—De Jamaica, amigo. La bebida ingresa por Nueva Orleans y de ahí llega por barco a San Luis, Missouri, o a Harrisburg (Houston). Mi trabajo consiste en distribuirlo desde Saint Louis a Chihuahua, amigos. Tarea nada fácil.

—También podría distribuirlo hacia California. Yo conozco los senderos para llegar allá —comentó Carson, orgulloso de conocer esas rutas desconocidas.

Mackenzie lo miró interesado. Comerciar hacia el Pacífico era algo que todavía nadie se atrevía. Los caminos eran inseguros y muy lejanos.

—Lo pensaré, chico. Tu oferta es tentadora. Déjame consultarlo con la almohada.

El manto de la noche cayó por completo en el desolado cañón. El aullido de los coyotes erizaba los pelos de los viajeros. Kit y Sixto no podían conciliar el sueño. El temor de ser sorprendidos por los indios no les dejaba pegar los ojos.

El amanecer llegó, con la sorpresa de que Sutton y su amigo habían desaparecido junto con la bolsa de cuero que guardaba el dinero de míster Mackenzie.

—Me golpearon al estar dormido y no supe más. De milagro no estoy muerto —exclamó míster Mackenzie preocupado. Su esposa, junto con los niños, no dejaba de llorar de la impresión.

—No se alarme míster Mackenzie. Los encontraremos y pagarán caro su falta. Como tardaremos mucho para llegar al fuerte Bent, seguro algo sabremos en el camino —dijo Carson buscando reconfortarlos.

Sixto consolaba a los niños con una bolsa de caramelos que llevaba en su morral. La señora Mackenzie sonrió agradecida por el buen gesto del mexicano.

Los viajeros reanudaron su viaje cruzando la frontera de Colorado y Nuevo México. Raton Pass se ubicaba exactamente en ese punto. Kilómetros más adelante divisaron a su izquierda los Picos Españoles y apareció frente a ellos el pueblo de Trinidad. Ahí se abastecieron de agua y continuaron su recorrido.

Diez kilómetros más adelante se encontraron con dos cuerpos amarrados a un árbol. La señora Mackenzie gritó aterrada al ver los cuerpos de los vaqueros que les habían robado la noche anterior, atravesados con flechas y sin el cuero cabelludo. Carson y Sixto se miraron entre sí sorprendidos. Buscaron entre las peñas y las rocas algún indicio de los comanches, pero no se movía nada en el paisaje desértico, salvo las moscas que entraban y salían de las bocas de los desafortunados vaqueros asesinados.

—¡Santa Madre de Dios! Lo que nos espera —dijo la señora Mackenzie entre sollozos.

—Tranquilícese, señora. Esos indios nos han visto y si no nos han atacado es simplemente porque no quieren. Estos son sus territorios y si así lo quisieran ya estaríamos igual que Sutton y su amigo —explicó Carson, buscando consuelo para la señora. Mackenzie sólo revisaba que sus dos pistolas y el fusil estuvieran cargados.

Horas más tarde un grupo de indios emergió entre las rocas para hacerles frente. Los tres hombres del grupo prepararon sus fusiles para hacer frente a lo feroces comanches. El que parecía ser el líder del grupo, se acercó poco a poco con un morral de cuero levantado con su brazo derecho en muestra de paz. Ninguno de los otros indios tenía un arma o intentaba sacar una. Mackenzie reconoció su morral y las intenciones amistosas de los comanches.

—Quieren negociar, muchachos. Ellos son los que victimaron a Sutton y su amigo —explicó Mackenzie.

Mackenzie intentó comunicarse con inglés y señas, dando muestras de agradecimiento.

El jefe comanche tenía dos tatuajes de guerra en el pecho. Uno representaba a un cuervo y el otro, a un coyote. Su cabeza mostraba una vistosa cabeza de bisonte. Los otros seis comanches vestían calzones y botas de cuero de bisonte. Sus torsos iban desnudos y sus cabellos recogidos en largas colas de caballo.

—Él está agradecido contigo por recuperar su morral. Jefe Mackenzie y nosotros ser tus amigos —intervino Carson hablando en perfecto comanche. Mackenzie y Sixto miraron asombrados al experto guía de Taos.

—Yo, jefe Coyote negro, también ser su amigo y estar interesado en comerciar con sus botellas, a cambio de algunas pieles que tenemos.

Mackenzie sonrió satisfecho. Tenía varias botellas de ron para calmar a los comanches y un rifle de más, por si se necesitara.

—Dile que tengo las botellas que quiere y un rifle para él. Deseo conservar la amistad de Coyote negro, ya que voy a pasar seguido por esta ruta.

Coyote negro quedó satisfecho con la caja de 24 botellas y el fusil Baker⁶ que le cambió Mackenzie por varias pieles de zorro.

Aunque Mackenzie perdía en esta negociación, él sabía que ganaba por haber recuperado su morral con el dinero. Él sabía que podían estar igual de muertos que los vaqueros traidores. Ahora contaba con un valioso aliado en estas peligrosas rutas de Nuevo México.

Después de comer con los comanches, los viajeros reanudaron el paso para pasar esa noche en el Viejo Fuerte de Bent, en Colorado.

Don Antonio López de Santa Anna, nombrado Benemérito en Grado Heroico después de someter a Francisco García en Zacatecas, regresó triunfante a la capital a fines de mayo de 1835, en compañía de doña Luisa Fernández Villa. La razón del viaje a México, de tan singular dama, obedecía a formalizar la independencia de la provincia de Aguascalientes. Don Pedro García Rojas, entendien-

---

6   Rifle de un solo tiro inventado por el inglés Ezekiel Baker. Con la llegada de los Winchester de repetición en 1866, el fusil Baker quedó en el olvido. Aun así, fue el fusil exitoso con el que se pelearon las guerras napoleónicas, la guerra de 1812 en los Estados Unidos y la guerra de Texas en 1836. El Winchester es considerado el rifle que conquistó el oeste.

do la importancia del viaje, prefirió esperarla en Aguascalientes, ya que desde días atrás fungía como el primer gobernador oficial del nuevo estado de la República mexicana. Las malas lenguas de la región decían que había cambiado las nalgas de su mujer por la gubernatura; un cambio muy polémico y beneficioso, dependiendo de la perspectiva con que se le mirara.

La casa en la que doña Luisa se hospedó, en la calle de Plateros, era de lo más fino y selecto en la Ciudad de México. La elegante dama tenía un piso completo del edificio para ella sola. Don Antonio la visitaba todos los días para saber que todo estuviera en orden.

José María Tornel y Santa Anna se reunieron en el elegante Café del Sur para discutir sobre los últimos acontecimientos nacionales.

—El escándalo se escucha por todos lados, Antonio. Tu esposa está enterada de que andas aquí en México con esa mujer. Ya no sé cómo callar a Agustina, que es comadre de Inesita y no dudo que haya sido ella la que le comunicó la llegada de doña Luisa a la casa de Plateros. Tú sabes que entre viejas es imposible pedirles que guarden secretos, ya de por si yo mismo no puedo con las calaveradas que mi mujer me ha descubierto.

—No te alarmes, Chema. Inesita está embarazada y no puede salir de Manga de Clavo. No existe ninguna posibilidad de que me caiga aquí por sorpresa. Su embarazo presenta sangrado y necesita reposo total para cubrir los nueve meses. El chamaco nacerá por septiembre u octubre, así que no hay problema, y que siga el jolgorio.

Santa Anna hizo una señal al mesero. Un minuto después aparecieron doña Luisa y otra mujer de veintitantos años que acompañaba a la señora Fernández, desde su salida de Aguascalientes.

—Esa güera que acompaña a Luisa es su amiga y también viene sola y con ganas de conocer a un buen mozo. Es toda tuya, Chema. ¡Suerte matador!

José María Tornel Mendívil se quitó sus lentes para lucir más joven y dar su mejor imagen a la atractiva dama que se acercaba. Ser compadre y secretario de Guerra y Marina de Santa Anna tenía sus beneficios. Ya pensaría en algún pretexto para su amada

Agustina. La Patria lo llamaba y había que responder con gallardía. Por nada del mundo le quedaría mal a su compadre Antonio.

John Mackenzie y su familia, junto con sus dos acompañantes decidieron pasar la noche en Dodge City, Colorado. La familia tomó una habitación de hotel mientras que Sixto y Carson, a invitación del señor Mackenzie, tomaron otra. Mackenzie hizo entrega de sus pedidos en las tres cantinas del pueblo, mientras que Sixto y Kit, después de tomar un buen baño y de rasurarse, decidieron visitar una de éstas.

Sixto cargaba su pistola al cincho y parecía más vaquero que el mismo Kit, que era de Missouri, pero parecía indio por su vestimenta, la cual incluía un cuchillo Bowie en vez de una pistola.

Al entrar a la cantina, el murmullo de los clientes se detuvo al ver a los dos intrusos tomar una mesa y pedir algo de tomar. El enjuto encargado del lugar, como si fuera un prisionero recién sacado de un calabozo de la Inquisición, se acercó amablemente a ofrecerles algo de tomar y de comer. En un rincón del local, tres hombres no dejaban de mirarlos detenidamente. Uno de ellos era gordo con una barba cerrada que casi le tapaba todo el rostro; el segundo, un hombre bajo con una nariz larga, que más parecía el pico de un ave buscando gusanos; y el último, un joven de escasos treinta años de fina estampa española con patillas negras al estilo Vicente Guerrero.

—¿Ya viste cómo nos miran esos tipos? —comentó Sixto, fingiendo indiferencia.

—Son rufianes que no se adaptaron a Texas y ahora hacen de las suyas en Kansas.

—Espero que no haya problemas.

El gordo que parecía oso se incorporó de su silla y se acercó a la mesa de Kit y Sixto. Con mirada burlona, tomó un pedazo de pan del canasto, lo remojó en el caldo de búfalo de Sixto y lo llevó a su nauseabunda boca.

Sixto tomó el caldo, e hirviendo como estaba se lo aventó en el rostro al Oso de Kansas, quien lanzó un grito de dolor.

El Oso intentó sacar su pistola, pero el cuchillo Bowie de Carson amenazó con cercenar el cuello del rufián. El vaquero chaparro sacó su pistola, pero un disparo de Sixto le voló el sombrero como advertencia.

—¡No intenten nada o no respondo! —les gritó Sixto lleno de decisión.

—Tranquilo, amigo. Bajen sus armas que no debemos hacer un escándalo aquí por un simple caldo de búfalo —dijo el vaquero de las largas patillas—. Guarda tu arma, Remigio. Vuelve a tu silla, Timothy.

Los compañeros obedecieron y regresaron a sus lugares. El vaquero de finos modales se acercó para presentarse.

—Soy Héctor Jaramillo. Me agrada encontrarme con muchachos tan valientes y decididos como ustedes.

—Soy Sixto Escobar.

—Soy Kit Carson. Creo que ya te había visto alguna vez en Saint Louis.

Jaramillo lo miró fijamente por unos segundos, como haciendo un esfuerzo por recordarlo.

—Por favor, llévese este caldo y cámbieselo por uno nuevo. Yo pago su cuenta —dijo Jaramillo al flacucho encargado.

—En la ruta de Santa Fe los valientes, los bandidos y los asesinos somos rápidamente conocidos —continuó Jaramillo.

El escuálido encargado sirvió cinco whiskys para dejar atrás el pleito. El Oso de Kansas parecía un animal domesticado por su amo. Su horrenda cara parecía inmune a la quemada del caldo sobre su bovino cuello. Si no fuera por Jaramillo, ya hubiera intentado matar a Sixto.

—¿En cuál de las tres encaja usted, señor Jaramillo? —preguntó Sixto preso por la curiosidad.

—En las tres, amigo. Para sobrevivir en el oeste americano se necesitan las tres. Me asombra lo buen tirador que eres. ¿Dónde aprendiste?

—Practicando todos los días. Sólo con práctica se logra eso. Hay que aprender a disparar parado y en movimiento. Practico mucho el disparo montando. Para enfrentarte a los indios tienes que estar muy afinado. Teniendo un solo tiro en la pistola, no te puedes dar el lujo de fallar[7].

—¿Qué hacen por estos rumbos, amigos?

—Vamos acompañando a una familia a Saint Louis, ¿y ustedes?

Jaramillo sonrió ante la perspicacia de Carson al virar rápidamente la pregunta.

—Encontramos hombres a los que la ley busca, míster Carson. No me gusta trabajar y ése es un modo efectivo de hacer dinero, mientras me paseo y conozco este maravilloso territorio.

—Un trabajo muy riesgoso, señor Jaramillo.

—Casi igual que andar cuidando viajeros por la ruta de Santa Fe, amigo Sixto.

Los cinco rieron y brindaron. La tensión daba paso a una agradable plática sobre los peligros y maravillas de la ruta.

—Si se deciden a acompañarnos, planeo ir a California. El futuro de los Estados Unidos está allá. La compañía de un guía como Carson y un tirador como Sixto, es muy bien pagada por los exploradores del este americano. Si se animan voy a estar todavía un par de semanas en esta ruta limpiándola de su escoria. Ando persiguiendo una rata que se esconde en Topeka. Esa alimaña financiará mi viaje a California.

—Lo pensaremos, míster Jaramillo. Tenemos que ir a Independence y luego pasar de nuevo por aquí. Habrá unas cuantas noches para pensarlo —dijo Carson agradecido. Sixto sólo sonrió, chocando su vaso con los tres busca fugitivos.

—Tienes que despachar a esa mujer de vuelta a Aguascalientes, Antonio. La iglesia está ensañándose contigo. En los sermones sólo se habla de ti y de la desvergonzada de doña Luisa Fernández. Aunque el obispo Belaunzarán no te menciona por nombre, todo mundo sabe que eres tú del que despotrica y pone a un paso de las llamas —dijo Tornel a Santa Anna en el despacho de Palacio Nacional. Las ojeras de Santa Anna por sus desveladas se marcaban como las de un muerto.

---

7   Los revólveres de repetición Colt 45 llegarían hasta mediados de siglo XIX.

—Malditos curas cínicos. Deberían besarme la mano por haber suspendido los decretos de Gómez Farías y suspender la persecución de los religiosos.

—La cosa es delicada, Antonio. Han llegado a decir que la salud de tu mujer está en riesgo por los corajes de saber que te estás revolcando desvergonzadamente en otro lecho. Como amigo tuyo, te recomiendo que te des una vuelta a Manga de Clavo y que la colmes de regalos y atenciones. Doña Luisa no aguantará sola un día en la capital. Donde se pare será insultada y presionada para que agarre su diligencia y se regrese a Aguascalientes.

—¿Atrás de esto está mi comadre Agustina, verdad, Chema? —inquirió Santa Anna, sacando la espada de su funda y batiendo a un imaginario enemigo.

—Es ella y las esposas de los hombres del gabinete, Antonio. Lo siento, pero esta vez siento que sí te pasaste.

—Mañana mismo me marcho hacia Veracruz, para calmar a mi Inesita. Por lo pronto hoy me despido como todo un buen torero con su último toro. Doña Luisa no podrá sentarse de los dolores de nalga en su viaje de regreso a Aguascalientes.

Tornel sonrió satisfecho de haber convencido exitosamente a su superior de corregir el curso de la nave nacional. Irremediablemente, él también tendría que correr a despedirse de la amiga de doña Luisa.

—Somos dos los que nos tenemos que despedir, Antonio.

2

Santa Anna sale rumbo a Texas

Davy Crockett[8], hombre de 49 años de edad, era reconocido como uno de los primeros guías y tramperos del oeste norteamericano. Decepcionado políticamente por no haber conseguido la gubernatura de Tennessee, Crockett decide apoyar a los texanos en su lucha por la independencia. Reunido con siete amigos más, en un bar de Independence Missouri, Davy gritaba a los cuatro vientos *Long Live Andrew Jackson* y *Don't mess with Texas,* ante el aplauso de unos e indiferencia de otros de los clientes del ribereño lugar.

John Mackenzie se había reunido en ese bar para despedirse de Sixto y de Carson. El largo viaje había concluido exitosamente y los tres brindaban por otro posible viaje, ya fuera en la ruta de Santa Fe o en la de Oregón.

—Ese hombre que grita «No se metan con Texas» es Davy Crockett —les dijo Carson, mientras sus amigos disfrutaban costillas de búfalo.

—Lo conozco. Se aventuró en la política y no le fue bien. Hay muchos que lo idolatran y otros que no lo bajan de mata indios servil al gobierno —repuso Mackenzie no perdiendo detalle del escandaloso bebedor.

---

8   David Stern Crockett (1786-1836), conocido también como «the King of the Wild Frontier». Tuvo una infancia parecida a Tom Sawyer, magnificada y exagerada para ganar votos para la gubernatura de Tennessee. Como trampero y explorador, conoció Tennessee como la palma de su mano. Fue representante de Tennessee en el Congreso de los Estados Unidos y peleó por la gubernatura del estado. Murió como un héroe en la batalla del Álamo, en 1836.

Mackenzie hizo una señal de saludo con su tarro y fue inmediatamente reconocido por Crockett, que se incorporó de su silla para ir a saludarlos.

—Que chiquito es Independence para encontrarnos en este puerto ribereño, John.

—Lo hubiera creído más en Saint Louis, Davy. Mira, te presento a mis amigos Sixto Escobar y Christopher Carson.

Crockett dio una palmada de camaradería a Carson, dejando con la mano extendida a Sixto.

—A Carson lo conozco de Saint Louis. Un guía muy joven y dedicado. Al mexicano, no tenía el gusto.

El rostro moreno de Sixto lo delataba como mexicano a metros de distancia. Crockett no quería a los mexicanos y mucho menos ahora, que se uniría a Houston para abatirlos en San Antonio.

—¿Eres mexicano, Sixto? —preguntó Crockett despectivamente, como si fuera un agente de inmigración.

—De Santa Fe, míster Crockett. Mexicano como los nopales y el pulque.

—¿Lucharías por la libertad de Texas?

Sixto dio un trago a su cerveza. La espuma le dejo un cómico bigote para contestarle al arrogante Crockett:

—No pienso pelear por ninguno, pero si tuviera que hacerlo, lo haría por México, míster Crockett. Texas pertenece a México, soy mexicano y por los míos daría todo. Lo de Texas es una invasión a México, planeada por el presidente Jackson y sus amigos Houston y Austin.

—No me gusta como hablas, mexicano —dijo Crockett frunciendo el ceño—. Yo voy a Texas a apoyar su independencia.

—Pues que tenga suerte, míster Crockett. La va a necesitar. Es un hecho que Santa Anna y su ejército vendrán a Texas a fines de año.

Crockett sintió ganas de golpear a Sixto, pero la oportuna intervención de Carson y Mackenzie dejó las cosas de ese tamaño.

—Escuincle engreído, si no fuera por mis amigos te pondría en tu lugar aquí mismo. Cuando tú todavía tenías las nalgas cagadas yo ya peleaba con osos e indios en Tennessee.

—Pienso que mucho de eso son exageraciones, míster Crockett. Lo que sí es un hecho son los asesinatos de los pobres indios Creeks en Alabama en 1813.

—*Shut up mother fucker!* —dijo Crockett furioso, intentado abalanzarse sobre Sixto.

Mackenzie y Kit sujetaron de los brazos a Crockett, calmándolo antes de que golpeara a Sixto. Crockett regresó molesto a su lugar, vociferando maldiciones con sus amigos. Sixto y Carson mejor se retiraron para evitar un enfrentamiento con los amigos de Crockett.

El destino alejaría a Crockett del camino de Sixto y Carson. Davy Crockett tenía reservada su tumba en el Álamo, al año siguiente.

Don Melchor desayunaba con sus hijos y su esposa después de la misa del domingo. Doña Gertrudis se mantenía atenta a que no faltara nada en la mesa. Las niñas, Lucia, Jimena y Dominga, la asistían para que no le faltara nada a su exigente padre. Don Melchor era un hombre regordete de piel blanca y ojos claros. Un abultado bigote negro le daba un corte marcial a su abotagado rostro. Doña Gertrudis era una mujer morena, delgada y de rasgos indígenas. Se habían conocido en Chihuahua.

—Me llegó carta de Santa Anna, padre. Dice que me vaya para la capital para unirme a su ejército —dijo Genaro orgulloso.

—Me da mucho gusto que la carta de don Albino Pérez haya dado frutos, hijo. Con Santa Anna te vas a ir para arriba.

Teodoro los miró con ojos despectivos para comentar retadoramente:

—Santa Anna pierde su tiempo. Ni viniendo a Texas podrá evitar que se la quitemos.

—¿Qué se la quitemos? —preguntó Genaro burlonamente.

—Que se la quitemos, sí, lo dije bien. Voy a apoyar a los texanos para conseguir la independencia de Texas. Hay un reclutamiento voluntario en Nueva York, Pennsylvania, Missouri, Nueva Orleans y San Antonio para combatir en Texas a México. La paga es buena. Te ofrecen dólares y tierras, si triunfamos.

—¿De cuándo acá nos saliste tan texano? —preguntó don Melchor preocupado.

—Desde que se anda cogiendo a la texana hija del teniente Curtis, papá —intervino Genaro, tratando de sorprender a Teodoro.

—Tú cállate, que yo al menos tengo novia, no que tú se me hace que hasta maricón eres.

—Prefiero no tener novia a andar con una tejana culo suelto.

Teodoro se incorporó de la mesa para aventar a Genaro. Don Melchor gritó furioso poniendo orden.

—¡Basta! ¿Qué les pasa? No hacen más que pelear como animales.

—Él es el que empezó, papá. Yo no le dije nada —repuso Genaro a la defensiva.

—¿Díganme que ha hecho el gobierno de México por nosotros en Santa Fe? Nada. Recibimos más favores y beneficios de gente de Colorado y Texas que de Chihuahua. A México le importamos un carajo. Somos lo que somos gracias a los viajeros que van para el norte. Si dependiéramos de Santa Anna y su gobierno centralista, ya nos hubiéramos muerto de hambre —comentó Teodoro, lanzando sus mejores argumentos.

—Como se ve que el teniente ése te ha lavado la cabeza con sus sermones patrióticos, de un país esclavista que construye su progreso sobre los cadáveres de los pobres negros que mata como bestias de carga en las haciendas sureñas —intervino don Melchor tratando de imponerse.

—Con la ayuda de los Estados Unidos estaríamos mejor que con la de México. A México lo gobiernan unos pobres diablos que no saben ni gobernar en sus hogares. En Estados Unidos de 1789 a la fecha, en 46 años, ha habido siete presidentes[9], sin que ninguno de ellos haya sido corrido o asesinado por sus ciudadanos. En cambio, en México, desde que se hizo independiente en 1821, hace 14 años, ha corrido la sangre de Iturbide y Vicente Guerrero. Ha cambiado de presidente 12 veces[10]. Tan sólo en 1829

---

9 George Washington, John Adams, Thomas Jefferson, James Madison, James Monroe, John Quincy Adams y Andrew Jackson (1829-37).

10 Agustín de Iturbide y Pedro Celestino Negrete, antes de Guadalupe Victoria,

hubo tres presidentes[11]. El mismo Santa Anna va y viene como presidente las veces que se la da la gana. Eso es una burla de país. Por eso estamos como estamos.

Don Melchor se sorprendía de las palabras de Teodoro. Ahora entendía el daño que le habían ocasionado los libros que leía en inglés y que conseguía en Béjar y Saint Louis. Teodoro, su hijo, se le escapaba como arena entre las manos. La influencia de la familia Curtis había hecho estragos en su educación.

—Tú eres mexicano y tienes que luchar por los tuyos, no por los inmigrantes protestantes del norte —repuso don Melchor tratando de corregir a su hijo.

—Yo soy de donde me convenga ser, papá. Tu falta de estudios no te permite ver lo inevitable.

—¿Qué es lo inevitable?

—Que Estados Unidos se va a apoderar de todo México, porque los mexicanos son unos pendejos ineptos, incapaces de defender lo suyo.

—¡Cállate! Tu hermano ha sido nombrado por Santa Anna como teniente del honorable ejército mexicano.

Teodoro miró retadoramente a los dos, para contestarles y abandonar la mesa indignado:

—Espero verte pronto en el campo de batalla, hermanito. Ya verás cómo les daremos inevitablemente en la madre.

Genaro frunció el ceño con gesto retador para contestarle:

—Nos vemos en San Antonio. Ahí tendremos el gusto de meterles su Destino Manifiesto por el culo.

Teodoro estuvo a punto de intentar golpear a su hermano, pero la oportuna intervención de doña Gertrudis los detuvo.

—¡Basta, par de idiotas! Antes de ser texanos o mexicanos son mis hijos y los dos salieron de mis entrañas. Nunca olviden eso. La familia es primero que todo. ¡Que todo! ¿Entendieron?

Genaro y Teodoro la miraron sorprendidos y con respeto. Su

---

considerado el primer presidente de México en 1824. Le siguieron Vicente Guerrero, José María Bocanegra, Pedro Vélez, Anastasio Bustamante, Melchor Muzquiz, Manuel Gómez Pedraza, Valentín Gómez Farías, Santa Anna y Miguel Barragán.

11   Vicente Guerrero, José María Bocanegra y Pedro Vélez.

madre era de una fortaleza inexplicable. Don Melchor no sabía que decir ante su imponente presencia.

—¡Sí, madre! —repuso Teodoro respetuosamente. Genaro sólo asintió con la cabeza.

La fiesta de bautizo del hijo de Santa Anna estaba por comenzar en un par de horas. Su alteza serenísima se deslizó sigiloso al cuarto de Inés, mientras ella se vestía para el evento. Desde su regreso de la capital no había tenido intimidad con ella. La vanidosa señora le espetaba orgullosa: «Te metiste con esa ramera de Aguascalientes, ¿no?, pues a mí no me vuelves a tocar un pelo, cabrón, sinvergüenza, cínico, desgraciado…».

—¡Que hermosa te ves Inesita preciosa! —dijo Santa Anna, irrumpiendo sorpresivamente en la habitación de su esposa.

—¿Tú qué haces aquí? ¿Cómo te atreves a meterte sin permiso a mi cuarto?

—Princesita, en unas horas bautizamos a nuestro hijo y siento que ya es hora de que me perdones y me estreches en tus brazos.

Su Alteza Serenísima acercó sus labios para intentar besar el níveo cuello de su esposa.

—¡No te acerques!

Doña Inés tomó las tijeras del tocador para amenazar al presidente de México.

—¡Aléjate o te corto el cuello!

Santa Anna rio al ver a su esposa en paños menores intentar lo que muchos enemigos habían intentado sin éxito.

—¿Quieres matar al Napoleón del oeste, mi amor?

Santa Anna la desarmó rápido como un relámpago. Como si fuera un violador de terreno baldío, el héroe de Tampico despojó a doña Inés de las pocas prendas que la cubrían. Doña Inés fingía repeler el artero ataque de aquel semental veracruzano, que con violencia desmedida daba fin a un periodo de varios meses de abstinencia forzada por el embarazo de su mujer y por su descubierta calaverada con doña Luisa.

—¡Desgraciado abusador!… ¿cómo te atreves?… ahh… ésta sí no te la perdono… ah… sólo porque ya te vas para Texas, sino te juro que te lo cortaría y se lo aventaría a tus gallos… ah.

—Me fascinas, Inesita. Los invitados te van a decir que te ves muy bien después de esto. Ya lo necesitabas.

—¡Cínico cabrón!

Dos eventos fueron considerados como los detonadores de la violencia entre los colonos texanos y los mexicanos, en octubre de 1835. El primero fue el ataque sorpresa que dio el general José Antonio Mejía al puerto de Tampico, el cual fue contundentemente rechazado por el hábil Gregorio Gómez Palomino.

El segundo evento ocurrió cuando el coronel Domingo Ugartechea, que se encontraba en su cuartel, en San Antonio Béjar, fue requerido para apaciguar un levantamiento en el pueblo de González. Ugartechea despachó al capitán Castañeda para poner orden. Horas después Castañeda y sus hombres regresaron vapuleados y balaceados por los feroces texanos. El triunfo sobre González levantó al máximo los ánimos de los colonos. De ahí, literalmente correteando a Castañeda, los rebeldes procedieron a sitiar San Antonio Béjar.

El 29 de octubre de 1835, el general Martín Perfecto de Cos, cuñado de Santa Anna, mandó un reporte a la capital en el que informaba que todas las colonias extranjeras de Texas se habían sublevado contra el gobierno de México.

Santa Anna escucho el reporte de labios de don Miguel Barragán. Con mirada preocupada, don Antonio se levantó de su silla y caminó hacia la ventana del amplio despacho, dándole la espalda a Barragán con una siniestra sombra negra.

—Ese Martín es Perfecto, ¡un perfecto pendejo! Será mi cuñado, pero es inadmisible que haya dejado que esos desnalgados se le subieran a las barbas. Si yo estuviera ahí ya hubiera fusilado a 100 cabrones, y tendría Béjar en paz.

—¿Y por qué no repites tu hazaña de Tampico y Zacatecas y los pones en orden, Antonio?

Santa Anna lo miró asombrado y halagado. Barragán sabía perfectamente que música poner en los oídos del presidente de México. Los ruegos de Barragán de salvar al país de nuevo, lo alentaban como si fuera Leónidas marchando hacia las Termópilas.

—Si la patria me lo pide, me sacrificaré por ella. Esta semana salgo rumbo a Texas. Necesitaré el apoyo de Tornel y de préstamos forzosos para hacerme de un ejército a lo largo del camino, que será de varias semanas. Una vez que recupere Béjar, colgaré de un árbol a Houston y a Austin. Al cerdo de Lorenzo de Zavala se los mandaré disecado para que lo expongan en el zócalo como el más grande traidor que México ha dado.

Barragán sonrió divertido. La presunción y seguridad del general presidente le encantaban. Santa Anna jamás hablaba de perder o de derrotas. Él era un ganador por naturaleza y por eso era el general invicto.

Teodoro Escobar no cabía de orgullo dentro de su nuevo uniforme militar de defensor de Texas. Por influencia de su suegro, el teniente John Curtis, había ingresado al ejército de Austin y se encontraba bajo las órdenes de James Bowie[12].

Acantonado en la misión de la Concepción, Teodoro dialogaba con sus superiores, James W. Fannin[13] y Andrew Briscoe.

—¿Así que eres mexicano de Santa Fe? —preguntó Fannin.

Fannin era un hombre alto, de piel blanca, con una enorme frente calva adornada entre dos abundantes patillas rizadas hasta el cuello. Repugnantes pústulas de sífilis supuraban por su cara, como si fueran otras bocas para respirar.

—Tienes suerte de caerme bien, Teodoro. No soporto a los jodidos mexicanos y más a los que se nos resisten en Béjar.

---

12 Inventor del famoso cuchillo que usaban militares y exploradores. Se casó con una mexicana de Coahuila. Aprovechando su nueva nacionalidad, compró grandes extensiones de tierra en Texas y comerció con esclavos. Murió en la defensa del Álamo, en 1836.

13 Inspector general del ejército de Sam Houston. Traficante de esclavos, originario de Georgia y desertor de la afamada academia militar de West Point. Fue fusilado en Goliad, Texas, por órdenes de Santa Anna el 26 de marzo de 1836.

—Fannin no los quiere porque fue una prostituta mexicana la que lo desgració con la sífilis que le ves en la cara.

—Cállate, Briscoe, que ya se la pegué a tu madre la semana pasada.

Briscoe, calvo con cabeza de bola de billar, sonrió ante la broma de su superior. Eso era básico para sobrevivir en la guerra.

—Curtis te recomendó conmigo, Teodoro. Te repito que tienes suerte, sino ya te hubiera jodido por ser mexicano.

—Soy mexicano, pero lucho con los texanos porque quiero ser un ciudadano de la nueva República de Texas.

—Descuida, Teodoro. Te garantizo que para el año que viene ya serás texano con papeles y terrenos —dijo Briscoe.

Se escucharon unos gritos ininteligibles, cuando de repente apareció un guardia texano para informar:

—Se acercan los mexicanos de Béjar para sorprendernos.

—Descuida que los sorprendidos serán ellos —repuso Fannin empuñando su espada.

El grupo de soldados mexicanos, dirigidos por el teniente José Mendoza cayó por sorpresa sobre el pueblo, sólo para ser repelido a balazos por decenas de rebeldes que llegaban de todos los flancos.

—¡Mátenlos a todos! —gritaba Fannin impulsando a los otros.

Los mexicanos, tomados de imprevisto por más de 100 texanos, fueron masacrados en una horrenda carnicería que desataría el odio y venganza de Santa Anna.

Soldados desarmados, con las manos en alto, caían de rodillas pidiendo clemencia, ante la indiferencia y odio de Fannin y Bowie, que ordenaban que los atravesaran con las bayonetas, dando ellos mismos el ejemplo.

—*Don't mess with Texas, mother fucker!* —gritó Fannin, mientras hundía repetidas veces su acero en la humanidad de un soldado de Saltillo de escasos 18 años.

—*No prisoners!* —gritaba Bowie mientras cercenaba cuellos con el mismo cuchillo que exitosamente él había patentado.

Teodoro Escobar, horrorizado por la masacre, dejó escapar al único mexicano de los 50 masacrados, para que reportara a sus superiores la fuerza y entrega del ejército texano. Su mente era un huracán de sentimientos encontrados al haber matado por primera vez. Cinco mexicanos habían sucumbido ante su acero.

—¿Por qué lo dejaste ir? —gritó Fannin, con su sable en alto y tinto en sangre.

—Alguien tiene que decirles que se los cargará la chingada a todos.

Fannin sonrió satisfecho. Teodoro tenía razón. Los mexicanos debían saber que el diablo se encontraba dentro del uniforme de James Fannin.

—Nos van a matar a todos, general —comentó entre jadeos el único sobreviviente de la batalla de la Concepción al encontrarse frente a Martín de Cos.

—¿Cuántos quedaron vivos? —preguntó De Cos con un rostro albo de miedo.

—Sólo yo, general. Me dejó ir un paisano vestido de texano. Un mocoso de escasos 18 años. Sus jefes son dos texanos que gozaron la muerte de nuestros hombres con una actitud enferma, general.

—Refugiémonos en Béjar y esperemos a que Ramírez y Sesma y su ejército nos alcancen.

El 28 de octubre de 1835, Santa Anna partió de la capital rumbo a Texas. Durante el trayecto su Excelencia meditaba respecto a cuán grandioso era como militar y presidente, dado que el Congreso le había permitido conservar al mismo tiempo la investidura presidencial y la jefatura del ejército. «Soy un presidente con licencia. Soy el dirigente de este ejército de desarrapados y al mismo tiempo el presidente de México. Toda la autoridad de México montada sobre mi brioso *Fauno*. Si descubro que Jackson está apoyando a los texanos con armas y hombres, juro que cabalgaré hasta Washington y le meteré su bandera de las barras y las estrellas por el culo, y pondré la de México sobre el capitolio. No estaría mal extender los territorios de México hasta Canadá. La historia me reconocería como el Marte mexicano, el Napo-

león del oeste, el César mexicano. El México de Santa Anna, desde el río Suchiate hasta los grandes lagos canadienses, ¿por qué
no? Qué afortunado es México al tenerme. Conmigo México se
convertirá en la Roma de América».

Un jinete lo alcanzó y cabalgó por unos minutos a su lado,
rompiendo sus anhelosas elucubraciones.

—Mi general, soy Genaro Escobar. El recomendado de su amigo Albino Pérez en Nuevo México.

El general Santa Anna, vestido militarmente como si fuera a
posar para un cuadro que rivalizara con el de Bonaparte, miró
a Genaro con alegría y aprobación.

—Ah, sí, ya lo recuerdo. Albino y yo somos grandes amigos.
Bienvenido a mi ejército, Genaro. Marchamos para Texas para
poner en cintura a esos texanos renegados. Qué mejor manera de comenzar tu carrera que en el glorioso ejército del general
Santa Anna. Estás por hacer historia, hijo. Conmigo inmortaliza-
rás tu nombre en los libros de historia, como el teniente que peleó codo a codo con el Alejandro Magno de América.

Genaro sonrió complacido. Platicar con Santa Anna lo ponía
desde el inicio en un sitio privilegiado, a diferencia de otros miles de soldados que marchaban en esa interminable fila de guerreros, sin jamás ser reconocidos por el glorioso presidente nómada.

—Dime, hijo, ¿cómo ves la situación de San Antonio? Tú vienes de allá. ¿Qué sabes que yo no pueda saber? Recuerda que estos infelices sólo me mandan cartas extemporáneas y adaptadas
para agradarme.

—Atrás de la revuelta de Austin está el apoyo del gobierno
de Washington, mi general. No vamos a luchar contra Austin
y Houston nada más. Cada semana, en los últimos meses, han
llegado aventureros con promesas de tierras y dólares, si logran
independizar a Texas y hacerla una soberana república. El que
se hayan levantado ante el centralismo es un pretexto. Lo hubieran hecho hasta porque usted es un tirano, un mujeriego o
lo que sea.

Santa Anna cabalgaba y meditaba las palabras de Genaro. Tras
de él miles de soldados avanzaban lentamente con todo lo que po-

dían. Había mujeres con sus niños sobre las espaldas metidos en un rebozo, otras cargando comales, frijoles, maíz y gallinas para abastecer a sus Juanes con sagrados alimentos. Vendedores oportunistas que con un canto adormecedor vendían cigarros, quesadillas, tamales, atole, lo que fuera. El ejército del general Santa Anna era como un tren donde había distintas clases. Los más pudientes y bien uniformados, con montura, elegantes trajes militares con botas de cuero y sables brillantes colgados al cincho; así como indios descalzos con trajes de manta que habían sido atrapados por la leva a cambio de un tarro de pulque y que sólo buscaban una oportunidad para fugarse. Una fila de más de 2 000 hombres, que formaban un grotesco cortejo hacia el infierno.

—¿Conoces a Sam Houston?

—Sí, mi general. Es un hombre que convivió con los indios y sabe mucho de la guerra. Lo apodan el Cuervo. Es el líder máximo de los rebeldes. Austin no es un militar. Ese hombre nació para la política. Houston en cambio es un líder natural que despierta la admiración de todos. Un rival de cuidado para defender a Texas.

—Contra él me voy a enfrentar y te prometo colgarlo de un álamo, y dejarlo ahí hasta que un cuervo, como dices que le dicen, le saque los ojos a su cadáver.

Genaro miraba asombrado la seguridad que el general irradiaba. Su porte se distinguía fácilmente entre todos los indígenas que lo acompañaban, como el de Hidalgo y sus huestes, 25 años atrás caminando rumbo a Guanajuato.

—¿Eres casado, Genaro?

—No, mi general. Tengo varios hermanos en Santa Fe. Uno de ellos precisamente se unió a Austin para la lucha.

El distinguido rostro de Santa Anna lo miró con un gesto incrédulo. Su estampa española no encajaba entre ese montón de desarrapados. Su excelencia debería estar en Palacio Nacional, atendiendo asuntos de vital trascendencia, no exponiéndose ahí a que un pelado lo descalabrara o hiriera de muerte.

—Temo que nos enfrentemos a él, hijo. No hay dolor más grande que el enfrentamiento entre hermanos en una guerra.

—Espero que no, mi general.

Santa Anna, cansado de cabalgar, decide meterse a su carruaje para descansar un poco. Genaro observa como inmediatamente después ingresa al vehículo una morena de pechos de nodriza. Es así como el general tolera el lento avance hacia el norte. Si no fuera por esos sacrificios, el Napoleón mexicano jamás comandaría ese ejército de desventurados.

La situación en Béjar favorecía a Austin, pero por indecisión propia a su inexperiencia como militar permitió que Martín de Cos se refugiara en el poblado, esperando por varias semanas los refuerzos del general Joaquín Ramírez y Sesma. Estos finalmente llegaron, trayendo más desilusión que esperanza al desesperado sitio de Béjar.

Martín de Cos salió al patio para reconocer a la tropa que Ramírez y Sesma le había mandado. Con mirada lacrimosa contempló al grupo de hombres que venía a auxiliarlo a romper el sitio.

Eran 50 infantes del batallón Morelos con escopetas destartaladas y sin parque; 160 reclutas y 400 indios tomados por la leva, que no tenían ni zapatos ni ropa adecuada para enfrentar a los texanos. Uno de ellos calzaba un huarache en un pie y una bota en el otro. La mayoría de ellos sufría enfermedades estomacales y llevaba días sin comer un rancho decente. Sus miradas ojerosas y cuerpos maltrechos reflejaban una fatiga y derrota que contagiaba a los hombres de De Cos.

—Estoy más sorprendido porque estos pobres diablos hayan llegado hasta acá desde Zacatecas, no espero que me puedan ofrecer algo como soldados. Estos pobres infelices parecen recién sacados de una mazmorra. Si Houston los viera, mandaría a 20 de sus hombres con unas varas a madrearlos. Estos no es un ejército, esto es un grupo de famélicos muertos de hambre. Ese Ramírez y Sesma es un hijo de su puta madre que nos acaba de patear el banco de la horca.

El día 4 de diciembre, los texanos enterados de la endeble situación de De Cos deciden romper el sitio de Béjar, y por órdenes de Houston atacar con todo para acabar con De Cos y su ejército de cadáveres vivientes.

Los mexicanos carentes de agua potable, alimentos y con un frío que taladraba los huesos, luchan desesperadamente como pueden para repeler a los hombres de Benjamin Milam[14].

Después de varios días de inútil resistencia, el general De Cos, con lo que le quedaba de su magra tropa, se refugia en el Álamo. El 11 de diciembre de 1835, De Cos se rinde al enemigo, entregando su espada. Martín de Cos es vergonzosamente obligado a regresar a México con sus hombres y la cola entre la patas, prometiendo solemnemente, jamás volver a poner un pie en Texas con motivos belicosos. Ésta fue oficialmente la primera derrota de México ante los texanos. Después vendrían otras gloriosas batallas, la mayoría de ellas ganadas por Texas.

—Debemos aprovechar para hacer este viaje, Sixto. Esta ruta de Oregon nos llevará a las pepitas de oro que Jedediah Smith[15] me mencionó alguna vez en Saint Louis —dijo Kit Carson, compartiendo la fresca sombra de un frondoso árbol con su compañero de aventuras. Sixto tomó uno de los cigarrillos que Kit le extendió, con calma lo encendió y continuó prestando atención a su amigo.

—¿Platicaste con Jedediah?

—Sí, Sixto. Jedediah al final de sus días se mudó para Saint Louis. Al parecer quería descansar un poco de su agitada vida de explorador. Apoyaba a la Compañía de Pieles de las Montañas Rocallosas en el tramo de Santa Fe.

---

14 Famoso por haber participado con los insurgentes en la Guerra de independencia de México. Murió de un balazo en la cara en el sitio de Béjar, el 7 de diciembre de 1835.
15 Jedediah Strong Smith (1799-1831). Explorador, trampero y guía, descubridor del South Pass, estrecho entre las rocallosas que hizo posible el paso sencillo para las caravanas de colonización hacia el oeste americano. Jedediah fue el primer estadounidense en atravesar la Sierra Nevada y la Great Basin; en recorrer las rutas de Santa Fe a California por el desierto de Mojave; la costa de California hasta Oregon y la ruta de Oregon a Saint Louis. En sus memorias menciona pepitas de oro que los ríos de california arrojaban a la superficie. Nunca se interesó en éstas, por estar más fascinado con la belleza de la naturaleza del oeste americano que en hacerse rico. Jedediah murió por un ataque comanche en la ruta de Santa Fe, en 1831.

—Sí, en esa ruta lo mataron los comanches. A orillas del río Cimarrón para ser más precisos.

—El problema es que esa ruta no era muy dominada por Jedediah, en comparación con la de Oregón. El jefe comanche, en una discusión por los territorios, no lo reconoció y le disparó en el hombro. Smith se alejó en su caballo, y a prudente distancia se volteó para matar al jefe comanche con un certero disparo de su rifle. Sin tiempo para volver a recargar, fue alcanzado por los feroces comanches que lo mataron sin piedad con sus lanzas, a orillas del río Cimarrón.

—Alguna vez lo vi, pero nunca pude cruzar una palabra con él.

—Era un hombre diferente, Sixto. A todos lados llevaba su biblia, amaba la naturaleza y no practicaba el sexo con las indias. Era un fervoroso defensor de la flora y fauna en el oeste.

—¿Fue así como te platicó sobre las pepitas?

—Jedediah decía que tenías que estar horas en el río para encontrarte con una de éstas. Él las vio por casualidad al cruzar uno.

—¿Te dijo que río exactamente?

—No. Sólo me dijo que es por la Sierra Nevada, en California.

—¿Cuándo partimos para allá?

Kit Carson sonrió, satisfecho por la incondicionalidad de su amigo.

—Déjame hacer los preparativos. Partimos esta misma semana.

Teodoro Escobar festejaba en el Álamo con todos los texanos la derrota del general De Cos. El ambiente decembrino era de fiesta y celebración en Béjar. Texas había puesto en su lugar al gobierno centralista de Santa Anna y ahora ya no sólo soñaban con su separación sino con la independencia total del estado.

Jim Bowie bailaba en los patios del Álamo música campirana con una botella que mantenía en perfecto equilibrio sobre su cabeza.

—No festejes tanto Jim, Santa Anna y su ejército vienen para Béjar y estarán aquí a principios de año. Hasta que no venzamos a ese tipejo, no podemos echar las campanas al aire —dijo Fannin, mientras bailaba con una texana de anchas caderas.

—Yo mismo seré el que le meta un tiro en la frente a Santa Anna. Sólo a los mexicanos se les ocurre mandar a su presidente a pelear hasta casa de la chingada. Es como si Jackson se fuera a pelear a la Ciudad de México.

—Yo sólo sé que le situación se va a poner de la chingada, Jim. Son muchos los que vienen y habrá que vencerlos. Ese Santa Anna es el héroe de varias batallas. Dicen que es como un Napoleón en estrategias de guerra.

—Napoleón mis huevos, te digo que yo seré el que le ponga una bala en la frente.

Fannin dejó hablando solo al ebrio de Bowie para irse con la texana de generosas caderas a un cuartito privado. Era su oportunidad y no la desperdiciaría por discutir sandeces con Bowie.

En una casucha abandonada, cercana al Álamo, Teodoro aprovechaba también su oportunidad con la hija del teniente Curtis. Valiéndose del baile y de la confusión, burlaba la férrea vigilancia de su aguerrido suegro.

—Te amo, Christie. No puedo vivir sin ti.

Mientras decía esto, las hábiles manos de Teodoro despojaban rápidamente de sus prendas a la inocente jovencita de 16 años.

—Tengo miedo, Teodoro.

—No lo tengas, Chris. No te pasará nada malo. Será lo mejor que hayas vivido.

—Te amo, Teodoro.

Así, en el silencio y la soledad de la casucha, la hermosa Christie Curtis perdía su virginidad ante el soldado mexicano Teodoro Escobar. Mientras tanto, en el Álamo, la madre de Christie preguntaba a todos los de la fiesta si habían visto a su hija por algún lado.

John Mackenzie aceptó acompañar a Carson y Sixto al viaje. La ruta representaba una buena oportunidad para el ambicioso comerciante en rones. En esta ocasión iría sin su familia, la cual se quedaría aguardando su regreso en Saint Louis. Mackenzie era un hombre joven y aventurero. El conocer caminos nuevos lo emocionaba como a un niño. Además, juntarse con Kit Carson y Sixto Escobar despertaba el espíritu de conquistador que su matrimonio había aletargado por años.

—Estamos listos, señores. Contamos con una sola conestoga retacada de botellas, fusiles Baker, balas, pólvora, tres espadas, cuchillos Bowie, carne y frutas secas. La mayor parte de lo que necesitaremos, aparecerá en el camino.

—¿Lo dice por las indias, míster Mackenzie? —preguntó Carson divertido.

—No, Kit. Soy un hombre casado y me comportaré ejemplarmente en todo el viaje.

—Ustedes son los que me preocupan. Temo que se queden con alguna de ellas en el camino.

—Habrá que ver, míster Mackenzie, habrá que ver —repuso Sixto bromista.

Al día siguiente partieron sin demora. Su primera escala sería el poblado de Marysville[16], Kansas, casi en la frontera con Nebraska, en la conjunción de los ríos Little Blue y Big Blue.

---

16 En 1854, Francis Marshall abrió un ferry de cuerda para cruzar el río Big Blue. Cobraba cinco dólares por carreta y 25 centavos por cabeza de ganado. El pueblo fue nombrado Marysville en honor a su esposa Mary.

3

Texas declara su independencia

Don Antonio López de Santa Anna y su ejército de 3500 hombres llegaron a Saltillo en la primera semana de enero de 1836. Apenas llevaba unas horas en la ciudad, cuando convocó una junta de emergencia con los ricos, para reunir lo más que se pudiera en dinero y víveres para continuar su dificultosa marcha hacia Monclova.

—No me hagan sacarles el dinero del culo, mientras su cuerpo pende de un mecate en un árbol. Sean patriotas y cooperen por la buena —decía en tono burlón a los asustados hacendados.

Los ricos del pueblo accedieron al préstamo forzado, mientras que la Iglesia como siempre se quejó de su falta de dinero, pero lo compensaría con el salvamiento de las almas que se perdieran en Texas.

—Sus rezos le sirven a mi gente, como una cucharada de sal podría ayudar al mar, bola de cicateros —les gritaba furioso a los presbíteros.

Una carreta llena de víveres y una bolsa con monedas calmó un poco la furia del general presidente, que estuvo a un pelo de azotar al cura del pueblo, quien se quejaba de carecer de todo.

Esa misma tarde, una morena de cabello largo hasta la cintura y piernas de potranca fue sorprendentemente rechazada por el insaciable general. El rostro de Su Alteza marcaba dos terribles ojeras mortuorias. Parecía que el presidente de México moriría en Saltillo.

—Diles a mis hombres que vengan, hija. Su presidente se les muere.

El coronel Batres, como un hijo al que le agoniza su padre, miraba con preocupación a Santa Anna.

—No he podido conseguir un solo doctor, mi general. El doctor de la tropa se nos peló en Matehuala y los del pueblo han huido al monte. Saltillo no tiene un solo doctor para atender a su presidente.

—No los culpo, Batres. Necesitarían ser pendejos para unirse a este éxodo de condenados. Ganan más en sus consultorios sin salir del pueblo. ¿Para qué exponerse en una campaña de meses para que al final los mate un indio que ni español sabe?

—Yo puedo traer a mi mamá —interrumpió la morena que se había salvado de los embistes del semental jalapeño.

Genaro la miró con ojos de esperanza sin perder de vista sus notables caderas.

—Vamos por ella. Tenemos que salvar a mi general. ¡Vamos!

Batres miró aprobatoriamente a Genaro. Su iniciativa agradó también a don Antonio López, que comenzaba a tener alucinaciones por la fiebre alta.

Minutos más tarde, la madre de la morena irrumpió en la habitación, con Genaro muy cerquita de ella. Sin perder tiempo examinó al general que tiritaba de frío y gritaba sandeces. La improvisada curandera sacó unas hierbas de una bolsita de cuero y las mezcló con agua caliente. Santa Anna bebió media tasa del repugnante brebaje, mostrando una notable mejoría minutos más tarde.

Mientras la salvadora de Santa Anna hacia guardia junto al lecho del Napoleón del Oeste, Genaro disfrutaba del cuerpo de la ardiente morena, que arrodillada entres sus piernas, no soltaba la hombría del valiente soldado de Santa Fe. Genaro se asombraba de las pericias de la hábil morena al responder como una máquina de hacer sexo en cualquier posición en la que se le pusiera. Batres sospechaba que Genaro se había llevado a la hija de la curandera para eso, pero en ese momento se le perdonaba todo, por haber salvado al César mexicano de una muerte segura.

A la mañana siguiente don Antonio López de Santa Anna amaneció como nuevo. Repuesto y agradecido premió a la honorable curandera con tres monedas de plata. Al preguntarle si se quería unir a la tropa, la dulce señora se negó, argumentando que no podía descuidar a su hija.

Santa Anna continuaría su marcha hacia Monclova en compañía del general Filísola. Reunido con sus generales en un improvisado salón, dictaba órdenes desde una cómoda silla. Su semblante era otro y volvía a mostrar esa arrogancia y seguridad que lo caracterizaba.

—General Urrea, parte usted mañana mismo rumbo a Matamoros, donde se le unirá el Batallón de Tampico, junto con los auxiliares de Guanajuato y 350 mayas enviados por el solidario gobernador de Yucatán. En las playas del Golfo se reunirá con el general Ramírez y Sesma y lo que quedó del ejército del general Martín Perfecto de Cos. Después de que crucemos el río Grande nos reuniremos en San Antonio Béjar. El objetivo es caer sobre esos desgraciados con tres columnas y hacerlos pinole.

—Correcto, mi general. Parto mañana mismo.

Después de cruzar el río Kansas, que en esa época del año corría con su menor cauce, los tres aventureros se enfilaron hacia Marysville, casi entre la frontera de Kansas y Nebraska. La distancia de Independence a Grand Island era de más o menos 400 kilómetros, con Marysville en la mitad del recorrido. El terreno era plano, con interminables horizontes verdes, carentes de montañas o colinas. Una enorme mesa de billar verde, que se extendía interminable hacia cualquiera de los cuatro puntos cardinales, en el centro de los Estados Unidos.

—Ése es el campamento cheyenne en el que pasaremos la noche —señaló Carson hacia una columna de humo que se divisaba a la distancia.

—¿Es un campamento indio? —preguntó Sixto, mientras bebía de su cantimplora.

—Sí. En ese lugar se juntan dos ríos, el Big Blue y el Little Blue. Los cruzaremos y seguiremos a lo largo del Little Blue hasta llegar a Grand Island.

Mackenzie no salía de su asombro al ver que de pequeños montículos de tierra salían unos animalitos tipo ardillas, que parados en dos patas los espiaban desde la seguridad de sus madrigueras.

—¡Qué animales tan curiosos! —dijo Mackenzie.

—Son las ardillas labradoras[17]. Algo así como las marmotas del campo. Viven en túneles bajo estas inmensas praderas —repuso Carson, tapándose el sol con una mano, mientras miraba a los perritos a la distancia.

—Son muchos y ladran como si fueran perros —comentó Sixto.

—Es su grito de alerta hacia sus compañeros. Los previene del peligro cuando hay intrusos.

—Parecen ardillas gigantes. Descansemos en ese campamento. No aguanto las nalgas de ir sentado en la conestoga —sugirió Mackenzie, con la aprobación inmediata de sus compañeros.

El campamento cheyenne en Marysville contaba con varios tipis y una casucha de madera en la que habitaba un comerciante francés llamado Cherrier. El anciano vivía retirado de Saint Louis y prefería la comodidad en una cabaña que dentro de un reducido tipi indio. Cherrier y los indios se ganaban la vida con el poco comercio que empezaba en la senda de Oregon. Con habilidad ayudaban a cruzar el río en improvisadas balsas a los viajeros con todo y sus pertenencias.

—¿Así que van para California? —preguntó Cherrier.

—Así es, Cherrier —repuso Carson.

—Es peligroso ir para allá, Kit. Los mexicanos no quieren a los exploradores. Si te ven en su territorio te encierran o hasta te fusilan. Jedediah Smith fue encarcelado por ellos y se salvó de milagro.

—Ya les costará trabajo agarrarme. El territorio está casi deshabitado. ¿Cómo está tu familia Cherrier?

—Bien. Todos viven en Saint Louis. Ellos respetan que yo quiera estar aquí solo.

—Ellos saben que estás loco, Cherrier. Eso es todo.

Cherrier rio y probó una copa del sabroso ron de Mackenzie.

---

17 Perritos de la pradera.

—¡Si no fuera por esto, de veras ya estaría loco, Kit! Toda mi vida viajando por el Mississippi hasta hacerme viejo.

Por la puerta de la amplia cabaña entró una india de escasos 50 años de edad con una charola de comida. El sabroso aroma de la carne alcanzó a los tres viajeros, haciéndoles sentir ganas de arrebatar el delicioso guiso a la señora.

—Ella es Hoja Verde. Mi compañera, por la que no quiero regresar a Saint Louis.

Mackenzie y Sixto, que no sabían de los amoríos del anciano, rieron en complicidad. Carson ya sabía de esto, por lo que observó curioso la reacción de sus amigos.

—Mi mujer me corrió de la casa en Saint Louis y esta humilde india me dio asilo desinteresadamente.

Los tres rieron contentos, mientras tomaban tímidamente su porción de carne, que Hoja Verde amablemente les ofrecía.

Hoja Verde salió por otro platillo y otra india de escasos 20 años entró con el plato de los vegetales, dejando boquiabierto a Sixto.

—Les presento a mi hija Elsa.

Los tres saludaron amablemente a la hija de Cherrier, ella respondió con una cándida sonrisa.

—¿Van para Oregon?

—California, Elsa. Un camino más complicado que el de Oregon —repuso Mackenzie.

Sixto no articulaba palabra alguna al contemplar la belleza natural de la india cheyenne, mezcla de padre francés e india americana. Elsa tenía el cabello negro como las alas de un cuervo, sostenido firmemente por una larga cola de caballo. Sus ojos azules eran grandes y un poco jalados hacia arriba. Su nariz era pequeña con una dulce boca carmesí de labios carnosos. Su esbelto cuerpo estaba cubierto con un vestido y mocasines de piel.

—Me encantaría conocer ese lugar.

—¿Estás loca, hija? Es un camino para hombres. La ruta es muy larga y peligrosa —intervino el celoso padre, ante la disparatada idea. La madre los miró reservada, dándole toda la autoridad a Cherrier. Ya tendría ella una oportunidad a solas con Elsa, para reprenderla.

Los tres viajeros la miraron jocosamente. La jovencita era osada y atrevida. Sixto sentía ganas de gritarles que la llevaran, que él la cuidaría como su esposa.

—La carne está deliciosa, señora. ¿Qué es? —preguntó Sixto, intentando romper la tensión por la descabellada propuesta de Elsa.

—Es ardilla labradora, señores.

Los tres se miraron entre sí, sorprendidos. Después, la risa explosiva de Cherrier los contagió.

—No todo el tiempo se puede comer búfalo, amigos. Hasta que lleguen los pastizales altos de la temporada de lluvias es cuando se acercan las manadas.

—Al contrario, Cherrier. Estamos agradecidos con Hoja Verde. El guiso está delicioso y si tiene más, yo quiero comer un poco más —comento Mackenzie.

Hoja Verde agasajó a los invitados con otra ronda de perrito de las praderas. Al día siguiente partieron rumbo a Independence, pagándole sus atenciones a Hoja Verde y Cherrier con un saco de harina y una botella de ron. Sixto y Elsa se miraron con complicidad, mediante aquellos mensajes que sólo entienden los enamorados. Esa noche se perdieron por una hora sin que nadie se diera cuenta en el campamento. Los apasionados siempre encuentran un modo.

—Eres una muchacha muy bella, Elsa.

Sixto acariciaba con delicadeza el largo cabello negro de Elsa, sin dejar de mirar esos ojos azules que parecían hipnotizarlo. Elsa lo besó apasionadamente mientras Sixto la despojaba lentamente de su vestido de piel. El lugar al que lo había llevado era un tipi utilizado como bodega. Ése sería el último lugar donde serían buscados, y aun así, si fueran encontrados, ya habrían terminado de hacer lo que juntos habían planeado. La luz de la fogata dejó al descubierto el hermoso y musculoso cuerpo de la joven india. Sixto bebió de sus firmes pechos como si fuera un náufrago rescatado en alta mar. Elsa se estremecía y gemía llena de placer ante los embates violentos de Sixto, quien buscaba llenarla de placer hasta hacerla desfallecer. Los minutos pasaron y al final, Elsa termino montándolo, como si estuviera sobre uno de aquellos caballos Mustang que había aprendido a montar valientemente en la pradera americana. Sixto miraba asombrado y temeroso a la candente cheyenne, temiendo que en cualquier momento lo dejara sin su hombría, ante los violentos sentones y las sacudidas.

Cerca de ahí merodeaba Rayo que cae, furioso y muerto de celos por el nuevo hombre por el que Elsa lo había sustituido. Desesperado por no encontrarlos, se sentó a contemplar la luna cuando de pronto los vio salir del tipi, tomados de la mano como si nada. Con furia apretó su cuchillo y se incorporó para hacer frente a su enemigo.

—Aquí no, Rayo que cae. Ahora que se marche, ya habrá mucho tiempo y lugar dónde hacerlo —dijo Kansa, fiel amigo de Rayo que cae.

Rayo guardó su cuchillo convencido. Kansa tenía razón. Matar al intruso dentro de la aldea era un error.

El día 26 de enero de 1836, el general Santa Anna preparó a su ejército para partir de Saltillo rumbo a Texas. Su Alteza serenísima, montando orgulloso sobre su fiel *Fauno*, levantó el cuello para contemplar a los hombres que harían junto con él historia en Texas y quizá hasta en Washington. Santa Anna no descartaba la idea de llegar hasta allá con su ejército, y después de fusilar a Jackson e incendiar el capitolio con el pabellón americano en llamas. «Esos desgraciados renegados pagaran cara su afrenta contra el imbatible héroe de Tampico», pensaba orgullosamente.

Unos 4 000 hombres conformaban el ejército federal de Santa Anna. Redondeando números, más o menos eran 3 100 infantes; 200 zapadores; 100 artilleros; 15 cañones y 600 jinetes. La curandera que había salvado su vida, se negó rotundamente a acompañar a Su alteza serenísima a San Antonio.

«¿Cómo obligar a una dulce dama como ella a que se una a este ejército de perdularios? No tenemos un solo médico que nos acompañe ni medicamentos ni vendas para curaciones. Espero ganar la guerra sin tener heridos; y si me hieren que sea de muerte instantánea para no perecer lentamente por infecciones o gangrenas», pensaba el Benemérito en grado heroico, al cabalgar por la brecha que los alejaba de Saltillo.

La marcha hacia Monclova fue un calvario para las mujeres y niños que acompañaban al ejército, no había poder humano que los hiciera regresar. Las mujeres se negaban a abandonar a sus Juanes y lo que no pudo y no quiso hacer el general presidente, lo hizo el frío inclemente del desierto mexicano. El frío despiadado cobró la vida de varias madres con sus hijos en el regazo, ante la desesperación de sus maridos que luchaban por calentar sus congelados cuerpos durante la noche. Demasiado caro pagaban la osadía de retar insensiblemente a los elementos, trayendo a sus familias a esta agonía helada. No siendo esto suficiente castigo para la tropa, los generales se vieron obligados a reducir la ración diaria de comida por soldado. Hecho que los puso de malas, ya que no encontraban cómo llenar el estómago.

Después de días de penosa marcha, a fines de enero, el ejército santanista por fin llegó al cauce del río Bravo. El reto era cruzarlo con todo el ejército, sin dejar nada atrás o perder algún elemento. El caudal llevaba mucha agua y no contaban con balsas para cruzar carretas, animales de arrastre y el preciado parque para hacer frente a los rebeldes texanos. Como pudieron consiguieron troncos y lograron construir una improvisada balsa con la que atravesaron algunas carretas con parque y algunos bueyes. Un sorpresivo aumento de la corriente espantó a los animales, que presas del pánico se movían sobre la balsa para caer al agua y ser jalados por la corriente. Uno de los balseros, que jalaba la cuerda por la orilla izquierda, fue jalado por la misma y cayó a las bravas aguas ante espantosos calambres por el frío, de tal modo que la traicionera corriente lo devoró para siempre.

Los agotados soldados apenas pudieron pasar el rabioso río de aguas heladas y turbulentas. En el margen derecho del río quedaron tres carretas, media dotación de cajas de municiones y seis bueyes paralizados por el frío, mientras que en el izquierdo los soldados brincaban y se sobaban tratando de espantar el congelamiento que los torturaba. Como si se tratara de una ceremonia montada por los dioses para espantar a los mexicanos, una copiosa nevada se desató sobre los asombrados soldados. Aquéllos que nunca habían visto la nieve se agachaban para recogerla, apretarla, masticarla o aventársela entre ellos como si fueran niños jugando en un recreo. Horas después, el inclemente frío cobraba las primeras víctimas, soldados de tierra caliente o tropical, que en su vida habían estado en un clima así. La soldadesca prendía fogatas para tratar de calentarse. Los soldados se apretujaban alrededor del fuego y cuando éste menguaba o eran desplazados por otros hombres al borde del congelamiento, la tortura glacial regresaba con más brío. Los soldados otomíes, quemados en sus pieles por carbones ardientes para espantar el frío, emanaban un horrendo olor a carne podrida y quemada. Al día siguiente la gélida noche les cobra la primera factura con 80 soldados muertos por congestión de las vías respiratorias y congelamiento.

El general Castrillón ordenó que se disparara por la espalda a los desertores que aterrados intentaban huir. Tres soldados caían muertos con una mirada de paz y tranquilidad al haber escogido una mejor salida a ese espantoso suplicio. Santa Anna ordenó a Castrillón que se hiciera ojo de hormiga. A ese paso tendría que fusilar a toda la tropa.

El general Santa Anna, con una tasa de café caliente en sus manos y envuelto en un grueso abrigo, contemplaba el dantesco cementerio entre la niebla del páramo y el vaho que manaba de su propio aliento al respirar. Una fuerte ración de mezcal era repartida generosamente para dar calor a los pobres sobrevivientes.

—Los prefiero pedos que congelados —decía el generoso general presidente.

Genaro Escobar parado a su lado tiritando de frío, pero mejor acostumbrado a los fríos del norte que cualquiera de ellos, escuchaba a su general presidente decir:

—Al paso que vamos, no voy a llegar con soldados a Béjar. El mes de enero se ha acabado y no tengo dinero para pagarles. Les he reducido la comida a media ración de galleta y tortilla dura y, para colmo, el frío los ha empezado a matar. ¿Cómo diablos le vamos a hacer?

—Ya no queda otra más que aguantar, general, echarse para atrás daría los mismos resultados. Estamos más cerca de San Antonio que de Saltillo. El ánimo de la tropa se ha levantado con la cruzada del río y el mezcal.

La nevada se prolongó por algunos días más. Al final se reportó una pérdida lamentable de casi 400 soldados entre congelados y desertores. El cometa Halley[18], desde la majestuosidad de la bóveda celeste, chisporroteaba indiferente a la tragedia humana, vivida a millones de kilómetros de distancia.

Con nuevos bríos después de la tragedia de la nevada, el Ejército del Norte enfiló hacia el río Medina, que cruzaron sin ningún problema por ser un río ancho con poca profundidad y piso muy rocoso. Los texanos dejaron incendios de zacate al paso de Santa Anna para intentar sofocar a los mexicanos con la molesta humareda. A momentos parecía que en verdad no había hacia dónde hacerse. Una bendita lluvia de varias horas apagó los molestos fuegos para beneficio del Ejército del Norte.

Castrillón entregó un reporte que venía desde Saltillo, donde se informaba que el presidente Miguel Barragán agonizaba de una sorpresiva enfermedad y que sería sustituido por don José Justo Corro, ministro de Justicia y Negocios Eclesiásticos.

Santa Anna no movía un músculo de la cara que demostrara alguna reacción por el nombramiento de don Justo como primer mandatario de México. Su mente estaba concentrada en aplastar a los insubordinados del Álamo.

Otro reporte le informó que el congreso en la capital no encontraba la manera de ayudar al Ejército del Norte. Los ricos se negaban a prestar dinero y la iglesia apoyaba con muchas misas y rezos para que Santa Anna consiguiera el triunfo sobre los rebeldes texanos.

—¡Hijos de su puta madre! —gritó don Antonio López de Santa Anna fuera de sí— ¿Cómo diablos creen esos cerdos que se

---

18 En 1705, Edmundo Halley, tomando como referencia las últimas tres visitas del cometa, predijo que el recurrente visitante regresaría en 1758. Desgraciadamente el brillante astrónomo murió antes de la llegada del cometa, pero su descubrimiento quedó galardonado, a manera de homenaje lleva su nombre. Su visita en 1836 y 1910 fue considerada como el fin del mundo. El cometa regresó puntualmente en 1986 y se le espera de nuevo en el 2062, 2138, 2214…

ganan las guerras? Los soldados tienen que cobrar dinero para alimentar a sus familias. Mientras ellos dialogan horas y horas en las cámaras, con los estómagos a reventar de tanto tragar, estos pobres hombres se juegan la vida con el estómago vacío y un fusil sin parque. Juro que cuando regrese haré los cambios pertinentes para poner orden en ese chiquero.

Castrillón, de frente a su iracundo general, mira al suelo apenado por la cólera de su superior. No decir nada era lo mejor en esos casos. Santa Anna no entendía razones y tratar de dialogar con él en esas circunstancias era como intentar acariciar la cabeza de un perro rabioso dentro de una jaula.

Al día siguiente, en la ribera del río Nueces, el ejército de Santa Anna se encuentra con el del general Joaquín Ramírez y Sesma. La impresión que causa a Santa Anna el diezmado ejército de Ramírez no es muy distinta a la que sufre su subordinado. Soldados con los zapatos rotos, uniformes hechos tirones, rostros famélicos y un hospital ambulante lleno de moribundos. Entre ellos viene el general Martín Perfecto de Cos, quien sufre el repudio de su cuñado Santa Anna, pues lo ignora como si fuera uno de los soldados del Valle del Mezquital con los lomos llagados por las quemaduras de leña.

Los tres intrépidos viajeros reanudaron el camino al tercer día de pasar un buen rato con los indios cheyennes y la familia de Cherrier en el poblado que en un par de décadas se convertiría en Marysville. Hoja Verde y Elsa se despidieron amablemente, así como Cherrier, quien derramó lágrimas de pesar por la partida de sus amigos.

—Los esperamos de regreso. Cuídense mucho, amigos —dijo Cherrier.

—Aquí estaremos de vuelta en unos meses, amigo —repuso Kit Carson dando un abrazo a su amigo. Lo mismo hicieron Mackenzie y Sixto.

Al final Sixto y Elsa estuvieron solos por unos minutos ante el beneplácito de todos. La joven pareja se había entendido bien y merecían un momento a solas para despedirse.

—No me dejes aquí, Sixto. Quiero ir contigo a California.

—No puedo llevarte Elsa. Tu padre me mataría. Es un viaje muy peligroso. No quiero exponerte.

La bella Elsa lo miró con ojos de enamorada. Para evitar más tristeza se alejó de Sixto dejándolo con la palabra en la boca.

—¡Vete entonces y no me mires más!

Los viajeros reanudaron su camino con la pesada conestoga jalada por bueyes. En su caballo iban Sixto y Carson, mientras que en la carreta viajaba Mackenzie. Por la tarde acamparon en una fresca sombra bajo un árbol. El viento soplaba frío y el calor quemaba como un soplete.

Cerca de ahí, Rayo que cae y Kansa espiaban, sin ser vistos. Esperarían pacientemente a que llegara la noche para caer sobre los viajeros y matarlos.

De vuelta en el campamento los viajeros contemplaban azorados una tormenta lejana en el horizonte. Era un torbellino gris oscuro que se veía a la distancia como un bastón que se desplazaba caprichosamente sobre la verde pradera.

—Es un tornado, pero está muy lejos de aquí. Aunque nunca he estado cerca de uno, sí sé que destruye todo lo que toca a su paso —comentó Carson mientras comían.

—Espero que se mantenga así de lejos, porque aquí no hay para dónde hacerse —repuso Sixto.

—¿No sienten que nos han estado siguiendo? —preguntó Mackenzie intrigado.

—Sólo pueden ser dos personas, Elsa que se escapó o el indio celoso que te miraba con ojos de demonio cuando partimos —dijo Carson alegre, tratando de amenizar la comida.

Sixto miraba nervioso que el tornado se veía más cerca de ellos y eso lo tenía muy inquieto. Las leyendas que le contaba su padre sobre torbellinos que levantaban a los hombres para hacerlos caer despanzurrados a kilómetros del remolino no le dejaron comer.

—La tormenta se está acercando a nosotros —advirtió Mackenzie inquieto.

—¿Si viene hacia acá, qué haremos? —preguntó Sixto.

—Esperemos que se aleje. No pienses en ella.

El potente tornado había cobrado más fuerza y altura. Los viajeros, temerosos de que el potente ciclón los alcanzara, empezaron a buscar un escape ante una muerte inminente. El torbellino negro se perdió en el cielo, formando un hongo oscuro de cientos de metros de ancho. El potente remolino dibujaba bailes caprichosos, mientras avanzaba cada vez más cerca hacia ellos. Poderosos relámpagos emergieron de las nubes, amenazando todo lo que se ponía a su paso. Los bueyes y los caballos se empezaron a sacudir nerviosos. Los perritos de las praderas, que vigilaban celosos desde afuera de sus madrigueras, se habían escondido sin asomar cabeza.

El cielo se nubló y una llovizna helada comenzó a envolverlos. El ruido del tornado al avanzar se escuchaba como el rugir de miles de bisontes juntos. Los tres viajeros corrieron sobre la ribera del río buscando un árbol robusto del cual asirse para soportar el violento ciclón. Detrás de ellos miraron cómo la conestoga, con todo y animales, era levantada del suelo como si fuera de paja. De pronto Sixto encontró un pequeño puente para carretas hecho por los cheyennes para librar un arroyuelo en la senda. El puente de piedra y troncos era de un metro de alto por cinco de ancho. Bajo la estructura apenas había un arroyuelo que les tapaba los pies. Los tres se metieron debajo y se amarraron con cuerdas de cuero firmemente a uno de los soportes del puente. El cielo se les hizo de noche con la llegada del tornado sobre sus cabezas. Los tres fueron estirados dentro del puente como si una mano gigante tratara de sacarlos de su madriguera. Por varios segundos lucharon para no ser arrancados del puente. Por fin el monstruo de viento se alejó dejando destrucción y desolación a su paso.

—Nos salvamos de milagro —comentó Sixto entre jadeos, al mirar al tornado alejarse. Un hilillo de sangre escurría de su cabeza. Los tres se encontraban golpeados al haber sido vapuleados por los fragmentos que cargaba el viento huracanado.

Tras de sí, el tornado dejó un camino caprichoso sembrado de escombros, árboles y hierba arrancada. Uno de los bueyes yacía en el suelo con las vísceras reventadas. Una de las cajas de ron estaba intacta sobre el suelo, como si hubiera sido parte de un caprichoso pacto de no agresión con los elementos. A lo lejos se escuchó uno de los caballos relinchar.

—Perdimos a los animales —comentó Mackenzie devastado.

—Agradece que no perdimos la vida. Si no fuera por este puente que encontró Sixto, ahorita estaríamos cayendo de 1000 metros de altura sobre los cheyennes —repuso Carson.

—Busquemos entre los escombros algo que pueda servirnos. Por lo menos ya tenemos un caballo y una caja de botellas —agregó Mackenzie.

El general presidente, don Antonio López de Santa Anna, al frente de los batallones Jiménez, Matamoros, Activo de San Luis, Tres Villas y Regimiento de Dolores, finalmente puso pie en San Antonio Béjar, el 23 de febrero de 1836. Los rebeldes texanos, temerosos de enfrentar al Ejército del Norte a campo abierto, corrieron a refugiarse en el fuerte El Álamo, una construcción rectangular con paredes de piedra y lodo. De las paredes laterales y los torreones sobresalían las bocas de 14 intimidantes cañones.

Santa Anna contemplaba con mirada triste a los negros que quedaron afuera del Álamo, como si fueran animales indeseables dentro del refugio.

—¡Genaro! —gritó Santa Anna enérgicamente.

—Sí, mi general.

—Quiten los grilletes a estos pobres diablos. Denles de comer y un sarape. Los que quieran pueden unirse a nosotros para aplastar a sus opresores. Los otros pueden huir si gustan. Dígales que en México está prohibida la esclavitud y que todos somos iguales ante Dios.

Los negros gritaban y bailaban de felicidad por haber sido liberados. Minutos más tarde cantaban «Santiani», repetidas veces con brincos y gritos, mientras comían el sencillo refrigerio que los mexicanos les habían regalado.

Santa Anna, confiado en su seguro triunfo, tardó varios días en atacar. Mandó emisarios para que convencieran a Travis de que se rindiera, sólo recibió varios *Fuck you Santy Any* como respuesta, que lo encendieron de ira. El 27 de febrero se le informó del contundente triunfo del general José Urrea, en San Patricio. Con sólo un centenar de hombres de caballería y un grupo de mayas rabiosos, rememorando sus grandes hazañas guerreras de siglos atrás, en la península. Urrea tomó el cuartel texano, con 25 prisioneros y dejando 15 muertos. Lo mejor de su triunfo fueron los 100 caballos y las armas que fortalecieron al ejército mexicano. Sumado al triunfo de San Patricio, vino el de Cuates de Aguadulce, en la ribera del río Nueces, donde Urrea, con sus 80 dragones, acribilló a 42 rebeldes texanos, entre ellos su detestable jefe, el escocés James Grant, quien murió con su *quilt* (falda) y su gaita en la mano. Grant había jurado vengar a los caídos de San Patricio y acabar con todos los mexicanos de Urrea, a lo cuales inexplicablemente detestaba.

La cara de Santa Anna no podía fingir la envidia que le daba el triunfo de su subordinado. «A buena hora viene a opacarme un pobre diablo como Urrea. La culpa es mía por mandarlo ahí antes de atacar el Álamo», meditaba con mirada de demonio, mientras veía saltar y festejar a sus soldados.

—¿Se siente bien, mi general? —preguntó Genaro preocupado.

—Sí, Genaro. Me da gusto el triunfo de Urrea y eso me obliga a aplastar a estos hijos de la chingada del Álamo. Por más que traté de ayudarlos, se negaron y no me queda otra más que acabar con todos ellos sin piedad alguna.

Dentro del Álamo, el 4 de marzo de 1836, se vivía un ambiente de fiesta entre los colonos rebeldes. Santa Anna todavía no se atrevía a atacarlos y treinta y dos refuerzos de González se unían a los sitiados con noticias frescas y los ánimos por las nubes.

—¡Miren lo que traemos! —dijo Juan B. Bonham, un joven de 30 años originario de Carolina del Sur y amigo de toda la vida de Travis.

Sobre una improvisada mesa de madera, entre dos candelabros, descansaba una copia de la independencia de Texas, firmada por Burnet como el primer presidente de Texas, Richard Ellis, como vicepresidente y 21 delegados, entre los que aparecía el traidor y aborrecible Lorenzo de Zavala en representación de Harrisburg.

Entre los últimos filtrados venía Teodoro Escobar, decidido a derrotar a los mexicanos en representación de la nueva República de Texas.

—Ahora sí podemos presumir que somos una República independiente —dijo Bowie lleno de orgullo.

—La preocupación más grande en estos momentos es el inminente ataque de Santa Anna. Hace un par de días le mandé una carta[19] a Sam Houston, explicándole lo desesperada que está nuestra situación. Le expliqué que somos 180 patriotas contra casi 2 000 mexicanos, y día a día llegan más a auxiliarlos. Le dije que nuestra caída era cuestión de horas, además, le informé que contesté con un arrogante cañonazo a Santa Anna su mensaje para que nos rindiéramos. La bandera de Texas[20] ondea sobre el Álamo y si no llega Houston a tiempo, nos mataran a todos irremediablemente. Espero que ya venga para acá para auxiliarnos —explicó Travis a los recién llegados.

—Sabemos por rumores que ya viene para acá, pero nada confirmado, coronel —repuso Teodoro, levantando más su cabeza para hacerse notar.

—Tú hablas el inglés como mexicano —comentó Travis, mirando detalladamente a Teodoro.

—Era mexicano de Santa Fe, general. Ahora soy un orgulloso ciudadano de la República de Texas, dispuesto a morir por mi patria. *Long Live Texas!* —repuso Teodoro lleno de orgullo.

—*Long Live Texas!* —gritaron los demás compañeros, inflamados de orgullo.

---

19 La carta fue interceptada por los soldados de Santa Anna.
20 Bandera tricolor como la de México, con el año «1824», en vez del águila devorando la serpiente. Después de San Jacinto, apareció la azul, rojo y blanco con la estrella solitaria de Texas. El pabellón utilizado por Santa Anna en el Álamo era completamente rojo, lo que significaba guerra sin cuartel.

4

«Remember the Alamo»

El 6 de marzo de 1836, a las tres de la madrugada, don Antonio López de Santa Anna congregó a sus 1400 infantes, divididos en cuatro columnas para iniciar el asalto final al Álamo. Las cuatro columnas serían dirigidas por los coroneles Francisco Duque, José María Romero, Juan Morales y, difícil de creer, una vez más, por el inepto cuñado de Santa Anna, el general Martín Perfecto de Cos.

El Álamo era una misión franciscana establecida en 1744. Su iglesia se ubicaba en el costado este de un enorme rectángulo amurallado con gruesas paredes de adobe. La entrada principal a la iglesia se encontraba en el sur del cuadrángulo. San Antonio Béjar se encontraba a 600 metros hacia el oeste. El grueso del ejército de Santa Anna se ubicaba frente a la parte norte del rectángulo. Los hombres del coronel Travis habían construido tres improvisadas rampas con tierra, piedras y madera para colocar sus cañones de nueve, 12 y 18 libras. Una rampa estaba en la cara norte; otra, en el centro del muro oeste; y la tercera, en el vértice sur izquierdo. Junto a la iglesia del Álamo se había levantado una empalizada de troncos y tierra sobre la que había certeros fusileros esperando la llegada de los mexicanos.

Santa Anna, montado sobre su brioso Fauno, vestido elegantemente de negro con unas botas que inexplicablemente se mantenían brillantes, como si Su Alteza jamás pisara el suelo, ordenó que sus cuatro potentes cañones iniciaran el fuego castigador sobre el fuerte. Durante una hora los obuses causaron estragos y muerte entre los sitiados. Los obuses destrozaban los muros haciéndolos más chaparros para facilitar la trepada que vendría posteriormente. Los cañones de los rebeldes también causaban daños y muerte a los mexicanos.

Santa Anna dio la orden de invadir el fuerte. Por los tres flancos del muro llegaron mexicanos con escalas, picas y tablones, que a pesar de ser rechazados con lluvias de plomo, eran remplazados por nuevos dragones, hasta que los rebeldes fueron enfrentados mano a mano. Genaro Escobar, ante el asombro del general Tolsá, balaceó al artillero del muro, para luego tomar uno de los cañones y dirigirlo letalmente hacia el interior, destrozando la enfermería, convento y paredes de la capilla.

—Ese muchacho sí tiene huevos, cuñado. Si lo hubiera puesto a él en vez de a ti, esos hijos de la chingada jamás hubieran tomado Béjar —dijo Santa Anna a De Cos en tono burlón.

Martín Perfecto de Cos, indignado por el insulto de su incomodo cuñado, sólo miró el avance incontenible de la infantería mexicana hacia la capilla.

El coronel Travis, disparaba valientemente desde una ventana de la capilla, sin posibilidad de moverse más por una herida mal atendida desde días atrás.

—Davy, te dejo el mando. Organiza la última defensa para tratar de salvarnos.

Crockett miró con tristeza y resignación a Travis para contestarle:

«Es inútil; cada uno sabe ya lo que debe hacer».

La toma de la capilla significaba la derrota total de los rebeldes. Preocupado por el derribe de la puerta con un siguiente cañonazo, Travis ordenó a Teodoro Escobar:

—Teodoro, tú eres mexicano y hablas español. Necesito que saques de aquí a la señora Susana Dickinson. Su marido Almeron Dickinson está a cargo del cañón y lo estará hasta que lo derriben. Huye por la puerta sur con la señora y su hija Angelina[21]. La nena tiene tan sólo 15 meses. Mi esclavo Joe te ayudará a salir

21 Santa Anna, por haber matado a un hermano masón (el esposo de la señora Dickinson), trató de enmendar su error adoptando a la niña Angelina Arabella, ante el repudió de su madre, al decirle que jamás entregaría a su hija al hombre que había asesinado al padre.

con bandera blanca. Eres la única esperanza de que se salven. Todos los de aquí adentro moriremos en batalla o fusilados. La señora y la nena no tienen por qué morir.

En dos minutos la señora, el esclavo y la niña estuvieron listos. Un abrazo conmovedor de despedida del padre de la niña hizo tragar saliva a Teodoro.

Un potente estallido hizo añicos la puerta de la capilla. Los colonos Almeron Dickinson, James Bonham y Gregorio Esparza dispararon sus fusiles hacia la puerta matando a uno de los mexicanos. Antes de que recargaran de nuevo, fueron atravesados varias veces por las bayonetas de los furiosos mexicanos. El soldado Robert Evans tenía instrucciones de volar el depósito de pólvora, si veía que todo estaba perdido. Evans, herido de muerte, se arrastró lastimosamente hacia el depósito con un trapo en llamas. Cuando estaba a punto de ponerlo sobre la pólvora, una patada en la mano lo evitó.

—Querías volarnos a todos y ganar perdiendo, ¿no, cabrón? Pues ya no pudiste, texano de mierda —un balazo en la cabeza acabó con la vida del valiente Evans.

Al mismo tiempo, por la puerta sur de la capilla, Teodoro y sus protegidos lograban abandonar exitosamente el Álamo.

Cuando huían por el campo fueron alcanzados por dos soldados enviados por Joaquín Ramírez y Sesma.

—¿Adónde creen que van, hijos de la chingada?

Cuando el soldado mexicano vio el uniforme de dragón sobre Teodoro se quedó sorprendido. Lo había conseguido de un difunto caído junto a la puerta sur. Confiando más en esto que en la bandera blanca que Travis le había sugerido, Teodoro le dijo firmemente en perfecto español al mexicano:

—El general Tolsá me encomendó que los sacara de aquí. Ellos no tienen por qué morir. No son soldados.

—Sí, lo sé. Llévalos hacia Béjar. Allá estarán a salvo. ¿Cómo ves la toma de la capilla?

—A todos los texanos ya se los cargó la chingada, compañero. Hemos ganado. Te veo al rato en el festejo.

—¡Adelante, hermano!

Dentro de la capilla, la situación era desesperada. Jim Bowie, afectado por la neumonía, miraba desde una ventana el avance irreprimible de la oleada mexicana. Al ver llegar a los soldados disparó su rifle por última vez sin acertar el tiro. Cuando intentaba cargarlo de nuevo una filosa bayoneta le atravesó el pecho repetidas veces.

—A este puto fanfarrón ya le traía ganas desde que llegamos —gritó el soldado mexicano—. Se la pasó todo el tiempo insultando desde las ventanas que nos iba a dar en la madre.

—Acabas de matar al creador del cuchillo Bowie, Manuel. Ya tienes algo que contar a tus nietos —repuso su compañero asombrado.

Manuel, orgulloso de su triunfo, se agachó para despojar de su cuchillo al creador mismo de la famosa arma.

—Esto sí se lo voy a presumir a mi vieja.

Todo estaba perdido para los texanos. El coronel Travis, jefe de los *grays*, sin balas en su carabina, intentó romperle la cabeza a un dragón mexicano con su fusil. Una certera descarga hizo pedazos su corazón, cayendo sin vida a los pies de su enemigo. El teniente John Curtis, suegro de Teodoro Escobar, al quedarse sin parque, es ensartado por la espalda como brocheta, por un iracundo dragón mexicano.

David Crockett correría la misma suerte. Su cadáver fue reconocido por la ensangrentada gorra de castor y su vestimenta de indio. Crockett era uno de los hombres más viejos en la defensa del Álamo.

El balance final de la lucha arrojó 350 mexicanos muertos contra 183 norteamericanos, en sí, todos los texanos que estaban en el Álamo. Un balance desigual, que a pesar de todo enorgullecía a Santa Anna como el vencedor de Béjar.

Con los cadáveres se hace una enorme pira que arroja su fétido olor por todo San Antonio.

—Espero que el olor llegue hasta Sam Houston. Iremos tras él y después de acabar con todos ellos, como hicimos con estos infelices del Álamo, proseguiremos, ¿por qué no, hasta Washington? —dijo Santa Anna gritando como un poseído.

Sus generales lo miraban con respeto y admiración. Pertenecer al ejército del César mexicano era un motivo de orgullo y admiración.

Santa Anna ordenó a sus hombres que todo el día lo dedicaran al saqueo y a la fiesta. Se lo merecían y había que celebrarlo.

—¡Genaro!

—Sí, mi general.

—Consígueme a una texana de buenas ancas que ando como burro en primavera.

—Sí, mi general.

Sixto Escobar, John Mackenzie y Kit Carson caminaron por la ribera del río Little Blue hasta llegar al poblado de Grand Island, en territorio de Nebraska. Sólo contaban con un caballo, cargando en su lomo una caja de ron, que milagrosamente había sobrevivido al tornado de Marysville.

Dos kilómetros antes de llegar a Grand Island, mientras los viajeros descansaban en una fresca arboleda, una flecha paso rozando el hombro de Sixto. Sorprendido por el certero proyectil, Sixto intento esconderse bajo un tronco para evitar el siguiente disparo. Carson y Mackenzie se tiraron al suelo. El siguiente flechazo no llegó, pero sí escuchó una potente detonación de rifle. Los segundos pasaron sin que se repitiera otro disparo. De pronto, de entre los arboles emergió la figura atlética y hermosa de la cheyenne Elsa, con el rifle de su padre en las manos.

—¡Elsa! ¿Estás bien? —preguntó Sixto arrodillado sobre la tierra.

—Yo estoy bien, ¿y tú?

—La flecha sólo me rozo, causándome un doloroso rasguño.

Mackenzie y Carson miraban asombrados a la india.

—¿A quién le disparaste? —inquirió Carson.

—A Rayo que cae. Desde el campamento los venían siguiendo para matarlos. El tornado se llevó a Kansa, con todo y el árbol donde se amarró. Rayo que cae se refugió como topo en la tierra y se pudo salvar.

—Del tornado, pero no de ti. ¿Y tú cómo le hiciste con el tornado? —preguntó Mackenzie.

—A mí no me toco como a ustedes. Lo vi pasar cerca, nada más.

—¿Y ese rifle? —preguntó Carson.

—Es de mi padre. Él me enseñó a disparar desde muy pequeña.

—¡Vaya que si lo haces bien!

—Tenemos que hacer fuego para curar a Sixto. No perdamos más tiempo.

Carson caminó hacia donde yacía el cuerpo de Rayo que cae. El impacto había sido en la cabeza desde una distancia admirable. «Esta cheyenne es una talentosa guerrera, adelantada a su época» —pensó al ver el cadáver del indio.

Elsa curó la herida de flecha de Sixto. Por experiencia sabía que una herida de flecha mal cuidada se podría convertir en gangrena. Con una mezcla pastosa de hierbas cubrió la herida del hombro.

—Se pondrá bien, aunque esta noche la pasará un poco incómodo —dijo Elsa.

Podemos descansar un rato aquí y cruzar el río Platte por la tarde. Grand Island es un buen lugar para pasar la noche.

—¿Conoces a alguien ahí? —inquirió Sixto.

—Sí, aunque no creo que les parezca muy bien verme viajar sola con tres hombres blancos.

—¡Qué si lo dices! —exclamó Sixto con sarcasmo.

—¿Quién es el conocido? —preguntó Mackenzie.

—Son mis primos. Son los hijos de Shawitta, hermana de Hoja verde, mi madre.

Los primos de Elsa recibieron amablemente a su prima, aunque no dejaban de ver con suspicacia a los tres viajeros.

—¿Quién ser ellos? —preguntó Búfalo negro, un gigantón de cola de caballo.

—El mexicano es mi hombre. Los otros dos son viajeros rumbo a California.

—¿Tu hombre?

—Sí, Búfalo. Nos vamos a casar pronto.

Búfalo negro era un cheyenne de casi dos metros de estatura que intimidaba a cualquiera con su poderosa musculatura y estatura gigantesca, para un indio piel roja. Su piel estaba curtida por el sol de las praderas americanas y era un excelente cazador de búfalos.

—Si ser amigos de Elsa, todos ser amigos míos.

—Gracias —dijo Mackenzie, agradecido por simpatizar con el indio cheyenne.

Los otros dos hermanos de Búfalo negro se acercaron para saludar a los viajeros. Los dos eran de buena estatura con los cabellos agarrados en cola de caballo. Uno era un poco regordete y sonreía todo el tiempo. El otro era delgado y correoso, y presumía ser excelente jinete.

—Quiero que nos acompañen a California —dijo Elsa sonriente.

Carson y Mackenzie sonrieron cómicamente al ver la cara de Sixto mientras escuchaba a su novia invitar a los celosos primos al viaje.

—Tú sabes que primos quererte y no dejarte ir sola. Shawitta matarnos, si dejarte ir sola con caras pálidas —repuso Búfalo negro.

—Creo que no vas a tener luna de miel, amigo —dijo Carson a Sixto, muriéndose de risa. Mackenzie sólo sonrió, imaginándose cómo resultaría el resto del viaje para Sixto.

Después de salvar a las Dickinsons y al esclavo negro Joe, Teodoro huyó de San Antonio en busca de Sam Houston. Las noticias sobre la aniquilación de todos los refugiados del Álamo lo entristecían sobremanera. Dentro de ellos se encontraba su suegro, el teniente John Curtis. Teodoro sabía que, si no hubiera sido por Travis, a esta hora sería un cadáver más en la pira del Álamo.

Afortunadamente no había tenido ningún encuentro con Genaro, cosa que temía mucho desde que ambos hermanos tomaron bandos contrarios.

De vuelta en el Álamo, horas después, el festejo daba inicio como una fiesta grande que nadie se quería perder.

Se colocaron improvisadas casas de campaña aportadas por el ejército del general Gaona, quien había llegado justo en el momento del triunfo final de Santa Anna.

Además, había tablones para colocar improvisadas mesas donde descansaban los alimentos y las bebidas de los guerreros triunfadores. Las mujeres de los soldados les prepararon antojitos deliciosos que sirvieron como premio a los entelarañados estómagos. Las jarras de chinguirito siempre estaban llenas, como si un extraño genio estuviera al tanto de que jamás se vaciaran.

Canciones y corridos mexicanos alegraron la fiesta. El general Ramírez y Sesma, hábil como nadie para conseguir damas, hizo traer a todas las prostitutas de pueblos cercanos para coronar el festejo del Álamo.

—*I don't speak english*, preciosas —les decía Santa Anna a las muchachas al bailar sobre un improvisado tablado.

—*We don't care*, Santa Anna, *as long as you have silver coins in your pockets.*

—¿Qué dice esa pinche vieja? —le pregunto Santa Anna a Juan Nepomuceno Almonte, hijo del cura José María Morelos, educado en los Estados Unidos desde pequeño y con un dominio absoluto del inglés, como si fuera de allá.

—Que mientras les pague no les importa qué idioma hable.

Santa Anna dio un emotivo discurso sobre el triunfo del Álamo que hizo llorar a sus hombres, algunos gritaban «Viva Santa Anna», hasta desgañitarse, otros querían abrazarlo al tenerlo cerca por primera vez, y otros tantos lo admiraban en silencio, como si fuera un semidiós que les regalaba un poco de su tiempo.

Ese mismo día, Santa Anna despachó una comisión de mensajeros para que llevara al ministro de guerra, José María Tornel en la capital del país, cartas donde se narraba a detalle la epopeya de Santa Anna en el Álamo y la bandera arrancada a los *grays* en el Álamo[22].

Los principales generales se llevaron a las damas de San Antonio a sus tiendas de campaña para desfogar esas ansías reprimidas por meses. El altivo César mexicano tuvo la osadía de llevarse dos, tomando a cada una de la mano para introducirlas en su tienda de

---

22 Se cuenta que Tornel al ver la bandera en sus manos, la arrojó al suelo y bailó un jarabe tapatío sobre ella de puro gusto, gritando: «!Juro, en nombre de la Nación, que pronto quedarán exterminados los disidentes y los traidores!».

jeque árabe. Las dulces güeras sonreían resignadas a su destino de ser destrozadas sexualmente por el semental del oeste.

—Les juro que después de esta noche, tendrán que dormir paradas por una semana, güeras. Su lastimado trasero no aguantara ningún asiento o cojín —les dijo Santa Anna, mientras se despojaba de su uniforme como si éste estuviera en llamas. Las dos hembras se miraron entre sí como preguntándose: ¿quién estaría primero con el Aníbal veracruzano?

Los seis viajeros abandonaron el pueblito rivereño de Grand Island con dirección al oeste. Caminando a lo largo de la ribera norte del río Platte norte, cuando pasaban por Dobytown[23] fueron sorprendidos por una gigantesca manada de bisontes. El espectáculo más hermoso dentro de las praderas norteamericanas en el siglo XIX.

—Gran Manitú premiarnos con regreso de los sagrados tatankas —dijo Búfalo negro, contento al contemplar el océano café que se extendía imponente frente a ellos. La tierra temblaba ante el estruendo de miles de patas al avanzar, levantando una nube de polvo que avisaba con tiempo a dónde se dirigía la estampida.

—Son miles. No entiendo cómo vamos a pasar —comentó Carson asombrado.

—El problema ahora no es como vamos a pasar, debemos preocuparnos porque vienen hacia acá y nos pueden arrollar —exclamó Elsa asustada.

—Algo los espantó y vienen hacia nosotros —advirtió Sixto.

—Nunca había visto tantos en mi vida —comentó Mackenzie boquiabierto.

—Corramos hacia ese montículo de piedras. Ahí estaremos protegidos de los cíbolos —dijo Sixto, temiendo morir aplastado por la estampida.

Como si los montículos de roca hubieran sido puestos por los dioses para ayudarlos, los viajeros apenas lograron llegar a ellos para salvar la vida. Los seis caballos también lograron refu-

---

23 Se convertiría en Kearney, en 1847.

giarse entre los peñascos. Los cheyennes de Grand Island habían puesto cinco caballos para acompañar a la desamparada prima.

—Si no fuera por estas rocas ya nos hubieran aplastado —dijo Carson, asombrado por ver a los bisontes pasar a toda velocidad junto a ellos, levantando una nube de tierra que por momentos los cegaba.

—Sioux estar espantando tatankas para que caigan en acantilado —explicó Búfalo negro.

—Pero aquí no hay barrancas ni montañas, Búfalo negro —dijo Mackenzie.

—Adelante haber pequeña caída de varios metros. Con eso ser suficiente para romper patas a tatankas que caen y sioux rematarlos en suelo con lanzas. En lugares más al norte haber barrancas altas, donde tatankas caer destrozados a suelo y morir con impacto. En suelo, sioux despojarlos de sus pieles.

—Que animales tan maravillosos —repuso Mackenzie, mientras bebía de su cantimplora.

—El Gran Manitú plantó la semilla de un árbol a la orilla de un río como éste. El árbol creció hasta las nubes, alcanzando el cielo con sus enormes ramas y de éstas bajaron todos los animales que poblaron la Tierra. Los últimos en bajar fueron una mujer y un hombre kiowas. Una tarde al caminar, cansados de admirar a tantas criaturas diferentes, se encontraron con la de un enorme tatanka. El Gran espíritu descendió y les explicó que ese majestuoso animal sería el que les daría todo para sobrevivir: calor, comida y vestido. Les advirtió que lo cuidaran porque el día que los tatankas faltaran en la pradera, los kiowas se extinguirían junto con ellos —explicó Elsa.

—La leyenda es interesante, pero veo difícil que estos animales desaparezcan. Son millones por todo el centro de la región[24] —repuso Carson.

---

24 En 1830 había 60 millones de bisontes. En 1895, ya no había más. En tres décadas los estadounidenses, con sus rifles Spencer y Winchester de repetición, acabaron con esta preciosa especie. Les disparaban indiscriminadamente desde trenes en marcha. Un solitario cazador de búfalos que no mataba 100 por día había tenido un mal día. Hoy en día, gracias a los esfuerzos del gobierno de Estados Unidos y México hay entre 350 000 en América.

—Nuestra existencia es imposible sin ellos. De su rica carne, una vez seca y pulverizada, sacamos el *penmican*. Esta rica carne es la que nos nutre en los helados inviernos, cuando la caza es limitada. Cuando el padre frío quiere hacernos piedra, con sus excrementos calentamos nuestros tipis y alimentos. Nada se desperdicia en un tatanka: la carne, la piel, el pelo, la cornamenta, las tripas, sesos, corazón, hígado, nervios y tendones —todos miraban sorprendidos a Elsa mientras explicaba los atributos de los tatankas, en tanto que a su alrededor no dejaban de pasar bisontes asustados—. Con los riñones se hacen pinturas mágicas. Con el pelo hacemos nuestros vestidos y cuerdas. La piel con pelo sirve de cama en invierno, sin el pelo sirve para las estaciones frescas. Con el cuero hacemos vestidos, tambores y hasta escudos de guerra. Con varias pieles juntas hacemos nuestros *tipis*. Con el cuero hacemos recipientes de cocina y nuestros *bull boats* para flotar en los ríos. Las costillas sirven para fabricar patines para trineos de nieve y palos para jugar. Con las pezuñas hacemos pegamento para nuestras joyas y plumas en las flechas. Con el omóplato, instrumentos musicales. Con los tendones hacemos hilos y cuerdas para los arcos de guerra. Los cuernos sirven de adornos y tocados para nuestros jefes. Con sus sesos e hígados machacados curtimos nuestras pieles.

—Ahora entiendo la profecía kiowa de que sin ellos todos moriríamos —comentó Sixto.

—Los bisontes se detuvieron, pero ahora estamos atrapados en medio de la estática manada —comento Sixto.

—Mejor aprovechar para comer y seguir plática. Tatankas estar así por horas —sugirió Búfalo negro.

Víbora roja, el cheyenne robusto, se apresuró para sacar la comida. Búho gris, el delgado, le arrebató su cantimplora en broma.

—Será difícil para mí olvidar una comida como ésta. Comiendo con cuatro cheyennes, un trampero y un mexicano, entre unas rocas, rodeado por miles de búfalos, en un horizonte de pelambres marrones que parece ser un mar café en movimiento —comentó alegre Mackenzie, mientras pasaba una de sus botellas para alegrar la comida con sus compañeros.

Las glorias del general Urrea seguían causando escozor en el envidioso general Santa Anna. Después de su triunfo en San Patricio, el general Urrea se enteró de que una partida enemiga de casi 200 rebeldes texanos se refugiaba en la Misión del refugio. Sin demorarse un minuto, dirigió hacia allá sus valientes tropas. Al enterarse los texanos del acercamiento de las tropas de Urrea, se refugiaron en la iglesia, emulando el reciente combate del Álamo. El enfrentamiento ocurrió el 14 de marzo. Durante todo el día se batieron con denuedo hasta que por la noche los texanos huyeron del lugar, dejando 15 muertos y 35 prisioneros, que fueron fusilados sin contemplación por los mexicanos. Los sobrevivientes de la Misión del refugio se unieron a las fuerzas de James Fannin en Goliad. Sam Houston, más preocupado por el talento militar de Urrea que el de Santa Anna, ordenó a Fannin abandonar Goliad sin dejar nada que los mexicanos pudieran reutilizar. Había que destruir carretas, artillería, armas y sacar a los civiles del pueblo.

James Fannin, haciendo caso omiso de Houston y queriéndose vestir de héroe, se lanzó sobre Urrea, el 19 de marzo. La batalla ocurrió en una planicie llamada Encinal del perdido. Urrea con tan sólo tres centenas de soldados de infantería y una veintena de caballería logró derrotar al ejército de James W. Fannin, que lo superaba en hombres y en piezas de artillería. La superioridad de los artilleros mexicanos marcó la diferencia, obligando a Fannin a rendirse y pedir por la vida de sus 365 hombres. Urrea lo dejó a consideración de Santa Anna, quien sediento de sangre y de venganza, ordenó llevarlos a Bahía del Espíritu Santo para ejecutarlos sin ninguna contemplación[25].

Con este rotundo triunfo, Urrea se hizo de 365 prisioneros, tres banderas de los rebeldes, nueve poderosos cañones de distintos calibres, 1100 fusiles, 80 pistolas y tres carros de municiones.

25 Otros 32 prisioneros, muchos de ellos civiles, fueron fusilados en Goliad. Con estas ejecuciones Santa Anna se ganó el odio y deseo de venganza de Sam Houston y de todos los texanos.

—¡Hemos triunfado, señores! Con las derrotas del Álamo y Goliad, hemos dado un escarmiento a esos hijos de la chingada. Al haber fusilado a esos 400 prisioneros, nos hemos ganado el miedo y respeto de esos traidores. Estoy seguro de que no volverán a levantar una piedra contra el gobierno. Esta misma semana me regreso para la Capital —explicó Santa Anna, orgulloso del triunfo.

El general Filísola, acostumbrado a no intimidarse con el César mexicano, se acerca a él, en el improvisado campamento para espetarle delante de los otros valientes generales:

—Regresarnos es una insensatez, mi general. No nos hemos enfrentado con el grueso del ejército rebelde de Sam Houston. Si nos retiramos, a la semana siguiente tomaran lo que ganamos y parecerá que aquí no pasó nada. Tenemos que vencer a Houston y fusilarlo, y luego dejar bien guarnecidas las ciudades principales para evitar futuras insurrecciones. El gobierno de México podría juzgarlo por dejar la campaña a medias.

Urrea, Ramírez y Sesma, Gaona y Tolsá se quedan sorprendidos por la determinación y arrojo de Filísola. Saben que tiene razón y que ha puesto al Aníbal veracruzano entre la espada y la pared. Santa Anna los mira estudiando sus rostros, sabe que Filísola tiene razón y que no debe cometer un error de esa magnitud.

—Filísola está en lo correcto, señores. Seguiremos adelante. Los tenemos ya muy cerca y los aplastaremos. Urrea mantendrá vigilada la costa para evitar cualquier arribo de fuerzas rebeldes por mar. Joaquín Ramírez y Sesma atacará por el centro. Gaona y Tolsá nos cubrirán la retaguardia. Yo entraré con Joaquín, para yo mismo clavarle mi bayoneta en el culo a Sam Houston.

Todos celebran la decisión de Santa Anna con un grito de «¡Viva Santa Anna!».

Al día siguiente, el general presidente decide perseguir a Sam Houston, si es preciso hasta los sótanos del infierno para colgarlo. A marchas forzadas llega a San Felipe para encontrarse con una desolación fantasmal: el pueblo ha sido incendiado y abandonado por los propios colonos. No hay una sola señal de vida.

—¡Hijos de la chingada! No pueden huir todo el tiempo. Habrá un momento en el que ya no tendrán para dónde hacerse y entonces vendrá la mía —dice Santa Anna, bebiendo el agua de su cantimplora bajo la sombra que proyecta la iglesia del pueblo.

—Sam Houston nos quiere llevar más allá del río Sabina, para que al cruzarlo ingresemos ilegalmente a los Estados Unidos y eso les dé el pretexto que los yanquis necesitan para atacarnos. Ése es su plan, mi general —comenta Genaro Escobar, empapado en sudor y mojándose la cabeza con el agua de un pozo.

—No les daré gusto, Genaro. A ese cabrón lo agarraré antes de que llegue hasta allá.

Santa Anna recibe información de primera fuente de que David Burnet, presidente de la República de Texas, el vicepresidente Lorenzo de Zavala y todos los integrantes de la convención se encuentran en Harrisburg. El Leónidas mexicano ordena marchar sin demora en persecución de los filibusteros de Harrisburg, para sorprenderlos ahí mismo y fusilarlos a todos.

Santa Anna viaja en su diligencia con rumbo a Harrisburg. Prohíbe el descanso y la marcha debe ser de día y noche para caer sobre los traidores.

Dirigiendo la carreta como un experto cochero, Genaro gana nuevos puntos a su favor al conseguirle a Santa Anna una atractiva cirquera. La morena hace acrobacias dentro del transporte para complacer al libertino presidente que la pone en asombrosas posiciones de contorsionista de circo.

—Ahora pon tus tobillos en tu nuca, preciosa. ¡Dios! Pareces hecha de goma. A ver si no te rompo en dos, mija. Ah… así, mija… aguanta… ahí voy, mija… ahhh.

Un hoyanco los hace caer de la improvisada cama, ante la risa contagiosa de la jovencita y el enojo de Santa Anna al quedar con las níveas nalgas al aire. Con furia se asoma por la ventana del carruaje para insultar al chofer:

—¡Pendejo, fíjate que no traes animales adentro!

Genaro sonríe en complicidad, latigueando a las bestias para que no vuelvan a caer en otro bache.

Después de viajar toda la noche, Santa Anna llega por fin al Paso de Thompson. Un destacamento de 150 *grays* protege celosamente el muelle. El certero artillero santanista lanza dos obuses que hacen salir despavoridos a los inexpertos defensores. Todos huyen dejando el muelle libre con tres pangas, comida, agua y parque.

—¡Bola de cobardes! ¿Así piensan defender Harrisburg? —comenta Almonte, a momentos imitando a Morelos, su célebre padre.

Santa Anna y sus hombres pusieron pie en Harrisburg para encontrarlo abandonado. Aún no había pasado ni una hora desde que el congreso había huido. Aún estaban alimentos sobre la mesa, era evidente que habían huido al recibir el aviso de que los mexicanos andaban cerca.

Almonte con su perfecto inglés había interrogado a un anciano que se negaba a huir con los rebeldes.

—*Burnet fled to Galveston and Houston has stepped back to Lynchburg.*

—Dice que Burnet huyó a Galveston y Houston retrocedió a Lynchburg.

Santa Anna sonrió satisfecho. Por fin tenía a su alcance al odiado opiómano Sam Houston. El general presidente concedió treinta minutos para que la tropa comiera y bebiera cuánto le resultara posible. No se puede dar más tiempo o Houston se les escapará. Filísola envió, por órdenes de Santa Anna, 500 hombres de apoyo. El César mexicano argumentaba no necesitar más gente para atrapar a ese infeliz del Cuervo.

Ese día, 20 de abril de 1836, Santa Anna libró su primer encuentro contra las fuerzas del Cuervo. Los asustados rebeldes se replegaron a un bosque en la ribera del río San Jacinto. Santa Anna sabía que el Cuervo tenía el río Búfalo a sus espaldas y si era atacado, sería masacrado tal como pisar a unos cachorros dentro de una caja. Los 500 refuerzos de Filísola, comandados por Martín Perfecto de Cos, llegaron a las nueve de la mañana para aumentar más la confianza de triunfo del ejército del Napoleón del oeste.

«Ese hijo de la chingada de Filísola me mandó a 500 indios harapientos y muertos de hambre, y él se quedó con la tropa distinguida. Ésta sí me la va a pagar el muy cabrón. Ya me tiene hasta la madre haciéndome sombra con sus triunfitos de cuarta», meditaba Santa Anna, mientras los refuerzos caminaban junto al general Martín Perfecto de Cos.

—Eres un grandísimo pendejo, cuñado. No sabes cómo me arrepiento de haberte promocionado para esta guerra. ¿Cómo permitiste que Filísola te mandara aquí con esta escoria de ejército, que no le sirve para nada? Y, ¿me la mandó a mí para enfrentar a Houston?

—Era lo que había, Antonio.

Santa Anna con ganas de soltarle un fuetazo, lo dejó hablando solo.

El Napoleón del oeste sabía que necesitaba que sus 1 400 hombres atravesaran al otro lado del río, y que al día siguiente cayeran sobre el acorralado Cuervo. El muelle llamado Morgan's Point, tenía tan sólo tres pangas pertenecientes a James Morgan y éstas tendrían que cruzar a todo el ejército santanista.

El turno de cruzar el río llegó a Santa Anna. Genaro Escobar dio un codazo de complicidad a su general presidente, al ver a la mulata de fuego, que junto con el panguero de nombre Turner, llevaban horas cruzando soldados al otro lado del río.

—¡Santa madre de Santa Anna! ¿Por qué no me habías dicho que había una Xtabai[26] de San Jacinto, Genaro? Debería mandarte al paredón por haberme ocultado que existía esta damisela de los pantanos.

—Pensé que ya la había visto, mi general. Toda la tropa babea por ella.

—Esta hembra no se me escapa, o la fusilo sobre la pinche panga si es preciso, Genaro.

---

26 Deidad maya que se le aparecía a los hombres en los pantanos, haciéndoles perder la razón por su belleza y encanto hasta que perecían ahogados o comidos por los caimanes.

Aunque urge pasar al mayor número de gente posible por viaje, Santa Anna ordena que una panga sea cargada sólo con sus cosas, cinco cargadores y él. Es el máximo líder de México. ¿Quién se atrevería a decirle que no?

—¿Qué hago con la cirquera, mi general? —preguntó Genaro preocupado por si la tendría que subir a la panga. La morena de Goliad observó inquieta, esperando ser llamada para abordar. Los soldados observaron con ojos lujuriosos sus contorneadas piernas. Sabían que era la puta de goma de Santa Anna.

—Te la regalo, Genaro. Haz lo que quieras con ella. Te lo has ganado.

—Gracias, mi general.

Santa Anna, el remero y la bella mulata iniciaron el cruce de la panga. El remero, de apellido Turner, clavaba la estaca en el fondo del río para darle dirección al transporte. Su vigorosa espalda mostraba todos los músculos de esclavo negro, heredados por sus ancestros. Su Excelencia se intimidaba de admirar la fortaleza del Hércules de San Jacinto, quizá pareja de la bella mulata que lo había enloquecido como un toro embravecido.

—¿Cómo te llamas, chiquita? —preguntó Santa Anna, poniendo en juego sus máximas mañas de seductor. Viajaba con su uniforme completo, lo acompañaba su espada con empuñadura de oro al cincho y su bandera tricolor cruzándole el pecho de izquierda a derecha.

—Emily Morgan, general.

—Tú eres una reina, chiquita, y no te mereces esta vida miserable en estas ciénagas llenas de moscos y alimañas. Yo en México te construiría un palacio para ti solita.

Emily reaccionó halagada por las palabras adormecedoras del Benemérito en grado heroico.

—¿Usted en verdad me llevaría a México?

—A México y dónde quieras, mi reina.

Santa Anna aprovecharía que sus pertenecías lo aislaban visualmente del poderoso remero. Los cargadores viajaban acostados, aprovechando cualquier oportunidad para dormir. Santa Anna se sabía confiado de que lo defenderían si algo ocurriera con el remero.

—Eres una xtabai en la laguna equivocada, mi amor.

—¿Una qué?

—Una xtabai, mi amor.

—Usted habla muy bonito, general.

Santa Anna, aprovechó ese momento para acercársele y tomarla de la cintura.

—Aquí no, mi general. Ahora que lleguemos a tierra, lo que usted quiera.

Santa Anna la miró con ojos libidinosos. Sus manos la tomaron de la cintura de nuevo e intentó besarla. Emily había desviado discretamente la cara. Una de las manos de desvalijador, del héroe de Tampico, logró levantarle la falda y tomar una de sus húmedas nalgas, como si fuera el pan que roba un hambriento. Su Alteza Serenísima logró poner sus dedos entre la división de las nalgas. Emily se echó para atrás alejándose un poco. Su risa coqueta había encendido más al Napoleón del oeste, quien estaba dispuesto a penetrarla ahí mismo, si era preciso. «El amor es lo más natural. Qué importa que nos vean», pensó. Su erección amenazaba con reventar el pantalón. Emily le apretaba el pene como si estuviera estrangulando a una víbora del pantano.

—¡No, general! Espere a que lleguemos a tierra.

Santa Anna estaba a punto de desgarrarle el vestido, cuando el choque de la panga contra la arcilla del río anunciaba el fin del viaje.

Santa Anna no estaba dispuesto a dejar viva a su presa. Por ello ofreció dinero al panguero para que regresara solo a Thompson y continuara sin Emily. Las monedas de plata convencieron a Turner. Sabía que prescindiría de Emily, pero recuperaría el doble. Su patrón James Morgan no tendría por qué enterarse.

—Avisa a Houston que yo entretendré todo el día a Santa Anna para que él ataque mañana. El Cuervo se encontrará con un ejército dormido y sin general en jefe. Yo me encargaré de él.

Santa Anna los miraba desconfiado como si sospechara que tramaban algo. Turner regresó a su panga para junto con varios negros bajar las pertenencias del general.

—¿Por qué tantos secretitos con ese negro, Emily?

—Los dos estamos a cargo del negocio, general. Somos esclavos de Morgan en otro nivel. Nosotros sí ganamos de esto. Hemos cruzado en los últimos días a los dos ejércitos en pugna. Así como lo conozco a usted, también conozco a Houston. Aunque él sí es respetuoso y no me ha tocado un pelo como usted.

—Más bien es un yanqui pendejo, mi Emilia preciosa. El opio le ha hecho mierda el cerebro y por eso no se atrevió a nada contigo. Yo prometo empalarte sobre mí y hacerte gritar de placer.

Los negros desembarcaban un enorme piano que Santa Anna robó de Harrisburg, una bañera para dos personas y otras pertenencias que llamaban la atención. Emily rio como niña al ver el piano.

—¿Usted toca el órgano, general?

—Es un piano, mi amor, y hay quién nos lo toque mientras tú y yo alcanzamos el éxtasis entre nubes y querubines.

—Espero que no sea usted puro hablador, mi almirante.

—General, Emilia, no almirante o alférez. General, el Napoleón del oeste, el Azote de Texas, el Leónidas de Jalapa.

Emily ríe como niña, ante las puntadas del alegre general presidente.

Samuel Houston era un hombre de 43 años, de complexión robusta, ojos azules, nariz larga y ligeramente aplastada, de cabello rizado, alborotado hacia los lados, como si una ventisca amenazara con arrancárselo. Su vestimenta era una curiosa combinación entre una indumentaria cherokee y un uniforme militar texano. La vida del general líder de los texanos era de desorden e inestabilidad. Llevaba dos matrimonios encima, uno con Eliza Allen en 1829, finalizado casi de inmediato por una infidelidad de parte de ella y otro con una viuda cherokee, llamada Tiana Rogers en 1830. Su adicción al alcohol era un problema que acarrearía durante toda su vida. Últimamente lo combinaba con opio, como una especie de bálsamo para afrontar los problemas que lo abrumaban. Su reciente nombramiento como jefe máximo del ejército texano estaba en entredicho. David Burnet, primer presidente de la República de Texas, le había mandado una agresiva carta donde lo acusaba de incompetente y cobarde por haber permitido las matanzas del Álamo, González y Goliad. Antes de huir de Harrisburg con el Congreso, lo acusó de ser un incompetente opiómano alcohólico. El destino militar y político de Sam Houston se definiría en San Jacinto. El Cuervo, nombre dado por la tribu cherokee con la que vivió cuando era un adolescente, era el apelativo con el que sus amigos lo reconocían. El combate final de San Jacinto era un duelo entre el Águila y el Cuervo, como los texanos llamaban a Santa Anna y a Houston, dos astutas aves que decidirían el destino de las repúblicas que representaban.

Sam Houston se encontraba alerta en su campamento a espaldas del río Búfalo. Sus vigías tenían instrucciones precisas de observar el campamento vecino del invencible general presidente Antonio López de Santa Anna. Ambos ejércitos contendientes alcanzaban a ver las humaredas de la fogata contraria. A su improvisada tienda de campaña llegó el remero Turner a informarle con lujo de detalle lo que había visto en el transcurso del ir y venir de las tres pangas.

—Son 1 400 hombres, general. El ejército está dividido en tres columnas. El general Filísola, con más de 5 000, está en el Brazos, por lo menos a 25 leguas de aquí. Los soldados de Santiani están cansadísimos, sobre todo los que envió Filísola con el general De Cos. Escuché que le rogaban a De Cos que los dejara descansar un par de horas en la tarde o por la noche no podrían pelear contar ustedes.

—Muy bien, Turner. Agradezco tu informe. Ha sido muy valioso. ¿Qué pasó con Emily?

—Embrujó a Santiani, mi general. El general mexicano es un poseso tras de su cuerpo. A estas horas deben estar en su tienda de campaña. Ella me dijo que lo entretendría hasta que usted atacara. Que tuviera cuidado de no dirigir su artillería contra la casa de campaña presidencial o ella moriría irremediablemente.

Houston, quien también alguna vez había gozado del placer de esas carnes, frunció el ceño con enojo y celos. Estaba al tanto del alcance de Emily y sabía que para esos momentos estaría disfrutando del furor del presidente mexicano.

—Gracias, Turner. Regresa a Thompson y no digas nada de lo que aquí platicamos.

—Gracias, mi general.

Santa Anna atiende la sugerencia de su cuñado y da la tarde libre para el descanso del ejército.

—Vigilen a los vecinos. Es muy poco probable que ataquen ahora. El ejército necesita dormir y si no lo hace ahorita lo tendrán que hacer por la noche y no quiero sorpresas. Houston necesitaría estar chiflado para intentar algo contra nosotros a plena luz del día.

—Aquí nos quedamos vigilando por si las moscas, general —dice Genaro, sentándose con otro compañero en un tronco junto a la tienda de Santa Anna.

Emily abre traviesamente la cortina de la tienda de campaña, mostrando indiferente su hermoso cuerpo desnudo de amazona de los manglares. Santa Anna se queda boquiabierto, al igual que Genaro y Eustaquio, a quien literalmente se le cae el cigarro de la boca.

—¿Qué tanto espera, general? —dice Emily sonriendo a su seductor. Santa Anna, sorprendido por la travesura, la tapa con su cuerpo y cierra apresuradamente la cortina de la tienda.

—¡Pero que hembra tan hermosa se va a tirar el general! —le dice Eustaquio a Genaro.

—Es una cabrona que sabe lo que tiene. Por eso abrió la cortina para que la viéramos. Sabe que es como mostrar pan al hambriento.

Dentro de la tienda Santa Anna intenta bajarse el pantalón para poseer a la potranca del manglar. Emily le dice con voz seductora:

—No hay prisa, mi general. De eso me encargo yo.

Santa Anna mira asombrado el esbelto y proporcionado cuerpo de la mulata de la ciénaga. Sus senos, de buen tamaño, son firmes como si fueran de piedra. Su vello púbico es un triángulo perfecto de color cuervo. Sus oscuros pezones son del diámetro de una moneda de dólar y, como si fueran las balas de su fusil, están parados.

Emily tarda en bajarle el pantalón por distraerse con la botonadura de oro de su ropa interior. Santa Anna la mira con ojos de niño regañado, pensando qué reprimenda le impondrá su maestra. Emily logra bajarle la ropa interior y toma entre sus labios la hombría a punto de explotar del regidor de los mexicanos. Sin ninguna prisa y con la paciencia de una maestra, disfruta el miembro del general como si fuera un suculento mango tropical. Santa Anna está fuera de sí. Esa chiquilla de San Jacinto ha hecho que olvidé las penumbras y los pesares sufridos desde su salida de Veracruz. Justo antes de terminar con el general, lo deja a medias para que como un toro herido la embista con su ariete hasta hacerla desmayar de placer. Se escuchan trastes, lámparas, botellas y cosas rodar por el suelo. Los alaridos de placer de Emily parecen llegar hasta el otro lado del campamento como señal de ataque a Sam Houston. Eustaquio y Genaro ríen al escuchar los gritos de placer de la amazona de Thompson.

—¡Acábame, Antonio! ¡Acábeme, señor presidente! Párteme en dos, si es preciso, pero no pares. No pares… no pares… así, mi Semental del oeste, así… así…

—Esa pinche vieja acabará con nuestro general, Genaro.

Genaro ríe, con el cigarro en la boca.

—Se me hace que le vas a tener que ayudar, Eustaquio. A esa ramera no se la acaba ni toda la tropa formada como para recibir el desayuno.

De pronto se escucha un obús y disparos de fusil. La mayoría de los soldados está tomando la siesta. Se escuchan gritos y relinchos de caballo. Un clarín se confunde entre el escándalo del ataque sorpresa. Sam Houston los ha madrugado a las cuatro de la tarde. El general Manuel Fernández Castrillón sale de su tienda profiriendo gritos y órdenes ininteligibles, sólo para recibir la descarga en el pecho a quemarropa de una pistola de un texano con trenzas.

Remember the Alamo es el grito de guerra que aúllan esos des-almados al masacrar a los pobres mexicanos a medio sueño.

Algunos mexicanos corren en fuga hacia el río San Jacinto, só-lo para ser masacrados en el agua escarlata, como si ahí mismo se hubiera destazado a una ballena. No hay para dónde hacerse. Los que logran disparar sus rifles de pedernal y pólvora son atravesa-dos con las bayonetas texanas al intentar recargar de nuevo. Los que han huido al agua inutilizan sus fusiles al mojar la pólvora y son ensartados como cetáceos encallados en la arena.

Teodoro Escobar se ensaña matando a sus compatriotas. Su bayoneta ha dado cuenta de 23 enemigos. En su cabeza sólo cabe la venganza. Lo que les hicieron a sus compañeros del Álamo, in-cluido a su suegro el teniente Curtis, no tiene nombre.

Emily Morgan montaba la hombría de Santa Anna con un ga-lope acelerado, como el que necesitaría en unos minutos para salvar la vida.

—¡Disparos! ¡Madre de Dios, nos han madrugado!

Santa Anna avienta a la fogosa Emily a un lado. Con el miem-bro aun entumido busca desesperado su ropa interior. Dos dis-paros desgarran la tienda. Santa Anna voltea aterrado. Genaro, sin importarle la intimidad de los tórtolos, irrumpe en el nido de amor para advertir a Santa Anna, que grita desesperado por sus pinches botas.

—Tenemos que huir, mi general. Houston está haciendo mier-da el campamento. Agarró a todos los hombres de De Cos dor-midos y los están matando como corderitos amarrados de una pata.

Santa Anna abandona la tienda medio vestido. Termina de ponerse una bota afuera de la tienda. Intenta ponerse su chaque-ta militar con las medallas y la bandera.

—No, mi general. ¡No chingue! Ponerse eso encima es como correr con un letrero en la cabeza que diga: «Aquí va el presiden-te de México». Pelémonos como si fuéramos unos pinches arrie-ros cualquiera. ¡Vámonos!

Teodoro Escobar, como si fuera un cazador profesional, otea la presencia de su hermano, al huir a caballo con el presidente de los mexicanos. En veloz persecución los alcanza en el robledal para amenazarlos.

—Si das un paso más te mato, Genaro —grita su hermano Teodoro con la Baker apuntándolo.

—Defiendo a mi presidente, Teodoro. Jálale si eso te hace héroe. Mata a tu hermano y a Santa Anna y hazte héroe de los pinches yanquis de Houston. ¡Anda! ¡Jálale, cabrón, no seas puto!

Teodoro duda. Matar a su hermano es algo que lo atormentaría toda su vida. Baja el fusil Baker y les dice resignado:

—¡Huyan! Yo nunca los vi.

Genaro y Santa Anna sonríen agradecidamente y huyen entre la espesura del bosque de robles. Le debían una al valiente soldado texicano[27] Teodoro Escobar.

En tan sólo 20 minutos, aquella tarde, el 21 de abril de 1836, el ejército mexicano es liquidado. *Remember the Alamo* se convertiría en el primer paso para un despojo de la mitad del territorio mexicano planeado por los presidentes Jackson y Polk.

El saldo final de la batalla de San Jacinto fueron dos texanos muertos y 25 heridos; contra 630 mexicanos muertos y 650 prisioneros, entre ellos los generales Martín Perfecto de Cos y el hijo de Morelos, Juan Nepomuceno Almonte.

Los sobrevivientes mexicanos, a diferencia de lo que Santa Anna ordenó en Espíritu Santo y Goliad, no son fusilados, son encerrados como ganado en un enorme corral, esperando recobrar su libertad ante la misericordia del victorioso general Samuel Houston.

---

27 Apelativo confuso con el que se les empezó a llamar a los ciudadanos mexicanos de la nueva República de Texas.

5

El presidente prisionero

Santa Anna y Genaro lograron escapar a caballo de la zona de combate en San Jacinto. Su Alteza Serenísima vestía su ropa interior con un raído abrigo café, tomado durante la fuga, y sus flamantes botas negras. A primera vista parecía más un prófugo de la cárcel de Harrisburg que un soldado mexicano. Genaro tuvo que deshacerse de su traje de militar, para que al igual que su superior simulara uno texano huyendo de la furia de Santa Anna o de Filísola.

—Parece que por el momento la hemos librado, Genaro. No veo a nadie cerca.

—Urge que nos cambiemos de ropa, general. Con esto que llevamos puesto llamamos más la atención que con los trajes de militares.

—Tienes razón, en cualquier momento nos podemos encontrar con una patrulla de Houston y, si me reconocen como el presidente de México, me arrancarán la carne a tiras, antes de ponerme en una pira por los muertos del Álamo y Goliad.

Un kilómetro más adelante, Santa Anna y Genaro encontraron una casa abandonada por una familia que prefirió huir antes que exponerse a la soldadesca mexicana.

Después de comprobar que no había nadie en el interior, entraron en la propiedad, ganándose la amistad de un furioso can, que al final aceptó contento a los nuevos inquilinos.

—Los que vivían en esta casa la abandonaron, dejando casi todo, como si supieran que el pleito entre mexicanos y texanos fuera cuestión de dos o tres encontronazos y ya —dijo Santa Anna, acariciando la cabeza del amistoso perrito.

—Con esa ropa de ranchero texano pasaremos como colonos y lograremos escapar para buscar a Filísola. Debe andar cerca.

—El dueño de esta casa parece tener buenos recursos. Tiene un corral muy grande y una casa muy bien construida con ladrillos, a diferencia de las de madera que nos hemos encontrado en el camino. Ahora entiendo por qué los colonos le coquetean a Jackson y no a mí.

Después de cambiarse las ropas y comer algo que había dentro de la casa, huyeron del pequeño rancho en dirección a donde pensaban que estaba Filísola.

Cuando enfilaban por una vereda divisaron a tres jinetes que venían hacia ellos.

—Salgamos del camino y huyamos, general.

—Si hacemos eso, será obvio que huimos de algo. Actuemos normal y verás que la libraremos.

Los cinco jinetes se encontraron de frente en la vereda arbolada. Los graznidos de los cuervos los acompañaban, como si anunciaran que algo estaba por ocurrir.

—¡Buenas tardes! —dijo uno de los jinetes que usaba largas patillas y vestía un elegante traje de vaquero texano.

—¡Buenas tardes! —contestó Santa Anna, con su clásica sonrisa amable con la que desarmaba a todos sus oponentes.

—Mi nombre es Héctor Jaramillo. ¿Supieron lo de San Jacinto?

Jaramillo miraba con detalle a los dos jinetes, sobre todo a Santa Anna, que lucía diferente a Genaro.

—No.

—Houston derrotó a Santa Anna y a todos los mexicanos. Hemos ganado la guerra y ahora sí somos un país independiente.

—Eso es motivo de celebración, amigo. *Long Live Texas!* —dijo Genaro, tratando de desviar la inquisidora mirada del distinguido texano lejos de Santa Anna. Los dos acompañantes de Jaramillo miraban con desprecio a Genaro, como si fueran dos caballeros ingleses y Genaro el esclavo de un campo algodonero.

—¡Brindemos por eso, amigos! —dijo Santa Anna sonriente.

Santa Anna, haciendo eco de la sugerencia de Genaro, trató

de sacar de una de las bolsas de cuero, una botella de whisky que había robado de la casa.

Jaramillo, quien sospechaba de ellos porque había visto en otra persona la ropa que traía puesta Santa Anna, se sorprendió al ver caer de la bolsa de cuero la banda tricolor que el Napoleón del oeste acostumbraba llevar cruzada al pecho.

—¡Son ustedes mis prisioneros! —advirtió Jaramillo, sacando su pistola apuntando a Santa Anna—. Ustedes son soldados mexicanos que huyeron de San Jacinto y asaltaron la casa de mi amigo Jeremías Burke, poniéndose la ropa que lo distingue a una milla de distancia. Esa bandera que tiró por accidente es la prueba de lo que digo.

El Oso de Kansas, por órdenes de Jaramillo, se apeó del caballo para recoger la bandera y revisar las pertenencias del prisionero. El otro compañero, que parecía una copia en miniatura del Quijote, vigilaba a Genaro con la pistola en la mano, sin parpadear.

La espada de Santa Anna fue mostrada a Jaramillo quien no salía del asombro al ver la empuñadura de oro.

—Usted no es cualquier pelado, amigo. Su espada lo distingue como uno de los generales mexicanos. Lo llevaré al campamento de Houston y cobraré mi recompensa.

Santa Anna, resignado a su suerte, le contestó con mirada de derrota:

—Muy buena recompensa te vas a llevar, amigo. Yo soy don Antonio López de Santa Anna, el general presidente de México.

Una risa triunfante iluminó el rostro de Jaramillo. Su día estaba hecho.

La noche les cayó encima, sin poder salir de su escondrijo entre piedras, rodeados de miles de bisontes. Mackenzie, Sixto, Carson, Elsa y los tres cheyennes se prepararon para pasar la noche rodeados de miles de búfalos.

—Estos malditos animales no se van a mover —dijo Mackenzie resignado, encendiendo un cigarrillo.

El amplio círculo de rocas les daba cierta intimidad para buscar un baño y para platicar a solas como a momentos lo hacían Elsa y Sixto.

—¿Qué habrá pasado con los texanos frente a Santa Anna? —preguntó Mackenzie a sus amigos.

—A estas fechas, seguro que la guerra estalló y no hay manera de saber quién va ganado —repuso Sixto, mientras abrazaba a Elsa y jugueteaba con su larga cabellera.

—Lo sabremos conforme avancemos hacia el oeste. Alguien de seguro nos dirá algo —dijo Carson, acostado en el pasto con la cabeza recargada en una mochila.

—Tus primos están un poco apartados, Elsa. Diles que se acerquen —sugirió Mackenzie a la bella cheyenne.

Con el calor del fuego comieron un poco de carne de búfalo con una de las botellas de Mackenzie, que ya cada vez eran menos.

—Mañana con luz del sol irse tatankas. Hoy ellos aprovechar día para aparearse. Círculo de tatankas estar patrullado por los tatankas más fuertes —explicó Búfalo negro.

La bóveda celeste, al estar sin una luna brillante, refulgía con millones de estrellas, haciendo meditar profundamente a los viajeros. Una estrella fugaz arrancó suspiros en los aventureros.

—¿Qué piensas de los colonos del este, Búfalo negro? —preguntó Mackenzie.

Búfalo negro, sentado cómodamente con las piernas dobladas en rombo, fumó de su cigarro para contestar.

—Los cabellos de sol ser azote para la naturaleza. Donde llegar ellos, sembrar destrucción y muerte. No amar, no entender que si naturaleza enfermarse, nosotros agonizar y morir con ella. Todo estar relacionado con todo. Matar conejo por gusto. Matar por matar, a la larga matará al propio hombre por extraña causa. Naturaleza siempre vengarse. Nosotros huir de ellos hacia donde sol meterse. Ellos querer llegar hasta donde nosotros vivir. Día que lleguen a donde no poder movernos más, habrá guerra.

—El encuentro entre los colonos y ustedes es inevitable, Búfalo. Llegará el día en que la civilización los alcanzará y tendrán que aprender a vivir con ellos. Nada los detiene, Búfalo —repuso Sixto, tratando de hacer amistad con su cuñado postizo.

—Mundo ser grande y no tocarme ver eso. Haber mucha tierra para el oeste. Mientras haber tatanka, haber mundo.

Una luz ambarina apareció en el horizonte. Con destellos intermitentes se acercaba poco a poco hacia ellos hasta quedar estática en el horizonte, donde empezaba la manada de bisontes.

—¿Qué será esa luz? —preguntó Mackenzie intrigado.

—Cuando aparecer esa luz, aparecer tatankas sin sangre y sin tripas al día siguiente —explicó Víbora roja, el hermano robusto de Búfalo negro.

—¿Destripados?

—Sí. Luz amarilla comer tatankas. Nosotros esconder cuando luz aparecer en la noche. Haber casos de chupar sangre a niños. Luces amarillas ser demonios que comer sangre. Cheyennes tener miedo y pedir ayuda a Manitú para ellas irse.

Mackenzie dio un trago a su ron. La noche era fría y el café con ron le calentaba el cuerpo. Las supersticiones e ignorancias de los indios del oeste americano no le importaban. Sixto y Elsa se perdieron por unos minutos, mientras los cheyennes se acabaron junto con Carson la única botella que Mackenzie sacó para alegrarlos.

A la mañana siguiente, al salir el sol, los búfalos reanudaron su marcha. En una hora, el camino quedó finalmente despejado de cíbolos. Al retomar la brecha donde los bisontes los habían hallado el día anterior se encontraron con los cadáveres de dos, sin una sola gota de sangre. Era como si una poderosa máquina les hubiera succionado hasta la última gota de sangre, sin haber una sola herida en sus cuerpos. Los dos bisontes habían sido extraídos de sus lenguas y una de ellos de media cabeza, como si una cuchilla gigante lo hubiera hecho. Los viajeros quedaros asombrados, sin saber que decirse entre ellos. La única explicación lógica eran las luces ambarinas que habían visto la noche anterior sobre este punto.

—Ahora si te creo, Víbora roja. Esas luces son el demonio —comentó Mackenzie apesadumbrado.

La tupida arboleda, dentro del campamento de Sam Houston, proyectaba frescas sombras donde se refugiaban los triunfantes soldados texanos. En su interior se encontraba el poderoso ejército vencedor de San Jacinto. Algo se rumoraba entre el grupo de soldados yanquis, al ver avanzar, caminando entre ellos, a un distinguido hombre de piel blanca y cejas pobladas, con un porte españolado, escoltado por tres vaqueros y cuatro oficiales texanos.

El grupo de hombres se presentó frente a Sam Houston, saludándolo marcialmente. Houston yacía sentado en el suelo, recargado de espaldas contra un árbol de gruesa y fresca copa. Su pierna derecha yacía extendida a todo lo largo y protegida por una blanca venda. La pierna izquierda se encontraba doblada cómodamente. Héctor Jaramillo dijo algo al oído de uno de los soldados, quien se lo comunicó a Sam Houston. Otro soldado se acercaría minutos después para entregar su recompensa al valiente *cowboy* caza fugitivos. Su esfuerzo sería ampliamente recompensado.

El coronel americano dio un paso más al frente para anunciar:

—General Houston, *I have a surprise for you.*

—*A surprise?*

—*This motherfucker you see in front of you, is* general Antonio Santa Anna.

—¿Santa Anna?

Al escuchar su nombre, el Leónidas de Tampico se adelantó orgulloso para saludarlo:

—General Houston, soy el general presidente don Antonio López de Santa Anna, detenido en feroz combate por sus valientes soldados.

El Oso de Kansas y Timothy, el doble en pequeño del Quijote, soltaron una sonora carcajada al escuchar el comentario chusco de labios del César mexicano, sobre el feroz combate sostenido. Jaramillo los hizo callar con una seña.

Teodoro Escobar, notando la confusión ante el idioma, comenzó la traducción para su general texano. Genaro, hermano de Teodoro, sonrió al tener que ahorrarse la vergonzosa traducción de lo que se venía.

—Es un honor conocer en persona a tan distinguido personaje de México —repuso Houston mirando de pies a cabeza al general presidente—. Le pido que se siente junto a mí, tengo una herida de bala en la pantorrilla que me tortura sin misericordia.

Santa Anna se sentó en un pequeño tronco a un lado de su homólogo. Al verse completamente rodeado de furiosos texanos, se sintió intimidado y por primera vez temió por su vida.

—Usted ha derrotado al Napoleón mexicano, en una feroz batalla que ridiculizaría a las batallas ganadas por George Washington en la independencia americana. Espero su comprensión y trato digno, al ser su prisionero.

Houston calmaba sus dolores de pierna con un frasco de opio que fumaba a su lado, Santa Anna tomó la pipa que le ofreció Houston para calmar los dolores del alma.

—¿Usted pide un trato digno? ¿A caso usted lo tuvo con los sobrevivientes del Álamo y Goliad? Lo que hizo con ellos es una vergüenza. Yo tengo encerrados a los sobrevivientes de San Jacinto y les he dado un trato digno. Usted es un animal que no merece ninguna consideración, Santa Anna. Sam Houston es un general vencedor y humanitario, no un carnicero como usted.

Santa Anna se puso pálido al escuchar las palabras de Teodoro. El rostro de Houston había perdido su gesto de amabilidad, para convertirse en uno de odio e indignación. Su cabello rizado se esponjó más por el coraje que lo invadía.

—La guerra no ha terminado, general Houston. La mayoría de mis hombres se encuentran cerca de aquí con Vicente Filísola, en unas horas caerán sobre ustedes para liberar a su general presidente y colgarlos a todos ustedes de un álamo.

Sam Houston, apoyado por el general Thomas T. Rusk, se incorporó para mirar de frente a Santa Anna, quien se había incorporado también, temiendo por su vida.

—Tienes razón, Santa Anna. Eres el general presidente de México. Eres como Jackson en el campo de batalla. Un Jackson tomado de los huevos. Filísola puede atacar de un momento a otro, pero no lo hará porque tú firmarás la rendición incondicional de toda la tropa mexicana. Mi general Rusk te dará el documento.

—Pierdes tu tiempo, Houston. Nunca te voy a firmar nada. Esto es una batalla perdida, lo mejor está por venir.

Houston frunció el ceño al escuchar la traducción de Teodoro. Con su aliento de aguardentoso le gritó al rostro a su homólogo mexicano:

—Entonces te entregaré a la plebe para que te linche por asesino.

—Haz lo que quieras.

Houston, fuera de sí y a punto de ahorcar a Santa Anna, fue calmado por sus generales. Santa Anna era el presidente de México y les servía más vivo que descuartizado por una turba de texanos borrachos. Para humillarlo y doblegar su voluntad, mandó a que le pusieran unos grilletes oxidados, como si fuera un vulgar mecapalero sorprendido robando en un tianguis. Juan Nepomuceno Almonte y otros militares de alto rango lo acompañarían en su encierro. Genaro Escobar y los otros militares de menor rango fueron congregados en las barracas donde se encontraba el resto del ejército capturado en San Jacinto.

Santa Anna, humillado y llevado a empujones, aún confiaba en el rescate de Vicente Filísola. Por razones de dignidad castrense había enviado una carta a su segundo para que se replegara más allá del Colorado. Filísola sabía que las órdenes de un presidente prisionero tenían la misma fuerza que el varazo de un arriero a su burro. Santa Anna prisionero no tenía autoridad ni para ir solo al excusado. El rescate nunca vendría, ante una traición inexplicable para la historia de México. Filísola, segundo en el mando en el Ejército del Norte, abandonaría a Santa Anna a su suerte, poniéndole punto final a la derrota de México en Texas. Irónicamente se justificaría explicando que sólo obedeció órdenes de su general presidente. Filísola, con un ejército cinco veces superior en tamaño al de Houston, tuvo la oportunidad histórica de aplastarlos en San Jacinto; sin embargo, se replegó hasta Monterrey aceptando su derrota y abriendo la puerta para la pérdida de Texas y, posteriormente, de medio país.

En el poblado de North Platte, punto donde se bifurcaban las aguas del Platte en los ríos Sur y Norte, Carson, Mackenzie, Sixto y los cheyennes se encontraron con una caravana de 25 carretas, que buscaban un nuevo destino en el oeste americano. Viajaban en grupo para cuidarse de los ataques de los indios y de las inclemencias del camino. El espectáculo de la caravana y los pioneros sorprendió a los viajeros.

—Una caravana de pioneros —dijo Mackenzie, divisándola a la distancia.

—¡Que valientes! La senda aún no está bien explorada y reconocida como para aventarse hacia California u Oregón. Si bien Jedediah Smith abrió el paso al Pacífico por el South Pass, eso no significa que sea un camino fácil para familias completas en carretas —comentó Kit Carson, conocedor de la ruta.

—Son familias de valientes que arriesgan todo por un nuevo comienzo. Los territorios por los que andamos ni siquiera son de Estados Unidos, pertenecen a México y a las tribus indias. La frontera natural de los Estados Unidos termina en el río Mississippi —dijo Mackenzie.

—Todo esto comenzó en 1804 con la expedición de Lewis y Clarke, patrocinada por Thomas Jefferson —comentó Sixto—. Fue como una invitación a explorar, para después poblar y al final adueñarse de las tierras.

—Como puede ocurrir con Texas —repuso Elsa, enterada de la problemática por palabras de su padre.

—Si no es que ya ha ocurrido, Elsa. Es un hecho que Santa Anna iba a atacar Texas cuando partimos de Independence.

La brecha que los conducía hacia la caravana estaba lastimada por el reciente paso de las conestogas. Por momentos, los exploradores invadían la hierba para evitar hundirse en el lodo. A la distancia, los colonos ya habían notado su presencia.

—¿Saben ustedes que Jedediah Smith estuvo a punto de ser fusilado por haberse metido sin permiso en California? —continuó Carson explicando—. El iracundo gobernador, después de haber fusilado a varios indios, al final le perdonó la vida. Además, lo obligó a jurar solemnemente que jamás volvería a poner un pie en California. Los mexicanos temen una invasión de colonos y tratan a toda costa de mantener a los pioneros más allá de las montañas rocosas. El descubrimiento del South Pass que hizo Jedediah Smith al atravesar la cadena montañosa por un paso plano, que no expusiera a las caravanas, fue el hallazgo más grande. Muchos hombres murieron en las montañas buscándolo afanosamente sin ningún éxito.

—Es la puerta al pacífico —reiteró Mackenzie.

Los pioneros se prepararon para recibir a los viajeros. Entre ellos había cuatro feroces granjeros con sus fusiles Baker cargados por precaución al ver acercarse a los tres cheyennes.

—¡Bajen sus armas! Vamos para California y nuestros intereses son los mismos —les dijo Carson, hablando en representación del grupo.

Un hombre de larga barba blanca, como ermitaño, vestido de negro como un cuervo, se les acercó con una mirada cordial para decirles:

—Soy Benjamin Bonneville y en nombre de mis compañeros les doy la más cordial bienvenida a nuestro grupo. Nosotros vamos para Oregón.

—Yo soy Christopher Carson, explorador de estas rutas. Ellos son Sixto Escobar, explorador y socio, y John Mackenzie, comerciante en busca de nuevos mercados. Los cheyennes son nuestros amigos y guías que nos acompañan por toda la ruta.

El reverendo y médico del grupo, Marcus Whitman, junto con Benjamin Bonneville, dieron su aprobación para que los viajeros se unieran a la caravana rumbo a Oregón.

Búfalo negro, quien no estaba nada acostumbrado a convivir con los caras pálidas, prefería el alejamiento para ordenar sus ideas. Víbora Roja y Búho gris apoyaban a su hermano, pero aprovechaban cualquier oportunidad para convivir con los pioneros, y más sobre ellos.

Elsa y Sixto se beneficiaron con la llegada de los pioneros. La férrea vigilancia del celoso primo tuvo que ser descuidada.

Las 25 carretas cargaban de todo, en el reducido espacio que permitía un transporte en el que viajaba todo lo que tenía una familia. Los colonos quemaban sus naves en un viaje sin retorno hacia lo desconocido.

El supuesto agente llamado Benjamin L. Bonneville hacía su negocio, dirigiendo a la caravana en un contrato bien pagado que prometía llevar a los pioneros desde Independence a Oregón. Los agentes viajaban con dos expertos tramperos, que eran los que vigilaban, ponían orden y señalaban dónde pernoctar al avanzar la larga congregación de 25 carros.

Uno de ellos era Jim Bridger[28], montañés nacido en Richmond, Virginia en 1804. Con el paso del tiempo se convertiría en una leyenda del oeste americano al asesorar a los constructores del ferrocarril Union Pacific, con los mejores puntos para tender sus rieles. El otro era un jovencito de 18 años, oriundo de Illinois, llamado Jim Baker[29], quien se iniciaba como guía en ese año de 1836, para seguir así hasta 1886, 50 años después, convirtiéndose en el más distinguido residente de Yellowstone, Wyoming.

Jim Bridger se acercó para saludar a Kit Carson con un fuerte abrazo. Carson notó que en la espalda de Bridger ya no se sentía la flecha de siete centímetros que llevaba clavada desde 1832 en un encuentro con los indios. Los dos se conocían desde Saint Louis. Carson, con 27 años encima, era cinco años más joven que Bridger de treinta y dos. El padre de Jim Bridger tenía un hotel en Richmond, Virginia. Cansado de ayudar a su padre a cuidar el negocio, una mañana se dio cuenta de que él no había nacido para eso y abandonó el hotel para irse a buscar aventuras en Saint Louis, donde aprendió el oficio de herrero. Fascinado por las pláticas de los tramperos que iban de paso, sobre el paradisiaco oeste americano, decidió convertirse en uno de ellos y partir hacia la aventura.

---

28 Jim Bridger (1804-1881). Descubridor del Bridger's Pass. Un paso más corto para llegar a California que el South Pass de Jedediah Smith. Sobre ese atajo entre las Montañas Rocosas, al sur de la Great Basin, corre actualmente la interestatal 80 y el tren Union Pacific.

29 James Baker (1818-1898). Nacido en Belleville, Illinois. Casado 20 veces con mujeres amerindias. Se inició como trampero de la American Fur Company en 1838, como discípulo de Jim Bridger.

—¡Kit Carson! Mira dónde te vengo a encontrar.

—En la senda de Oregón, Jim, ¿dónde más? ¿Qué pasó con la flecha de tu espalda?

—El doctor Marcus Whitman, quien viene en la caravana, la sacó en Green River hace un año.

—¿Green River?

—Sí, Kit. En la reunión de tramperos de cada año.

—Debe ser muy buen doctor. La punta de flecha la tenías alojada en el omóplato. La caña se sentía en tu espalda.

—La punta estaba rodeada de tejido nuevo, como si hubiera sido aislada para que no doliera tanto.

—¿Y te dolió al sacarla?

—Como si me hubiera arrancado un huevo, Kit. Quizá un poquito más.

Los dos rieron a carcajada suelta, ante la mirada curiosa de los pioneros que platicaban entre ellos gozando de su refrigerio.

La gruesa barba rubia de Jim Bridger lo hacía ver como un patriarca bíblico. A diferencia de Carson, ataviado con ropa de indio, Bridger vestía con ropas americanas y un fino sombrero militar.

—¿Qué haces aquí con esos indios cheyennes?

—Son mis amigos. Ayudamos al yanqui a buscar clientes para sus botellas de ron.

—¿Cuáles botellas, si ni carro llevan?

—Perdimos todo con un tornado.

—¿Sigues con tu idea de encontrar el oro de Jedediah, verdad?

—Igual que tú, Jim. Con una de esas piedritas nos podemos retirar jóvenes todavía.

—¿Sabes que Texas logró su independencia pues Sam Houston ya venció a Santa Anna en San Jacinto?

—¿En serio?

—Sí, Kit. Houston lo tiene prisionero y lo hará ir a Washington para firmar los acuerdos de paz. Texas es ya un nuevo país.

Sixto se alejó un poco de ellos para meditar en silencio respecto a las consecuencias de ese triunfo sobre su familia. De la noche a la mañana sus familiares dejaban de ser mexicanos para convertirse en texanos independientes. Sus hermanos eran enemigos de guerra, cada uno defendiendo su país. Todo esto traería repercusiones.

—¿De seguro ahora Houston ha de ser un héroe nacional?

—Lo es, Kit. Seguro que pronto será presidente de Texas.

—Ayúdennos con la caravana. Bonneville los ha aceptado en el grupo. Además de ganarse las tres comidas, tendrán un sueldo de aquí a Oregón.

—No es mala idea, Jim. Dile al viejo Bonneville que aceptamos con gusto.

El atardecer llegó y los carros hicieron el alto obligado para pasar la noche en North Platte. Las 25 carretas se alinearon en doble fila, cada una girando en sentido opuesto hasta formar un círculo. Los bueyes estaban fuera del círculo, para que pastaran. Las flechas de cada conestoga estaban amarradas a las ruedas del carro de adelante, hasta cerrar el círculo y tener en su interior un área de seguridad y comodidad para tender casas de campaña y hacer fogatas, que combatieran el frío de la noche. Algunos preferían dormir dentro de sus conestogas, mientras que otros elegían el interior de las casas de tela. El fuego era vital para espantar a los osos, lobos y coyotes. Afuera del círculo de carretas se colocaban cuatro carabineros, uno en cada cuarto del círculo para hacer frente a cualquier ataque sorpresa de los indios.

La noche era cálida y estrellada. Los pioneros cantaban canciones al calor de la fogata. Las mujeres contaban cuentos a los niños y los preparaban para dormir temprano. Marcus Whitman y Narcissa Whitman estaban recién casados. Su boda había sido en Nueva York en febrero de ese año, 1836. La idea de la pareja era llevar la religión y la salud a los indios del oeste. La otra pareja que los acompañaba desde Nueva York era el reverendo Henry Spalding y su esposa Eliza Hart Spalding. Eliza y Narcissa pasarían a la historia como las primeras mujeres blancas en el territorio de Oregón[30].

Jim Bridger, recién casado con Cora, la hija del jefe indio Ca-

---

30 Los Whitman y los Spalding se instalarían en Waiilatpu, cerca del Fuerte Walla Walla, en Oregón. Los dos matrimonios morirían asesinados en noviembre de 1847, a manos de los indios cayuse, quienes acusaron a Marcos Whitman de tratar de envenenarlos al tratar de curarlos de una epidemia de sarampión.

beza plana, Insala, bebía feliz del ron de John Mackenzie. Cora era una india hermosa que causaba admiración entre los hombres de la caravana. Elsa aprovechaba para saludarla y pasar un rato agradable charlando con ella. Las dos se entendieron desde el principio, pues ambas tenían hombres blancos como pareja.

Jim Bridger, también conocido como Old Gabe, causaba admiración al hablar en francés, inglés, español y lenguas amerindias, sin saber leer y escribir.

Sixto y Carson rieron a carcajadas al escuchar la anécdota de que Bridger cargaba con el libro de William Shakespeare, *Ricardo III*, que un muchacho, contratado específicamente para eso, le leía en sus ratos de descanso.

—Ahora que estás casado con Cora ya no habrá quién te lea, Jim —le dijo Carson, dándole una palmada en la espalda.

—Con esta bella *squaw* (india) a mi lado, para que quiero que me lean libros.

Cora recargó con gesto amoroso su cara en el hombro de su hombre. Su amor por Bridger era indiscutible. Había renunciado a todo para seguirlo a donde fuera y en su vientre ya cargaba la semilla de su amor, su futura hija Mary Ann.

John Mackenzie, recargado en una conestoga, fumaba un cigarrillo contemplando la luna. Una jovencita de 20 años, de hermosos ojos verdes con cabello rubio, se acercó para preguntarle:

—¿Viajas solo?

Mackenzie la miró sorprendido. La muchacha era bella y de carácter abierto.

—Sí, no me atrevería a traer a mi familia por estos senderos. Se necesitarán muchos años para que estos caminos sean seguros. Soy John Mackenzie.

—Soy Tracy Straw —ella extendió su mano para saludarlo—. Viajo con mis papás y mi hermanito. Mi padre sueña con una nueva vida en el oeste.

—Todos los que venimos aquí, lo hacemos, Tracy. Huimos de nuestra realidad, pensando en paraísos vírgenes donde comenzar de nuevo.

—Dejé a mi novio en Virginia.

—Yo dejé a una esposa y dos niños en Saint Louis, Tracy. Creo que compartimos pesares similares.

Tracy se cercioró de no ser vista al tomar el cigarrillo de Mackenzie para darle una fumada.

—¿A qué te dedicas, John?

—Vendo ron en las cantinas de los pueblos, Tracy. El ron también ayuda a olvidar nuestra realidad.

—Debes tener algo de loco para estar lejos de tu familia, en esta caravana hacia lo desconocido.

—Todos tenemos algo de locos al estar aquí, Tracy.

Una señora gorda, de cabello rubio y lentes redondos, caminó hacia ellos con cara de enojo. Llevaba varios minutos buscando a su hija sin éxito entre los pioneros.

—¿Tracy, dónde diablos te metiste?

—Aquí estoy, mamá. Nadie me ha robado. Sigo con ustedes. El señor es John Mackenzie.

—Mucho gusto —respondió secamente la señora, llevándose a su hija sin decir más. Tracy lanzó hacia John una mirada sonriente que sugería «nos veremos de nuevo», mientras su madre la llevaba del brazo.

Esa noche, sin dar explicación alguna a nadie, Búfalo negro y sus dos hermanos huyeron del campamento. Convivir con caras pálidas en una caravana era algo que rebasaba la capacidad social y de tolerancia del gigantón cheyenne. Elsa era su prima, no su hermana. «Si mi tía dejarla partir con mexicano, ¿quién soy yo para andar cuidándole nalgas?», pensaba al caminar por la noche con sus hermanos. Al verlos partir, los vigías del círculo de carretas no hicieron nada al respecto. Mucho menos al ver que los que se iban eran indios, no pioneros.

6

Los Convenios de Velasco

Santa Anna yacía acostado en un desvencijado catre, mirando hacia el techo de su improvisada celda dentro de la goleta *Invencible*, un nombre que sin querer hería su amor propio. Tenía las muñecas aprisionadas por grilletes que los negreros utilizaban para transportar a sus esclavos desde Nueva Orleans hacia la ciudad donde eran vendidos en subastas privadas. Nunca en su vida se había sentido tan humillado y degradado como en ese momento. Su suerte dependía de tres fuerzas en pugna. Una era la de los hombres de Fannin, invasores que ni siquiera eran oriundos de Texas y que pedían a gritos fusilarlo para vengar las muertes de los caídos en el Álamo, Goliad y Espíritu Santo. La otra, compuesta por traficantes de tierras, y liderada por Thomas Rusk, exigía que México pagara los costos de guerra con tierra; y la tercera, comandada por Sam Houston, estaba en espera de órdenes del presidente Jackson para sacar el mayor provecho del general presidente prisionero.

La puerta de la celda se abrió para dejar entrar a Lorenzo de Zavala, quien se regocijaba de ver a Santa Anna en esa condición de prisionero humillado y derrotado.

—De todas las visitas que podía esperar, ésta es la más abominable que podía haber imaginado. La rata traidora y miserable del vicepresidente de la nueva República de Texas, don Lorenzo de Zavala. Estoy seguro que Hidalgo se sintió mejor que yo, cuando recibió al traidor de Elizondo en su celda.

La obesa cabeza con forma de cacahuate de Lorenzo de Zavala, sudaba copiosamente, las rizadas patillas, que parecían más pelos de axila que marcadas líneas de pelo, estaban empapadas.

—Ahora sí ya te cargo la chingada, Antonio. Yo me encargaré de que te empalen en la plaza de Velasco y que al final exhiban tu cadáver, para que los perros lo meen y la plebe le saque los ojos con una vara.

—Quizá lo hagan, Lorenzo. Los texanos son mis enemigos y yo, un general derrotado por ellos. Pero tú ya no eres mexicano para nosotros y siempre serás recordado en la historia de México como una mancha de excremento yucateca, que ensució la historia de nuestro país. Si tienes un poco de vergüenza, agarra tu pistola y vuélate la cabeza para que tu familia deje de ser el blanco de burlas y desprecios de todos los mexicanos por la traición de su despreciable padre.

Lorenzo de Zavala escupió al rostro de Su Alteza Serenísima. Jalándole las cadenas que lo sujetaban, le gritó en pleno rostro:

—¿Crees que eres mejor que yo, grandísimo ratero que cambia de bando político como una puta de calzones? ¿Te acuerdas que juntos fuimos aliados federalistas, defendiendo el triunfo electoral de Vicente Guerrero y luego mejor decidiste cambiarte al bando monárquico, el opuesto a nuestra causa? En los últimos años has sido de todo, cabrón: insurgente, realista, centralista, liberal, conservador, federal, en fin, todo lo que te beneficie para que siempre estés en el poder.

Santa Anna trató de voltear el rostro al no soportar el aliento fétido del traidor yucatexano.

—Habré sido todo, cabrón, pero jamás he traicionado a mi patria. Yo soy el héroe de Tampico, el que subió a patadas a Isidro Barradas en su barco de regreso a España.

De Zavala sonrió confiado, como si tuviera un as bajo la manga para aventárselo al Napoleón mexicano.

—Por haber firmado los convenios de Velasco,[31] Santa Annita, te convertirás en alguien igual o peor que yo. La historia te juzgará peor que a mí. Espérate a verlo por ti mismo.

---

31 Firmados el 14 de mayo de 1836. Con ellos se reconoció la independencia de Texas y la retirada del ejército mexicano de la frontera. México los desconoció por haber sido firmados por un presidente general encarcelado. Zavala fungió como interprete. Murió de pulmonía seis meses después.

Los pioneros continuaron su viaje caminado a lo largo de la ribera sur del río South Platte hasta que resultó obligatorio cruzarlo en el punto en el que los dos ríos se juntaban en el Platte. El South Platte era un río de poca profundidad, pero muy extendido, en algunos lugares hasta 300 metros de ancho. El cruce de las 25 carretas no tuvo ningún incidente de cuidado. La profundidad era de 50 centímetros, con un piso de rocas pulidas que no lastimaban las patas de las bestias, tirando éstas de los carros sin mayor problema. Al cruzar el South Platte, quedaron en un valle entre los dos ríos, caminando ahora por la ribera sur del North Platte. Kilómetros adelante se encontraron con el espectáculo de dos gigantescos peñascos a su lado izquierdo. El primero en aparecer fue Jail Rock (la cárcel roca), un montículo rocoso de casi 150 metros sobre el nivel del río. El segundo peñasco en emerger, casi pegado a la roca cárcel, fue Court House Rock (la casa de justicia roca), un peñasco con forma piramidal con una especie de castillo sobre su cima. En ese año, 1836, aún se le conocía como el Castillo de Mc Farlan; al año siguiente fue bautizado como Court House por los pioneros de la ruta.

Esa tarde la caravana, exhausta por el difícil cruce del río South Platte, estableció su descanso junto a las famosas peñas de Nebraska. Los animales fueron soltados para pastar y las mujeres prepararon la comida, que consistía en carne de búfalo.

—El caminar junto al río nos garantiza agua fresca, leña, comida y pastura para las bestias. Así no se hace tan difícil el avance —comentó Mackenzie a Carson, mientras le sacaba punta a una rama con su filoso cuchillo.

—Espérate a que nos acerquemos a las montañas y verás que ya no es tan fácil. El clima cambia y las carretas tienen que rodar por pendientes. Muchas de ellas llegan a su límite de rodamiento por esos senderos rompiéndose las ruedas.

—Espero que encontremos el oro antes de eso, para no tener que batallar —repuso Carson en tono bromista.

—Tú me saliste más listo que un zorro, Mack. Crees que el oro estará tan a la vista como esos peñascos.

—O como esa pareja de tortolos, que corre al cerro para hacer de las suyas.

Sixto y Elsa, libres al fin del celoso primo Búfalo negro, corrieron hacia el peñasco Jail Rock para buscar un poco de intimidad. Sin llegar hasta la cima, encontraron un recoveco con sombra donde se contemplaba esplendoroso el valle. Desde su escondite veían, como si pudieran tocarlas, las 25 carretas y a los pioneros preparándose para pasar la noche.

Sixto, emocionado por la oportunidad de tenerla tan cerca, abrazó y besó a Elsa como lo había anhelado en los últimos días. Con toda la calma del mundo, como si la tarde fuera de 100 horas, comenzó a despojarla poco a poco de sus prendas. Una vez que toda la ropa de la hermosa cheyenne quedó junto a una roca, Sixto la tomó delicadamente, besándola detalladamente por todas las partes que regularmente escondían las pieles de búfalo que llevaba en su andar diario. La india gritaba enloquecida llena de placer. Desde esas alturas nadie los escuchaba ni los veía. La tarde era de ellos y no regresarían al campamento hasta caer la noche.

—Estoy embarazada, Sixto. Llevo tres meses sin mi periodo.

Sorprendido, Sixto volteó a verla. La noche casi había caído sobre ellos y se disponían a regresar al campamento.

—¿Un hijo tuyo? ¿Nuestro? ¡Qué maravilla, Elsa!

—Dentro de pronto serás el padre de un hijo con sangre cheyenne, francesa y mexicana.

—Mientras no se parezca a ti todo está bien.

Elsa lo empujó, riéndose de la broma.

—Ojalá salga a mí, si no será un niño muy desdichado por feíto.

Su Alteza Serenísima todavía no se reponía del coraje hecho al haber discutido con su contraparte, Lorenzo de Zavala, cuando una invasión de decenas de rebeldes texanos, comandados por el tuerto Thomas J. Green, irrumpió en la frágil goleta *Invencible*.

—¿Quiénes son? —preguntó Santa Anna alarmado, asomando la cabeza por una ventana.

—No sé, pero trataré de detenerlos —dijo Genaro, defendiendo como un perro rabioso a Santa Anna, Almonte y Ramón Martínez Caro, secretario particular del presidente cautivo.

Santa Anna piensa en la cadena de los grilletes de sus manos como posible arma para autoestrangularse, si alguno de esos insensatos intenta ponerle una mano encima.

Thomas Green, ataviado con un grotesco traje de pirata, como si hubiera sido robado a uno de los sicarios de sir Francis Drake, irrumpe en cubierta con sable en mano.

—*What do you want?* —pregunta Genaro a Green, sin ningún arma para hacer frente al capitán del ejército texano.

—*I've come to hang Santy Any* (He venido a colgar a Santa Anna).

Green intenta avanzar hacia Santa Anna para atravesarlo con su sable, pero Genaro se interpone en el camino, siendo recibido con un garrotazo en la cabeza por otro iracundo rebelde.

Almonte, al ver a Genaro caer inconsciente sobre cubierta, decide con su perfecto inglés tratar de convencer a Green de que detenga ese atropello.

—Sabemos que Santa Anna intenta regresar a México y no lo vamos a permitir. Tendrá que pagar con su sangre las muertes de todos los caídos en el Álamo y Goliad.

Almonte sabe que los segundos juegan un papel precioso en ese momento para salvar sus pellejos.

—Mi general ha firmado la paz y el reconocimiento de la independencia de Texas. ¿Qué más quieren?

—Burnet nos ha ordenado que hagamos con ustedes lo que nos plazca.

Santa Anna se engalla y grita que lo fusilen ahí mismo sobre la goleta. Los rebeldes se callan un poco, admirados por la entereza del general presidente.

—Eso lo decidiremos en una asamblea popular, ahoritita mismo en la plaza pública de Velasco. ¡Vamos! —ordena Green a su gente.

Green jala de los grilletes de la mano a Santa Anna. Genaro, con sangre emanando de su cabeza, es abandonado a su suerte en cubierta. A Almonte le ponen una tabla sobre los hombros, lo que le aprisiona muñecas y cabeza como si fuera un prisionero de la inquisición. La humillación les duele, más que los empujones. Ramón Martínez, encadenado también de las muñecas, recibe una patada en las nalgas que lo manda de cara contra unos bultos, abriéndose la boca.

Los tres prisioneros caminan por la calle rumbo a la plaza. Los insultos les llueven como granizo en la tormenta. Un sanguinolento gargajo se aloja en el ojo izquierdo de Santa Anna, obstaculizándole la vista. ¿Cómo quitarse ese pegajoso intruso que pende como una araña de sus pestañas, si las manos les son jaladas por su momentáneo protector? Un anciano intenta acercarse a Santa Anna para hundirle un cuchillo en el pecho, pero es oportunamente desarmado por uno de los guardias de Green. «Yo quiero hacerme un monedero con el escroto de *Santy Any*», grita un texano de mediana edad, gordo como un cochino. «Empalémoslo por el culo, al hijo de la chingada», vocifera una viuda, aventándole una piedra que golpea a un guardia texano en el pecho, en vez de a Santa Anna. Otra viuda ofendida, intenta dispararle con la pistola de su marido, pero es desarmada por otro de los custodios. Green teme por la vida del Napoleón mexicano y decide subirlo a un tablado para contener desde ahí a la herida turbamulta.

—Somos un país civilizado y decidiremos por mayoría de votos la suerte del presidente mexicano. Levante la mano quién quiere ahorcarlo.

Se hace un silencio de unos segundos para después ver a todos levantar unánimemente la mano. En la confusión de la turba, hay quienes levantan hasta las dos para confundir a Green.

—Levante la mano quien quiera que se le encarcele y perdone la vida.

Se hace otro silencio, roto por la indignación de ver a seis personas de entre cientos ahí reunidas pedir por la vida del asesino del Álamo.

No teniendo otra opción, Green prepara con una sonrisa malévola la esperada ejecución de su odiado enemigo. Se coloca una gruesa cuerda en el cuello de los prisioneros. El primero en ser estrangulado será Santa Anna. La turba baila feliz en el éxtasis del próximo linchamiento. Santa Anna llora como un cochino, empapando su blanco pantalón en heces fecales y orines, al sentir el apretón de la sucia cuerda en su cuello.

—¡No me maten! ¡Perdónenme! ¡No me maten!

En dos segundos, Santa Anna ve pasar un resumen de su exitosa vida. Todo lo bueno y lo malo es expuesto en la consternada mente del condenado, quien en su locura ve tres cosas que resumen principalmente su vida: las mujeres, los gallos y sus hijos.

—¡Nooooo! —grita al sentir que Green patea el banco donde él está parado.

Santa Anna es cargado y puesto de nuevo en el banco. Sus ángeles salvadores, Burnet, Zavala y Rusk, le han perdonado la vida. El Atila veracruzano es más útil vivo que muerto, para la causa de Jackson. Santa Anna llora de felicidad al ser perdonado. Burnet repelido por el hedor de excremento del general presidente, se echa para atrás asqueado.

—Tu ejecución ha sido pospuesta hasta la siguiente Convención, Antonio —le dice Zavala a Santa Anna con mirada triunfante. Seguirás bajo la custodia de Green, pero te llevará a otro lado porque aquí tu miserable vida peligra.

Santa Anna da las gracias a Zavala. Sabe que a pesar de sus diferencias, en algo influyó para salvarlo momentáneamente de ésta. Los tres prisioneros son conducidos de nuevo en un transporte especial al pueblo de Columbia. Santa Anna es metido en una jaula de circo ante la risa y burla de los texanos. Escupitajos y una cubetada de orines son aventados a la jaula del César, para acabar con lo último que quedaba del pundonor del orgulloso presidente de México.

Chimney Rock (la Roca Chimenea) lucía majestuosa en el horizonte. La montaña se levantaba regia, 91 metros sobre el Valle North Platte. En su cima se divisaba una delgada formación natural que parecía una antena o chimenea. La montaña funcionaba como faro o referencia para los pioneros y se le consideraba, junto con Scotts Bluff, como el inicio del camino hacia las Montañas Rocosas.

La caravana se preparó para recibir la inminente tormenta, que se les acercaba como un manto negro secundado por brillantes rayos.

—Hagamos el círculo de carretas y refugiémonos dentro de éstas. La tormenta se ve muy fuerte —les gritó Jim Bridger a los asustados pioneros.

La tormenta acarició con su negrura las faldas de la Montaña Chimenea. Un potente rayo cayó sobre la rocosa punta de la montaña, asustando a los viajeros.

—Esta tormenta no se ve nada bien, Sixto —dijo Elsa, asomando la cabeza tímidamente por la lona de una de las contestogas.

—Viene con muchos rayos y viento. Espero que los animales no se asusten.

La tormenta los envolvió como un sudario mortuorio. Miles de litros de agua encapsulados en millones de granos de hielo, bombardearon inmisericordemente las 25 carretas, causando el pánico en los pioneros. Un arroyuelo creció en minutos a niveles tan alarmantes que empezó a arrastrar algunas de las contestogas hacia el río. Los pioneros que viajaban dentro de ellas se aterraron y salieron a enfrentar la tormenta sobre el campo.

—Vuelvan a su carro. Estarán más seguros ahí dentro —gritó Bonneville asustado.

El padre de Tracy, siguiendo las instrucciones de Bonneville, metió de nuevo en el carro a sus dos mujeres y al niño. La conestoga siguió su viaje sobre el arroyo para detenerse fuertemente contra una roca. El padre de Tracy, después de recoger del agua una maleta de cuero, fue mortalmente iluminado por uno de los relámpagos que azotaron el valle. La muerte por carbonización fue instantánea. La senda de Oregón cobraba su primera víctima desde su salida de Independence, Missouri.

Al terminar la tormenta, el sol emergió temeroso entre las nubes. El saldo de la tempestad arrojó dos muertos y seis heridos. Los difuntos fueron Jeremías Straw, padre de Tracy y una señora, aplastada por los bueyes que huyeron asustados del rayo que mató al pionero Straw. El doctor Whitman atendió los traumatismos de los heridos. El oeste americano empezaba a mostrar sus colmillos a los ingenuos pioneros de Bonneville.

Santa Anna, Almonte y Caro son llevados a un chamizo inmundo que sirve como improvisada prisión. La construcción tiene tres celdas en la parte de atrás del inmueble. Éstas cuentan con una pequeña ventana con seis gruesos barrotes a una altura de tres metros, lo que impide asomarse a la calle.

Antes de ser ingresado a la improvisada cárcel, Santa Anna recibe cubetazos dentro de su jaula de circo para espantarle las moscas que lo persiguen debido a su involuntaria evacuación al estar a punto de ser ejecutado. La risa de los custodios es como una bofetada para el César mexicano.

—¡Camina, viejo cagón, que no tenemos tu tiempo!

Un custodio alto como un oso, patea al general presidente en el trasero al hacerlo salir de su jaula. Santa Anna intenta regresarle el golpe, pero se contiene al ver que el gendarme lo supera con una cabeza y el doble de espalda.

—¡Ándale, cabrón, inténtalo! Cómo quisiera que Green me autorizara matar a este cabrón para arrancarle los huevos y dárselos a los perros.

Almonte se queja de la tortura de traer puesta la tabla en muñecas y cuello. El gendarme, que pateó a Santa Anna, ordena que el collarín se le remueva. Al ingresar a la celda también es recibido con una buena patada en las nalgas. Ramón Martínez Caro recibe un puñetazo en pleno rostro al intentar evitar la patada de bienvenida.

El día completo se va sin recibir notificación o visita alguna. Almonte con el cuello y muñecas laceradas intenta aliviarse de los dolores evitando todo movimiento. Santa Anna, luciendo como un limosnero, asombra con su barba cerrada, que le ensombrece medio rostro. Después de la vergüenza y humillación vivida ese día, la tranquilidad de la celda lo relaja un poco. Caro, adolorido por el puñetazo del texano que le impide respirar bien por la nariz, dormita un poco.

La luz del nuevo día entra tímidamente por las celdas. La mañana se va completa sin recibir agua o un mendrugo de pan. Los prisioneros se ven obligados a defecar y orinar en unas pestilentes cubetas de madera que amenazan con desbordarse con el contenido que otros visitantes arrojaron antes que ellos.

La intimidad y el pudor pasan a segundo término. Los rangos se olvidan y el hambre empieza a hacer estragos en ellos.

La puerta de la celda se abre y tres gendarmes entran con un nuevo invitado.

—Aquí les traemos al cabrón que se quedó inconsciente en la goleta. Denle la bienvenida al indio.

Genaro, con un trapo blanco en la cabeza haciéndole de venda, los mira sorprendido. La situación física de los prisioneros llama su atención.

—¡Carajo!, ¿no nos van a dar algo de tragar? —les grita Santa Anna indignado.

—*Fuck your mom, Santy Any!* —le contesta burlón, el gendarme texano que parece un oso.

El primer alimento y agua les llega hasta las siete de la noche. Aunque la comida parece la vomitada de uno de los borrachos de Columbia, a los prisioneros les sabe a gloria. El agua, que más parece sacada de uno de los charcos de la temporada de lluvias, mitiga su sed y apaga ese fuego que los consumía horas antes.

Genaro siente que el dolor que taladra su cerebro lo matará. Se aprecia contento de hacer compañía a tan célebres personajes. Junto a la charola de comida viene una caja con fichas de dominó para distraer a los presos. Cualquier cosa que los entretenga es bienvenida. La filtración del agua de lluvia es un calvario que los tortura día y noche.

—¿Alguien quiere jugar? —pregunta Genaro.

—No, cabrón. Prefiero pasar a la biblioteca —contesta Santa Anna, por fin encontrando algo de buen humor a la difícil situación. Almonte y Caro ríen por primera vez después de horas de encierro.

Por la noche son despertados por ruidos de boruca en la calle. Se escucha claramente que hay gente afuera. Una cabeza se asoma por la ventana. El hombre de la ventana, metiendo la mano entre los barrotes, apunta hacia la cama de Santa Anna soltando un disparo que se impacta en la pared, a diez centímetros de la cabeza del Atila veracruzano. Santa Anna, aterrado se aleja del desvencijado catre para evitar otro atentado. Los tres gendarmes llegan a la celda preguntando lo que ha pasado. La vida del carnicero del Álamo peligra y la vigilancia se redobla hasta en la calle, para cuidarlo.

—Gracias por la vigilancia en la calle —agradece Santa Anna al tuerto Green.

—No me las dé, asesino. Si por mí fuera yo mismo lo quemaría vivo. Sólo recibo órdenes del presidente Burnet.

El día siguiente se va completo sin recibir comida y agua hasta la noche. Los presos protestan desesperados por el descuido. Las cubetas que sirven como retretes no han sido cambiadas desde que ingresaron. La peste es insoportable.

La horrenda cena les sabe a gloria. Los cuatro presos dialogan alegres tratando de olvidarse de su suerte.

—Esos malditos nos van a ejecutar. Ya son demasiados días y no pasa nada —comenta Almonte, tirando la mula de tres.

—No lo creo, Juan. Si nos quisieran matar ya lo hubieran hecho. Les sirvo más vivo que muerto. ¿Quién tomaría en serio una independencia conseguida con la ejecución pública del presidente de México?

—Estoy de acuerdo con mi general. Para matarnos ya sobraron oportunidades —responde Genaro, cerrando el juego.

Dos gendarmes llegan armados a las celdas y se llevan las pestilentes cubetas para colocar otras nuevas. Los texanos se cercioran de que todo esté en orden dentro de la celda.

—¿Nos pueden dar café? —pregunta Almonte.

—*Fuck you bean-eater! This is a prison not a hotel.*

A la mañana siguiente la celda se abre para sacar a Santa Anna y llevarlo a un salón donde Esteban Austin lo espera.

—Buenos días, general Santa Anna. Me alegra encontrarlo todavía vivo. Acabo de regañar a Green por permitir que se encuentren en estas condiciones tan inhumanas. El día de hoy tendrá derecho a un baño y cambio de ropas. Es lo mínimo que se puede hacer para demostrar que no somos más bestias que las que tenemos encerradas.

Santa Anna con ojos ojerosos y una barba de náufrago lo mira con ironía. La peste de su cuerpo y sus ropas, hacen que Austin eche su silla un poco para atrás.

—Gracias, Esteban. Yo haría lo mismo por usted.

Austin, elegantemente vestido, opaca al andrajoso presidente de México. La presión psicológica del incómodo momento da resultados.

La turba en la calle exige su cabeza, general. Urrea, sin hacer caso a sus órdenes, ha cruzado el río Nueces y se dispone a retomar la ofensiva. Ante esa actitud me deja poco margen para poder salvarlo. Usted aún es el presidente de México y puede hacer mucho por apoyar esta separación sana de Texas. Deseo que ésta se haga limpia y con su firma al calce de un papel. Si la conseguimos con su cuerpo colgado de un mecate nos degradamos a niveles simiescos como una nación que apenas da sus primeros pasos. Ayúdenos a esta pacífica transición.

—Ya firmé los Convenios de Velasco. Ya ordené a Filísola que se aleje de Texas, ¿Qué más quiere que haga?

—Ordene a Urrea que se repliegue. Escriba una carta al presidente Jackson. Explíquele lo que ha firmado para coadyuvar con la paz y separación de Texas. Pídale sin rodeos que lo ayude a regresar, sano y salvo a Veracruz. Estoy seguro de que él lo escuchará.

—Qué ironía, don Esteban. El presidente de México implorando su perdón y liberación al supuesto presidente de una tercera nación, que debería de fungir como neutral, y sin embargo atraviesa nuestra frontera del río Sabina hacia Nacogdoches, como si México no existiera. El presidente de Estados Unidos deja en libertad al presidente mexicano, para que así quede legalizado el despojo territorial a México con el nuevo presidente de Texas, David Burnet en el poder. ¡Qué asco!

—Usted sabe más de política que yo, don Antonio. O coopera de este modo o lo regresamos en una caja de pino a doña Inés.

La carta estaba terminada 15 minutos después. Austin la leyó, sonriendo satisfecho por el zalamero mensaje del desesperado presidente mexicano.

—La haré llegar por correo extraordinario a Washington. Pronto tendrá noticias favorables, don Antonio.

Austin explica a Green, delante de Santa Anna, las razones políticas de la necesaria liberación del general presidente mediante la intervención de Jackson. Green y Austin, como si actuaran una escena de teatro ensayada 100 veces antes, discuten sobre la seguridad de Santa Anna y la turba incontenible que amenaza con descuartizarlo. Por seguridad, los presos son cambiados a otra cárcel en el pueblo de Orazimba. Ahí Green se compromete a cuidar mejor la vida de los prisioneros, mientras llega la anhelada contestación del presidente Jackson.

El entierro de Jeremías Straw y la señora Smith fue conmovedor. El Valle de North Platte, con Chimney Rock como mudo testigo, daría sepultura a los cuerpos de los valientes pioneros a un costado de la legendaria senda de Oregón.

El sermón del reverendo Spalding acompañado con el rugir del viento reafirmó un entierro triste y lúgubre; como si la naturaleza se uniera a la lamentable pérdida de los valientes pioneros.

John Mackenzie intentó consolar a la viuda Straw y a Tracy. Palabras bonitas de esperanza era lo único que podía ofrecerles a dos mujeres que habían quedado solas en medio del viaje, sin razón alguna para continuar o regresar.

Con esfuerzo, la caravana reanudó su camino entre un sendero de lodo y piedras. Contemplaron la montaña de Scotts Bluff[32], que estaba 32 kilómetros adelante, a su izquierda, parecía la cabeza de un rinoceronte acostado en el suelo. Ahí decidieron pasar la noche. Al día siguiente reanudaron la marcha, hasta llegar dos días después a Fort William,[33] ya dentro del futuro estado de Wyoming[34].

Fort William (Laramie) era una construcción rectangular, bardeada con gruesos troncos y adobe, con torreones en las esquinas para proteger las mercancías que se guardaban en el interior. Una enorme puerta en arco con una caseta y un cañón sobre la mis-

---

32 En honor de Hiram Scott, trampero asesinado en 1828.

33 El fuerte fue construido en 1830 por William Sublette para guardar provisiones y pieles para los tramperos de la ruta de Oregón, de ahí su nombre de Fort William. Fue vendido a John Sarpy, de la American Fur Company y cambió su nombre a Fort John. En 1849 fue adquirido por el ejército americano y modificó su nombre a Fort Laramie, en honor del trampero francés Jacques La Ramee, asesinado por los indios Arapahoe.

34 Se volvería estado oficial hasta 1890.

ma, recibía las mercancías y a las personas, pudiendo ser cerrada totalmente y continuar el contacto con el exterior por medio de una ventana a un costado de la misma. La llegada de cientos de indios para comerciar era motivo suficiente para prevenirse y cerrarla si algo raro se sentía. El objetivo de su construcción, en 1834, por William Anderson, era mantener una bodega gigantesca para las pieles que conseguían por medio de los tramperos y los indios que se reunían cada año para comerciar y conseguir todo lo que se necesitaba para esperar el siguiente invierno. Fort William era una especie de bodega y tianguis, con enormes espacios para recibir caravanas y tribus para acampar y pasar ahí días enteros sin ninguna carencia. El fuerte estaba sobre una loma, rodeada por el tranquilo río Laramie, que se conectaba más adelante con el caudaloso Platte. Agua, comida y espacio sobraban en el fuerte William durante todo el año. Era un punto estratégico de abasto en el río Platte Norte, entre los ríos Verde y el Missouri.

La llegada de la caravana fue todo un evento para los indios Lakota Sioux que se encontraban de paso, ofreciendo sus pieles para conseguir cuchillos, trastes, rifles, alcohol; en sí, todo lo que les era necesario para regresar a sus tierras y que sólo el hombre blanco en el fuerte podía proveer.

El jefe de los Lakota, Old Chief Smoke, se acercó a saludar a Jim Bridger, quien junto con Thomas Fitzpatrick eran ya viejos conocidos de ellos, por sus incursiones en las montañas de Laramie.

—Lakotas asustados por tanta gente viajando junta, Jim.

Smoke era un jefe indio de 62 años, de uno noventa de estatura con anchas espaldas, y una fortaleza que lo hacía ver como un hombre de 40. Se desempeñaba como jefe Lakota desde 1797. Dos años atrás, en 1834, había peleado contra su primo Bull Bear, quien se había separado de los Lakota fundando una nueva tribu llamada los Lacota Kyaska o *cut off's* (los separados). Bull Bear pelearía a muerte por su gente, hasta que en 1841 sería asesinado por Nube Roja, sobrino de Old Chief Smoke, un jovencito de 14 años que lo acompañaba ese año, 1836, como su condiscípulo. Nube Roja se haría famoso 27 años después, en 1866, haciéndole durante dos años la guerra al ejército americano por una disputa territorial por el río Powder, en el noreste de Wyoming.

—Es gente que busca un nuevo hogar, Smoke. Sé que te sorprendes porque nunca habías visto tantas familias blancas juntas.

—Hogar haber, siempre y cuando, no sea en terrenos de Lakotas.

Bridger sonrió amistoso, sabía del reciente pleito con su primo Bull Bear y lo celoso que era de sus dominios Lakotas.

—Descuida, Smoke. Ellos van hacia el mar. No se establecerán ni en tus tierras ni en las praderas de Lakota Kiaska, como ahora llamas a la gente de Bull Bear.

—Bull Bear no respetar Old Chief Smoke[35] y pagará caro osadía.

—Déjame presentarte con los líderes de la caravana, Smoke. Están muy interesados en conocerte.

John Mackenzie se apartó del grupo para platicar con Tracy. Su tiempo a solas, con la linda jovencita, sería breve, ya que no tardarían en ser localizados por la celosa viuda Straw, que desde la muerte de su marido no permitía a su hija que se acercara al comerciante de ron.

—Parecemos animales de circo para los indios. Nos miran como curiosidades.

—No los culpo, Tracy. Muchos de ellos en su vida habían visto a tantos blancos juntos y, mucho menos, mujeres bellas como tú entre el grupo.

Tracy lucía el sombrero vaquero de su difunto padre sobre su cabellera rubia. La jovencita tenía fascinado a Mackenzie, siendo la burla de Carson y Bridger. Sixto entendía bien a Mackenzie, por encontrarse también bajo el hechizo de la bella Elsa, quien también arrancaba alaridos entre los admirados lakotas.

—¿Cuánto tiempo estaremos aquí, John?

—Yo creo que un par de días, Tracy. Éste es un excelente punto en el que podremos abastecernos de comida, agua y pieles de los indios para poder abrigarnos en el cruce de las montañas rocosas. El fuerte Williams es como un mercado al aire libre donde puedes encontrar lo que necesites.

---

35 Old Chief Smoke (1774-1864) fue jefe Lakota Sioux por 67 años seguidos, de 1797 a 1864. Murió a los 90 años.

—También se deben reparar varias ruedas de carretas.

—Cierto, Tracy.

Mackenzie miró a lo lejos a la madre de Tracy buscándola entre la gente. Adelantándose a ella sugirió a Tracy:

—Ahí viene tu madre con tu hermanito. Vamos un rato al río. Allá no nos encontraran. ¡Vamos!

La señora Straw llegó al punto donde el pequeño Bill le dijo que los había visto. Molesta al no encontrarlos, prosiguió la aferrada búsqueda de su hija.

Minutos después, John y Tracy se asoleaban en una roca boluda que sobresalía en el arroyuelo tranquilo del río Laramie. A sus espaldas no se veía más que la loma verdosa que ascendía hacia los terrenos del fuerte Laramie. En esta roca se sentían en la intimidad ya que el lado donde se acostaron daba hacia el bosque, por lo que estaban totalmente cubiertos por la roca, desde el lado del fuerte.

—Tu madre nos matará, Tracy.

—Que se espere un rato, John. Si no buscamos un momento así, ¿dime cuándo?

Mackenzie la abrazó sintiendo su mirada de jovencita enamorada. Sentimientos agolpados se le vinieron a la mente. Ya sentía que amaba a esta mujer, pero él era un hombre casado con una mujer hermosa y dos niños pequeños esperándolo en Saint Louis. Lo que estaba a punto de hacer era una canallada. Un paso adelante hacia un voladero sin retorno. Tracy significaba el inicio de una nueva vida con otra mujer en otra parte inexplorada de Norteamérica. Una muchacha hermosa y desamparada que necesitaba de sus caricias y de su apoyo para sobrevivir en estos territorios inhóspitos.

Las dos bocas se juntaron en un apasionado beso. La enorme roca les servía como marco en esa espectacular panorámica del río Laramie. Por minutos se perdieron en un tierno y apasionado beso, sin atreverse Mackenzie a llegar a más con la ingenua jovencita. Hubiera sido muy fácil para él en ese momento haberle hecho el amor, pero el respeto que le tenía, más el temor de ser fisgoneados por los lakotas desde los árboles del río, lo contuvo momentáneamente a lo que ocurriría irremediablemente después. Ese tierno beso fue sólo una rama y unas cuantas piedritas que funcionarían como débil dique ante el torrente de pasión que pronto se desbordaría para inundarlos, hasta ahogarlos.

7

Santa Anna viaja a Washington

Santa Anna había vuelto a nacer desde que Sam Houston, como nuevo gobernador de la República de Texas, lo liberó de la inmunda prisión donde estuvo por más de dos meses encerrado, hospedándolo en la finca de un amigo suyo, apellidado Phelp.

Houston, horrorizado por la deplorable condición en la que se encontraban los prisioneros y temeroso de algún ataque por parte de los fanáticos enemigos, ordenó que se les hospedara por una semana en la casa de su amigo, dándoles los mejores alimentos, abrigándolos con buenas ropas y preparándolos para el viaje al norte del país. Santa Anna tenía que lucir bien al estar frente al presidente de los Estados Unidos. «Quién va a tomar en serio a un muerto de hambre harapiento», pensaba Houston, al encargarle las finas ropas a su asistente. La cita no era cualquier entrevista, era la confirmación legal de la independencia de Texas por parte del máximo soberano de México. Era la primera rebanada del pastel que representaba el medio México que Santa Anna perdería ante Jackson y Polk.

El lujoso carruaje, jalado por dos briosos caballos, corría apaciblemente rumbo al norte de Texas. En su interior, por parte de los mexicanos, viajaban don Antonio López de Santa Anna, Juan Nepomuceno Almonte, Ramón Martínez Caro y Genaro Escobar. Unos en el interior y otros en sus monturas, también venían George Hockley, representante de San Jacinto; Bernard Bee, secretario de guerra de Sam Houston; William Patton, representando a los *grays* y seis soldados bien armados a caballo, para evitar algún encuentro desagradable con antisantanistas.

El 25 de noviembre de 1836, Houston se presentó ante Santa Anna para despedirse y entregarle una carta llamada por él *Memoires*, donde explicaba a Jackson lo que se esperaba de la ansiada entrevista con el general presidente mexicano. Para reforzar el éxito del mensaje, Houston se la explicó en inglés a Almonte, para que él se la expusiera y la ensayara con Santa Anna, antes de entrevistarse con el primer mandatario norteamericano.

A la mañana siguiente, Santa Anna y su comitiva partieron de Orozimba rumbo al río Sabina. Por estrategia militar y de protección a Su Alteza Serenísima, se había optado viajar por el camino de Luisiana que, aunque era el más largo, también resultaba el más seguro para proteger la integridad del general presidente mexicano.

Después de pasar un par de días en el Fuerte Williams, la caravana continuó su viaje bordeando el río North Platte, con las Montañas Laramie a su izquierda, pasando por los que en unas décadas se convertirían en los poblados de Glendo, Douglas, Glen Rock y Casper (donde se descubriría petróleo en 1890). A 100 kilómetros al suroeste de Casper, después de rodear la cabeza norte de las montañas Laramie, la caravana alcanzó la roca Independence, en la ribera del río Sweetwater. La roca Independencia era un monolito de granito con forma de ballena con una altura de 60 metros, una longitud de 580 y una anchura de 260 metros, sobre el valle. Para rodearla se necesitaba caminar casi dos kilómetros. Independence rock era la primera montaña de lo que formaba las montañas Granito, al sureste de Wyoming. Juntando las montañas Granito con las Laramie se formaba una barrera con forma de escuadra con el vértice apuntando al noreste, bordeada por el río Platte, en su lado este.

La caravana se detuvo a un costado del apacible río Sweetwater. Frente a ellos la roca Independencia se levantaba majestuosa. 1600 kilómetros atrás se encontraba Independence, Missouri. Entre las dos independencias ya había recorrido casi la mitad de la senda de Oregón. Las carretas hicieron su círculo tradicional para pasar la noche. Los bueyes fueron dejados a un costado del río para que pastaran y bebieran agua.

Benjamin Bonneville, subido en una de las carretas, dirigió unas breves palabras a los pioneros:

—Nos encontramos en la roca Independencia, un faro importante en las inmensas praderas americanas —el viento levantaba su blanca barba como si fuera un Moisés bíblico, dirigiéndose a su pueblo con las tablas de Dios en los brazos—. Punto obligado de referencia para saber que estamos un poco más allá de la mitad del camino, y que nos enfilamos hacia la puerta de las montañas rocosas, para de ahí alcanzar las costas de California y Oregón. De Independence, Missouri, hasta aquí, ha sido un andar constante bordeando el río Platte por praderas inmensas. De ahora en adelante nos enfrentaremos a la parte más dura, el cruce de las montañas nevadas. Nos encontramos en el mes de julio. Llegar a Independence rock en julio significa poder alcanzar Oregón y California antes de las nevadas de invierno. Si estuviéramos en septiembre nos quedaríamos en Forth Laramie o Green River. El invierno es crudísimo y nos expondríamos a morir congelados en la sierra. Los invito a que graben sus nombres en las paredes y lomo de la roca Independencia. Estamos a 9 de julio de 1836. Dejen constancia de que aquí estuvimos alguna vez, y que de aquí partimos con un sueño para alcanzar el Pacífico. Quizá las generaciones futuras nunca sepan si en verdad cualquiera de nosotros logró llegar a Oregón o California. Eso no importa, lo importante es dejar huella de nuestro sueño. En 100 años, cuando haya aquí una ciudad y alguien visite la roca y se encuentre con el nombre de John Mackenzie grabado en el granito, se preguntará: «¿Habrá llegado Mackenzie a California? ¿Vivirán algunos de sus descendientes aquí?». Algún futuro Mackenzie que lea ese nombre sobre la roca se cuestionará: «¿Fue ese Mackenzie de la roca mi tatarabuelo?».

Los pioneros se miraron unos a otros emocionados. El mensaje de Bonneville les llegaba al corazón. Todos ellos eran aventureros arriesgando la vida por un mejor futuro para sus hijos. Su odisea quedaría registrada en la historia.

John y Tracy, eludiendo de nuevo la férrea vigilancia de la celosa madre, se escabulleron para buscar un sitio donde dejar grabados sus nombres para la posteridad. Sixto y Elsa los miraron sonrientes, como si se leyeran sus mentes en un abierto desafío para ver quién trepaba la roca primero. En sí, no resultaba complicado subir por la montaña, su parte más alta no superaba los 60 metros desde el pasto. El piso era liso, de granito puro, sin vegetación. Desde su cima se contemplaban las montañas Granito y el camino que llevaba a Devil's Gate, la puerta del diablo, 21 kilómetros más adelante.

Sixto y Elsa grabaron su nombre sobre el muro que ascendía a nivel del pasto con un clavo y grasa para los ejes de las carretas:

Sixto Escobar y Elsa Cherrier
9-VII-1836
En busca del paraíso y esperando a nuestro primer bebé

Mackenzie y Tracy, huyendo de la suegra, treparon sobre el lomo de la montaña, encontrando una hendidura ancha de más o menos 3 metros sobre la roca. Aquel canal servía de refugio para no ser vistos por los demás viajeros. Con la punta de su cuchillo Bowie, utilizando una piedra para golpearlo Tracy escribió:

Dios te llevó con ÉL, para que nosotros aquí nos quedáramos
Tracy Straw y John Mackenzie
Julio 9 de 1836

Al terminar de escribir esto, Tracy se soltó a llorar. Habían transcurrido varios días desde la muerte de su padre y los sentimientos se le agolparon en un solo momento que la derrumbó entre sollozos. John le acariciaba tiernamente su pelo mientras la abrazaba. Del llanto pasaron poco a poco a las caricias y los besos. Mackenzie la besaba en el cuello, mientras Tracy se perdía poco a poco en aquel torbellino de pasión. Se encontraban justo en la mitad del cerro. No había nadie cerca y difícilmente alguien podría acercarse ahí sin ser visto por ellos. John la despojó de toda su ropa ante un sol ardiente que les hacía comparsa en ese maravilloso momento. Recargándola contra la pared de granito, John la levantó con sus fuertes brazos para hacerla suya. Tracy, siendo la primera vez que lo hacía, sintió un dolor agudo entremezclado con placer, dando así adiós a su virginidad. Tracy explotó en éxtasis al coincidir con el clímax de Mackenzie. Los dos cayeron rendidos sobre la lisa roca, recuperando poco a poco el aliento. Sobre su cabeza, con un cielo azul de fondo, volaba en círculos una majestuosa águila blanca buscando a su siguiente presa. Un peculiar sonido de cascabel les heló las venas al ver cerca de ellos a una enorme víbora de color gris como el peñasco. El mortal áspid, con su cabeza triangular, sacaba su lanceta de reconocimiento como si sintiera su calor. La letal serpiente afortunadamente tomó el camino contrario a ellos. Independence Rock era un paraíso para estas serpientes, pero esta vez la suerte había estado del lado de la pareja, y no de la cascabel. Minutos después la poderosa águila descendió sobre el mortal áspid, tomándolo entre sus potentes garras del tamaño de una mano, levantándolo en pleno vuelo. John y Tracy se sintieron intimidados ante el poder de Dios que todo lo tocaba con su infinito dominio.

A la mañana siguiente dos viajeros amanecieron con vómito y diarrea. El cólera[36] se presentaba tímidamente entre los viajeros. Consternados y sin saber qué hacer, por órdenes del doctor Marcus Whitman, aislaron a los enfermos hasta ver si había alguna mejoría. Ésta nunca llegó, por el contrario, en dos días acabó con la vida del herrero y la señora Eagans. El oeste americano cobraba así dos vidas más, además de las que se llevaría en los días siguientes.

El funeral fue un momento triste para los pioneros. Las medidas de aislamiento de Whitman parecían haber funcionado. Ningún otro caso se presentó en los siguientes días.

---

36 El cólera, por contaminación del río Platte y Green, mató el diez por ciento de los pioneros de cada viaje de Missouri al Pacífico. Los pioneros no sabían que el agua fresca del río era la fuente de contagio. Pioneros precavidos que la hirvieron evitaron ser víctimas de esta letal enfermedad.

La cena de Navidad de Su Alteza serenísima, junto con sus compañeros, fue en el comedor de un hotel en Louisville, Kentucky, el 24 de diciembre de 1836.

George Hockley, Bernard Bee y William Patton, se sentían comprometidos con sus acompañantes mexicanos para ofrecerles la más cálida Navidad, entendiendo que ninguno de ellos estaba con su familia.

Un exquisito pavo rostizado adornaba la elegante mesa junto a una charola repleta de una ensalada de frutas. Cinco botellas de vino esperaban a ser bebidas por los impacientes viajeros que salivaban como perros hambrientos.

—Y pensar que hace tres meses deliberé que en verdad moriría dentro de esa pestilente celda de Orozimba —dijo Santa Anna, chocando su copa con la de sus compañeros.

Su rostro era completamente diferente al de sus últimos días en Texas. Ahora lucía repuesto, con el cabello recortado y una rasurada impecable, que lo hacía parecer un hombre de la realeza inglesa.

—Usted tiene que parecer el presidente de México cuando esté frente a Jackson, general, no un pordiosero como lucía en Orozimba —dijo Patton con su excelente español.

—*You are dinning with us Santy Any, when you could be well dead since april* (usted está cenando con nosotros *Santy Any*, cuando podría ya estar muerto desde abril) —comentó Hockley, con la oportuna traducción de Almonte.

—Eso mismo le dijeron muchos a Napoleón, Hockley, y al final siempre se salió con la suya, terminando sano y salvo en las islas de Córcega, Elba y Santa Elena.

Hockley sintió ganas de decirle a Santa Anna que su comparación con Napoleón era ridícula, pero prefirió evitarlo para mantener una reunión agradable. Faltaba poco para que terminara su misión al entregar a Santa Anna con Jackson, ¿Qué caso tenía crear un ambiente hostil en una cena tan importante?

Después de la media noche, que Hockley, Bee y Patton se retiraron a sus habitaciones, Genaro sorprendió a Santa Anna trayendo cuatro negras que encontró en una casa de citas cercana al hotel. Santa Anna, Caro, Almonte y él se alegraron de tener una pareja con quién desatar sus pasiones después de meses de abstinencia. «La carne es la carne y no importa el color», pensó Almonte esbozando una gran sonrisa.

—Desde que me cogí a una negra en Yanga cuando era joven, supe que eran las mejores —comentó Su Alteza Serenísima, mientras tomaba de la cintura a una negra que parecía recién bajada de un barco negrero en Nueva Orleans. Sus caderas eran duras y bien paradas, causando la admiración de todos. Ramón abrió otra de las seis botellas que habían conseguido después de la cena. La noche era para celebrarse y que mejor manera de lograrlo que con vino y mujeres.

Los invitados de Jackson no disponían de mucho espacio e intimidad para disfrutar a sus mujeres, así que cada cual agarró un rincón y sin importarle ser visto por los demás comenzó a disfrutar de su insaciable negra. El vino corrió a cantaros y al final todos se desinhibieron, pasando una negra de uno a otro sin distinguir cuál era de cada quién. La orgía de Louisville sería agradablemente recordada por todos ellos hasta el final de sus días. Los mexicanos, ante los sonrientes ojos de los americanos, habían pasado la más espectacular nochebuena de su vida.

El río Sweetwater debía su nombre a la tranquilidad de sus aguas. Afluente de 282 kilómetros que nacía en las montañas Wind River y que serpenteaba el centro del estado de Wyoming hasta desembocar en el río Platte Norte. Más de nueve veces tenía que ser cruzado por los pioneros para llegar a South Pass (Paso Sur), puerta hacia el Pacífico entre las montañas rocosas, descubierta por Jedediah Smith.

Después de dejar la roca Independencia, los pioneros se dirigieron hacia Devil's Gate o Puerta del Diablo. Aunque la distancia entre la roca Independencia y la Puerta del Diablo era de 21 kilómetros en línea recta, la ruta serpenteaba por seguir el río y había sitios donde era mejor cruzarlo, para evitarse rodeos cansados que multiplicaban la distancia.

La Puerta del Diablo era un tajo en las montañas, originado por el paciente río que con el correr de los años abrió un paso de 10 metros de ancho en la base del río y 120 metros de alto, de montaña a montaña en las cimas del tajo. El tajo corría medio kilómetro entre las paredes del cañón para continuar en su apacible curso hacia la cordillera Wind River. Por curiosidades de la naturaleza, si el río hubiera corrido un kilómetro más hacia el sur, se hubiera evitado cortar la montaña con ese espectacular cañón entre la pared de granito.

La caravana hizo su parada a un costado de Devil's Gate. Como en ocasiones anteriores, en los otros peñascos, hubo pioneros que caminaron hacia el cañón para conocerlo. La distancia era corta e invitaba a la curiosidad.

Jim Baker, el trampero adolescente, trepó la pared interior del cañón ante el asombro de su protector, Jim Bridger. Kit Carson y Sixto lo miraban sentados desde el fondo del tajo, fumando tranquilamente sobre una piedra del Sweetwater river. En unos cuantos minutos llegó hasta la cima de una de las paredes de la Puerta de Diablo y desde ahí gritó emocionado a sus compañeros que él era el mejor del mundo.

—Ese muchacho está loco. Si se despeña se hará pedazos —dijo Carson.

—Es más fácil que se caiga una cabra que ese ágil muchacho, Kit —contestó Sixto sonriendo.

Al llegar el ocaso una nueva sorpresa deparaba a los pioneros. Después de la media noche los aullidos de los lobos, cantando a la luna llena, inquietaron a los bueyes y a los caballos. Los hambrientos animales atacaron a una yegua hasta darle muerte con sus filosos colmillos. Los pioneros, encerrados dentro de su círculo de conestogas y dos fogatas bien alimentadas, vigilaban desde cuatro lados del círculo con sus Bakers en las manos, para matar a cualquier lobo que intentara acercarse a las carretas. La suerte de los animales que pastaban cerca del río era algo que no podían evitar. Tener a los animales dentro del círculo de carretas era peligroso. Si se presentaba una estampida por algún susto, los bueyes pasarían sobre tablones, mesas y pioneros con tal de salvar la vida. Mantenerlos lejos era la mejor opción.

—¡Malditos animales! Estoy seguro de que han de ser más de 30. Son muchos los aullidos que se escuchan —comentó Kit Carson, al arrojar un tronco a la fogata.

—Tienen el mismo derecho a vivir y a comer que nosotros —repuso Jim Bridger, tratando de tocar algo de música con su armónica.

—Si no fuéramos tantos viajeros juntos, sería un riesgo acampar en un lugar así —dijo Sixto, cubierto por una manta junto con Elsa.

—Son muchas las historias de hombres atacados por lobos en las montañas —agregó Bridger, intimidando a todos por ser un experimentado trampero—. Mientras tengan algo que comer, no debemos preocuparnos.

—Eso significa que ya mataron a alguna de las bestias, porque ya no se escuchan los aullidos tan seguido —repuso Carson, dando un sorbo a su café, dejando una caprichosa estela de vapor.

—Es un hecho que ya lo hicieron. La noche es de luna llena y exalta más a las bestias.

—Eso de los lobos se parece a la historia del Rugaru o Chiye-tanka de los lakota —comentó Elsa.

—¿El Rugaru? ¿Qué es eso? —preguntó Sixto sorprendido.

—Es Unk Cegi o el Sasquatch. Un hombre peludo de casi tres metros de alto que vive en los bosques y se alimenta de carne y sangre —explicó Elsa, satisfecha de tener la atención de todos sobre ella.

—Esas son patrañas —repuso Mackenzie incrédulo. Los indios inventan puras tonterías para espantar a la gente y así mantenerla lejos de sus tierras. Lo más seguro es que lo confundan con un oso.

—Los indios no somos estúpidos, John. Distinguimos bien al igual que ustedes las diferencias entre un oso grizzli y un Sasquatch. Ustedes los blancos creen que los indios somos tarados.

—No tarados, pero ¿quién va a creer que existe un hombre simio de tres metros?

—Los Sioux y yo lo creemos, John. He visto sus huellas en el bosque. Son huellas de un pie enorme, no de una pata de oso. Con eso me basta.

—Pues si existe ese tal Sasquatch o Pie Grande, espero nunca encontrármelo.

—Los indios americanos le tenemos más miedo a los pioneros blancos que a un Sasquatch. Ustedes son como el azote de las praderas. A donde lleguen llevan miseria y fatalidad. Ustedes son el verdadero terror de los lakotas y de todos los indios del oeste.

—No lo había visto desde ese punto de vista pero creo que no estás tan errada, mujer —comentó Jim Bridger, volviendo a la música con su armónica.

A la mañana siguiente, al partir, se encontraron con los restos, que eran sólo huesos, de lo que ayer había sido uno de sus más fuertes caballos. Los pioneros callaron temerosos, al sentir la amenaza que representaban los lobos de la pradera. Si el número de viajeros fuera reducido, sabían bien que los lobos podrían atacarlos.

El 17 de enero de 1837, Santa Anna y su escolta llegaron a Frederik, Maryland, ya casi a un paso de Washington.

Santa Anna se encontraba en su cuarto de hotel cuando Patton pidió hablar con él un minuto.

—General Santa Anna, acabo de recibir una invitación a una cena de lujo con el general Winfield Scott[37]. Pide que vaya usted solo.

—¿Scott habla español?

—Nada, señor.

—Entonces tengo que ir con Almonte o Genaro. Por cuestiones de edad y rango preferiría a Almonte.

---

37 Winfield Scott (1786-1866) es el general norteamericano que más años se ha desempeñado en campaña en la historia militar de su país. Participó en la guerra anglo-americana de 1812; de Black Hawk, la seminola; con México y la guerra civil de los Estados Unidos. El 16 de septiembre 1847, fungió como gobernador de México al ondear la bandera de las barras y las estrellas en Palacio Nacional.

—Entiendo, general. Entonces nos vamos de aquí a las siete. Hockley y yo los llevaremos.

El restaurante del Hotel Ambassador era de estilo francés. Cortinas finas y candelabros de cristal adornaban el lugar. Una mesera de dulce mirada y caderas prominentes hizo babear al Héroe de Tampico.

—Con ella a mi lado, Juan, ya no me regresaría a México.

—Yo tampoco, mi general.

Almonte sonrió divertido, chocando su copa con el general. Qué diferente situación vivían ahora, comparada con lo que padecieron meses atrás, cuando hasta grilletes llegaron a compartir en Orozimba.

—¿Para qué me querrá ese engreído de Scott?

—Seguro para preparar los temas a discutir con el presidente Jackson.

—Suena razonable, Juan. Si nos han hecho venir hasta acá, tratándonos bien y con lujos es porque algo sustancioso quieren sacar de mí. Los pinches yanquis tienes intereses nunca amigos. Esos cabrones no dan paso sin guarache.

Por la puerta del restaurante apareció la figura majestuosa de un hombre de 50 años de edad, gesto severo y autoritario, con una nariz grande, como un pico de ave, aplastado en un ancho rostro con una prominente barbilla en forma redonda que amenazaba con unirse con el pico al hablar, cabello rubio ensortijado, comenzando a ser vencido por el lento avance de las canas. Su estatura era de más de 1.85 metros, con 100 kilos de peso, parejamente distribuidos en todo su cuerpo. A su lado venía un hombre moreno, bajo de estatura, con una cabeza muy grande en comparación con su pequeño cuerpo.

—¿General Santa Anna? —pregunto Scott.

—El mismo —repuso Santa Anna, extendiendo su mano derecha.

Almonte intentó traducir la conversación, pero Scott le dijo que él traía a su propio traductor. Almonte entendió, por indicación de Santa Anna que debería dejarlos solos.

—Sé que pronto tendrá una reunión con el presidente Jackson, general.

Santa Anna, sentado con una copa de vino en la mano, contestó al héroe de la guerra de 1812:

—Así es, general Scott. Me preocupa y me halaga al mismo tiempo.

El cabezudo traductor le habló a Santa Anna en un acento yucateco que lo sorprendió sobremanera.

—¿De dónde eres, amigo? —le preguntó Santa Anna, después de escuchar su respuesta.

—Mi nombre es Fernando Pot. Soy yucateco. Soy un recomendado de Lorenzo de Zavala.

Santa Anna ató los cabos en un segundo, entendiéndolo todo.

—¡Zavala! Que Dios lo tenga en su gloria al perro traidor. También me enteré que murió Esteban Austin. ¡Qué destino para ese par!

—Como pronto se enterará, general Santa Anna, Jackson le pedirá su apoyo para reconocer legalmente la independencia de Texas. Ese será un asunto a tratar sólo entre ustedes dos. En lo que me concierne a mí, necesito conocer mejor el punto más estratégico para invadir México en caso de que así se requiera.

Los ojos de Santa Anna se abrieron desmesuradamente al escuchar la traducción de Pot. Por un momento pensó en cercenar el cuello de Scott con el filoso cuchillo que descansaba sobre una blanca servilleta de tela y arrancar la colosal cabeza de Pot, como si extrajera una calabaza de Halloween de alguna rama. La pregunta era una ofensa a su persona e integridad, y así debería mostrárselo.

—¿Por quién me toma, general Scott? ¿En dónde me ve el letrero de traidor a mi patria?

Fernando Pot temió por un momento fungir más como separador de peleoneros que como traductor. Los dos generales cruzaron agresivas miradas.

—Lo considero un general derrotado y perdonado por la misericordia de Samuel Houston. En cualquier otra guerra de las que he peleado, usted sería un cadáver colgando de un lazo, general. Deje el orgullo y sepa bien que su vida aún depende de nosotros y hay muchos en la calle que con gusto le meterían una bala en la frente por ser el asesino del Álamo y Goliad. No confunda el buen trato que le hemos dado, con un perdón condicionado que aún no se ha ganado. Esta entrevista podría ser definitiva para salvar su vida. Por mi parte podría ocurrir que ya ni viera a Jackson. Yo tengo el poder para cortarle los huevos y entregarlo a sus enemigos, si así me place.

La cara de arrogancia de Santa Anna cambió a otra de respeto y sumisión. Scott no se andaba entre las ramas y estaba ahí por órdenes de Jackson.

—Invadir mi país por el norte no es cosa fácil, general. Cada mexicano que ve cruzando la frontera, se convertiría en un soldado en defensa de su patria. Mis compatriotas a falta de balas, terminarían aventándole piedras y gargajos si fuera preciso, antes de entregarle sus tierras.

—*I know that* —repuso Scott, encendiendo un fino puro cubano.

—Por el contrario, México es muy débil si se le ataca por el puerto de Veracruz, general —dijo Santa Anna, hábilmente retomando el tema que le interesaba a Scott—. Una vez tomado el puerto, que sería defendido por los mexicanos como un niño puede preservar un juguete ante un adulto mayor, se procedería a avanzar hacia el altiplano, emulando a Hernán Cortés hasta llegar a la capital. Habría leves resistencias pero nada que pueda preocupar al poderoso ejército norteamericano. Usted se podría convertir en el segundo Hernán Cortés, si así lo quisiera, general.

Winfield Scott, orgulloso y halagado, arrojó el humo del habano hacia el techo del fino salón. Las dotes de adulador que Su Alteza Serenísima manejaba como un maestro siempre le habían retribuido. ¿Cómo podría Scott defenderse de esta letal arma, si ni siquiera las mujeres más bellas y férreas habían podido? Santa Anna siempre se salía con la suya y salvaría su vida en Washington, así tuviera que entregar a su país y pueblo entero.

—¿Con qué generales de importancia me enfrentaría una vez tomado el puerto?

—Con Valencia, Mariano Arista, Mariano Paredes, Filísola, Urrea y obviamente yo, general.

Scott sonrió complacido al escuchar ese yo de complicidad. Sintiéndose en confianza y sabiendo que ya tenía a Santa Anna en sus manos le espetó sin rodeos en pleno rostro:

—Tres y medio millones de dólares están de por medio, para que ese yo, que usted acaba de decir tímidamente, se vuelva nuestro aliado tras bambalinas y haga posible la toma de la capital mexicana con la entrega de Nuevo México y las Californias, general Santa Anna. Jackson se lo propondrá en su siguiente entrevista y piense bien qué le va a responder. No creo que esté en una posición muy ventajosa para negarse, general.

Santa Anna tragó saliva, mostrando una mirada nerviosa. Los tres y medio millones de dólares eran música celestial para sus oídos. Con ese dinero podría recuperarse de su tropiezo en Texas. Chocando su copa con la de Scott, le dijo:

—Seré todo oídos, general Scott. Cuente con ello.

Fernando Pot, casi atragantado con el pollo que masticaba, tradujo alegremente:

—*He says he's all ears, general.*

—*Great!* —respondió Winfield Scott satisfecho, chocando su copa con la del Napoleón veracruzano.

Después de dejar Devil's Gate (la Puerta de Diablo), los pioneros continuaron su extenso viaje hacia el oeste, a todo lo largo del valle del Sweetwater, en el centro del estado de Wyoming. Nueve cruces se tenían que hacer para alcanzar el South Pass (Paso del Sur). En un tramo de dos millas, tres veces tuvieron que cruzar el serpenteante y tranquilo río Sweetwater. Aunque los cruces no eran sobre aguas profundas y turbulentas, sí iban minando poco a poco la paciencia y ánimo de los viajeros. Las carretas se remojaban de más, hinchando la madera, las provisiones se empapaban, echándose a perder, y a momentos los animales soportando temperaturas de 32° C, preferían descansar un rato en las remansas aguas del camino. Después del octavo cruce se encontraron con un tramo de 20 kilómetros llamado Rocky Ridge. La mitad de ese tramo consistía en llegar a la cima rocosa y árida de una pendiente. Librar ese tramo representaba el más grande reto vivido por la caravana hasta ese momento. Las 25 carretas tomando la pesada cuesta, parecían no avanzar nada, ante el esfuerzo de las bestias y los pioneros.

—Este tramo está pesadísimo, John. No puedo más —dijo Tracy a Mackenzie, como nuevo encargado de la conestoga de su padre. Sobre el carro venía sentada la señora Straw y su hijo Bill.

—Todavía nos falta como un kilómetro, Tracy. ¡Ánimo!

Cuando las contestogas avanzaban sobre la pendiente, había que ponerles una barra como obstáculo a las ruedas para evitar que se regresaran por su propio peso. La vista de los 25 carros en fila, abarcaba un tramo de cientos de metros. La conestoga de los Straw fue de las primeras en alcanzar la cima para luego empezar el suave y reconfortante descenso.

Una de las últimas conestogas sucumbió ante su enorme peso y al debilitamiento de los bueyes que la jalaban, se fue hacia atrás con todo y bestias, chocando contra los bueyes de la carreta anterior y ocasionando la volcadura de la misma, al arrollar a las bestias e irse contra el otro carro que la antecedía. Los tripulantes de la última carreta fueron aplastados por su propia conestoga al volcarse, muriendo el cochero y lastimándole la pierna al joven que lo acompañaba. Otro de los hijos del cochero, fue milagrosamente salvado por un exesclavo negro que se había anexado como hombre libre a la caravana en el fuerte Laramie. Un segundo antes de que uno de los asustados bueyes pasara sobre el muchacho, el negro Jim Cooper se atravesó como saeta para rescatarlo. El carro de los Miller había sufrido daños irreparables y la caravana no podía esperar días en repararlo. El fantasma del invierno era su siguiente enemigo y debían ganarle la partida.

El funeral del señor Miller fue un momento emotivo para los pioneros. El reverendo Henry Spalding conmovió a todos con sus profundas palabras.

—Dios con su poder infinito todo lo ve y todo lo sabe. Si ha sido su decisión retirar del camino a algunos de nosotros para acudir a su lado, sólo él sabe por qué y no debemos juzgarlo. Los jóvenes Miller se han quedado sin su padre, pero sus dos hijos sacaran adelante a la familia y alcanzaran Oregón, si el Señor así lo ha dispuesto.

John Mackenzie abrazó con emoción a Tracy. El destino los había juntado y haciendo caso al emotivo sermón del padre Spalding debían aceptar que el Señor sabía la razón.

Al terminar el descenso, los 24 carros cruzaron por novena vez el río Sweetwater en un punto conocido como Burnt Ranch (Rancho Quemado) para quedar en su ribera sur y de ahí alcanzar sin problemas el South Pass en un terreno libre de obstáculos.

South Pass era un paso libre de montañas entre las extensas montañas rocosas. A su derecha, hacia el norte, se levantaban tímidas en el horizonte las montañas Wind River. La caravana continuaría su paso por la ribera sur del Sweetwater hasta encontrarse con el turbulento y caudaloso Green River, monstruosa serpiente de agua que abría pacientemente sus fauces para devorar a sus siguientes víctimas.

8

Entrevista Jackson-Santa Anna

Santa Anna estaba que no podía con los nervios. Era su segundo día de espera en el lujoso hotel que ofrecía hospedaje a los huéspedes importantes que visitaban a algún funcionario de prestigio dentro de la Casa Blanca, en Washington. El solemne edificio presidencial se levantaba majestuoso en el centro de un hermoso y amplio jardín. Desde un enorme ventanal del hotel, Santa Anna se asombraba de pensar que en el interior de aquella casa pudiera vivir el presidente de los Estados Unidos. La construcción era sencilla y no le pedía nada a cualquiera casa de alguno funcionario de gobierno de tercera en México.

«Yo me imaginaba un palacete del doble que el Castillo de Chapultepec» —meditaba Santa Anna al recargarse sobre el ventanal que miraba hacia el palacio de gobierno de Washington. Tímidas hojuelas de nieve caían menguadas sobre el marco de la ventana, presagiando una nevada.

El día anterior había servido para que George Hockley, William Patton y Bernard Bee hicieran entrega de los importantes invitados a un amanuense del secretario de Estado John Forsyth. Los eficientes militares habían cumplido bien con su trabajo de escoltas desde Texas hasta la capital de los Estados Unidos. Los cuatro mexicanos se encontraban sanos y salvos en las seguras instalaciones del hotel que pasaba facturas directamente al gobierno por hospedar distinguidos invitados del gobierno.

—¿Cuántos días piensa tenernos aquí su homólogo, mi general? —preguntó Almonte tratando de halagar a Su Alteza Serenísima.

—No me importa, Juan. En estos momentos nosotros somos los importantes y nos trataran como reyes. Lo peor ha pasado y después de platicar con Jackson te garantizo un agradable regreso por barco hacia México.

En el cuarto de al lado se hospedaban Genaro Escobar y Ramón Martínez Caro. Seguros de que no serían requeridos ese día, se preparaban para dar un paseo por los alrededores de Washington.

Santa Anna maquinaba dentro su cabeza, todas las variables posibles ante su encuentro con el presidente del poderoso vecino del norte.

«Scott habló de tres y medio millones de dólares por ayudarlos a conquistar los territorios del norte. ¡Qué más da! No hemos hecho nada con ellos y son más yanquis que mexicanos. Mi situación económica está por los suelos. Ya voy para un año fuera de mi Veracruz querido. Inés y los niños me necesitan. En una situación desesperada hasta la ciudadanía americana agarro. No voy a arriesgar la seguridad de mi familia por un país de ingratos. He expuesto el pellejo demasiado para salir de ésta con las manos vacías. Tres y medio millones de dólares pagarían de sobra la factura por todas las vicisitudes vividas en esta guerra perdida. Por esos dólares podría ayudar a Scott a que someta a México a una negociación desesperada, donde la entrega de Nuevo México, Arizona y las Californias tranquilice a los yanquis. Con ese dinero me puedo largar de México y comprar una isla en el Caribe para mi solito. Mi vejez y la economía de los niños estarían garantizadas. ¡Qué chingue a su madre México y que venga ese dinero a mi bolsa! Eso sí, nunca le firmaré nada a ese viejo cabrón de Jackson. Estaré desesperado, pero no pendejo. No habrá papel firmado por mí que me lleve a la horca. Todas mis negociaciones serán habladas, jamás nada plasmado con tinta.»

Un toque en la puerta lo sacó de sus cavilaciones. «Almonte lleva horas encerrado en el baño. O se la está jalando o a lo mejor ha muerto intoxicado por sus propios gases intestinales», pensó mientras se dirigía a la puerta, con los nervios revoloteando en el estómago.

—El presidente Jackson lo recibirá hoy mismo a las tres de tarde.

Santa Anna miró la hora en un elegante reloj de péndulo. Faltaba una hora. Suficiente para arreglarse y estar listo.

—¿Me voy caminando?

—No. Un carro pasará por usted y su intérprete.

—Gracias. Estaremos listos en el lobby.

El Green River (Río Verde) se extendía amenazante hacia los pioneros. Era el mes de julio y su cauce cargaba con más agua que nunca en el año. El cruce sería crudo, sin ayuda mecánica de ningún tipo. En esos años todavía no se contaba con pangas ni transbordadores para facilitarlo. Las 24 carretas intentarían el osado cruce que marcaría para muchos su destino.

—No deben dirigir los bueyes y los caballos en línea recta hacia el punto de cruce. Deben obligarlos a caminar ligeramente contra la corriente para que su desplazamiento sea recto y lo más breve que se pueda.

—¿Qué pasa si los animales caminan derecho? —preguntó Jim Cooper, el exesclavo que se les había unido en fuerte Laramie y que ahora por humanidad y desinteresadamente asistía a los Miller.

—La corriente puede voltear la conestoga y arrastrarla por el río hasta perderla —repuso Jim Bridger, parado sobre una roca, hablando a todos los pioneros.

Las primeras carretas se adentraron en el agua con sus familiares, sentados sobre los carros. Los bueyes, al sentir el empuje del río a la altura de sus cuellos, abrieron sus ojos desmesuradamente presintiendo el peligro. Sus fosas nasales se agrandaban a lo máximo, como intentando jalar lo más que se pudiera de aire antes de ser tapados por el agua. El estallido del látigo a la altura de sus cabezas les recordó que debían seguir avanzando. Mientras el agua no cubriera las cabezas de los animales, éstos seguirían caminando sin detenerse. Tres carretas, separadas por varios metros, avanzaron al mismo tiempo. Las primeras cinco conestogas cruzaron al otro lado festejando su triunfo. La sexta cayó sobre un hoyanco en el fondo del río, inclinándola a favor de la violenta corriente, volteándola con todo y viajeros. Los animales seguían avanzando mientras la conestoga, de costado, se atoraba en el fondo rocoso, frenando momentáneamente a las bestias. Los seis tripulantes intentaron asirse de una cuerda que Bridger había extendido por seguridad a todo lo ancho del río. Cuatro de ellos lo lograron y con sólo seguirla alcanzaron la otra orilla. Otro de los náufragos nadó hábilmente hacia la orilla, tomándola muchos metros adelante. El último de ellos, un hombre de mediana edad, paralizado por el miedo y sin saber nadar, fue tragado por el agua y llevado hacia adelante, su cuerpo se perdió para siempre. Los bueyes asustados ante las violentas aguas y al no poder mover la carreta, rompieron la parte que los sujetaba a la conestoga, llegando por instinto a la misma orilla de la que habían partido.

El pánico ante la conestoga perdida, frenó momentáneamente a los pioneros que esperaban su turno en la orilla.

—Es una tragedia lamentable, pero no podemos quedarnos aquí. Han viajado miles de kilómetros, no vale la pena dejar todo aquí por miedo a cruzar —dijo Benjamin Bonneville, intentando calmar a los viajeros por el accidente de la conestoga de los Stewart.

—Debemos recuperar el cuerpo de Tobías Stewart —dijo uno de los pioneros, tomando su sombrero con las dos manos, tratando de ocultar su miedo.

—Eso no es posible, Ian. El río lo ahogó y su cuerpo puede aparecer decenas de kilómetros adelante. Nadie irá a buscar un cadáver. Las fuerzas que nos queden serán para cruzar a los vivos, no para rescatar cuerpos. En verdad, lo siento mucho.

Los pioneros asentaron su apoyo a Bonneville. La prioridad era cruzar el Green River.

El cruce de las siguientes 18 conestogas fue igual de difícil. Una de éstas, dirigida por John Mackenzie, por sus características diferentes, flotó como si fuera una barca a la deriva, hasta encallar milagrosamente en la otra orilla 100 metros adelante. Ninguno de los siete viajeros que iba sobre ésta salió lastimado.

—Si Mackenzie no hubiera liberado a la carreta de los bueyes, nos hubiéramos volteado —explicó Tracy a Jim Bridger del otro lado del río.

—Fue una buena decisión. A veces resulta. Mackenzie les salvó la vida.

La viuda Straw sonrió por primera vez desde la muerte de su marido. Por fin aceptaba la bendición de tener a Mackenzie como yerno.

Otra carreta sufrió un accidente parecido a la primera. El agua la arrastro con todo y animales cientos de metros río abajo, destrozándose contra las rocas. Otro pionero pereció ahogado en este trágico incidente. Su cuerpo fue recuperado al quedar en la otra orilla atorado entre unas ramas.

Dos cuerpos serían velados esa trágica tarde en Green River, uno con un costal con la ropa de Tobías Stewart y el otro con el cuerpo de la señora Ferguson.

Santa Anna y Almonte esperaban en una elegante sala a un costado de la oficina principal de Andrew Jackson, presidente de los Estados Unidos. Habían sido conducidos ahí por el amable ministro Forsyth y ahora se encontraban a solas, mientras Forsyth comunicaba a Jackson que el general presidente de México estaba afuera esperando.

—¿Te das cuenta, Juan, que la mayoría de los héroes de la independencia de este país fueron respetados en sus vidas y hasta la fecha son admirados? Aquí no hacen como nosotros en México, que fusilamos a tu padre; a Hidalgo, Aldama, Jiménez, Francisco Javier Mina, Agustín de Iturbide y Vicente Guerrero.

Nepomuceno Almonte, con ojos de curiosidad infantil, miraba los retratos en el salón donde aguardaban la llegada del presidente de los Estados Unidos.

—Es cierto, general. Mi padre fue una de esas víctimas.

—Maldito país el nuestro, Juan, donde matamos a los intelectuales y valientes que luchan por dar un mejor futuro a nuestros hijos.

—A lo mejor nuestro destino hubiera sido otro si en las costas de Yucatán, en 1517, se hubieran aparecido los ingleses en vez de los españoles.

Santa Anna miró con ojos de observación a su compañero. Meditando por segundos respecto a lo que hubiera sido México, si en vez de que Cortés conquistara México, un filibustero inglés como Morgan o sir Francis Drake lo hubiera hecho.

—Simplemente los Estados Unidos serían el país más grande del mundo, Juan. Desde Canadá hasta Guatemala.

—Me temo que pronto lo van a ser, general. Tal y como lo dice, desde Canadá hasta Guatemala y sin necesidad de un Hernán Cortés.

Santa Anna congeló su expresión por segundos, recordando su sugerencia a Scott de convertiste en el segundo Hernán Cortés.

La puerta se abrió y apareció la figura elegante del paliducho secretario Forsyth.

—Adelante, caballeros, el señor presidente Andrew Jackson los espera.

Santa Anna y Almonte ingresaron tímidamente al enorme salón adornado con cuadros de los presidentes y grandes héroes norteamericanos. Un enorme candelabro de fina pedrería de vidrio colgaba amenazante desde el centro del recinto, como una araña gigante que esperaba pacientemente su oportunidad para saltar sobre alguna víctima que se sentara ingenuamente en la ciclópea mesa oval de fina madera. En el fondo de la oficina, con un gran ventanal que iluminaba un modesto escritorio, los esperaba sentado el presidente Andrew Jackson. Con la luz llegándole por detrás, su oscura figura se incorporó para saludarlos con un firme apretón de mano.

—*Good afternoon, gentlemen. I am Andrew Jackson.*

Almonte comenzó su traducción simultánea, saltándose la parte del saludo de Jackson, por ser evidente lo que había dicho.

—No sabe cuán honrado me siento de estar frente al hombre más importante de los Estados Unidos y de América —repuso Santa Anna, dando inicio a sus finos dotes de seductor.

Jackson lucía demacrado por una enfermedad que lo aquejaba. Dos marcadas ojeras evidenciaban su malestar. Su pelo gris alborotado al estilo Beethoven, con una cara larga y delgada, le daban un toque maciliento.

—Usted me halaga, general. No creo ser más importante que usted, que representa los intereses de los mexicanos estando a miles de kilómetros de su país.

—La situación me obligó a viajar desde la capital, para dirigir en persona a mis ejércitos.

—Lo admiro, general Santa Anna. Con mi delicada salud apenas me puedo imaginar dirigiendo un ejército aquí en la bahía de Chesapeake. Hacer el viaje que usted hizo, lo iguala con Gengis Kan, Alejandro Magno y Napoleón Bonaparte, que cruzaron continentes enteros dirigiendo a sus ejércitos.

Los ojos de Santa Anna se iluminaron por la lisonja estudiada del primer mandatario norteamericano. *Old Hickory* también sabía esgrimir certeramente la espada del halago.

—Gracias, señor presidente. En verdad que usted me halaga.

Jackson, no dispuesto a perder más tiempo en lisonjearías, entró de lleno en el tema de Texas:

—La independencia de Texas lo ha puesto en un terreno débil entre dos naciones, general. Nos urge su aprobación para nosotros poder reclamarla como otro estado más de la Unión Americana.

—Pensé que Texas se erigiría como un nuevo país.

—No, general. Texas no duraría mucho tiempo como un país independiente con ustedes en el sur. Anexárse a los Estados Unidos es la mejor solución para su progreso.

—Eso me suena a que ya estaba premeditado, señor Jackson.

—Es cierto, general. ¿Por qué negarlo? Como una nación rica y en crecimiento, entendemos los gastos que su gobierno tuvo que realizar para tratar de retener ese territorio. Estamos dispuestos a pagar una indemnización de casi 4 000 000 de dólares para dejar este incidente libertario en buenos términos.

Los ojos de Santa Anna se iluminaron por la codicia. Scott tenía razón cuando mencionó lo de los tres y medio millones de dólares.

—Es lo mínimo que mi gobierno necesitaría para dejar en buenos términos este amargo incidente.

—Me gustaría que formalizáramos esto con la firma de los pertinentes documentos que tengo preparados.

Santa Anna se acarició nerviosamente sus patillas negras como dos carbones. *Old Hickory* lo acorralaba en un callejón sin salida. Astuto como siempre buscó la manera de salir librado de ese embrollo.

—Mr. Jackson. Usted bien sabe que yo soy un presidente en calidad de prisionero y que nada de lo que firme tendrá validez oficial para mis conciudadanos. Para los mexicanos soy como Fernando VII cuando estaba preso en manos de Napoleón. Un mártir en busca de su propia libertad.

—General Santa Anna, yo no lo hice venir desde Texas a Washington para que no se comprometa a nada conmigo. Sus gastos de viaje han sido cubiertos por mi gobierno. Lo ha dicho mejor que yo, es un presidente preso y yo podría ponerlo de vuelta a Texas para que allá lo juzguen marcialmente por genocidio. Así como hay antiesclavistas que lo apoyan en su causa, también hay anti-santanistas que lo despellejarían vivo si lo sacamos de una patada a la calle. Usted dirá qué curso tomamos, *Santy Anny*.

Santa Anna tragó saliva nerviosamente. Sabía que su vida pendía de un hilo ante su homólogo estadounidense. Debía jugar bien sus últimas cartas.

—Aunque no le puedo firmar nada oficial por el desconocimiento que traería por parte del actual presidente de mi país, sí me comprometo a apoyarlo en el reconocimiento de Texas y en la lucha por comprar o conquistar Nuevo México, Arizona y las Californias, si regreso con bien a México, claro. Soy un hombre de poder y de influencia en el gobierno y le aseguro que si me pone de vuelta sano y salvo en Veracruz, en cualquier momento puedo volver a la presidencia y ser el más valioso aliado. Esos tres y medio millones de dólares facilitarán mucho las cosas.

Andrew Jackson sonrió satisfecho. Sabía que tenía a Santa Anna en sus manos.

Nepomuceno Almonte sintió vértigo al escuchar estas palabras traicioneras de parte de su general presidente. Consciente de que sus vidas dependían de la negociación exitosa que lograra Santa Anna, por conveniencia aceptó unirse al equipo de traidores de la calaña de Lorenzo de Zavala, Lucas Alamán, José Antonio Mejía y Gutiérrez de Estrada. A partir de hoy, en nada serían diferentes Santa Anna y él a esos chacales traicioneros. Que los juzgue el mundo, qué más da. Lo importante era salvar el pellejo y volver sanos y salvos con sus familias.

—Me gusta esa disposición, general Santa Anna. Disfruten unos días más aquí en Washington. Yo mismo me encargaré de arreglar su salida y su retorno seguro al puerto de Veracruz.

Después del terrible cruce del río Verde los pioneros continuaron avanzando hasta topar con la cordillera Wasatch, que bordearon hacia el norte hasta alcanzar el lago y río Oso, afluente del Gran Lago Salado, el cual siguieron por su ribera oriente hasta alcanzar Soda Springs, el punto en el que la senda de Oregón se bifurcaba rumbo al suroeste hacia California.

Los manantiales termales de Soda Springs levantaron el ánimo de los viajeros. Dos burbujeantes afluentes, el Octagon y el Hooper, brotaban del suelo rocoso, invitando a los viajeros a bañarse y a beber la cristalina agua volcánica.

En este sitio se dio la separación voluntaria de la caravana. Unos seguirían a Jim Bridger, Marcus Whitman, Thomas Fitzpatrick y Spalding hasta alcanzar Oregón y el resto por decisión propia, a pesar de haberse contratado con Bonneville, seguirían a Kit Carson, John Mackenzie y Sixto Escobar hasta California.

Los Whitman y los Spalding se instalarían en Wailatpu, cerca del fuerte Walla Walla, en Oregón, para una misión evangélica y de sacrificio que los conduciría a su trágica muerte en manos de la tribu Cayuse. Los dos matrimonios morirían asesinados en noviembre de 1847, en manos de los indios, quienes acusarían a Marcos Whitman de tratar de envenenarlos al intentar curarlos de una epidemia de sarampión.

A partir de mañana la caravana se dividiría en dos. De las 22 conestogas que quedaban, 10 continuarían hacia Oregón y 12 hacia California. La suerte estaba echada y los pioneros se la jugaban al escoger con qué líder continuarían el resto del viaje rumbo al Pacífico.

La separación de la caravana fue motivo de una agradable fiesta en los cálidos manantiales. La música y el baile alegraron el conmovedor momento. Jim Bridger asombraba a todos con su capacidad musical al tocar la armónica y bailar al mismo tiempo en un solo pie por más de cinco minutos, sin caerse.

El reverendo Whitman celebró la sorpresiva boda de una simpática pareja de adolescentes. Sixto Escobar se casaba con Elsa Cherrier. El avanzado estado de gravidez de la novia era motivo suficiente para que nadie dudara la razón del matrimonio. Todos bailaron y celebraron el emotivo momento. A pesar de que habían vivido diversas tragedias durante el camino, también se experimentaban momentos agradables, que levantaban los ánimos para seguir el añorado viaje hacia el Pacífico.

—¿Se ven bien, ya casados, no? —comentó Tracy a Mackenzie.

La emoción de Tracy era evidente y se veía que anhelaba casarse como Sixto y Elsa. Mackenzie, hombre casado y con dos hijos en Saint Louis Missouri, prefirió cambiar de tema para rehuir al incómodo momento.

En ese instante, Tracy se apartó de los brazos de John para vomitar. Las náuseas de Tracy preocuparon más a Mackenzie que a la suegra, quien corrió a abrazar a su hija. Mackenzie por experiencia sabía lo que esas náuseas podían significar. El niño que venía en camino le cambiaría radicalmente la vida. La vida era una caja de sorpresas y el comerciante de ron se veía ya envuelto con otra mujer en el comienzo de otra familia y otra vida en el oeste americano.

Aquella mañana, 25 de enero de 1837, en el puerto de Annapolis, la mirada de Santa Anna sobre la proa del *Pocahontas* era la de una general triunfador. Como si fuera un protegido del Señor, había librado todos los peligros e intentos de asesinato en la hostil República de Texas. Los tratados de Velasco habían sido firmados por él en Texas y ratificados en Washington, frente al presidente de los Estados Unidos. La República de Texas se mantendría así por un tiempo, mientras era oficialmente anexada a la Unión Americana, como desde el principio lo planearon Jackson y Houston, compañeros y héroes de la guerra de 1812.

—Pensé que moriríamos en Texas, mi general —dijo Almonte, recargando los brazos en la barandilla de cubierta.

El fresco viento salino de la bahía de Chesapeake reconfortaba los pulmones de los viajeros. El ir y venir de distintas embarcaciones, les recordaba la importancia de tan afamada bahía en la guerra de independencia, comandada por Washington, 60 años atrás. En 1781, la flota francesa dirigida por el conde de Grasse, auxiliando a los colonos, derrotó a los ingleses encabezados por sir Thomas Graves en esta bahía, dando pasó hacia la independencia de las 13 colonias.

—Nuestro enclaustramiento de días ha sellado un pacto de amistad entre tú y yo, Juan. Compartimos grilletes por 52 días seguidos. Juntos olimos y sentimos la caricia de la muerte sobre nosotros. Las condiciones por las que vamos de vuelta a México serán nuestro más grande secreto, Juan. Prométeme que jamás dirás lo que bien sabes no debes decir.

El viento frío de Chesapeake levantaba el cabello negro como alas de cuervo de Almonte. Con mirada firme que no apartó un solo segundo de su superior contestó decididamente:

—Lo que vivimos juntos en Texas y Washington, se queda aquí entre nosotros, general. Pierda cuidado, mi boca es una tumba.

Una gaviota revoloteó por segundos sobre sus cabezas. Los dos se dieron un franco abrazo de camaradería, observado por Caro y Genaro, que entendieron la razón del estrujón, y se mantuvieron callados.

Un grupo de antiesclavistas se acercó a Santa Anna para saludarlo y brindarle su apoyo. Su Alteza Serenísima no salía del asombro al ser reconocido y querido hasta esas latitudes.

—¿Quién iba a creer que en Annapolis, Virginia, el general Santa Anna iba a tener sus seguidores y un puerto que casi lleva su nombre? —comentó Ramón Martínez Caro.

—Sí, es cierto. Hay que sugerir que de ahora en adelante lo llamen Santa Annapolis —repuso Genaro con una carcajada.

Santa Anna sonrió contento, mientras saludaba con ojos lacrimosos a una señora negra, delgada como un galgo, que lo quería tocar como si fuera San Antonio.

—*How happy we would be if you were our president, Mr. Santa Anna* (Qué felices seríamos si usted fuera nuestro presidente, señor Santa Anna).

Genaro tradujo y Santa Anna abrazó emocionado a la dulce señora. A partir de ahora la vida de Santa Anna se inclinaba de nuevo a su favor. El peligro de ser linchado por los texanos había quedado atrás.

Después de dejar Annapolis, los viajeros pasaron un día agradable en Norfolk para partir en un nuevo barco llamado *Pioneer* al día siguiente.

Los viajeros se juntaron para comer en el muelle. Sólo Santa Anna estaba acostumbrado a ingerir mariscos. Genaro, Almonte y Caro se asombraban de que los cangrejos supieran tan sabrosos.

—El transporte en los Estados Unidos es algo maravilloso. Sus barcos son veloces y ese tren que ya tienen en operación es la cosa más maravillosa que he visto en mi vida. ¿Cómo es posible que una caja de fierro tan grande y pesada pueda andar sobre ruedas y rieles de acero sin salirse del camino? Definitivamente ese será el transporte del futuro —comentó Santa Anna mientras veía a los estibadores trabajar con una descarga.

—¿Piensa llevarlo a Veracruz, general? —preguntó Almonte, mientras rompía una pata de cangrejo con una pinzas. Un pedazo del crustáceo cayó sobre Genaro ante la risa de Su Alteza Serenísima y Caro.

—Primero veamos cómo nos recibe nuestro pueblo, Juan. Después ya veremos.

—¿Cree que haya reacciones negativas?

—Todo puede suceder con mi México querido, Juan. Desde que me reciban como un héroe con 21 salvas o que me fusilen en el puerto como a Iturbide. Voy preparado para todo.

—Todo saldrá bien, mi general. Ya lo verá —repuso Ramón Martínez lleno de optimismo.

Después de seguir la ribera del río Snake hasta Fort's Hall (el fuerte Hall, cerca de la actual Pocatello), Kit Carson dirigió a su grupo a través de la desviación que llevaba hacia California. A su izquierda se contemplaba impresionante en el horizonte el gran Lago Salado[38] con sus interminables planicies de blanca sal.

—Santo Dios, esta llanura de sal es lo que queda de lo que alguna vez fue parte del lago —comentó Mackenzie.

—Te puedes estar horas en medio de esa blancura sin saber adónde ir. Sé de varias personas que se perdieron y sus cuerpos jamás se encontraron. El sol pega durísimo como si golpeara sobre un espejo —repuso Carson.

—Del otro lado del lago es el contraste total con esas inmensas montañas (las montañas Wasatch[39]) que bordean el agua —agregó Sixto.

Después de dejar el río Snake, subiendo un poco más al norte de Pocatello, tomaron el río Raft que corría hacia el sur rumbo al norte del Gran Lago Salado. La caravana debía llegar lo más pronto posible a otro afluente para que no les faltara el agua a las bestias. Desde su salida en Independence, Missouri, el éxito de la caravana había consistido en viajar siempre junto a un río de gran caudal como el Platte para que no escasearan los pastizales y el preciado líquido con el fin de mantener bien a los animales de arrastre.

Después de días de esfuerzo, al atravesar la parte noroccidental del Gran Lago Salado, llegaron por fin a la ribera del río Humboldt[40], en Deeth, al noreste de Nevada, el cual deberían seguir por más de 500 kilómetros hacia el oeste hasta alcanzar la sierra Nevada, en California. El tramo de Nevada pasaba por

---

38 Actualmente el Gran Lago Salado tiene 120 kilómetros de largo por 50 de ancho. Hubo una época en que cubría 170 kilómetros de ancho por 200 de largo. El proceso de desecación continúa con el correr de los años. Comparando al lago con una mano desde una gran altura, hubo una época en la que era agua en la palma y en los dedos, quedando al día de hoy sólo con agua en el dedo pulgar. Esto ha sido imparable con el paso de los años.

39 Justo en frente de la ciudad de Salt Lake City.

40 Actualmente junto al río Humboldt corre la autopista 80, que lleva de Sacramento, California, a Salt Lake City, Utah.

zonas desérticas y áridas y la subsistencia de la caravana dependía de ir siempre pegados al río. Alejarse del agua para buscar atajos representaba un riesgo suicida que Carson y Escobar no estaban dispuestos a correr.

Atrás a su izquierda contemplaron los picos Grays, Hole in the Mountain y Humboldt, engalanando el fin de la tarde después de un día de larga marcha.

—Pasaremos la noche aquí. Éste es un buen sitio para descansar —indicó Carson a los conductores de las 12 carretas.

Con el dinero de sus hurtos y de la recompensa obtenida por haber atrapado a Santa Anna, Héctor Jaramillo se compró una hermosa casa con un terreno de buen tamaño en Saint Louis Missouri. Su siguiente proyecto era viajar a California para buscar fortuna, pero como hombre cauto que era, invirtió su dinero en bienes raíces para amarrar su fortuna. Una casa con un terreno para sembrar en la puerta del oeste era algo con lo que soñaba cualquier hombre inteligente. Jaramillo ya la tenía y pasaría unos meses en Saint Louis antes de partir con sus hombres rumbo a California.

Aquella tarde que Jaramillo conoció a la hermosa señora de los ojos bonitos, venía de jugar cartas en la cantina más fina de Saint Louis, cuando notó que dos hombres brincaban la cerca de la casa de la vecina. La noche había caído y estos hombres aprovecharon la falta de luz para sorprender a la indefensa señora.

La señora estaba vistiendo a los niños después de su baño, cuando los dos forajidos irrumpieron en su dormitorio.

—¡Mira que tenemos aquí!

La señora gritó aterrada al verlos, intentando correr al otro cuarto donde guardaba una pistola.

—Tenemos días espiándote, preciosa, y sabemos que no tienes hombre que te cuide, así que venimos a darte lo que te hace falta.

El rufián se llevó la mano a los genitales, tomándolos con una mano sobre el asqueroso pantalón raído.

—¡Váyanse, por favor! No tengo nada de dinero que darles.

—No nos importa el dinero, señora. Lo que queremos es que

nos des placer a los dos después de una rica cena. Tobías terminará de dormir a los niños.

Tobías tomó a los niños de las manos, haciéndolos llorar de miedo. La madre intentó gritar, pero la asquerosa mano llena de estiércol y tierra del otro forajido lo impidió al taparle la boca y decirle al oído con su aliento fétido:

—Si te pones a gritar como pendeja, matamos a los niños, cabrona. Así que coopera y todo va a salir bien. Anda, apúrate y danos de cenar.

La señora Mackenzie sentía que no saldría viva de esta horrible vivencia. Por semanas había visto a estos tipos rondando por la calle y por fin había pasado lo que temió desde el principio: los rufianes se habían atrevido a meterse en su casa, al saber que no había quien la defendiera.

—¡Caliéntame café y prepárame la cena!

El rufián se acomodó en la mesa de la cocina subiendo sus asquerosas botas sobre la misma, mientras revisaba que su pistola estuviera bien cargada.

—Esta noche te voy a hacer sentir como nunca has sentido en tu vida, preciosa. Sé que tienes años sin un hombre y que estás deseosa de que te cojan rico. Por fin se te ha hecho, linda.

El olor a sudor rancio del forajido inundó el ambiente. La señora miraba de reojo un cuchillo cebollero que descansaba sobre la mesa. Pensó en correr a tomarlo y hundírselo 100 veces en el pecho al animal, pero si el tipo la veía intentarlo, le metería un tiro y dejaría a sus hijos huérfanos. Por salvar a sus hijos estaba dispuesta a todo y no se arriesgaría.

—¿Ese pendejo de Tobías ya se tardó mucho en dormir a los niños, no? ¡Tobías, carajo! ¿Qué pasa?

Don Héctor Jaramillo sorprendió a Tobías mientras intentaba abusar sexualmente del menor de los chiquillos. Tomado con los pantalones en los tobillos, Jaramillo casi le partió la cabeza con una barreta de fierro que encontró en el barbecho. El cerdo de Tobías cayó al suelo fulminado ante el grito aterrado de los niños. El otro forajido salió corriendo de la cocina con la pistola en la mano, sólo para ser recibido a tiros por el certero Héctor.

—¿Se encuentra bien, señora?

—Sí —contestó la señora Mackenzie para caer desmayada a sus pies, de la impresión.

Don Héctor corrió a la cocina buscando agua para tratar de reanimarla. Los niños parados junto a la puerta del cuarto miraron entre sollozos a su salvador.

—Todo está bien, niños. Ayúdenme a darle un té a su madre mientras yo sacó a estos cerdos al patio.

La imagen de don Héctor Jaramillo dentro de la comunidad de Saint Louis se elevó hasta las nubes. De la noche a la mañana pasó de ser un desconocido a convertirse en un paladín de la justicia que había salvado a una indefensa viuda.

Lo más interesante del caso es que la señora Mackenzie era una mujer joven y bellísima que se enamoraría de Jaramillo al grado de olvidarse por completo de su perdido esposo, traficante de ron en California. La vida era así y pequeños descuidos como éste eran aprovechados por hombres hábiles y seductores como don Héctor, que lejos estaba todavía de saber que la mujer con la que se metía era la del vaquero con el que se había enfrascado a balazos en Dodge City, meses atrás.

9

Santa Anna de nuevo en Manga de Clavo

Santa Anna sonrió feliz al mirar el baluarte de San Juan de Ulúa que conforme avanzaban se agrandaba. Sus blancas paredes, bañadas por el inclemente sol y salinidad del puerto, cobraban vida poco a poco al acercarse el *Pioneer* al muelle para desembarcar a sus distinguidos personajes. Era el 20 de febrero de 1837.

El general Antonio Castro había organizado una de las más espectaculares bienvenidas realizadas en el puerto para un visitante extranjero. Sólo años después se podría equiparar con la de Maximiliano y Carlota, el 28 de mayo de 1867.

Antonio Castro encaminó a los cuatro visitantes, más los cinco marinos americanos del *Pioneer*, que por su estatura y corpulencia intimidaban a los curiosos. Estaba claro que los Estados Unidos seguirían protegiendo a nuestra Alteza Serenísima hasta que se descalzara en su habitación en Manga de Clavo. Por ningún motivo el comandante Virgil Tatenall se expondría a que un mamarracho apuñalara al Napoleón del poniente en alguna de las calles del puerto.

Castro puso al día a Santa Anna al informarle que sus oponentes políticos, aconsejados por el diputado Carlos María de Bustamante, sugerían un juicio político a Su Alteza Serenísima por sus sucias gestiones en Velasco, Texas. Santa Anna, hábil como de costumbre, dictó a Ramón Martínez Caro, su secretario, delante de todos, una carta dirigida a su compadre José María Tornel, donde agradecía a México su apoyo ante las calamidades vividas en Texas y reafirmaba que su deseo, otra vez de vuelta en México, no era otro más que retirarse a su hacienda en Manga de Clavo para convivir con su familia. La política no le importaba y agradecía al gobierno el apoyo ofrecido como mártir de la patria.

Genaro Escobar viajaría recomendado a la capital para buscar un puesto militar con José María Tornel, el amigo íntimo de Santa Anna. El Napoleón de Xalapa se adelantaba a todos, poniendo a su incondicional muchacho como su espía y oreja en la Ciudad de los Palacios.

La caravana hizo un alto en Winnemucca[41], Nevada. La pequeña aldea india se encontraba a orillas del río Humboldt. Un amigo de Carson llamado Peter Odgen tenía una pequeña cabaña para guardar pieles de castor. A escasos kilómetros se levantaba el majestuoso pico Sonoma, como el punto más alto del desierto.

La situación era apremiante. Elsa tenía dolores de parto y no había ningún doctor en el grupo. El papel de comadrona lo tendría que hacer la señora Straw, la suegra de Mackenzie, quien con mirada severa ordenó que le calentaran agua y un cuchillo para desinfectarlo. La criatura venía en camino y ya no había nada que la frenara. El primer hijo de Sixto estaba por nacer en el desierto de Nevada.

Sixto cegado por los nervios, no encontraba su lugar. «¿Por qué diablos tenía que nacer mi hijo en el desierto?», pensaba, mientras corría con el agua caliente hacia el tipi donde su mujer pujaba como desesperada.

Sixto, Carson y Mackenzie esperaban nerviosos afuera del tipi. Ésta sería la primera criatura nacida en la caravana. Mackenzie aún no se animaba a decirles nada a los demás respecto al embarazo de Tracy. Todavía no estaba confirmado. El crecimiento del vientre de su mujer lo ratificaría pronto.

—Todo va a salir bien, Sixto. Las mujeres saben de esto —di-

---

41 Butch Cassidy asaltó el First National Bank, en septiembre de 1900, llevándose 2 000 dólares en oro. Días después tuvo el descaro de mandar una foto con sus compañeros del robo «The hole in the wall band» al gerente del banco George Nixon, luciendo los finos trajes y relojes que se compraron con el hurto. Irónicamente éste es el único hecho interesante en la historia de ese olvidado pueblo de Nevada.

jo Mackenzie, ofreciendo uno de sus cigarros al nervioso padre.

—Espero que tu suegra sepa de esto, John.

—Claro que lo sabe, por eso se ofreció voluntariamente.

Diez minutos, que parecieron 60, se esfumaron hasta que escucharon el lloriqueo de un niño recién nacido.

—Ya nació —dijo Sixto, aventando su colilla al suelo para ingresar al tipi.

Al entrar los tres encontraron a Elsa con el pequeño bebé en brazos. La señora Straw sonreía orgullosa por el trabajo hecho.

—Le agradezco mucho, señora. Gracias a usted nuestro hijo nació bien.

Elsa le pasó el bebé a Sixto. El orgulloso hombre dejó caer dos lágrimas de emoción al sentirse padre por el impacto de sostener una nueva vida en sus manos. Kit, Tracy y John cargaron también a la criatura. Un nuevo miembro se unía a la caravana de Kit Carson rumbo a California.

Esa noche se organizó una sabrosa cena donde convivieron todos los pioneros, quienes festejaron la llegada al mundo del pequeño Simón Escobar Cherrier.

—Ésta es la noche más estrellada que he visto en mi vida —comentó Mackenzie al calor de la fogata con una humeante taza de café en su mano. La constelación de Orión se desplegaba imponente sobre el desierto de Nevada. Los demás pioneros se divertían bailando y cantando.

—La soledad de este desierto me impresiona, John. Estamos a unos días de la sierra Nevada de California y, sin embargo, siento que son meses lo que nos falta —repuso Carson.

—¿Qué nos falta que te preocupa tanto, Kit?

—El cruce de las montañas de California, John. Estamos acercándonos al fin del año y el invierno nos puede caer antes de cruzarlas. Hay varias subidas y barrancas que me preocupan.

—¿Es eso nada más, Kit?

—Los indios me preocupan también, John. No le he querido decir a nadie pero siento que nos están vigilando desde lejos.

—¿Qué indios?

—Los Shoshone, John.

—Estaremos listos para enfrentarlos, Kit. Pierde cuidado y no alarmes a nadie.

La llegada de Santa Anna a su hacienda de Manga de Clavo fue todo un motivo de fiesta y celebración. Doña Inés literalmente echó la casa por la ventana para agasajar a su marido que regresaba de la guerra de Texas, de acuerdo a su óptica distorsionada, como Leónidas después de batir a los persas.

La fiesta congregó a los más allegados al general. Para levantar los ánimos del alicaído héroe del Álamo, se realizaron cinco peleas de gallos, donde Su Alteza ganó una buena cantidad. Para amenizar el guateque contrataron un trío jarocho. Además, guisaron sabrosamente cinco borregos para agasajar a las amistades y parientes del valiente general. A pesar de todo lo anterior y de la dulce compañía de su esposa, a Santa Anna algo le faltaba y por ello seguía triste.

—No lo veo del todo contento, mi general —dijo Genaro, mientras daba una mordida a un taco de sabrosa barbacoa. La salsa escurría de un extremo, mientras Genaro preparaba el siguiente mordisco.

—Me urge regresar al poder, Genaro. Esta vida de retiro y de fiestas sin ser la máxima estrella, no es lo mío. Necesito que el pueblo me aclame y me pida que salve a su patria.

—Eso tomará algún tiempo todavía, general. El diputado Carlos Bustamante habla pestes de usted y necesitamos que pase la tormenta, para pensar en un posible retorno a la capital.

—Ese hijo de la chingada quiere que me lleven a juicio. Lo bueno es que cuento con el apoyo de mi amigo Chema Tornel. Necesito que le lleves un regalo que le traje de la campaña de Texas. Entrégaselo y colócate donde él te diga. Le mandé una carta hablándole de ti. Apenas pongas un pie en la capital, don Chema te dirá donde puedas hacer campaña a mi favor para mi futuro retorno a Palacio Nacional, Genaro. Como sobreviviente de la guerra de Texas, habla maravillas de lo que nos pasó allá. Cuéntale a los periódicos todo lo que viste en Texas, algo que nos favorezca. Vende mi imagen como la de un héroe que expuso su pecho a las balas para salvar a su patria, Genaro, no las patrañas que anda gritando ese hijo de la chingada de Bustamante. Si regreso al poder nos irá muy bien.

Genaro sonrió halagado. No conocía la capital y todo para él sería aventura en la Ciudad de los Palacios, como puntualmente la bautizó en su momento el varón de Humboldt. El protegido de Santa Anna sabía bien lo que tenía que hacer y vendería muy bien y cara la imagen de su celebérrimo protector.

La caravana avanzaba por la ribera del río Humboldt a la altura de Rye Patch State, a unos cuantos kilómetros de Lassens Meadows, Nevada. Al este se contemplaba una cadena de montañas áridas con el Pico Estrella y Trueno como cimas del macizo montañoso. El lugar era agradable, lleno de pastizales verdes a la orilla del río, lo cual reconfortaba a los animales que se sentían a reventar por el esfuerzo de meses atrás, desde Independence, Missouri.

Los pioneros descansaban plácidamente, cuando vieron acercarse por las montañas alrededor de 20 indios shoshone con cabalgaduras y arcos de flechas en las manos.

—¡Son los shoshone! —dijo Kit Carson, alarmado.

Los jinetes avanzaban a todo galope como si fueran a atacar a los pioneros.

—Vienen en plan de guerra. Traen los arcos en la mano —gritó Mackenzie alarmado.

—¡Preparen las armas! —gritó Sixto mientras preparaba su fusil Baker.

Las mujeres y los niños se escondieron aterrados dentro de las conestogas esperando lo peor.

El jefe de los shoshone, Wirasuap (Bear Spirit) o Bear Hunter[42], se preparó para atacar, dando instrucciones a sus compañeros:

---

42 Murió en 1863, en la batalla de Bear River Massacre, en Idaho. El coronel Patrick Edward Connor atacó a la tribu desde el fuerte Douglas con un destacamento de voluntarios de California, matando 224 shoshones en el evento negro para la milicia americana, que sería recordado como la Masacre del río del Oso.

—Las primeras flechas deben ser contra los que tienen fusiles.

—Yo me encargaré del líder —contestó Pocatello[43], muchacho con asombrosos músculos marcados, que galopaba a la par con Bear Hunter y que presumía a su espalda uno de los pocos fusiles con los que contaba la tribu.

El enfrentamiento fue un duelo de artillería de plomo contra flechas, en la que ambas partes sufrieron pérdidas considerables. Siete pioneros cayeron heridos de muerte por las letales flechas y puntería de los tres carabineros con los que contaba la tribu. Jim Cooper demostró sus dotes de artillero al haber acertado letalmente contra tres de los agresores. Lo curioso del caso es que él no contaba con un fusil y el que usó lo tomó de uno de los pioneros, que tenía una flecha atravesada en el cuello. El terror se apoderó de los pioneros, haciéndolos huir al ver cuatro carros envueltos en llamas. Entre los que huían, Pocatello corrió a todo galope para raptar a una mujer que llamó poderosamente su atención. Elsa y su pequeño, que llevaba en un saco sobre la espalda fueron levantados por el hábil jinete, quien la amenazó con tirarla del caballo con la muerte segura de su infante si oponía resistencia. Elsa no dispuesta a arriesgar la vida del pequeño Simón, aceptó cabalgar en el appaloosa de Pocatello, ante la desesperación de Sixto, que recibía un flechazo por la espalda al ver todo esto acaecer.

El ataque no duró más de diez minutos, dejando una estela de muerte y destrucción en el pequeño campamento. Nueve pioneros muertos contra seis shoshones. Cuatro heridos, Sixto Escobar y John Mackenzie dentro de ellos; Sixto con una herida de flecha en el hombro y John con un balazo en la pierna, dado por accidente por uno de los pioneros que no sabía disparar y que pagó el precio con una flecha en el cuello. Un shoshone agonizaba junto a su hermoso caballo negro, que parecía resentir la inminente muerte de su dueño. Cuatro conestogas convertidas en cenizas, dejando sólo ocho para concluir el viaje hasta Sacramento, California.

---

43 Joven de tan sólo 21 años que se convertiría en jefe shoshone y líder de paz entre los shoshone de Idaho, en la segunda mitad del siglo XIX; muriendo en 1884.

—¡Malditos indios! Nos atacaron sin siquiera prevenirnos —dijo Mackenzie, amarrándose un pañuelo en el rozón de bala sobre su pierna. La herida no era de cuidado y sanaría en un par de días.

—No quieren que los pioneros pasen por su territorio. Temen que les robemos sus tierras que Manitú les dio desde hace siglos. Nosotros somos una amenaza para ellos —repuso Kit Carson pensando a cuál de los heridos atender primero.

—Sixto está herido —dijo uno de los pioneros.

Kit Carson y Mackenzie corrieron hacia donde su amigo yacía en el suelo. Una flecha le había atravesado completamente el hombro derecho.

—Esos malditos se llevaron a Elsa y al niño —dijo Sixto desesperado, tratando de incorporarse para tomar un caballo e ir tras los shoshones.

Mackenzie y Carson quedaron helados con la noticia. Kit sabía del gusto de los indios por raptar mujeres bonitas para hacerlas sus amantes.

Tracy llegó corriendo hacia su hombre para preguntarle si estaba herido. Al ver la pierna ensangretada de John gritó aterrada, mientras todos intentaban calmarla.

—John está bien, es Sixto el que está herido de gravedad —repuso Carson, abrazando a Tracy para calmarla.

Minutos después Kit comenzó la curación de Sixto. Con cuidado cortó la mitad de la flecha que sobresalía por el frente del hombro. Después, por el lado de la espalda, Kit jaló la flecha hacia atrás, haciéndolo soltar un alarido doloroso. Kit logró sacarla de manera limpia, no había tocado ningún órgano vital.

Los demás pioneros buscaban ayudar en algo. Unos iban por agua caliente, otros rescataban lo que había sobrevivido al fuego de las conestogas. Las madres abrazaban a los niños para calmarlos.

Jim Cooper se acercó al shoshone herido para interrogarlo sobre el paradero de Elsa.

—¿Adónde se la llevaron?

El shoshone con una herida en el pecho tenía los minutos contados. Kit Carson, quien entendía un poco de lenguas indígenas, lo interrogó airadamente:

—¿Quiénes son ustedes?

—Shoshones —contestó, soltando un escupitajo sanguinolento al hablar.

—¿Por qué nos atacaron?

—Ustedes invadir tierras de shoshones. No los queremos aquí. Ustedes sólo traer muerte y destrucción.

—¿Adónde se la llevaron?

—A la aldea de Bear Hunter… ella será esposa de shoshone… no la volverán a…

Esas fueron las últimas palabras del shoshone herido. Carson lo dejó en el suelo. Aunque era el enemigo, también sería sepultado dignamente como los otros. Ante Dios todos los hombres muertos son iguales.

El entierro de los cuerpos fue un momento triste y desgarrador. A falta de sacerdote uno de los pioneros leyó un texto de la Biblia para hacer más serio y solemne el momento. El ataque de los shoshone había sido un golpe brutal contra el ánimo de los pioneros. Algunos se cuestionaban si hubiera sido mejor haberse ido con los que iban a Oregón. Ellos habían tomado este riesgo y era muy tarde para echarse para atrás o culpar a Kit Carson por lo sucedido. Los que se desviaron para Oregón también sufrirían pérdidas considerables por la epidemia de cólera que los asolaría en el río Snake y por otro ataque similar también de los shoshone. La zona de Nevada y el Gran Lago Salado era su territorio y lo defenderían con furia durante décadas hasta ser diezmados por el ejército estadounidense.

—Tengo que ir en busca de Elsa y el niño —dijo Sixto decidido. El dolor punzante del flechazo lo atormentaba. Su barba crecida por meses lo hacía parecer un auténtico trampero.

—No podemos ir tras ellos y dejar a la caravana sola, Sixto. Ellos dependen de nosotros y sólo hasta que lleguemos a California podemos ir en busca de tu mujer. Lo más difícil está por comenzar. Si nos gana el invierno, en el cruce de la Sierra Nevada podríamos morir todos.

—Entonces iré solo y tú hazte cargo de la caravana.

—No te puedo dejar solo, Sixto. Mackenzie también tiene que llevar a Tracy a California. Como ves, no te podemos acompañar ni tampoco podemos dejarte ir. Si se te infecta la herida, morirías en unas cuantas horas en el desierto.

Sixto meditó bien las palabras de Carson. El dolor agudo que sentía por el flechazo lo torturaba y sabía que su amigo tenía razón. La fiebre empezaba a invadir su cuerpo. Era un riesgo aventurarse solo para buscar a Bear Hunter. Era mejor llegar a California antes del invierno y para la primavera ir por su mujer y su hijo.

Con resignación aceptó una taza de té que le obsequió Jim Cooper. Esperaría otra mejor oportunidad para hacerlo. Los aullidos cercanos de los lobos le recordaron la amenaza que representaban el cada vez ser menos en el grupo.

Genaro esperaba nervioso afuera de la oficina de José María Tornel, amigo íntimo de Santa Anna. La puerta se abrió y un hombre de 48 años, con cabello encrespado, vencido por el avance de las canas, lo recibió sonriente con un abrazo.

—¡Genaro! Qué gusto conocerte.

—Gracias, general. El gusto es mío. Usted es toda una figura en la milicia mexicana.

Genaro sin querer ya aplicaba hábilmente el carácter seductor enseñado por su maestro. Ésa era la llave maestra con la que Santa Anna se había abierto brecha en la política mexicana. Desde la seducción de la horrible hermana del emperador Agustín de Iturbide, hasta la conquista de un jefe de estado extranjero como Andrew Jackson. Todo se valía con tal de estar hasta arriba y mirar despectivamente a los que se habían quedado abajo.

—Antonio habla maravillas de ti.

—El general exagera. Soy un soldado ordinario y nada más.

—¿Te mencionó algo del trabajo que te será asignado?

—No, general.

Tornel se colocó los anteojos sobre su nariz con forma de pico de pingüino, para explicarle:

—Tu misión será promover la imagen de Santa Anna en la capital y en los Estados Unidos para que don Antonio regrese al poder lo más pronto posible.

—¿En verdad cree usted que mi general Santa Anna pueda volver a ser presidente?

—¡Claro que lo creo! Este pueblo insensible no tiene memoria. Aquí todo puede suceder y quedar en el olvido en unos cuantos meses. Ése será precisamente tu trabajo, Genaro. Antes del 40, Santa Anna tiene que ser nuevamente presidente de los mexicanos.

Genaro sonrió satisfecho. Era un honor para él promover la imagen del hombre que lo había iniciado a él mismo, antes del incidente de Texas, cuando Genaro era sólo un adolescente desconocido. Haría todo lo posible por cumplir su cometido y con ello viajar en la ola de éxito que siempre acompañaba a Su Alteza Serenísima.

—Necesitaré un buen sueldo para infiltrarme entre los hombres de poder, como si fuera uno de ellos. Esa gente gana mucho y vive muy bien.

—Lo sé. A partir de ahora recibirás dinero y dirás que eres un sobreviviente de Texas, herido por el atropello americano, que te despojó de tus tierras en San Antonio al negarte a ser americano.

—Lo entiendo, general. Mexicano hasta la muerte, para siempre tener suerte.

—Así es, Genaro. ¿Ya comiste?

—No, general.

—Te invito. Debemos empezar lo antes posible.

Después de pasar dos días más en Rye Patch, la caravana continuó su viaje caminando por la ribera del río Humboldt, pasando por Lovelock hasta encontrarse con la charca de Humboldt. Un lago que se llenaba con los temporales de lluvias y que se encontraba casi sin agua durante la sequía. Siguieron su camino hacia el oeste pasando por los asentamientos o puntos como Fernley o Wadsworth, que con el correr de las décadas se convertirían en pequeñas poblaciones. En Fernley cambiaron de río, para dejar el Humboldt y comenzar a seguir río arriba por el arroyo Truckee hasta llegar al sitio que más tarde se convertiría en Sparks[44], al este de Reno[45].

Estos territorios eran habitados por los indios washoe, quienes encontraron su oportunidad al abastecer de comida y animales a los inmigrantes de la senda de California a mediados del siglo xix. La mayoría de las bestias ya no podía más al llegar a la barrera montañosa de la Sierra Nevada. Los shoshoes cambiaban los cansados animales por nuevos, para hacer más fácil el ascenso a las montañas. Los cansados animales que eran canjeados, eran cuidados y engordados para ser surtidos al año siguiente.

Agotados por el viaje, los pioneros hicieron un alto de un día a la orilla del río Truckee[46], donde actualmente se encuentra la ciudad de Sparks, Nevada. Ahí fueron recibidos por Truckee, el jefe de los paiutes y amigo especial de Kit Carson, con el que pelearía contra los mexicanos una década más tarde.

Los paiutes se desvivieron por atenderlos bien, cambiándoles cinco bueyes y tres caballos extenuados por otros bien alimentados y totalmente descansados.

Los dolores y fiebres atormentaban a Sixto Escobar. Luna Nueva, curandera de la tribu, lo untó en la herida con una pomada especial que le quitó los dolores y que aceleró la cicatrización.

A los cinco días partieron rumbo a las montañas de la impresionante Sierra Nevada, con 12 picos de más de 3 700 metros de altura. Seguirían por el río Truckee, ascendiendo entre las montañas hacia el paso Donner o Carson, como sería nombrado una década después, a 2 160 metros sobre el nivel del mar. Aunque este último tramo era de más o menos 200 kilómetros, era la parte más dura y peligrosa de todo el recorrido desde Missouri.

---

44 Fundada en 1904 por la Southern Pacific. Primero se llamó Harriman, como el nombre del presidente de la compañía ferrocarrilera y después fue Sparks en honor a John Sparks, gobernador de Nevada en ese tiempo.

45 Fundada en 1868, al juntar Salt Lake City, Utah con Reno y Sacramento, California con la línea ferroviaria de la Union Pacific Railroad y la Central Pacific Railroad. El nombre de Reno viene de Jesse Lee Reno, soldado de la Unión muerto durante la Guerra Civil Americana en la batalla de South Mountain.

46 Nombrado así en honor del gran jefe paiute. Lleva agua del lago Tahoe al Pirámide.

A su izquierda, al sur, se encontraron con el lago Tahoe, maravilla natural rodeada por bosques de pinos y montañas. Al norte tenían la reserva Boca, otra laguna rica en agua dulce por los deshielos de la sierra.

Hicieron un alto en el lago Donner[47]. Los viajeros comieron y decidieron pasar ahí la noche. Carson sonreía confiado. Estaban a mediados de octubre y llevaban buen paso y le ganarían a las primeras nevadas que empezarían a caer a mediados de noviembre. Escobar, Carson y Truckee sabían que si lo intentaban en diciembre sería una muerte segura para todos los pioneros. La Sierra Nevada por su cercanía con el océano Pacífico recibía demasiada humedad, lo que equivalía a copiosas e intensas nevadas en las montañas.

La noche estaba clara y permitía ver las estrellas. La temperatura invitaba a una velada en el lago Donner. Los pioneros platicaban al calor de una enorme fogata hecha por Cooper y Mackenzie.

—¿Piensas quedarte en California? —preguntó Sixto a Jim Cooper mientras una estela de vapor salía de su boca al beber el café que Tracy había preparado.

—California es México y este país prohíbe la esclavitud. Ni loco vuelvo al sur de los Estados Unidos. Si me agarran me cuelgan.

—¿Cómo escapaste?

—Matando a uno de los capataces. Era mi vida o la de él y salí librado huyendo río abajo en el Mississippi. Un hombre llamado John Murrell me prometió una mejor vida en Texas. Después supe que él mismo revendía a los esclavos que se fugaban. Intenté matarlo pero cuando estuve a punto de hacerlo fue apresado por las autoridades de Tennessee.

—¿Tienes familia?

---

47 Donner, en honor del líder de la fatídica expedición donde murieron 48 de 87 viajeros en el paso Donner o Carson en 1846. La expedición Donner-Reed quedó dividida por las nevadas en el paso Donner. Atrapados por más de tres meses en la nieve, se presume que los sobrevivientes después de comerse a las bestias, se comieron a los cadáveres de sus compañeros para sobrevivir. Un pasaje parecido a lo vivido por los uruguayos del avionazo de los Andes el 13 de octubre de 1972.

—Dios me libre, Sixto. Si así fuera no hubiera huido. La esclavitud es la más grande abominación de la humanidad.

Sixto apenas sonreía. Era como un hombre al que le habían robado el alma.

—Quiero ayudarte a buscar a tu mujer y a tu hijo, Sixto. Cuenta conmigo para todo.

El rostro de Sixto se iluminó. Contar con la amistad de Cooper le levantaba el ánimo.

—Partimos en febrero, Jim. No sabes cómo te lo agradezco.

Uno de los pioneros se alejó del fuego para ir al baño. Escondido en la seguridad de los árboles, el señor Cartright vaciaba satisfactoriamente sus intestinos cuando vio algo que le heló las venas. Frente a él, iluminado claramente por la complicidad de la luz de la luna, había un hombre de casi tres metros de estatura cubierto de pelo marrón como un oso, con una rama parecida a un bastón en su enorme mano derecha. Un sonido gutural emergió de su boca babeante y llena de colmillos filosos como navajas.

—¡Auxilio! —grito Cartright aterrado.

Carson, Cooper y Mackenzie llegaron al sitio de donde salió el grito, encontrándose a Cartright muerto de espanto aún con los pantalones abajo.

—Era un hombre gigante como mono. ¡Me iba a matar!

Los tres se miraron entre sí, sin saber qué contestar. Truckee llegó corriendo junto a ellos y con sólo mirar unas ramas rotas y una enorme huella de pie humano, de casi 50 centímetros en el suelo lodoso, se dio cuenta de que el espantado pionero estaba en lo correcto y no mentía.

—¡Es Unk Cegi!

—¿Un Qué? —preguntó Mackenzie confundido.

—Es un Sasquatch, John. El Pie Grande de las montañas —repuso Sixto.

Mackenzie recordó las palabras de Elsa, sobre el sorprendente monstruo de las montañas.

—¡Entonces es cierto!

—¡Claro que es cierto! Lo que vi fue tan claro como los miro a ustedes ahora —repuso Cartright exaltado.

—Juntémonos en el campamento. Debemos tener cuidado.

Al reunirse todos y hacer un conteo de los pioneros se dieron cuenta de que faltaba la viuda Straw. Por más que la buscaron por todos lados jamás se volvió a saber algo de ella. El pánico por el temor al monstruo se apoderó de la mayoría de los pioneros. Nadie quería seguir en ese maldito lugar.

Era un hecho que el Sasquatch se la había llevado y merodeaba por ahí cerca. Después de agotar la búsqueda por todo un día, se celebró una misa y en silencio todos enfrentaron la pena que los embargaba. La montaña cobraba una víctima más.

—Quedémonos una semana más aquí hasta que aparezca. Sólo fue al baño a la arboleda. Debe andar por aquí cerca —dijo Tracy entre sollozos.

—Lo siento, Tracy. Debemos continuar la marcha o corremos peligro de quedar atrapados con la nieve en la primera nevada que caiga —dijo Kit Carson de la manera más convincente que encontró—. Todos lamentamos la pérdida de tu madre. Es algo que nos duele a todos. Debes pensar en tu hermano y el hijo que llevas en tus entrañas. Es por ellos por los que debemos continuar y no exponer a los demás a quedar atrapados entre la nieve.

—Está bien. Discúlpenme y continuemos.

Mackenzie la abrazó afectuosamente. Ella y el pequeño Bill habían quedado huérfanos durante ese viaje. No tenían a nadie, más que a ellos mismos y a su nuevo protector. La senda de Oregón demostraba una vez más que la conquista del oeste cobraría muchas vidas, antes de ser el paraíso con el que muchos soñaban.

El viaje de luna de miel de Teodoro Escobar y Christie Curtis fue a Saint Luis Missouri. Como muchos de los soldados texanos que habían ganado la guerra contra Santa Anna, Teodoro había recibido una buena propiedad, dinero y la herencia de su esposa Chris, a la muerte del teniente John Curtis, en el Álamo. Después de la boda se embarcaron en Baton Rouge, en un flamante barco que los llevaría río arriba hasta Saint Louis. El viaje en río duró varios días, el recorrido resultaba encantador. Una cómoda alcoba nupcial los acompañaría día y noche hasta llegar a su añorado destino. Durante el trayecto se encontraron con distintas embarcaciones de diferentes tamaños y usos. En la que ellos iban contaba hasta con casino. El río Mississippi era la carretera acuática que casi atravesaba los Estados Unidos por la mitad, juntándose con el gran lago Superior y bifurcándose en el Missouri y Ohio, alcanzando las montañas Rocosas hasta la frontera con Canadá.

Dentro del comedor del flamante barco de vapor *New Orleans*, impulsado por una enorme rueda de paletas en la parte trasera de la nave, Héctor Jaramillo disfrutaba de una agradable comida en el tercer piso del barco en compañía de su nueva compañera, la exseñora Mackenzie y sus dos hijos. Jaramillo se encontraba de fiesta por haber desplumado a un incauto de casi toda su fortuna en el juego de naipes. En estos barcos del Mississippi había de todo y eran famosos los oportunistas que se hacían ricos en un viaje y otros que al perder todo se suicidaban aventándose al río.

Los dos chiquillos se asomaban a la barandilla del comedor para desde ahí contemplar la verde orilla de la ribera del río Misisipi.

—Gracias por este paseo, Héctor. Mis hijos están fascinados.

—De nada, Lucy. Estoy enamorado de ti y haría lo que fuera por casarme contigo.

Lucy cubría su cabeza con un sombrero color rosa comprado dentro de la elegante boutique del vapor. Sus bellos ojos negros miraban al mismo tiempo a don Héctor y a los dos chiquillos que jugaban en el comedor.

—Casarnos es contra la ley, Héctor. Yo estoy casada con John Mackenzie. Mientras no sepa que este hombre está muerto sigo legalmente unida a él.

—Unida a él sin que lo vuelvas a ver. Estoy seguro de que ya vive con otra mujer en California. Es un hecho que nunca lo vas a volver a ver.

Mackenzie vestía elegantemente un traje blanco con sombrero del mismo color.

—Dame un año, y si en estos 12 meses no sé nada de él, nos casamos.

Los dos unieron sus bocas en un cálido beso. Mackenzie estaba perdidamente enamorado y daría todo por ella.

Lucy Wallace o Mackenzie admiraba a ese hombre, que se desvivía por ella y trataba a sus hijos como si fueran suyos. De la noche a la mañana John Mackenzie había sido plenamente sustituido por otro hombre, lleno de cualidades y talento. Ya más de un año tenía Lucy sin noticias o una carta de su marido. Ingenuamente pensaba que Mackenzie había muerto siendo atacado por los indios del camino. Jaramillo le hacía burla de que su marido vivía en un tipi con una india de pechos enormes.

—Está bien, señora. Mientras vivas conmigo y duermas en mi cama te puedo dar ese año que me pides.

El mesero se acercó para preguntar educadamente si la pareja necesitaba algo.

—Tráenos una botella de ron blanco Kingston, *boy*.

—Sí, señor —contestó el negro que se desvivía por atenderlos bien.

—Para un negro como éstos trabajar como camarero en un barco del Mississippi es como sacarse la lotería, a diferencia de los desdichados que son tratados como bestias en los campos algodoneros.

El negro regresó con la botella de ron que casi causa un desmayo en Lucy. La botella era de la compañía a la que Mackenzie representaba en Texas.

—Éstas son las botellas que vende mi marido en Texas y Saint Louis.

—¿De ron Kingston?

—Sí.

—Tu marido hizo un buen trabajo, Lucy. Yo probé esta delicia en un bar en Texas y desde entonces lo pido donde lo tengan.

Lucy sonrió con melancolía. El recuerdo de su marido al ver la botella la hirió sin querer.

—¡John, Henry! No se suban ahí —gritó don Héctor reprimiendo a los niños al treparse al barandal que bordeaba el restaurante.

Por la puerta del local que conducía al segundo piso, apareció una singular y joven pareja de recién casados. El novio tenía rasgos mexicanos, moreno, de cabello negro y mediana estatura. La novia era rubia, delgada de ojos azules, de escasos 18 años.

Tomaron asiento a dos mesas de la de Jaramillo y Lucy. Cuando llevaban pocos diez minutos en la mesa, don Héctor los saludó desde su mesa:

—Ustedes hacen una pareja hermosa. Los felicito.

—Muchas gracias, señor. Agradezco el cumplido —repuso el joven marido.

—Soy Héctor Jaramillo y ella es mi esposa Lucy. Esos niños latosos que ven ahí, tratando de aventarse al agua son nuestros hijos Henry y John.

Teodoro y Christie sonrieron amablemente al elegante caballero que buscaba su amistad.

—Nosotros somos Teodoro Escobar y Christie Curtis. Estamos recién casados.

—Se les nota. Les repito, juntos hacen una hermosa pareja.

Teodoro y Christie se movieron a la mesa de al lado para facilitar la plática.

—Siento que lo he visto en algún lado, don Héctor —dijo Teodoro bebiendo de la copa de ron que don Héctor le había invitado.

—Sólo que nos hayamos visto en el camino de Santa Fe o en la reciente guerra de Texas donde tuve el gusto de atrapar en plena fuga al cerdo de Santa Anna.

—¿Usted fue el que lo agarró huyendo disfrazado?

—En efecto, Teodoro. Una de mis pasiones es ser cazarecompensas. Me dedico a buscar fugitivos para entregarlos a la justicia.

—Una profesión bastante riesgosa, don Héctor.

—No creo que menos que pertenecer al regimiento de Sam Houston, amigo.

Teodoro chocó su copa con don Héctor. El cazarecompensas le caía bien.

—No me gusta presumir lo que no fue o lo que no soy. La batalla del Álamo fue un abuso por parte de Santa Anna y su derrota en

San Jacinto fue una masacre en la que tuvimos que matar hombres desarmados en calzones. No fue una batalla pareja. Fue una masacre sobre unos hombres que agarramos dormidos y exterminamos en unos cuantos minutos. Para mí sería muy fácil decirle que me batí en gallardo duelo con cinco mexicanos al mismo tiempo, pero no fue así. A mí, como mexicano que soy, me dolió matar a mis compatriotas. No es algo de lo que me enorgullezca, don Héctor.

—Pero ahora eres ciudadano de la República de Texas. Ya no eres mexicano.

—Y creo que muy pronto seré yanqui porque dudo que Texas se mantenga como un país independiente. En breve se convertirá en otro estado de la Unión americana.

La brisa pegajosa y calurosa del río los hacía sudar. El gran vapor con sus dos enormes chimeneas frontales ganaba avance en el caudaloso río, dejando una estela de humo negro en el camino. La monumental rueda de paletas, en la popa del barco, aventaba el agua hacia arriba, manteniendo la atención de los niños Mackenzie. Un grupo de negros tocaba con corneta, trombón y clarinete, una música agradable que con el tiempo se conocería como Jazz. Don Héctor seguía el ritmo con su pierna derecha mientras platicaba. Se rompía la cabeza por recordar a quién se parecía este joven con el que platicaba, sin saber que bien podía ser a Sixto Escobar, con el que había tenido un altercado en Dodge City o también Genaro, al que había atrapado junto con Santa Anna en su huida de San Jacinto.

La señora Mackenzie o Jaramillo, como ahora se hacía llamar, se esforzaba por platicar con una mujer diez años más joven que apenas se iniciaba en el matrimonio.

—¿Piensas tener bebés pronto? —le preguntó Lucy.

—Ya viene uno en camino, señora. La verdad es que me casé embarazada.

—Llámame Lucy, que me haces sentir como una vieja.

—Muy bien, Lucy.

—¿Dónde piensan vivir?

—En Harrisburg. Teodoro recibió una propiedad en premio por ser un soldado de Houston.

—¡Qué emoción, Christie!

Por uno de los arroyos tributarios cercanos a Saint Louis apareció una improvisada barca que se aproximó al *New Orleans* para abordarlo. Dentro de la barca venían diez hombres fuertemente armados. Pertenecían a la banda del famoso John A. Murrell, preso desde hacía un año en la penitenciaría estatal de Tennessee. El famoso bandido era toda una leyenda en Mississippi, donde se dedicó por años a incitar esclavos a fugarse para después revenderlos él mismo a un mejor precio. El jurado lo sentenció por asaltos, asesinatos, por ser pirata del Mississippi e incitar a una rebelión de esclavos negros para desquiciar al gobierno de los Estados Unidos. Moriría de tuberculosis nueve meses después de abandonar la prisión, en 1844. De su terrible banda quedarían algunos cabecillas que por un par de años aun causarían problemas en los pueblos rivereños del Mississippi. Uno de estos cabecillas, con sus diez compañeros, planeó atacar al *New Orleans* en el preciso día en el que viajaban Jaramillo y Escobar con sus familias.

La embarcación de los piratas se pegó al *New Orleans* y, como si fueran hábiles arañas, los piratas treparon a la embarcación para someter a los tripulantes.

—No hagan nada estúpido o los matamos a todos —grito Wako, el líder de los piratas. Un hombre rubio, distinguido que bien podía pasar por un noble de la realeza inglesa.

Los cuatro soldados que supuestamente cuidaban el barco fueron fácilmente sometidos. Dos de ellos, con la cara ensangrentada por los culatazos, fueron aventados por la borda para una segura cena de los caimanes del Mississippi.

Los más de treinta pasajeros de primera clase miraban aterrados a los piratas del Mississippi. Uno de ellos se fijó en la bella Christie, que moría de nervios mientras uno de los bellacos trepaba la escalera del comedor para tomarla entre sus brazos.

Inexplicablemente su marido y el de Lucy se habían esfumado del comedor. Las frágiles mujeres vieron negra su suerte en tanto que los tres negros se acercaban para tratar de quitarles sus pertenencias.

—¡Dennos todo lo que traen, perras!

—Aquí no tenemos nada. Todo lo tenemos en nuestro camarote —contestó Christie, mientras uno de los negros la tomaba fuertemente del brazo.

—¡Pues vamos para allá!

Las dos mujeres fueron escoltadas por los tres negros hacia sus habitaciones. Wako con su fusil Baker en la mano, vigilaba el asalto desde la parte alta del ferry.

Chris abrió la puerta de su cuarto, seguida por un negro brilloso con fosas nasales tan grandes como sus ojos. El negro escudriñó el interior sin encontrar nada raro.

—¡Dame las joyas y lo que tengas, perra!

Christie abrió nerviosamente su maleta para buscar sus joyas mientras el negro que apestaba a búfalo muerto le subía el vestido y le metía la mano entre las piernas.

—Así me gusta, mi reina. A lo mejor hasta te llevó conmigo si me haces un buen trabajo.

El negro se bajó los pantalones para obligar a Christie a tomar ese gigantesco miembro que colgaba como una mamba negra. El negro la tomó de las orejas para acercarla al pestilente miembro, cuando su cabeza fue partida en dos por un certero machetazo. Teodoro había salido detrás de un cortinaje rojo para acabar con el primero de los piratas.

Christie no superaba la impresión que le causó recibir sobre su rubia cabellera una llovizna sanguinolenta del hombre asesinado.

—No grites. Escóndete bajo la cama. Voy por los demás. Jaramillo también está haciendo su parte.

En el otro camarote los dos negros habían ya desnudado a Lucy mientras ella gritaba aterrada. Un certero tiró se anidó en la frente de uno, el cual parecía un gorila vestido de rojo. El otro se abalanzó sobre Teodoro, pero él oportunamente interpuso su sable para atravesarlo por el pecho. La señora Jaramillo cayó desmayada por la impresión. Teodoro como pudo la tapó y ocultó en un ropero para continuar su ataque hacia los piratas.

Héctor Jaramillo descendió a la parte baja del barco, donde pernoctaban los esclavos y los pobres. Sin perder un solo segundo dejó libres a los negros con la promesa de que ayudaran y huyeran del barco. Los esclavos salieron hombro con hombro con él a hacer frente a los siete piratas que quedaban. Wako palideció al ver a la turba de más de 15 mandingos buscar su libertad victimando a los piratas.

Dos esclavos cayeron heridos por las balas de los piratas. Uno a uno, fueron acorralados, muriendo cinco en manos de los iracundos esclavos. Wako en desesperada fuga corrió hacia la orilla para brincar al agua y tratar de huir. Al dar el brinco sobre la barandilla, fue encontrado por una hábil bala de don Héctor, que con esto se cobraba la afrenta. El único pirata que logró llegar al agua se sumergió para evitar ser alcanzado por las balas. Ya tendría algo nuevo que contar a sus compañeros sobre los valientes que se encontró en el *New Orleans*.

Jaramillo y Teodoro se encontraron en las habitaciones. Don Héctor no hallaba palabras para agradecerle el haber salvado a su amada. Teodoro batido en sangre como si hubiera destazado a un cochino agradeció el cumplido diciéndole:

—Yo salvé a nuestras mujeres, pero tú con tu hazaña, salvaste a todos los pasajeros.

Los 13 esclavos negros huyeron del barco con el consentimiento de Jaramillo y el arreglo monetario que hizo con su dueño, que agradecido también por haberla librado, aceptó una bicoca por sus hombres.

10

La bahía de San Francisco

Ocho conestogas esperaban su turno para ser bajadas con cuerdas en la Brecha del Emigrante (Emigrant Gap), 30 kilómetros al oeste del Paso Donner, entre el lago Spaulding y Lake Valley Reservoir.

La pendiente era un camino serpenteante de varios kilómetros entre bosques de coníferas, en el que la parte más dura era una rampa de casi 300 metros con una inclinación de vértigo que se desplegaba sobre el Valle del Oso.

Las primeras cinco conestogas bajaron lentamente con los ejes bloqueados. Las carretas estaban atadas a dos gruesas cuerdas en su parte trasera a los árboles más robustos de la bajada. Una cuerda central sujetada a un empalizado especial en forma de polea, sostenía la carreta firmemente en el descenso. Los animales esperaban su turno encerrados dentro de un improvisado corral.

Al empezar a descender la sexta carreta, la polea de la improvisada estructura no aguantó más. Debilitada por el pesado descenso de las primeras conestogas, el madero principal que la sostenía se reventó por debilitamiento, precipitando a la conestoga hacia el despeñadero por su propio peso, siendo levemente frenada por las cuerdas atadas en los árboles, para finalmente reventarlas e irse como un bólido sobre las rocas al final de la pendiente. El impacto fue estrepitoso, haciéndose añicos el carro contra un peñasco.

—¿Salió alguien herido? —preguntó Carson preocupado.

—No. Afortunadamente no había nadie en la bajada ni al final —repuso Jim Cooper, cubierto con un grueso abrigo de piel perteneciente al difunto Miller, como regalo especial de la familia.

El viento helado y húmedo de la montaña calaba los huesos. El invierno se les venía encima y por recomendación de los guías tuvieron que dejar sobre la montaña las dos últimas carretas abandonadas. Bajarlas sin la polea era una locura. Esperar a que se construyese otra polea requería tiempo y ellos ya no lo tenían. Suaves copos de nieve empezaban a acariciar sus cuerpos como señal de que la primera nevada de la temporada había llegado y junto con éstas vendrían otras más, hasta tapizar el paisaje con un grueso manto blanco.

La caravana de cinco carretas continuó triunfante su viaje. Los pioneros que se quedaron sin carros fueron recibidos solidariamente en otros, por sus compañeros. Algunos tuvieron que continuar el viaje a pie, por ya no haber ni conestoga ni animal que los sostuviera. La mortandad de las bestias se aceleró con el cansancio de meses y el terrible frío que se clavaba como 1000 cuchillos sobre los bueyes.

Después de atravesar el Valle del Oso y el Cañón Creek, llegaron a Gold Run, a 25 kilómetros al suroeste de Emigrant Gap. Ahí pasaron la noche y por contar aún con leña seca, hicieron una cálida fogata que espantó momentáneamente a los hambrientos lobos. Varias veces tuvieron que hacer uso de sus fusiles para espantar a las atrevidas bestias, que arriesgaban todo por conseguir un poco de carne fresca.

En los siguientes dos días de camino llegaron a Auburn, 40 kilómetros hacia el suroeste y sitio donde las montañas de la sierra Nevada quedaban finalmente atrás.

Un ambiente de fiesta y conquista se respiraba entre los pioneros al llegar al poblado indio que en diciembre de 1848 se convertiría en Sacramento[48], 50 kilómetros al oeste de Auburn. Un clima más cálido y agradable les extendió los brazos como cordial bienvenida. Atrás quedaba lo peor que habían vivido y sintiéndose cada vez más cerca del océano Pacífico todos celebraron felices.

---

48 Fundada en diciembre de 1848 por John Sutter, inmigrante suizo. En su rancho descubriría pepitas de oro y se desataría la Fiebre del Oro, que poblaría la bahía de San Francisco y sus alrededores.

Fue en este punto donde Kit Carson y Sixto Escobar terminaron su compromiso con los pioneros. La mayoría de ellos se quedaría en este sitio que reforzaría su importancia con la fundación del Fuerte Sutter, dos años más tarde, en 1839.

Con el correr de los años, las sendas de Oregón y California ofrecerían más facilidades para los pioneros. Lo más crudo de estas sendas mortales lo vivirían las primeras expediciones que pagarían muy alto el precio de colonizar California y Oregón. La pérdida de la guerra por parte de México en la conflagración contra los Estados Unidos, abriría la puerta a la colonización legal de los territorios del oeste de Norteamerica. Por lo pronto los pioneros de Carson tendrían que adaptarse y sufrir las presiones del gobierno mexicano de California, en San Francisco y Los Ángeles, que pelaría para evitar la llegada de estos molestos inmigrantes que sólo querían invadir sus territorios. Algunos tramperos y pioneros pagarían con la cárcel o el fusilamiento el atrevimiento de haber abierto la senda de California.

En la primavera de 1837, después de un agradable invierno en San Francisco, John Mackenzie, Kit Carson, Jim Cooper y Sixto Escobar pasaron unas semanas en Coloma[49], California, un sitio de montaña al este de Auburn, sobre el South Fork American River, donde las leyendas indias decían que había oro. Quebrados y sin un centavo, los amigos se lanzaron a la búsqueda del verdadero pago a su aventura en California. Todas las penurias vividas durante su viaje desde Santa Fe a California, obedecían a un solo propósito y sueño, hacerse ricos encontrando oro.

Kit Carson sabía de estas leyendas por el mismo Jedediah Smith, quien en su último viaje se encontró con esas pepitas, desdeñándolas como si fueran nada. «Mi biblia bajo el brazo es mi

---

49 Ubicada a 58 kilómetros al noreste de Sacramento. Oficialmente el 24 de junio de 1848, James W. Marshall descubrió oro en el río que pasaba en el Fuerte de Sutter. Aunque Sutter trató de mantener el hallazgo en secreto, en cuestión de semanas California sufrió una de las invasiones de inmigrantes más espectaculares de la historia con la Fiebre del Oro, donde todos soñaban con hacerse millonarios al encontrar oro tirado en las piedras de los ríos.

verdadera gema de oro», decía el osado trampero. Las últimas referencias dadas por el indio Truckee les señalaron el sitio exacto donde se encontraban a flor de tierra las pepitas de oro.

A los 12 días de estar acampando en la ribera del río Americano, se suscitó el milagro. Una parte del arroyo mostraba sobre su fina arena cuatro pepitas, tres del tamaño de una manzana y la otra como de un melón. Otras 20 del tamaño de nueces fueron encontradas en un tramo de río de tres kilómetros.

El grito de felicidad de Mackenzie hizo eco en las montañas. Con este oro consagraría su negocio de licores, en California. Compraría un terreno y le construiría su casa a Tracy. Ya encontraría el modo de acercar a Lucy y a los niños y así tener a las dos familias cerca. Las montañas de la Sierra Nevada serían el sitio perfecto para esconder su oro. Los bancos mexicanos no eran confiables durante esos años en California. Viajar con él a Independence era una locura.

Sixto Escobar, al igual que Mackenzie, escondería una parte de su oro en un sitio perfecto y se lanzaría a la búsqueda de Elsa y Simón, una vez rescatándola regresaría por su oro para fincar un pequeño rancho, en Sacramento.

Jim Cooper daba gracias a Dios y a sus nuevos amigos. Con ese dinero se aseguraría de jamás volver a tener los hierros de la esclavitud en muñecas y tobillos. Una nueva vida comenzaba para él.

El oro fue dividido en cuatro partes proporcionales. Kit Carson lo enterraría en un sitio secreto de la senda de California para futuras inversiones. Aún había mucho que explorar y no se sentía a gusto viajando con una mochila que cargara una piedra de oro del tamaño de una naranja. Los caminos era riesgosos y cada vez habría más rateros en el camino.

—No debemos hablar a nadie sobre este descubrimiento —dijo Carson al calor de la fogata en su última noche en Coloma—. Si cometemos el error de darlo a conocer, les juro que medio Estados Unidos se vendrá para acá en busca de riqueza. En un par de años todos estos sitios se poblarían de buscafortunas de la peor calaña. San Francisco se convertiría en el puerto más importante del Pacífico y la ciudad más poblada del oeste.

—Yo soy el más interesado en que esto jamás se sepa. Pienso vivir en San Francisco⁵⁰ y lo que menos deseo es ese panorama negro que nos pintas, Kit —comentó Mackenzie.

—Sería la depredación de estos ríos y bosques en busca del oro. Me llevaré el secreto a la tumba, Kit, cuenta con ello —dijo Sixto chocando su taza de café en un simulado brindis.

—Mi boca es una tumba, muchachos.

—La nuestra también —respondieron los demás.

Sixto tardó varios meses en encontrar a la tribu de shoshones que se había llevado a Elsa y a Simón. Después de dejar Sacramento, en mayo de 1837, Sixto Escobar en compañía de Mackenzie, Jim Cooper y Kit Carson, tomaron rumbo hacia el Gran Lago Salado para llegar a la reunión anual de tramperos en Daniel, Wyoming. Ahí se reencontraron con Jim Bridger a quien explicaron el secuestro de Elsa y el niño. Bridger, que tenía contacto con varios jefes shoshones y lakotas, averiguó el sitio donde se encontraba la french cheyenne, como la llamaban los shoshones. Era un campamento indio a la orilla del Gran Lago Salado, sitio que después sería conocido como la ciudad de Salt Lake City, cuando la fundaron los mormones, una década después.

Al dirigirse hacia el campamento a fines de septiembre, se encontraron con un fuerte grupo indio que los emboscó cerca de las faldas de las montañas Wasatch.

—Son más de 20 cheyennes, Sixto. Nosotros somos cinco —dijo Jim Bridger, quien los acompañó al rescate de Elsa, con la condición de que después lo acompañarían hacia Saint Louis.

—No hagan nada violento o aquí mismo nos matan —repuso Sixto, tratando de calmar a sus compañeros.

Mackenzie no muy seguro de esperar a los cheyennes sin hacer nada, acarició el gatillo de su fusil para al menos llevarse a uno en el ataque.

—Disparemos al líder y así los intimidaremos —sugirió Cooper.

---

50   En 1849, al darse a conocer el descubrimiento de Sutter, la ciudad creció en un solo año de 1 000 a 25 000 habitantes, por la Fiebre del Oro.

—¡No lo hagan! —gritó Escobar, al haber reconocido al líder cheyenne—. Ese hombre es nuestro amigo, Búfalo negro.

La llegada de Búfalo negro, junto con sus hermanos Víbora roja y Búho gris, fue todo un evento de celebración. El planeado rescate de Elsa, antes de la llegada de los cheyennes, iba a ser por medio de una súplica o ruego, ante Bear Hunter, el inclemente jefe de la tribu shoshone. Con casi treinta cheyennes fuertemente armados la estrategia sería otra: rescatarla a flecha y plomo.

—Saber de robo de Elsa por amigo que haberla visto con shoshones. Elsa decirle que ser robada por Pocatello en desierto, que ella tener hijo tuyo, primo Sixto.

—Así es, Búfalo negro. Nos atacaron y se la llevaron junto con Simón, nuestro hijo. No sabes cómo he sufrido desde entonces. No he dejado de pensar en ellos un solo día.

Búfalo negro arrancó un buen trozo de carne de venado que pendía sobre el improvisado asador. Su robusto hermano, Víbora roja, tocaba un tamborcillo tratando de amenizar la reunión. Búho gris miraba con asombro a Jim Cooper, quien vestía un fino traje de vaquero con una pistola al cinto. Era el primer negro que veía que no parecía esclavo.

—Atacaremos mañana. Sorpresa ser nuestra aliada, primo Sixto.

Los compañeros de Sixto tragaron saliva nerviosamente. Desde el principio planearon una salida pacífica para recuperar a Elsa, nunca en un enfrentamiento armado contra los feroces shoshones.

Jim Bridger, hombre de paz con los indios, casado con la india cora y con una hija de un año de edad, Mary Ann, lo pensaba dos veces antes de entrar en guerra contra otra tribu india de la zona. Esta situación era especial y no podía dejar solos a sus amigos.

Mackenzie con una buena pepita de oro guardada en su mochila sólo pensaba en llegar a Saint Luis para ver a Lucy. Tracy descansaba en Sacramento en una modesta casa con un buen terreno que había comprado para darles un espacio propio. El tener dos familias empezaba a causar estragos en el valiente comerciante de rones.

Kit Carson, siempre más enamorado de la naturaleza y de la aventura, que de las mujeres, sólo pensaba en apoyar a su fraternal amigo Sixto.

Jim Cooper, en eterno agradecimiento con sus nuevos amigos, estaba dispuesto a ir al infierno y patear los testículos del mismo diablo, si así se lo pedían sus amigos. Su anhelo, como un negro libre, era tener criadero de caballos para la venta en California.

El sol caía a plomo a medio día sobre el campamento shoshone. Nadie esperaba un ataque. No se había presentado ningún roce con las tribus vecinas en los últimos meses.

Un perro ladró, alertando la llegada de los treinta y cinco jinetes. Bear Hunter salió de su tipi y alertó a sus hombres sobre el acercamiento de los jinetes. Los guerreros shoshones prepararon sus arcos y flechas, y montaron sobre sus caballos.

Búfalo negro se detuvo metros antes del campamento y se acercó caminando, él solo, sin armas y con las manos en alto, como señal de diálogo con su homólogo Bear Hunter, antes de un posible ataque. Su enorme estatura y valentía causaba admiración entre los shoshones.

—¡Saludos a ti, gran jefe Bear Hunter! No vengo a matar a tu gente —dijo Búfalo negro en lengua shoshone—. Vengo por la french cheyenne que Pocatello se robó. Ella es mi prima y esposa de mi amigo Sixto, quien viene aquí con nosotros para recuperar a su mujer y a su hijo.

Bear Hunter se acercó caminando hacia Búfalo negro, dándole un abrazo amistoso que fue celebrado por su gente. El temor de un ataque cheyenne parecía desvanecerse.

—Sé de la mujer que me hablas. Ella no ser la mujer de Pocatello. Cheyenne se casó con Pluma de águila, mi sobrino.

Elsa reapareció entre la gente con el pequeño Simón tomado de la mano. A su lado llegó Pluma de águila para tratar de ocultarla entre los shoshones.

—Nosotros no querer que mueran inocentes, Bear Hunter. Regrésenos a Elsa y nos retiraremos sin ningún problema ni rencor.

Los ojos de Pluma de águila miraron amenazantes a Bear Hunter. El amor que sentía por Elsa lo obligaría a cualquier cosa por defenderla.

—*I love you, Sixto!* —gritó Elsa en inglés para que Sixto lo entendiera y supiera que aún lo amaba.

Sixto se adelantó unos pasos a los cheyennes causando un murmullo de expectativa entre todos. Pluma de águila, desde el lado shoshone, se llevó su mano a la cintura buscando su cuchillo.

—Te propongo que esto lo resuelvan mano a mano los dos hombres involucrados, Búfalo negro. Evitemos como líderes sensatos que gente inocente muera.

Los dos líderes indios se miraron fijamente con ojos empáticos, como razonando que ésa era la solución más fácil para evitar muertes innecesarias.

—Dejemos que ellos peleen por ella y el que gane se la quede, Búfalo negro.

El jefe cheyenne volteó a ver a Sixto antes de decidir algo. La seguridad en los ojos de Sixto se lo dijo todo.

—De acuerdo, Bear Hunter. Que peleen a muerte y que gane el mejor.

Los dos contrincantes estaban frente a frente, 15 minutos más tarde, rodeados por todos los aldeanos y los cheyennes. El duelo sería con cuchillo y los jefes indios proporcionaron dos de acero, que eran similares para que nadie llevara ventaja sobre el otro.

Elsa prefirió esconderse en su tipi para no morir de nervios ante tan fatal desenlace.

Pluma de águila y Sixto quedaron frente a frente, esperando la orden de Bear Hunter para dar inicio al fatídico combate.

Bear Hunter dio el grito de inicio. Los dos contrincantes tiraron los primeros cuchillazos al aire sin causar ningún daño. Pluma de águila era un poco más alto y fuerte que Sixto, lo que le daba confianza para arremeter con más ímpetu. Los gritos de apoyo de su gente eran mayoría, intimidando al mexicano. Sobre sus cabezas volaban seis buitres en enormes círculos, como si supieran desde la majestuosidad de las alturas que pronto habría comida fresca.

Sixto recibió un corte en el antebrazo derecho. La sangre empezó a emanar levemente. Los shoshones al ver a Sixto herido, aumentaron el entusiasmo en su apoyo. Pluma de águila ganaba segundo a segundo en confianza, al mostrarse más hábil y rápido con el cuchillo. Un segundo tajo cerca del pecho fue el aviso de que estaba pronta la cuchillada mortal sobre el nativo de Santa Fe.

Sixto sabía que tarde o temprano el shoshone lo mataría, así que decidió jugarse su última carta, con decisión tomó el cuchillo por la navaja y lo lanzo con una certera puntería sobre el ojo izquierdo del shoshone, clavándoselo hasta el mango. La sorpresa acabó con el shoshone, que con medio cuchillo en el cerebro quedó paralizado cayendo de rodillas en la tierra. Un salto espectacular junto al shoshone sirvió para que Sixto lo desnucara, girando su cabeza totalmente hacia atrás como un relámpago. Un silencio impactante cayó sobre el campamento shoshone. Sixto había ganado jugándose el todo por el todo. Si hubiera fallado ese cuchillazo, al quedar desarmado, Pluma de Águila lo hubiera destazado a navajazos.

Después del silencio vino el aplauso de reconocimiento al ganador. Sixto había triunfado en buena lid y así recuperaba a su mujer y a su hijo, y ganaba el reconocimiento franco de los shoshones.

Horas después, Elsa y el pequeño Simón, cabalgaban junto a Sixto Escobar, Jim Bridger, Kit Carson, Jim Cooper y John Mackenzie rumbo a Missouri. Los cheyennes los acompañaban rumbo a Kansas, donde organizarían una gran fiesta con Cherrier y Hoja Verde por el triunfo de Sixto y la nueva familia que había formado con la french cheyenne.

11

Santa Anna regresa a la presidencia

Después de la pérdida de Texas, México evidenció su debilidad ante las potencias europeas, abriendo el apetito de Francia e Inglaterra para también intentar robarle territorio, como fácilmente lo habían hecho los Estados Unidos. Los franceses se apuraron a invadir México antes de que Estados Unidos lo engullera por completo.

El gobierno de Francia, a modo de pretexto, presentó al gobierno mexicano una serie de reclamaciones de abusos contra los intereses de ciudadanos franceses, que en total sumaban 600 000 pesos.

Dentro de los reclamos franceses, por no mencionar todos, por lo ridículo de los mismos, había uno sobre 15 000 pesos que se le debían a cada uno de los familiares de unos mercaderes muertos en Atencingo; 5 000 pesos por unos puercos con triquina que un francés quiso vender malintencionadamente y que el gobierno oportunamente impidió, matando a los cerdos enfermos; 20 000 pesos por cada uno de los dos mercaderes pasados por las armas en un conflicto en Tampico, y 800 pesos por unos pasteles devorados por unos borrachines en la pastelería de Monsieur Remontel, en Tacubaya. En total el gobierno de Francia exigía el pago de los 600 000 pesos, y sin esperar el pago, porque simplemente era un pretexto y lo mismo hubieran atacado a México por no tener todavía un himno nacional o por mantener muy sucio el puerto de Veracruz, los galos atacaron San Juan de Ulúa el 27 de noviembre de 1838.

Don Antonio Gaona, defensor del puerto, hizo todo lo posible para proteger el Castillo de San Juan de Ulúa, rindiéndose inevitablemente al día siguiente ante el contraalmirante francés Charles Baudin y el príncipe de Joinville[51].

No conformes los franceses con la toma del puerto de Veracruz, comenzaron a maquinar la idea de invadir más este territorio para poco a poco ir creciendo en su avance hacia el Altiplano.

Santa Anna ofreció sus servicios en este amargo episodio, pero al no tener ningún cargo importante y no haber influido en nada a Gaona y a don Manuel Rincón, gobernador de Veracruz, regresa decepcionado a Manga de Clavo, con la cola entre las patas. El puerto de Veracruz estaría ocho meses tomado por los franceses, al menos así lo acordaron los dos gobiernos. Mientras transcurría esta tregua, Francia había prometido no avanzar más allá del puerto, así como un enamorado promete a una dama no propasarse en la intimidad.

Cinco días después, el 4 de diciembre de 1838, un jinete llega a Manga de Clavo en horas impropias. Santa Anna, con su pistola en la mano, sale furioso a recibirlo.

—¿Quién es el hijo de puta al que se le ocurre despertarme a esta hora? —grita furioso con su lámpara en la mano izquierda y su pistola en la derecha.

—Soy yo, don Antonio. Al fin se nos ha hecho justicia.

—¡Genaro! ¿Qué te trae por aquí a esta hora?

—Don Anastasio Bustamante lo ha nombrado comandante general de las armas en Veracruz. Ahora sí hay alguien que sabe de armas y ejércitos para patearles el culo a los franceses. Ya parece que vamos a aguantar a esos hijos de puta ocho meses más.

—¡Jamás, Genaro! Ahora volverás a ver al Napoleón del oeste en combate y pronto de nuevo en la silla presidencial. Dios me pone de nuevo en bandeja de plata la oportunidad de glorificarme con la guerra. Gracias, señor... Gracias —se hincó Santa Anna dando gracias al cielo.

Genaro se desayuna rápido unos huevos con jamón preparados por la mismísima doña Inés, la futura consorte de México. Santa Anna prepara su pequeña calesa y en menos de una hora parte para el puerto con Genaro, que cabalga a su lado.

---

51   Hijo del rey de Francia, Luis Felipe de Orleans.

Desde su regreso de Texas, Genaro Escobar había hecho un trabajo extraordinario al promover la deteriorada imagen de Su Alteza Serenísima en la capital. Don Anastasio Bustamante[52], ferviente comedor de huevos, se dice que se comía 30 diarios por estar convencido de que un huevo tenía todo los requerimientos alimenticios para una persona. Qué mejor que comerse 10 por comida. Don Anastasio Eggsamante los ingería de distintas maneras: motuleños, revueltos, estrellados, poche, cocidos, con jamón, con jerez, tocino, machaca…

Genaro Escobar, después de un festín romano de huevos en su casa de Regina, convenció a don Anastasio de que el único hombre que podría salvar a la patria y correr a los franceses, era nada más y menos que don Antonio López de Santa Anna. Don Tacho, exhausto por ese *gaudeamus* de huevos con vino tinto, accedió a la inteligente sugerencia del simpático texano, que se hacía llamar texicano y socio de don Antonio López de Santa Anna.

Santa Anna llega a Veracruz y rápidamente pone orden. El general Mariano Arista se une a Santa Anna y se impresiona al ver el nombramiento dado por el mismísimo presidente de México. Los celos entre generales terminarán por arruinar a México en las futuras batallas. Don Mariano[53] tiene 1 000 hombres en las afueras de Veracruz, de dientes para afuera le rinde su apoyo a Santa Anna, pero interiormente se rehúsa a entregárselos. Arista sabe que dárselos será como darle la gloria, con la que Santa Anna coquetea de nuevo.

Mientras Santa Anna y Arista platican y discuten de política y mujeres, y Arista se hace hábilmente ojo de hormiga al mandar traer a sus 1 000 soldados, Baudin ordena atacar la ciudad aquel 5 de diciembre de 1838. La *Gloria* y la *Medea* preparan el bombardeo sobre el fuerte de la Concepción. El *Vulcano* y la *Ifigenia*

---

52 Primer presidente centralista, después de Santa Anna. Gobernó de 19 de abril de 1837 a 18 de marzo de 1839. Ya había gobernado como vicepresidente de 30 de diciembre de 1829 a 14 de agosto de 1832.

53 Arista odiaba a Santa Anna por haberlo traicionado en 1832, al fingir un golpe al gobierno en el que Santa Anna se haría dictador. Como el pueblo repudió el levantamiento de Arista, el xalapeño se echó para atrás, traicionando a Arista, atacándolo y desterrándolo del país.

apuntan sus cañones sobre el fuerte de San Santiago. El resto de la flota se prepara para el desembarco sobre el puerto. Al frente de estos hombres está el príncipe de Joinville, ansioso por ensartar soldados mexicanos con su espada, en las blancas calles del puerto. Una niebla espesa funge como cómplice del ataque para esconder la cercanía de los navíos.

Santa Anna y Arista, medio borrachos por el vino que compartieron, se retiran a sus habitaciones del cuartel. Genaro no duerme por tener un extraño presentimiento y prefiere subir a la azotea del cuartel para tonificarse con el aire fresco del puerto. Diez minutos después, a las cinco y media de la mañana, un potente cañonazo los despierta a todos.

Santa Anna, como rememorando los días de San Jacinto, sale de nuevo en calzones con la espada en la mano gritando:

—¿Qué demonios está pasando?

Otro cañonazo cae cerca del cuartel, haciendo caer cal en sus cabezas. Ruidos de gente corriendo y un claro: «Los franceses han desembarcado», lo ubica en su realidad.

—*Vive la France!* —se escucha claramente en las escaleras del cuartel.

Genaro abre una ventana que da a la calle donde afortunadamente no hay nadie. Santa Anna en ropa interior y con el sable en la mano, salta sin mirar atrás. Genaro, disparando hacia la puerta que tratan de abrir los franceses a empujones, corre tras de él. Como en los tiempos de San Jacinto, los grandes amigos se han pelado de nuevo.

Genaro corta la cara a un francés que intenta sorprender a Su Alteza. Santa Anna sonríe agradecido. «Qué maravilla tener a un amigo como Genaro», piensa mientras los dos se pierden en la oscuridad de un callejón.

Mariano Arista sueña que Santa Anna es hecho pedazos de un bombazo, y él con asco se trata de limpiar los pedazos gelatinosos y fecales de lo que alguna vez fue Su Alteza Serenísima, que ensucian asquerosamente su uniforme.

Un piquete de bayoneta en las nalgas lo despierta de su profundo sueño. Dos franceses muertos de risa al haberlo reconocido por el elegante traje de general que colgaba de un perchero, le piden que se levante. Creen que han atrapado a Santa Anna. Mariano Arista, por perezoso, queda prisionero de los franceses.

Santa Anna y Genaro se esconden bajo un pórtico en la calle de Santo Domingo. Genaro sorprende de nuevo a su jefe al entregarle su ropa en una bolsa.

—¡Cabrón! ¿Qué haría sin ti, pinche San Genaro?

Santa Anna luce de nuevo como el elegante y distinguido general que la gente conoce. Juntos caminan por la otra calle que hace esquina y escuchan una guarnición de mexicanos preparando la defensa. La llegada sorpresiva de Santa Anna les levanta el ánimo a todos.

—¡Prepárense para matar franchutes, amigos! Su general Santa Anna, el vencedor de Tampico y el Álamo, está aquí.

Todos los defensores se animan al estar con Santa Anna. Le guste o no a los políticos, el xalapeño sigue siendo una figura mística entre el pueblo que lo idolatra.

—Construyamos una barricada aquí con todo lo que puedan conseguir con los vecinos. ¡Vamos! —ordena Santa Anna con el sable levantado.

En cuestión de minutos los defensores del puerto levantan una barricada con cosas inimaginables como un ancla, un pez espada disecado, un barril de pulque, el retrato grotesco de una señora con buenas carnes, sillas, carretones, piedras, masetas, colchones meados, muebles de cocina, molcajetes, puertas completas y pedazos de las mismas, un ángel de piedra que fue interrumpido en su atrevida orinada para defender a su ciudad, etcétera.

Al final de la misma calle, el príncipe Joinville levanta otra muralla parecida a la del salvador de Tampico, con la diferencia de que ésta tiene una lancha de pesca y el monumento de un gobernador veracruzano caído en desdicha. Joinville está furioso por haber apresado a Arista pensando que era Santa Anna. No se sacaba de la cabeza la idea de llevarse el cadáver de Santa Anna disecado a Francia para exhibirlo como trofeo en el palacio de su padre.

Joinville observa admirado al general Santa Anna con un catalejo. Santa Anna derrama bravura arengando a sus compañeros para que avienten lo que sea contra la barricada del junior francés. Joinville queda impresionado por su porte y seguridad. «Santa Anna es un monstruo que enloquece a su pueblo», masculle entre dientes en un francés elegante.

Son las diez de la mañana del 5 de diciembre de 1838. Cuatro horas se han ido entre disparos e intercambios de piedras, fierros, pedazos de mampostería y hasta compactas bolas de excremento, sin que nadie salga herido. Las gargantas duelen de lanzarse improperios donde salen lastimadas las ingenuas madres en ambos lados del océano.

Santa Anna aburrido y refugiado en una fresca sombra junto a la barricada, acepta una taza de café veracruzano y se enfrasca en un duelo de naipes contra Genaro y otros dos soldados que traen dinero en sus bolsas. Del otro lado de la barricada, el junior francés saca su *lunch* de una bolsa de cuero, como si fuera un niño de escuela. De vez en cuando uno que otro francés y mexicano se para y lanza algo contra los otros, para recordar que esa guerra es a muerte y que nadie saldrá vivo de ahí. Los mexicanos, como si la mentada de madre fuera una potente y letal bomba, la lanzan irresponsablemente como recordatorio de que los franceses están perdidos en ese puerto de grandes guerreros cempoaltecas.

El juego siempre favorece a Santa Anna. En menos de diez minutos el Atlante xalapeño ha desplumado a Genaro y a los dos soldados veracruzanos. Uno de ellos, ofendido decide arriesgar su casa para seguir jugando. Santa Anna como todo un padre generoso lo reprende por arriesgar el patrimonio familiar en el juego. De pronto un potente bombazo salido del barco francés *Nereida* los saca de su discusión.

Baudin ha agotado el tiempo que dio a Joinville para apresar a Santa Anna. Con otros planes en mente ordena el retiro de los barcos que asolan el puerto. Joinville camina de vuelta al *Nereida*, despotricando contra su contraalmirante. Poco le faltaba para traerse a Santa Anna embalsamado en una caja de pino. Le guste o no al hijo del rey, Baudin es su superior y tiene que obedecer. Santa Anna, aún con los naipes en la mano y un cigarro en los labios, siente que ha derrotado a los franceses y que se retiran espeluznados al sentirse abatidos por el Leónidas de Occidente.

Santa Anna monta su brioso caballo blanco y con la espada en el aire ordena que 300 hombres lo sigan para impedir que el hijo del rey se escape. Los hombres se preparan y ven adelantarse a su bravo general a todo galope, como si pretendiera de un salto a caballo abordar el barco de los que huyen. Genaro no puede creer lo que ve. No ha tenido tiempo de encontrar una montura para seguir a su bravo general.

Santa Anna llega a la orilla del muelle y con furia inaudita, insulta a Joinville que viaja en una pequeña lancha hacia el *Nereida*. Su Alteza Serenísima luce como si fuera a posar para un cuadro castrense para la posteridad. Sus brillantes botas de charol oprimen con fuerza la fina silla de montar de su caballo. Su guerrera, con bordados en hilo de oro, destella como un sol al recibir al astro rey veracruzano sobre su henchido pecho. Improperios ininteligibles salen de sus labios al insultar a Baudin y a Joinville en un francés desconocido, que sólo él entiende. Dentro del *Nereida*, Mariano Arista, en calidad de prisionero, observa con horror como uno de los artilleros prepara un obús para dirigirlo hacia donde Santa Anna, como un brujo maldito, les predice con gritos su negro destino.

El cañonazo cae a unos cuantos metros de Santa Anna, haciéndolo volar con todo y caballo. El artillero galo es aplaudido por todos los marineros. Ya tiene algo que presumir a sus nietos cuando se haga anciano en París. «Yo aniquilé al Napoleón del oeste de un certero cañonazo», se imagina decirles a los niños al lado de la chimenea.

El barco se aleja y los mexicanos corren a asistir a su general, al que se le escapa la vida. Santa Anna yace inconsciente en el suelo. Su pierna izquierda, de la que emana un escandaloso charco de sangre, apenas está unida a su cuerpo con un frágil pellejo. Tiene la mano izquierda rota y parece como muerto. El caballo blanco, ahora tinto en rojo, yace en el suelo con el pecho abierto como si hubiera sido sacado del rastro.

Genaro y los dos soldados con los que jugaba cartas en la barricada, cargan a Santa Anna a un lugar seguro y fuera de otro posible obús que lancen los franceses en retirada.

Baudin ofendido por el supuesto triunfo de Santa Anna, decide retirarse del puerto, pero no sin antes dejarle un recuerdo a los veracruzanos para la posteridad.

La *Nereida* arroja 1750 impactos; la *Gloria* 2200; la *Ifigenia* 3400; la *Criolla* con problemas con sus artilleros, la mediocre cantidad de 350 cañonazos y el *Vulcano*, como un volcán en erupción, 300 certeros impactos sobre las endebles construcciones que bordeaban la ciudad. El contraalmirante francés reconocería después que si no pudo hacer más daño al puerto se debió a la habilidad de los artilleros veracruzanos al repeler el ataque.

Toda esta lluvia de plomo fue escuchada entre delirios y fiebre por un Santa Anna trastornado al que se le escapaba la vida.

Al día siguiente, después de 24 horas de sufrimiento y una inútil lucha contra la gangrena, la amputación se lleva a cabo sin anestesia y por inexpertos practicantes de medicina. El grito de dolor de Santa Anna se escucha hasta Palacio Nacional. Anastasio Bustamante, interrumpido en su sueño, consternado se tapa los oídos. Éste quizá fue el único grito de dolor que de veras doblegó a Santa Anna en su larga vida. Sobre su camastro, con la cabeza descansando sobre los generosos muslos de doña Inés de la Paz, Santa Anna se repondría poco a poco de la horrenda mutilación que le regresaría la anhelada presidencia de México, al convertirlo en el héroe de Veracruz en la Guerra de los Pasteles.

De aquí en adelante don Antonio López de Santa Anna sacaría más provecho a esta mutilación que cualquier lépero pidiendo limosna en mesones por una herida similar.

El destino favorece de nuevo a Santa Anna. Los franceses se mantienen en mares del golfo de México a la espera de un arreglo de paz con México. No se sienten lo suficientemente fuertes para intentar repetir la hazaña de Hernán Cortés.

El general federalista José Urrea, coquetea con el enemigo y le ofrece víveres y agua a sus barcos en el puerto de Tampico. El presidente Anastasio Bustamante acusa a Urrea de alta traición por ayudar al enemigo[54] y decide salir abatirlo donde se encuentre. El *devorahuevos* propone al Congreso dejar de presidente interino a José María Morán, presidente del Consejo de Gobierno. El Supremo Poder Conservador, en el que lleva meses invirtiendo dinero y tiempo Genaro Escobar con elegantes fiestas y comidas para elevar el prestigio de Santa Anna, rechazan la propuesta de Eggsamante. Argumentan que Morán se encuentra indispuesto de salud (andaba resfriado) y como triunfo al esfuerzo y perseverancia de Genaro Escobar nombran a don Antonio López de Santa Anna como presidente interino de la República mexicana.

El hombre que había llegado a Manga de Clavo en 1837, en calidad de despojo humano por la derrota de Texas y después por la de la Guerra de los Pasteles, ahora salía cargado en hombros en su dorada litera rumbo a la capital del país como presidente de México, por cuarta vez en su historia.

El domingo 17 de febrero de 1839, un día soleado y hermoso, la capital mexicana se viste de gala al recibir al presidente de México don Antonio López de Santa Anna. Dos años, desde su llegada al puerto de Veracruz después de la pérdida de Texas, le tomaron al héroe de Tampico para conquistar de nuevo el poder. Dos años en los que se mantuvo escondido en su hacienda de Manga de Clavo, mientras su gran amigo y socio Genaro Escobar hacía campaña por él para hacerlo volver a la grande lo más pronto posible. Santa Anna invirtió mucho dinero en Genaro Escobar, quien junto con José María Tornel engrasó la máquina de publicidad para enaltecer de nuevo la imagen de Su Alteza Serenísima. El plan por fin daba frutos y Santa Anna volvía a lo grande y como buen amigo que era, retribuiría a sus amigos como era debido.

Las calles del centro, por más de tres kilómetros, se encontraban abarrotadas en ambas aceras por carruajes finos y gente a pie

---

54 El 9 de marzo de 1839, por intervención de Richard Packenham, ministro plenipotenciario de Inglaterra, se firma la paz definitiva entre Francia y el gobierno de México. El 7 de abril ondea de nuevo el pabellón de México en el castillo de San Juan de Ulúa. México acuerda pagar los 600 000 pesos que se debían. Francia no paga un solo centavo de lo que destruyó e incautó del puerto los días de la invasión (algunos barcos y más de 60 cañones).

que no quería perderse ni un solo detalle del avance del héroe del Golfo de México.

Al frente del desfile, haciendo cabriolas con sus briosos caballos, venían los regimientos de lanceros seguidos por los regimientos de artilleros, de granaderos, de gastadores. Lucían coloridos y vistosos trajes que el mismo Napoleón Bonaparte hubiera envidiado. Justo al final, antecediendo a la litera real, venía la orgullosa guardia presidencial, encabezada por el mismo Genaro Escobar, que logró parar su caballo en dos patas ante el asombro de los curiosos.

Un silencio de largos segundos se sintió al ver la figura imponente de Santa Anna asomado en su litera real. Su rostro lucía pálido y demacrado. Vestido con un traje militar, igual de elegante al que usó el día que expulsó a los franceses del puerto. Don Antonio tuvo mucho cuidado de que se asomara la pierna mutilada al saludar al pueblo que se desbocaba por él. El pueblo enmudeció al ver un pedazo de fino pantalón blanco colgar inerte sobre el borde dorado de la litera que la misma Nefertiti hubiera envidiado. Un *Viva Santa Anna*, salido de labios de Escobar levantó de nuevo al pasmado pueblo, que parecía haber muerto al ver el muñón inerte del Gengis Kan mexicano. Gritos, aplausos, lluvia de flores y vivas lo acompañaron hasta ingresar al edificio de Palacio Nacional. Este glorioso día, según Santa Anna, sería recordado por todo México como el día en que el vencedor de Francia regresó de nuevo.

La celebración por la llegada de Santa Anna a la presidencia fue el tema de conversación de todo mundo en la capital. Genaro Escobar, como en otras ocasiones con los diputados centralistas, ofreció su casa en la calle de Regina para el gran guateque. Lo más allegado de los políticos centralistas se dio cita en el palacete del texano para honrar al héroe del Golfo en su cuarto ascenso al poder.

La casa de Genaro Escobar contaba con un espacio para peleas de gallos. Santa Anna se tenía que sentir como en su casa cuando lo visitaba. Genaro había improvisado un elegante cuarto dentro de su casa con un modesto salón de juegos y pista de baile para que las hidalguenses que lo frecuentaban tuvieran espacio para sus desfiguros. Siete cuartos de buen tamaño y elegantemente equipados permitían que los invitados se pudieran quedar, si la noche les caía encima y no querían exponerse a ser asaltados por los léperos del centro de la ciudad.

José María Tornel bailaba con una de las bellas damas que Genaro había traído desde un día anterior de Pachuca, Hidalgo. El grupo de seis mujeres era la sensación y todos querían pasar por lo menos unos minutos con ellas. La de mejor ver le tocó al señor presidente de la República. Santa Anna, con cara de aflicción al tener que sacrificarse con la hermosa morena que lo atendía, se encerró por más de una hora con ella, sin que nadie preguntara nada sobre lo obvio. La puerta de su cuarto se abrió para ver salir a la epicúrea dama que lo acompañaba para ir a alcanzar un platón de fruta que el presidente demandaba. Al desplazase dentro de la sala, se cubrió sus enormes senos con la guerrera militar del señor presidente de México. La imponente morena regresó sonriente con el héroe xalapeño, cuidándose de enseñar las nalgas a los invitados al cerrar la puerta.

Chema Tornel también desapareció misteriosamente con la pelirroja que le enseño unos pasos de un baile moderno que según ella venía de París. Los gemidos escandalosos de placer de la guapa pelirroja se escuchaban por toda la casa, causando la risa de todos los invitados. Tornel con los lentes doblados y el cabello despeinado trató de explicar después de terminar que la dama era muy buena bailarina.

La morena chaparrita que le había tocado a Genaro abandonó su cuarto totalmente desnuda para ir a servirse otra copa de vino, ante los asombrados ojos de los políticos que babeaban al admirar su belleza natural. Sonriente y burlona caminó de vuelta al cuarto de Genaro, cerrando la puerta para continuar su fiesta privada con el texicano, como algunos amigos de confianza ya lo llamaban.

El vino corrió como una fuente inagotable entre todos los invitados. Escenas como éstas se repetirían seguido en la casa de Genaro, por lo menos hasta que se comprometiera con una dama, y todavía faltaba tiempo para que ocurriera.

Cuando John Mackenzie regresó a su casa en Saint Louis y no encontró más que una casa abandonada, siendo devorada por las raíces del húmedo lugar, sintió que se moría. Por más que indagó con los vecinos del lugar sobre el paradero de su familia, nadie le pudo dar un dato preciso o contundente sobre su paradero. La información coincidía con un solo argumento: la señora y los niños se habían ido con un hombre.

Mackenzie estuvo dos meses en Saint Luis buscando alguna pista que lo pudiera llevar con el hombre que se había llevado a su familia. Un día que se encontraba tomando el sol en el pórtico de su casa, una bella mujer de escasos 40 años se acercó para saludarlo.

—¿Es usted el dueño de la casa?

—Sí, señora. Soy John Mackenzie.

La señora vestía un elegante vestido verde, engalanado con un fino sombrero del mismo color. Un paraguas de color negro la protegía del quemante sol del Mississippi.

—Yo conocí a la familia que vivió aquí. ¿Usted les rentaba?

Mackenzie buscó la respuesta correcta que no despertara más sospechas.

—Sí, señora. Se fueron sin pagarme la renta, además de causarme muchos daños a la propiedad.

—Siempre se me hicieron raros. No sé porque sospecho que ese hombre no era el padre de los niños.

Mackenzie miró a la señora con optimismo. Con calma sacó un cigarro de la cajetilla y después de ofrecer uno a la señora, se lo encendió, luchando contra el viento de la mañana para que no apagara el fuego.

—Yo soy el marido de la señora y el padre de los niños, señora.

La señora lo miró con rostro comprensivo. En un segundo dedujo todo lo que había pasado.

—¡Su mujer se fue con ese hombre!

Mackenzie arrojó el humo levemente, como si se lo tragara para tratar de contestar correctamente.

—Así parece, señora.

—Llámame Dorothy. Soy la señora Dorothy Wolman.

—Llegué aquí hace más de un año. Tengo un negocio de vinos y tuve que viajar a California. Dejé aquí a mi esposa y por lo que veo y usted me dice, ella se fugó con otro hombre. No tengo la más mínima pista adónde se habrá ido.

La señora Dorothy fumaba su cigarro con clase. Parecía estar acostumbrada a convivir en fiestas y reuniones.

—No sé mucho de ellos. Vivo por aquí. Atrás de la iglesia para ser precisos. Mi marido es el pastor del templo. Un día nos encontramos a la familia en misa y mi marido me comentó que el tipo ese era de cuidado, que había frustrado un asalto en un ferry del Mississippi. El asalto fue muy sonado. El hombre ese y un texano que lo ayudó se vistieron de héroes. Hubo varios muertos, entre ellos el famoso Wako, esbirro del bandido John Murrell.

Mackenzie sonrió de gusto. Sabía que tenía el dato para averiguar quién era ese tipo del ferry. Los periódicos y los mismos empleados del ferry se lo dirían.

—Me ha dado un dato contundente, señora Dorothy.

—No me llames señora, que me haces sentir como una vieja. Llámame Dorothy y te voy a cobrar el favor.

—¿Cobrarme?

—Sí, John. Me tendrás que invitar a comer y platicarme más de tu vida.

Mackenzie confundido, frunció el ceño para decir:

—¿Y su marido?

—Como te dije hace un rato, mi marido es el pastor del pueblo. Tiene 66 años y es el hombre más aburrido de Saint Louis. A él le hago un favor cuando me reúno con amigos. No me tiene tiempo ni paciencia. Su iglesia es todo para él. ¿Entiendes ahora por qué necesito distraerme?

—¡Vaya que sí te entiendo! Será un placer, señora Dorothy.

—Dorothy, a secas.

—Encantado, Dorothy.

12

Presidente por séptima vez

El año de 1843 se engalanaría con la presencia de un brillante cometa que se vería por los cielos del país desde el 27 de febrero hasta mediados de marzo del mismo año. Como si fuera un presagio de calamidades para el país, como le ocurrió a Moctezuma en 1516 con la llegada de los españoles a las costas de México; a Madero en 1910 con la Revolución mexicana, y a Miguel de la Madrid con el regicida terremoto de 1985; el cometa de 1843 trajo el desplome económico de un país que intentaba levantarse por su propio pie y sus nefastos gobernantes ponían de regreso al suelo sin ninguna esperanza de recuperación.

Agobiado por tantos gastos para mantener su vida de monarca medieval, don Antonio López de Santa Anna recurrió a los impuestos para tratar de sacar más sangre del agonizante pueblo, que ya no sabía qué hacer para deshacerse de tan funesta sanguijuela.

Impuestos nuevos como el de un real por cada perro que se tuviera en casa; sobre las fachadas de las casas, entre más grandes y ostentosas fueran éstas, más tendrían que pagar los dueños; sobre las gárgolas y santos que adornaban el exterior de las construcciones; el de ventanas, entre más ventanas tuviera el dueño más pagaría al erario; sobre carruajes, dependiendo del número de ruedas del mismo; sobre la servidumbre, entre más criados tuviera la patrona, más monedas engordarían la bolsa de Santa Anna.

El conde Santa Annacula, como un vampiro sediento de sangre, buscaba los palpitantes cuellos de los deleznables contribuyentes, para extraerles hasta la última gota de sangre para mantener el escandaloso nivel de vida que se daba en el palenque de San Agustín de las Cuevas (Las Vegas de Tlalpan), donde los léperos, prostitutas, tahúres, bandidos y jugadores se daban la gran vida como si México estuviera en la opulencia.

El 4 de junio de 1844, Santa Anna protesta por séptima[55] vez como Presidente de la República. Han sido tantas las veces que ha ido y regresado a Palacio Nacional, que ya ni él mismo sabe qué número de presidencia es ésa por la que ha protestado.

Santa Anna procede a Palacio Nacional para anunciar su nuevo gabinete. En Relaciones Exteriores, José María Bocanegra; en Justicia, Manuel Baranda; Hacienda, Ignacio Trigueros; como Jefe de Plana Mayor del Ejército, Valentín Canalizo, el títere al que Santa Anna prestó la presidencia cuando se aburrió y regreso por una temporada a Manga de Clavo, y la sorpresa y ruptura mayor: Isidro Reyes como Ministro de Guerra en lugar de José María Tornel, el compadre, socio y amigo de parrandas de Su Alteza Serenísima.

Esa misma tarde José María Tornel y Genaro Escobar se reunieron en un elegante restaurante de la calle de Mesones. Tornel necesitaba hablar con el hombre más cercano a Santa Anna para saber porque el xalapeño lo había traicionado.

—¿Pero qué le pasa a ese cojo hijo de la chingada para haberme sacado del gabinete? —dijo Tornel con los ojos inyectados en furia. Tornel vestía tan elegantemente que parecía que de ahí se iría a pie a Palacio Nacional a reclamarle en persona al Napoleón mexicano.

—Tranquilo, Chema. No nos hagamos pendejos. Tú mejor que nadie sabes lo que hiciste.

Tornel puso cara de ingenuo, obligando a Genaro a decirle lo que pensaba.

—No entiendo, Genaro.

—Te quisiste lanzar por la presidencia por tu cuenta, brincándote a don Antonio. Visitaste Puebla y, como si fueras el siguiente candidato a la presidencia, pusiste la primera piedra para un monumento a la paz, dando un escandaloso discurso donde te pintaste como héroe. El gobernador, leyendo entre líneas, con-

---

55 Primera: 17-VI al 5-VII de 1833; segunda: 27-X al 5-XII de 1833; tercera: 24-IV de 1834 al 28-I de 1835; cuarta: 18-III de 1839 al 10-VII de 1839; quinta: 10-X de 1841 al 26-X de 1842; sexta: 5-III al 4-X de 1843.

fundió el mensaje y te puso una guardia de honor y valla militar. Bien sabes que esas actividades sólo las puede hacer don Antonio o el que le sigue.

—Pensé que don Antonio lo tomaría por el lado bueno.

—¿Y qué me dices de la hacienda que te compraste en San Martín Texmelucan con las ganancias de nuestros negocios? Ves que la situación económica en el país está de la chingada y hay que ser muy discretos, y tú sales con que adquieres una finca superior a la de don Antonio. Conseguimos un préstamo forzoso por 4 000 000 de pesos para la supuesta reconquista de Texas y tú le sales con esa chingadera. Ya te imaginaras lo que los críticos están diciendo de don Antonio y de ti. Dicen que Santa Anna utilizó el préstamo para pagar sus deudas en los gallos y que tú te compraste tu haciendita en Puebla. ¿Quieres más?

José María Tornel, abrumado por la culpa, concentra su vista en el fondo de su copa para contestar:

—Dile a Santa Anna que me disculpe y que ya no haré más ruido. Entiendo la estupidez que cometí y no quiero que don Antonio tome represalias sobre mí. Su amistad es lo más importante.

—Bien hecho, José María. Así se lo haré saber.

Teodoro Escobar estaba más firme que nunca dentro del ejército de la República de Texas. Por sus logros y dedicación, ahora desempeñaba orgulloso el puesto de capitán.

El pequeño rancho de Teodoro en San Antonio era la envidia de los mexicanos que se quedaron del lado mexicano de Texas, en Nuevo México. El rancho texano del nuevo ciudadano de Texas era un premio a su esfuerzo y entrega por la causa de Sam Houston.

Dos hermosos hijos alegraban la vida de Teodoro y Christie; el más grande, Anthony, de siete años y Teodoro de dos.

La casa de Christie Curtis, se engalanó con la visita de la familia Escobar. Desde Santa Fe habían hecho el viaje don Melchor y doña Gertrudis, con sus hijos Evaristo, Lucía, Jimena y Dominga. Sixto se encontraba de visita en Texas y llegó por su cuenta en compañía de Elsa y sus tres niños, Simón, Elsa y Octavia, de ocho, seis y cinco años, respectivamente.

Ante el asombro de toda la familia, Sixto había regresado rico de su viaje a California. El rancho que había comprado en Taos, Nuevo México era cuatro veces el tamaño del de Teodoro, además de contar con 50 cabezas de ganado. Las malas lenguas decían que se había convertido en salteador de caminos en la senda de Oregón, otros más suspicaces decían que había encontrado oro en California.

—Me siento muy feliz de tenerlos de visita en mi casa, que es como si fuera suya —dijo Teodoro emocionado.

El parecido físico entre Teodoro, Genaro y Sixto era asombroso. Los tres hermanos eran morenos de mediana estatura, de pelo negro ondulado y ojos negros con cejas pobladas.

Evaristo era la viva imagen de su madre, doña Gertrudis. Era más blanco de piel, el más alto de todos y de complexión robusta. Evaristo era el que atendía el rancho y la tienda de la familia Escobar en Santa Fe.

Las tres hermanas Escobar eran muy guapas y arrancaban el aliento de los texanos al verlas caminar por la calle. Lucía de 24, Jimena de 23 y Dominga de 22 años, eran las rompecorazones de Santa Fe. Las tres tenían a sus respectivos novios, pero ninguna de ellas se había casado todavía. Lucía estaba comprometida con un comerciante texano que ya había hablado con don Melchor. La boda estaba programada para diciembre de ese año de 1844.

—El gusto es nuestro, hermano. Después de tantos años de no vernos, este reencuentro me hace llorar de emoción —dijo Sixto emocionado con lágrimas en los ojos.

Las hermanas y Evaristo habían tenido ya más tiempo de convivir con Sixto, desde su regreso de California. Teodoro y Genaro eran los que no lo habían visto de nuevo y por eso esta fiesta representaba un emotivo reencuentro.

—Sólo nos falta Genaro, que desde que se fue a México con Santa Anna, no ha vuelto —comento don Melchor, orgulloso de que Genaro se codeara con el presidente de México.

—Dicen que Santa Anna está organizando otro ejército para venir a reconquistar Texas —dijo Teodoro, arrimando dos pollos a las brasas. La carne olía deliciosa y hacía rugir los estómagos.

—¿Están preparados para eso, Teo? —cuestionó Sixto, ayudándole a voltear la carne.

—Estamos preparados para eso y más, hermano. Si esos pinches mexicanos regresan nos daremos gusto descabellando indios. Texas ya es nuestra y no nos la quita nadie, mucho menos unos indios desarrapados que no saben ni siquiera cuidarse de ellos mismos.

Sixto miró sorprendido a Teodoro. No podía creer que se expresara así de sus hermanos de sangre.

—Esos indios desarrapados somos nosotros, Teo. Tus hermanos, tus padres, tus vecinos. En fin, no creo que por cambiarle el nombre al estado, ya cambia la sangre y las costumbres de los pobladores.

—Christie miraba nerviosa a su marido. Ya sabía de los últimos desplantes de Teodoro en San Antonio contra los mexicanos. Desde que se casó con Chris y obtuvo la ciudadanía texana, Teodoro se sentía más yanqui que Polk, el actual candidato a la presidencia de los Estados Unidos.

—Somos un país independiente y existe la posibilidad de ser anexados a los Estados Unidos. Mi familia es texana, no mexicana, eso quedó atrás desde el triunfo de Houston.

Sixto retiró unos buenos trozos de carne y los puso sobre la mesa. Las cebollas y los chiles lanzaban un aroma delicioso. Mirando burlonamente a su hermano le dijo:

—No te creas lo que no eres, Teo. Por más que te hayas casado con la güera de mi cuñada y vivas en la supuesta nueva República de Texas, para mí sigues siendo más mexicano que un nopal del desierto. A mí no vengas con pendejadas de que eres yanqui. Eres mi hermano Teodoro, al que adoro por ser el pinche indio con el que de niño me iba al cerro a cazar conejos. No te confundas por el idioma y la religión protestante de esos yanquis hijos de la chingada. El hecho de que Polk se quiera robar Texas, no te hace a ti yanqui.

Teodoro, respetaba a Sixto, y aunque ganas no le faltaron de sacarlo a patadas de su rancho, la sangre era primero y se tuvo que guardar su coraje para otra ocasión.

—¿Por qué compraste tu rancho en Taos y no en San Antonio? —preguntó Teodoro, mientras retiraba las cebollas de las brasas.

—Taos es de México. No tengo por qué comprar tierras a los texanos. ¿Se sienten otro país, no? Qué bien. Yo soy mexicano como un chile jalapeño y mi dinero lo invierto en México, no con esos pinches yanquis.

—Te iría mejor si tuvieras tierras en Texas. La propiedad bajó para incentivar el poblamiento del estado.

Sixto miró a Teo, con la paciencia del hermano comprensivo para decirle:

—Te repito que Texas es de México. México hasta la fecha no ha aceptado su supuesta separación. Todos los terrenos que esos pinches texanos venden, pertenecen a México. No le puedes vender a un mexicano un terreno que ya era de él antes de la guerra y que ahora resulta ser propiedad texana. Esto fue un despojo. Si los Estados Unidos absorben a Texas, los mexicanos se convertirán en ciudadanos de segunda clase, sólo un poquito arriba de los negros de las plantaciones algodoneras. ¿Es eso lo que quieres para tus hijos? El desprecio y la discriminación por ser los habitantes naturales de estas tierras. Acabo de explicarte porque, aunque pude haberlo hecho, no compré mi rancho en Texas.

Teodoro miró a Sixto confundido, pensando en qué contestarle. Sabía que estaban a un paso de entrar en el terreno de la violencia verbal o física, si no se controlaba. No estando dispuesto a echar a perder la reunión con su familia, sonrió y prefirió sensatamente cambiar de tema.

—Mejor platícanos sobre tu viaje a California, Sixto.

—Sí, Sixto. Dinos cómo es California —dijeron las tres hermanas, entendiendo las intenciones de concordia de Teodoro.

Sixto entendió bien lo que ocurría y entró de lleno en el tema de la senda de Oregón. Discusiones familiares como éstas se suscitarían en Texas por la alevosa anexión del estado a la Unión Americana, en 1845. Nada volvería a ser lo mismo en Texas y en los futuros estados que Polk se engulliría con la guerra de 1847. Con la firma del tratado Guadalupe Hidalgo, territorios como Nuevo México, Arizona, California y Nevada, amanecerían un día siendo territorios de los norteamericanos. La vida cambiaría drásticamente y con violencia para casi todos los ciudadanos mexicanos, convirtiéndose en ciudadanos de segunda, del coloso expansionista del norte, enfermo por la obsesión del Destino Manifiesto.

Héctor Jaramillo y Lucy Wallace, desde el día del asalto en el Mississippi, se habían hecho grandes amigos de Teodoro Escobar y Christie Curtis. Por buenos consejos de Teodoro habían comprado un bonito rancho en San Antonio. La finca pertenecía a un soldado caído en el Álamo.

A esta comida familiar fue invitado don Héctor con su familia. Su llegada coincidió con la tregua tácita entre los hermanos Escobar de no hablar más de la problemática de Texas.

Don Héctor, amable y encantador como siempre saludó a todos, hasta toparse con la cara de un hombre que juraba haber visto en algún lado.

—Siento que lo he visto antes en algún lado —le dijo Sixto, apretando la mano de don Héctor al saludarlo.

Don Héctor notó el asombroso parecido entre Teodoro y Sixto. Mirando con detalle a Sixto, echó para atrás la memoria para ubicar quién era el hombre que decía conocerlo.

—¿No eras tú el que nos topamos en Dodge City con Kit Carson?

—El mismo, don Héctor. Ahora recuerdo bien su frase cuando nos conocimos. «En la ruta de Santa Fe, los valientes, los bandidos y los asesinos son rápidamente conocidos. Yo me encuentro dentro de esa clasificación».

—Yo estoy dentro de los valientes, Sixto. Justo ahí. No lo olvides.

—Veo que se conocían ya —interrumpió Teodoro.

—Sí, hermano. Don Héctor y yo nos conocimos en Dodge City. Es una grata sorpresa saber que es tu entrañable amigo.

—Nos conocimos en un ferry del Mississippi. Fue muy sonado el asalto.

—Sí supe de eso. Desde entonces ustedes son la leyenda del Mississippi.

—La gente exagera, Sixto. Fue sólo un golpe de suerte contra el torpe de Wako que no supo dirigir el asalto.

—Me ha hablado tanto de ti Teo, Sixto. Es un gusto conocerte o mejor dicho volverte a ver —repuso don Héctor, interrumpido por Dominga, quien le llevó un surtido plato de carne asada con cebollas y chiles.

—Gracias, hija.

La reunión familiar cobró más vida con la llegada de los Jaramillo. Lucy y Elsa, identificadas por los niños que jugaban, se sentaron juntas. Lucy no salía del asombro al escuchar de labios de Elsa, que ella era una india cheyenne de padre francés. La historia de su rapto por los shoshone la cautivo como a una niña con un cuento de aventuras.

Lucy presumía que su marido era un rico ganadero texano. En ese momento nadie sabía su verdadera situación. Lucy trataría a toda costa de aparentar ser la señora Jaramillo. Nadie tenía porqué saber que verdaderamente era la señora de Mackenzie, esposa del entrañable amigo de Sixto Escobar. El destino alcanza a todas las personas y Lucy no sería una de las que se escaparía de esta realidad.

Increíblemente, Sixto todavía no había reconocido a la señora de Mackenzie. Años habían pasado desde que él y Kit Carson acompañaron a John Mackenzie en la ruta de Santa Fe. La señora lucía diferente con otro peinado, ropa y kilos de más. Venía sin los niños, que ahora deberían ser ya unos adolescentes. El chiquito que tenía ahora, era el hijo de Jaramillo.

Por el lado de la señora Lucy, ocurrió exactamente lo mismo. Casi diez años habían pasado y fueron tantos los hombres que John Mackenzie contrató en la ruta de Santa Fe, que Sixto fue simplemente uno más, imposible de recordar.

—¿Y cómo es California, Sixto? —preguntó don Héctor interesado.

—Es un territorio que tiene todo lo que un país necesita. Cuenta con montañas nevadas, un inmenso océano, un enorme desierto y un fértil valle entre las montañas, donde crece todo lo que siembres. Es el paraíso de América.

Don Héctor siempre había querido ir a California. Desde el día en el que se topó con Sixto le mencionó su plan de ir a California.

—Me dice Teo que te pasaste un par de años allá.

—El puro viaje de ida te toma más de medio año. Llegar a California desde Independence es una travesía de 3 200 kilómetros.

—Bueno ese tiempo es más largo por ir en una caravana. Estoy seguro de que solo te toma mucho menos tiempo.

—Sí, es cierto. Solo te toma mucho menos tiempo, pero el viaje es más peligroso. En el camino tienes que recorrer grandes llanuras donde hay estampidas de bisontes, tornados, tormentas, ataques de lobos, indios, bandidos… hasta un hombre mono de tres metros te ataca en las montañas.

Las hermanas Escobar pusieron cara de asombro para decir:

—¿Un hombre mono? —preguntó Dominga.

—Sí, nena. El famoso Sasquatch de las montañas.

—Y por si todo lo anterior fuera poco, al final del viaje tienes que atravesar la sierra Nevada, que es una cadena montañosa de más de 100 kilómetros de ancho, con picos repletos de nieve. Si las intentas cruzar después de octubre, te arriesgas a quedar atrapado en el hielo y morir congelado.

Jaramillo sabía, por una plática con Teodoro, que Sixto había regresado rico de California. Existían rumores de que había encontrado oro. Su enriquecimiento era inexplicable, ya que no era más que un guía y trampero y ahora competía en bienes contra el mismo Teo, quien percibía un sueldo del gobierno de Texas.

—¿Es cierto que hay oro por allá? —preguntó Jaramillo sin rodeos.

Sixto perdió el hilo de la plática. Rápido relacionó la pregunta de Jaramillo con la suspicacia de Teo, que otras veces se lo había cuestionado.

—Eso dice la gente. De eso a encontrarlo hay una gran diferencia.

Jaramillo quería preguntar más, pero sabía que la siguiente pregunta podría entrar en el terreno de la indiscreción.

—Héctor quiere que le digas dónde está el oro, hermano. Él odia trabajar y qué mejor manera de hacerse rico que con oro tirado en la senda—intervino Teodoro, rompiendo el hielo de la plática.

Sixto soltó una carcajada para liberar la tensión.

—Yo me lo gané trabajando con un comerciante de rones que cubre toda la ruta.

—¿Un comerciante de rones? ¿Cómo se llama ese hombre? —indagó la señora Lucy.

—John Mackenzie, Kit Carson y yo fuimos sus socios durante todo el viaje. Nos fue muy bien, no me quejo. Mackenzie es un hombre íntegro y pagador.

Don Héctor quedó helado por la respuesta. Lucy tosió como si el té la fuera a ahogar.

—¿Mackenzie invirtió también en Taos, como tú? —preguntó Jaramillo hábilmente para averiguar la ubicación de su acérrimo enemigo.

—No, Mackenzie está apostando todo por California. Se mudó para allá y es seguro que no vuelve a Saint Louis. Ahora distribuye su ron en San Francisco.

—Lo conozco, Sixto. Ese hombre fue mi marido cuando era un don nadie en Texas —repuso la señora Wallace, dejando boquiabiertos a todos.

Don Héctor apretó los puños de enfado. Pensaba mantener el secreto del exmarido de su mujer hasta la muerte. Ahora tendría que mostrarles que Mackenzie era el diablo que le había robado los hijos a su mujer y que lo buscaría para matarlo.

—Entonces tú y yo nos vimos en el viaje de Santa Fe a Independence. Viajabas con Mackenzie y los niños que ahora deben ser unos adolescentes.

—Con razón tu cara se me hacía conocida, Sixto. Ya nos conocíamos y no lo sabíamos.

—¿Pero qué paso con los niños?

—Se fueron con su padre. Mackenzie y yo nos divorciamos. Su ausencia de años acabó con nuestro matrimonio, Sixto. Afortunadamente conocí al hombre de mi vida. Héctor me ha hecho la mujer más feliz y plena del mundo y me ha dado a mi angelito, Hectorín, que es nuestra vida.

Don Héctor respiró tranquilo. Su mujer le había ahorrado muchas explicaciones sin arruinar la reunión. Nadie tenía porque saber del incidente real que los había separado. La búsqueda de Mackenzie sería más fácil para él. «Juro que encontraré a ese mal nacido y lo dejaré sin hijos y sin dinero», se decía para sí, apretando los dientes.

Sixto acomodó todas las ideas en su cabeza. Entendió en segundos que debería cuidarse de decir que Mackenzie tenía una nueva mujer y tres hijos. Que vivía en un rancho envidiable en Sacramento. La edad de Jeremías, el hijo más chico de Mackenzie, nacido en 1837, lo delataría como nacido de una infidelidad hacia la exmujer, que se marchitó en Saint Louis esperándolo.

—Aún no salgo del asombro de lo chiquito que es el mundo —dijo Sixto asombrado por la coincidencia.

—¿Cuándo partes de nuevo para California, Sixto? Me urge ir para allá —preguntó don Héctor un poco más tranquilo.

—Por lo pronto no pienso ir en un buen tiempo, don Héctor.

—Como lo platicamos aquella vez en Dodge City, Sixto, pronto veré cumplido mi sueño de conocer California.

Lucy sonrió maliciosamente. Esta vez por nada del mundo dejaría que se repitiera la historia. Jaramillo la llevaría a Sacramento a como diera lugar.

No todas las ganaba Santa Anna en el juego de la vida. Su estrella en ascenso se vería apagada súbitamente al perder a su bella esposa doña Inés de la Paz el 23 de agosto de 1844.

Doña Inés era un ángel encarnado al lado de Santa Anna. Mujer joven, bella, entregada a su hogar y a sus hijos, jamás hizo gala de ser la consorte déspota y poderosa que su poder le pudo haber dado. Era una mujer dedicada a su familia y como buena madre, trataba como a sus hijos tanto a empleados como amigos. La señora era querida y admirada por todos los xalapeños. A diferencia de Josefina que engañó a Napoleón con otro hombre, doña Inés, la mujer del Napoleón del oeste, se fue a la tumba sin una mancha en su persona. Una tuberculosis fulminante la consumió en meses, apartándola para siempre de la vida de don Antonio.

El 3 de octubre, 40 días después, don Antonio sorprende a todo México casándose con la quinceañera María Dolores Tosta. Santa Anna, sumido en un profundo dolor y duelo por la irreparable pérdida de doña Inés, no puede ir a la capital a casarse y manda por poder al padrino de bautizo de la niña, don Juan de Dios Cañedo. Al igual que Porfirio Díaz con su sobrina Delfina Ortega, Santa Anna se casa por poder en el salón embajadores de Palacio Nacional. El anciano esposo se convierte en la burla del pueblo cuando le bromean que es «El amante prestado» y que tiene prohibido besar a la novia.

Diez días después de la boda por poder, el padrino de Lolita hizo entrega de la niña en la hacienda de El Lencero al voraz cincuentón.

Genaro Escobar descansaba los pies sobre la mesa de centro de la enorme sala de descanso de la hacienda de El Lencero. Una copa de escarlata jerez reposaba en sus manos, cuando la llegada de su protector lo sacó de sus cavilaciones. Junto a él venía una niña de 16 años que más parecía de 13.

—Genaro. ¡He aquí a mi bella y nueva esposa!

Genaro admirado por la belleza de la señorita, besó la mano de la novia con cortesía, haciéndole una respetuosa reverencia.

—Me pongo a sus pies, señora Dolores.

Lolita sonriente y sencilla agradeció el respetuoso saludo.

—Genaro es mi hombre de confianza, Lolo. Lo que necesites, cuando yo no esté, pídeselo a él.

—Gracias, don Antonio —respondió la hermosa jovencita de bellos ojos negros.

Con la confianza natural que le daba su edad, Lolita se quitó el incómodo sombrero que llevaba. Su negro cabello fue liberado del broche que lo aprisionaba, cayendo en una cascada fuliginosa que se derramó sobre su femenina espalda.

Una oportuna criada se presentó a la sala con una fresca jarra de limonada. La niña Lolita no perdió tiempo en tomarse un vaso entero.

—¡Vaya que sí tenías sed, mi amor!

Los ojos de Santa Anna se paseaban por todo el cuerpo de la jovencita como si la fuera a pintar en un cuadro. El Napoleón xalapeño ardía en deseos por poseer ese cuerpo impoluto.

—Ella es la presidenta de México y sus deseos son órdenes —dijo Santa Anna orgulloso, dándole su lugar a la nueva esposa frente a los criados.

Lolo miró con detalle a cada uno de los empleados, que apenas sentían su mirada encima y la dirigían tímidamente al suelo.

El general, no dispuesto a perder un minuto más en trivialidades, tomó a la niña de la mano para llevarla a su lobera. Al caminar fingió su andar, tratando de hacerlo lo más normal posible con su pierna falsa.

«El general se ha casado con una niña de la edad de su hija Lupe, y doña Inés aún sigue caliente en su tumba» pensó Genaro, mientras miraba a la singular pareja dirigirse al cuarto donde Santa Anna se encargaría de iniciarla en el amor.

La niña Lolo, siguiendo los consejos de sus mayores, se paró frente a Santa Anna para que él tomara la iniciativa en esa primera vez juntos.

Santa Anna sentía pena de que la niña le viera su grotesco muñón, así que decidió hacerle el amor con los pantalones abajo y la prótesis bien puesta. «Sería horrible que Lolo en su primera vez me viera este horrendo muñón, que parece ser una segunda verga», pensó mientras reventaba las cintas que ajustaban el vestido de la asustada novia.

Santa Anna no pudo más y en segundos dejó a la delicada niña totalmente desnuda. Lolo se tapó sus pequeños senos con el brazo derecho, mientras que con la mano izquierda se cubría su ralo vello púbico. El Rey del Palenque no la dejó cubrirse más, acostó a la niña boca arriba y separó sus piernas como si buscara una gema robada para penetrarla salvajemente, para caer un minuto después sobre ella como si un francotirador furtivo hubiera acertado sobre la cabeza del presidente desde la lejanía de la hacienda. Lolo lloraba de dolor. La bestia ni siquiera la había lubricado bien antes de envestirla.

«¿Esto siempre será así de rápido y doloroso?», pensó la presidenta, mientras lograba quitarse al semental xalapeño de encima para vestirse. El verraco de El Lencero resucitaría una hora después, como si nada hubiera ocurrido.

Las finanzas de don Héctor Jaramillo andaban de picada. La recompensa recibida por haber enfrentado a los piratas del Mississippi le había servido para comprar un rancho en San Antonio. Casi todo se le había ido en esa inversión y le urgía dinero fresco de nuevo. Varias noches un solo pensamiento le interrumpía constantemente el sueño: el oro de California.

Don Héctor sospechaba que Sixto lo había encontrado. «¿Cómo es posible que ese trampero muerto de hambre se haya hecho rico de la noche a la mañana?», meditaba apretando los puños.

Don Héctor se preparaba para partir rumbo a California. Lucy había sido aleccionada por él para tratar a toda costa de arrancarle el secreto del oro a Elsa Cherrier. La confidente de Sixto Escobar debía saber algo sobre el origen de la fortuna de su marido. Lucy debía ganarse su amistad y tener las orejas bien paradas sobre cualquier pista que llevara al escondite del oro del trampero de Taos.

Don Héctor tenía la mira sobre cuatro fugitivos que harían redituable su largo viaje. Uno de ellos era Jim Cooper. Un esclavo negro que había huido al oeste americano y que él desconocía era amigo de Sixto y Kit Carson. Con el cobro de esa recompensa quedaría pagado su viaje. El otro no era un fugitivo, pero si su odiado enemigo John Mackenzie, quien lo había humillado y se decía que también se había hecho millonario por haber encontrado oro. Los otros dos eran bandidos ordinarios, que sabía que encontraría ebrios en las primeras cantinas de la senda de California.

Héctor Jaramillo no pensaba que Jim Cooper era un hombre rico que vivía en San Francisco. El oro de California había cambiado su vida de la noche a la mañana. Las leyes mexicanas en San Francisco protegían a todos los negros contra la esclavitud. Jim Cooper se cuidaba ahora con dos finas pistolas y el resguardo que su bendito oro le daba.

Jaramillo se despidió de Lucy, prometiendo regresar pronto. Un embarazo de tres meses fue el freno principal a sus impulsos aventureros, accediendo a dejar que viajara solo.

En la puerta de su rancho, sobre sus monturas, lo esperaban sus viejos amigos Remigio, el Oso de Kansas y Timothy, el Quijote americano a pequeña escala. Más adelante se les unirían otros hombres intimidantes, que harían de este grupo de jinetes el terror de la senda de Oregón.

El pueblo no pudo aguantar más el pésimo gobierno de Santa Anna. La asfixiante crisis económica, los abusos con los impuestos y el robo de los 4 000 000 de pesos, que nunca se utilizaron para recuperar el territorio perdido, desembocaron en un levantamiento del pueblo.

El 6 de diciembre de 1844, Santa Anna alcanzó el límite de paciencia que un pueblo noble como el de los mexicanos.

El panteón de Santa Paula[56] es invadido por un turba enardecida que viene a destrozar con tubos, piedras y lo que tuvieran a la mano, la columna que guardaba los despojos de la pierna del héroe de los Pasteles.

El cuidador del panteón, un hombre que parecía más un espectro emergido de una de las mismas criptas, huye asustado de la plebe sin control.

Un médico conocido como Torices, comanda a la turba enardecida que trepa a la columna. Un macizo golpe hace caer la elegante urna que contiene el pútrido despojo. El doctor abre la caja

---

56 Abierto en 1779 por una epidemia de cólera y cerrado en 1869 por haber alcanzado su máxima saturación. Se encontraba en la colonia Guerrero (entre las calles de Galeana y el Eje central, de este a oeste, y entre Moctezuma y Magnolia, norte y sur). Su entrada principal era lo que actualmente es la glorieta del general San Martín. El último vestigio del legendario panteón fue el frontispicio de la capilla de San Ignacio de Loyola, demolida en 1963 para ampliar el Paseo de la Reforma.

y toma con su mano enguantada el pedazo muerto de Santa Anna. Como si fuera un trofeo de guerra lo levanta con su mano, sacando un alarido de admiración en la plebe.

—¡Metámosela en el culo a Santa Anna! —gritó un lepero con una panza de pulquero que parecía un embarazo de 12 meses.

Seguido por los léperos y una banda de música, el doctor Torijes llega hasta Palacio Nacional para ser recibido por el secretario de Guerra, el general García Conde.

—Venimos por el resto del cuerpo —grita Torijes al asustado general.

—El señor presidente ha huido y por el gran respeto que merece su envestidura le pido me entregue su pierna.

Torijes lo piensa unos segundos y como si lo que tuviera en sus manos fuera una serpiente coralillo, se la arroja a los pies al ministro. Los guardias se adelantan un paso dispuestos a repeler la agresión, pero García Conde los tranquiliza:

—Regresen por donde llegaron y me olvidaré de este insolente agravio.

Torijes se da media vuelta y se aleja con la turba que lo acompaña, seguido de chiflidos, insultos soeces y *mueras* a Santa Anna, que se escuchan cómicamente al alejarse. García Conde respira tranquilo de nuevo. Acababa de salvar al señor Presidente o lo que aún era parte de él. Por la noche la enterraría respetuosamente en un lugar seguro para que no volviera a ser extraída de nuevo por la turba insolente.

Ese mismo día, dos estatuas de Santa Anna fueron atacadas por la plebe enfurecida. Una de ellas, hecha de bronce y erigida en el mercado de El Volador, fue protegida por los soldados y terminó toda cagada por dos leperos en las cocheras de Palacio Nacional; la otra, hecha de yeso y levantada en el Teatro Nuevo, fue hecha añicos por la turba incontrolable. Algunos léperos oportunistas vendieron pedazos de la misma en el tianguis.

Por los rumbos de Xico, Veracruz, Santa Anna fue detenido por las autoridades locales. Preso en Xalapa, el Napoleón de El Lencero, comenzó a rememorar sus amargas experiencias de San Jacinto.

En la sala capitular, Santa Anna fue visitado por dos lindas adolescente con los ojos inyectados en lágrimas. Eran su esposa Dolores Tosta y su hijastra de la misma edad, Guadalupe López de Santa Anna. Genaro cuidaba de ellas como las máximas gemas del general.

Santa Anna con su legendaria verborrea tranquilizo a las muchachitas haciéndoles creer que pronto sería liberado y puesto de vuelta en El Lencero o en Cuba.

El ambiente era de celebración y fiesta en San Antonio, Texas. El presidente de los Estados Unidos, John Tyler, a unos días de dejar el poder al expansionista Polk, firmaba el decreto con fecha de 27 de febrero de 1845, donde autorizaba la anexión de Texas a la Unión americana como un estado más del coloso del norte.

Teodoro Escobar, en compañía de sus hermanos Sixto y Evaristo, celebraba a lo grande el destacado evento en la cantina más fina de San Antonio.

—¡Ya somos yanquis, hermanos! —dijo Teodoro chocando su tarro de cerveza con el de sus hermanos.

—Yo no veo ninguna sorpresa en eso, Teo. Texas es de los yanquis desde que Santa Anna fue derrotado en San Jacinto —repuso Sixto limpiándose la espuma del ambarino líquido con el antebrazo.

—Sí, Sixto, pero ahora mi rancho vale miles de dólares más y pertenece a los Estados Unidos.

Evaristo que no tenía tierras todavía, salvo las de su padre, en Santa Fe, sonrió indiferente para decir:

—A mí me da lo mismo si es de los yanquis o de México. Lo que me importa es que la tienda de Santa Fe deje dinero.

—¿Sabes que a tu amigo Jaramillo ya lo conocía de tiempo atrás? —dijo Sixto, mientras se distraía viendo a un texano casi albino, bailar sobre una de las mesas.

—Sí, lo comentaron en mi casa el día de la fiesta.

—Hay otras cosas que no te dije y ahora que ese pedante engreído se ha largado a California te las puedo decir sin problemas.

Teodoro prestó más atención a Sixto al escuchar esto.

—Mi amigo John Mackenzie, el traficante de ron, era el esposo de Lucy, la mujer de Jaramillo y gran amiga de ustedes. La conocí hace casi diez años en Taos. Kit Carson y yo los acompañamos hasta Independence, Missouri. Tenían dos niños en ese entonces.

—No tengo el gusto de conocer a ese Mackenzie, pero si Jaramillo le ganó a la vieja debe estar furioso.

—Sí y no al mismo tiempo. Mackenzie no la quiere de vuelta por puta. ¿Cómo es posible que un viaje de un año la vieja se haya conseguido a otro cabrón?

—Dice que le dijeron que Mackenzie había muerto.

—¡Muerto mis huevos! La vieja se volvió loca por el españolete ese. Mackenzie se llevó a California lo único que le interesaba de esa mujer, sus hijos. Ahora estoy seguro que los tiene en familia con su nueva mujer, Tracy Straw, la pionera que conocimos en el viaje a California.

—¿Otra familia? Entonces tu amigo no era tan inocente como presume.

—No, no lo es. Mackenzie es un hijo de puta hecho y derecho. Temo que Jaramillo lo haya ido a buscar a California para vengarse, y si es así, se va a encontrar con el diablo.

—Espero que doña Lucy no enviude, si no qué vamos a hacer con su mujer.

—Ése es tu problema, Teo. Ya tendrás en que distraerte con esa mujer.

—¿Acaso estás loco? Es la mujer de mi amigo —repuso Teo indignado.

—Sí, Teo, es la mujer de Jaramillo y de Mackenzie y no está de mal ver. He visto cómo la miras y sé la clase de hijo de puta que eres y por eso te lo digo.

Teo se paró indignado, dejando la cantina ante la risa de Evaristo y Sixto, que sabían bien quién era su hermano.

Genaro Escobar había viajado a la capital para seguir gestionando el destierro de Santa Anna a un lugar seguro del Caribe. Las malas lenguas de la capital decían que Santa Anna preparaba un ejército de miles de veracruzanos para arrasar la capital y recuperar la presidencia. El presidente Joaquín Herrera llevaba varias noche sin dormir ante la posible amenaza del xalapeño. Los políticos presionaban a Herrera, para que fusilara a Santa Anna para acabar de una vez por todas con esa amenaza. Herrera, hombre bueno y de paz, sugería el destierro de por vida del héroe de los Pasteles.

Genaro disfrutaba la compañía de una morena que había conocido cerca de Palacio Nacional. El cuarto de hotel que había rentado frente al convento de Santa Teresa era de buen lujo. La hermosa morena se mantenía sentada en la hombría de Genaro mientras se contorsionaba sobre su miembro, como si lo engullera poco a poco con su experta vagina. Genaro cerraba los ojos envuelto en el placer que le daba la mujer de escasos treinta años. En el cuarto de al lado, sin que se diera cuenta, se encontraba Lupita, la hija de Santa Anna y de la difunta Inés de la Paz, que había hecho el viaje junto con él, para abogar por el destierro de su padre.

Eran las cuatro de la tarde del 7 de abril de 1845, cuando la tierra se estremeció con todo y sus insignificantes pobladores. El terremoto sacudió la capital del país durante un agónico y largo minuto. Genaro apenas logró desprenderse de la morena que lo engullía poco a poco como lo hace una boa con un conejo. Sin darle tiempo de vestirse, corrió desnudo hacia el cuarto de Lupita, encontrándosela muerta de miedo en la puerta. La hija de doña Inés se espantó más por el miembro aún tieso de Genaro y la morena que corría tras de él, que por la mampostería que caía a su lado por la sacudida sísmica. En unos segundos llegaron a la calle, para ver el convento de Santa Teresa la Antigua colapsarse frente a ellos en una nube de polvo. La parte frontal del hotel se vino abajo, dejando al descubierto los cuartos donde unos minutos antes se encontraban disfrutando la tarde. Lupita prestó a Genaro su rebozo azul marino para que se tapara su hombría y a la morena la corrió con la más diabólica de las miradas y un altisonante insulto:

—¡Largo de aquí, puta!

El pueblo rumoraba en las iglesias, los mercados y las cantinas que el terremoto que devastó la capital era producto de la injusticia cometida sobre la persona de Santa Anna. Don Antonio, declarado culpable desde el 24 de febrero de 1845, esperaba una resolución más favorable para su persona que la cárcel o la pena de muerte que algunos extremistas exigían.

Don José Joaquín de Herrera, quizá más bueno que el arzobispo de México don Manuel Posadas, que se inquietó mucho por la teoría del terremoto que Dios enviaba por castigar de ese modo inhumano a Santa Anna, otorgó el perdón del destierro de por lo menos diez años fuera de su patria.

El bribón de El Lencero se iría de México a principios de junio de 1845 a bordo del vapor Inglés *Midway*. Su dinero, convertido en moneda inglesa, le ayudaría como un bálsamo a curar sus heridas en la siempre amada isla de Cuba, donde abriría una sucursal del palenque de San Agustín de la Cuevas, para hacer más ligera la carga del destierro en esa cálida isla.

13

Zachary Taylor cruza la frontera mexicana

Después de una escandalosa campaña donde prometió Oregón, Texas y California para los Estados Unidos, el expansionista James Knox Polk finalmente se convirtió en el onceavo presidente de los Estados Unidos.

El 14 de septiembre de 1845, José Joaquín de Herrera, es declarado presidente Constitucional de la República mexicana. Su anterior mandato había sido como presidente interino al tomar el lugar de Santa Anna cuando fue expulsado de México.

A fines de noviembre, el señor John Slidell, plenipotenciario norteamericano, llega a Veracruz acompañado de cuatro barcos norteamericanos de guerra. Don Manuel de la Peña y Peña, ministro de Relaciones, pone dos condiciones para aceptar la visita del enviado norteamericano. Que viniera con carácter plenipotenciario, ya que las relaciones entre ambos países estaban rotas, y que los Estados Unidos retirarán su fuerza naval de Veracruz. John Slidell hace caso omiso a la segunda condición y desembarca en Veracruz para dialogar con el ministro mexicano. La oposición se come al presidente Herrera, acusándolo de querer negociar Texas y California con el enviado americano.

Don José Joaquín de Herrera muestra a México y a Polk que por ningún motivo cederá Texas a los Estados Unidos. Slidell, derrotado en las negociaciones, escribe a Polk que no hay vuelta atrás, y que no hay arreglo con la cuestión de Texas. California y Nuevo México sólo podrán ser tomadas por la fuerza militar norteamericana.

Polk ordena al general Zachary Taylor cruzar el río Nueces y posicionarse en el río Bravo para esperar un inminente ataque mexicano. El hecho de que los norteamericanos estuvieran en el Bravo era una invasión a la soberanía de México. Los soldados norteamericanos pensaban que legalmente estaban en territorio texano, es decir, norteamericano.

Zachary Taylor avanzaba por el norte dispuesto a enfrentar a los batallones mexicanos que se le cruzaran en el camino. Los generales mexicanos, en vez de organizarse como los dedos de una mano para al juntarse formar un sólido puño, se prepararon para echar fuera del gobierno a José Joaquín de Herrera y llegar así a la ansiada silla que había dejado vacía don Antonio López de Santa Anna.

El 30 de diciembre de 1845, el general Mariano Paredes y Arrillaga, digno alumno de la escuela golpista de Santa Anna, se levanta contra el gobierno legítimo de José Joaquín de Herrera. Los generales, como el general Gabriel Valencia, que podían defender a Herrera, secundan al golpista Paredes, haciendo huir al presidente por un pasadizo secreto, desde su cuarto a un cuartel que se encontraba en la calle de la Acequia.

Al día siguiente por la tarde, José Joaquín de Herrera publica un manifiesto en el que se declara incompetente para defender su gobierno contra los dos planes que lo derrocaron, el de Mariano Paredes en San Luis Potosí y el de Gabriel Valencia en la capital. El general Gabriel Valencia manifiesta su apoyo a Mariano Paredes y Arrillaga, convirtiéndolo en el nuevo presidente de México en tiempos de guerra contra los Estados Unidos de Norteamérica.

El ministro plenipotenciario, míster Slidell, hace otro intento con el nuevo gobierno de Mariano Paredes, confiado en poder sobornarlo por la urgente necesidad de finanzas en la quebrada tesorería de Palacio Nacional. Paredes, al igual que su antecesor Herrera, rechaza al enviado americano, haciéndolo despotricar y casi declarar la guerra a México, brincándose a James Polk.

El 23 de abril de 1846, Mariano Paredes y Arrillaga lanza una proclama con tinte de declaración de guerra a los Estados Unidos. El pueblo se exalta al encontrarse con el documento adherido en postes y paredes del centro de la capital, ya que anuncia el inminente choque bélico entre las dos repúblicas:

Mexicanos:

Los antiguos agravios, las ofensas que desde 1836 ha reproduci-do incesantemente el gobierno de Estados Unidos contra el pueblo de México, se consumaron con el insulto de enviarnos un ministro para acreditarlo cerca de nuestro gobierno con el carácter de resi-dente, como si las relaciones entre las dos repúblicas no hubieran padecido alteración alguna al consumarse el acto definitivo de la incorporación de Texas.

Al mismo tiempo que Mr. Slidell se presentó, las tropas de Es-tados Unidos ocupaban nuestro territorio, sus escuadras amenaza-ban a nuestros puertos y se preparaba la ocupación de la península de las Californias. Su ejército se acantonó en Corpus Christi y ocu-pó la Isla del Padre Vallín, se dirigió al frontón de Santa Isabel y tre-moló el pabellón de las estrellas en la margen derecha del río Bravo del Norte, frente a la ciudad de Matamoros, apoderándose antes de la navegación del río con sus buques de guerra. La Villa de Laredo fue sorprendida por una partida de sus tropas y un piquete de los nuestros fue desarmado.

Las hostilidades se han roto por Estados Unidos de Norteamé-rica. Tantos y tan duros ultrajes no podían tolerarse más tiempo. Anuncio solemnemente que no decreto la guerra, porque al Con-greso augusto de la nación pertenece, y no al Ejecutivo, resolver definitivamente la reparación que exigen tantas ofensas. Más la de-fensa del territorio mexicano que invaden tropas de Estados Uni-dos es una necesidad urgente, y mi responsabilidad sería inmensa ante la nación si no mandara repeler a las fuerzas que obran co-mo enemigas.

Desde este día comienza la guerra defensiva, serán defendidos esforzadamente cuantos puntos de nuestro territorio fueren inva-didos o atacados.

Don Antonio López de Santa Anna organizó esa tarde un evento especial que cambiaría su vida en esa monótona isla del Caribe. Cuba lo aburría y le urgía regresar al poder en México. Con una serie de trampas novedosas, no conocidas por los cubanos, Santa Anna se dedicaba a desplumar a sus oponentes en los gallos y las cartas sin ningún problema. Su dinero estaba bien cuidado en los bancos de la isla y con su talento de gallero profesional lo había hecho crecer mejor que si tuviera un negocio en la Habana.

Genaro Escobar había cubierto hasta la máxima exigencia del Benemérito de la Patria para que no faltara nada y poder seducir así al importante enviado del gobierno de los Estados Unidos.

Alejandro José Atocha era de origen español con residencia en Nueva Orleans. El castellano era un hombre alto de barba impecablemente arreglada y con modales de aristócrata. Atocha era un vividor, parido por la misma madre fortuna de la que Santa Anna se amamantó al nacer. Dios los hace y ellos se juntan.

Atocha era un enviado del expansionista James Polk, con la misión de convencer a Santa Anna de que ayudara a los Estados Unidos a apoderarse legalmente de Texas, Nuevo México y California. Había en juego 30 000 000 de dólares para que México cediera estos territorios mediante un tratado generoso en el que ambas partes quedaran satisfechas. ¡Qué gran logro sería para Polk conseguir la mitad del territorio mexicano sin disparar más tiros que la pólvora, que se gasta cualquier pueblo mexicano en una de las fiestas a sus santos patronos!

Reunidos en el exótico jardín de una finca rentada por Santa Anna, se encontraban Alejandro Atocha, el mismo Santa Anna y dos bellas mulatas conseguidas por Genaro Escobar para halagar al enviado americano.

—La única manera de lograr esto, mi buen amigo Atocha, es que Polk me ayude a regresar a mi país. La idea es recuperar el poder de nuevo. Siendo otra vez presidente, en tiempos de guerra contra los yanquis, me daría el poder de negociación necesario para ayudarlo a conseguir Texas, Nuevo México y California.

Santa Anna y Alejandro Atocha se encontraban bocabajo en dos camastros, separados por una mampara de hojas de plátano, de modo que sólo se asomaban sus cabezas y entre sí se veían las caras para platicar. Las cortinas de hojas evitaban ver lo que ocurría con sus cuerpos durante los candentes masajes que recibían. Atocha recibía un suave masaje, dado por una hermosa mulata completamente desnuda y aceitada que resbalaba suave sobre su musculosa espalda. Santa Anna no se quedaba atrás en el juego del placer, su mulata color canela, a momentos lo volteaba como si fuera un bistec a las brasas, para darle satisfacción oral, que era lo que más le gustaba al Napoleón de Xalapa. La mulata cuidaba el importante detalle, aconsejado por Genaro, de que por nada del mundo dejara al descubierto el grotesco muñón de Santa Anna, si no quería ser sacada a patadas de la reunión, sin una sola moneda en la mano.

Los dos vulgares y ordinarios bribones se voltearon bocarriba con sus respectivas mulatas debidamente montadas para cerrar la negociación.

—Hoy mismo salgo para Washington para tratar este urgente asunto con míster Polk. Pronto tendrá noticias mías… don Anto… nio… ahh…

—Que tenga buen viaje, don Alejan… dro… ahh… lo espero de regreso con bu… enas noticias… ahh…

El 24 de marzo de 1846, Zachary Taylor, con órdenes expresas de avanzar sobre territorio mexicano, coloca a su ejército en el Frontón de Santa Isabel[57]. Don Jesús Cárdenas, intendente de Ciudad Victoria, reclama a Taylor su intromisión en territorio mexicano. Taylor ignora el reclamo y se sitúa en Port Isabel, sitio estratégico para recibir armamento y pertrechos para la guerra contra México.

El 10 de abril, soldados mexicanos balacean un cuartel maestre de Taylor de nombre Cross, al adentrarse irresponsablemente en terreno mexicano. Taylor manda al día siguiente un piquete de soldados a hacer frente a los soldados mexicanos. Los mexicanos emboscan a los norteamericanos, dejando a dos soldados muertos. Dentro de su campamento, Taylor es informado del ataque. El pretexto que buscaba para atacar México finalmente se ha presentado. Estados Unidos ha sido agredido y responderá el ataque como es debido. Taylor, fingiendo dolor por la pérdida de

---

57 Conocido hoy en día como Port Isabel.

sus hombres, se encierra en su tienda para celebrar el motivo de guerra que ha conseguido hábilmente.

Taylor construye un fuerte[58], en el margen izquierdo del río Bravo, que les servirá como base para repeler los futuros ataques mexicanos.

El día 12 de abril de 1846, Taylor es amenazado por el general mexicano (de origen cubano) Pedro Ampudia, de tener 24 horas para replegarse con su ejército hacia el río Nueces, única frontera reconocida por México o asumir las consecuencias de un violento ataque por las fuerzas mexicanas de Tamaulipas. Taylor sonríe satisfecho de que en verdad se cumpla la amenaza. Eso era justo lo que Polk le había encomendado, buscar un ataque mexicano que justifique la invasión americana y limpie la imagen de injustos agresores.

Ampudia es frenado por 20 días en su planeado ataque desde Matamoros, esperando a su superior Mariano Arista, quien personalmente comandará el ataque contra Taylor en las desastrosas batallas de Palo Alto y Resaca de Guerrero.

El 3 de mayo, al amanecer, el general Ampudia sorprende al mayor Brown en el fuerte recién construido frente a Matamoros, muriendo el norteamericano en la batalla. Cuando Ampudia estaba a punto de tomar el fuerte, como diez años atrás Santa Anna hizo con el Álamo, el general Taylor acude al rescate de los norteamericanos, haciendo replegarse a Ampudia a la llanura de Palo Alto, donde lo espera su general Mariano Arista para desarrollar una mejor defensa contra los invasores.

Teodoro Escobar corrió gustoso al llamado de las armas por el general Zachary Taylor. La aventura de atacar México significaba una oportunidad de ascensos y enriquecimiento, como le ocurrió con la campaña de Texas.

Reunido en Palo Alto junto con 3 000 hombres, Teodoro espera las órdenes de su superior Taylor ante el inminente ataque de Ma-

---

58 Fuerte Brown, mejor conocido como Brownsville, Texas, en honor al mayor Brown muerto en batalla.

riano Arista. Las dos escuadras se encuentran frente a frente en la
llanura. Es el día 7 de mayo, por la tarde. Taylor y Arista saben que
a la mañana siguiente el enfrentamiento será inevitable.

Son las dos de la tarde del 8 de mayo. La mañana se fue y ninguno de los dos se decidió a atacar primero. Taylor decide iniciar
el ataque. Ordena que sus hombres y las bestias beban toda el
agua que puedan. La formación norteamericana avanza en una
línea ordenada. Arista alista su artillería, para recibir al enemigo.
Cuando los tiene a escasos 300 metros, ordena el fuego. Los cañonazos no alcanzan a llegar al enemigo ante el desconcierto de
los mexicanos y la sorpresa de los enemigos.

—¡Pobres diablos! Sus cañones son de calibre pequeño y las
balas no nos alcanzan —dijo Teodoro con júbilo ante sus compañeros.

Taylor sonríe triunfante y ordena la contestación al fuego con
un equipo superior y con un grupo de excelentes artilleros. Durante cuatro horas, los artilleros norteamericanos se ensañan
acribillando mexicanos. Las balas de Taylor alcanzan a la línea
enemiga, causando decenas de muertos en cada impacto. Increíble, aunque parezca, Arista no se repliega y deja a sus hombres
ante la exposición del fuego enemigo, como si fueran soldaditos
de plomo del juego de tiro en una feria de pueblo. Aquel día, 353
mexicanos caen muertos contra 11 de Taylor. Los soldados mexicanos quedan desconcertados ante la incompetencia de su general Arista. Al caer la noche los norteamericanos prenden fuego
al zacate y se retiran para continuar la batalla al día siguiente.
Arista se horroriza ante el resultado del primer encuentro. Al día
siguiente, demasiado tarde indudablemente, se repliega hacia
Resaca de Guerrero.

Taylor sabe que el ejército mexicano está herido de muerte y
decide perseguirlo para acabarlo de una vez por todas en la siguiente batalla.

Arista junta una parte importante de su tropa en un bosque situado en medio de la llanura de Resaca de Guerrero. Su idea es
que los árboles protejan a sus hombres de la letal artillería yanqui.
Demasiado tarde se percata de que el bosque se convierte en una

trampa mortal, para el desplazamiento de su caballería y hombres ante el avance del enemigo. Taylor ataca frontalmente y con dos columnas envolventes al desconcertado Arista. Los mexicanos son alcanzados de nuevo por la artillería y huyen como conejos hacia el río Bravo. Un buen número de soldados mexicanos muere ahogado en el río y otros por las balas yanquis. El ejército mexicano se esfuma en un pavoroso sálvese quién pueda. Arista huye derrotado hacia Matamoros para recibir la rechifla y repudio de los tamaulipecos por su incapacidad y torpeza. Todo el pueblo le grita en coro «traidor», ante la impotencia de los soldados derrotados.

—Los hemos derrotado, general —dijo Teodoro a Taylor.

El ejército norteamericano había acampado en la orilla derecha del río Bravo, lo que era ya totalmente terreno mexicano, aun fuera de la enorme frontera disputada a Texas.

—Ese general Arista es un reverendo pendejo que llevó a sus hombres como puercos al matadero. Yo no entiendo cómo puede ser general alguien tan idiota —repuso Taylor, bebiendo de su cantimplora en bota de cuero. Sus soldados cantaban y bailaban mientras preparaban sus alimentos.

—Le aseguro que en el río se ahogaron más de 50 soldados, general. Nosotros vimos cómo la corriente se los llevaba como si fueran ranas flotando.

—Mañana mismo avanzamos hacia Matamoros y de ahí seguiremos incontenibles hasta la capital del país —continuó diciendo Taylor—. México será nuestro y no habrá quién nos frene.

Al día siguiente, Mariano Arista, desesperado ante el avance del enemigo, tuvo que huir de Matamoros a salto de mata. La ciudad no tenía ni alimentos ni agua potable para los mexicanos, además de que el pueblo lo repudiaba por traidor e inepto. Al salir de Matamoros, 1 000 soldados desertaron, perdiéndose para siempre en la frontera. Arista caminaba como autómata sin destino, ya ni siquiera hacia algo por castigar las deserciones de su gente. Su confianza y autoestima habían también desertado de sí mismo dos días antes. El avance hacia el sur fue un sálvese quién pueda y cada quien rásquese con sus uñas, porque atrás viene Taylor con sus yanquis.

Steve Owen bebía sin control sobre la barra de la cantina más fina del poblado de Topeka. Venir cargado con dinero le daba un trato preferencial por parte del encargado del lugar. La mujer más bella del salón acompañaba a Steve en su soleada tarde. Un hombre flaco como un espectro amenizaba el lugar tocando un desafinado piano.

—El oeste es para mí, Evelin. Odio las grandes ciudades. Aquí todo es espacio y aire puro —dijo Steve, dando un trago del ron que oportunamente había surtido meses atrás John Mackenzie.

Steve Owen era un forajido perseguido por la justicia en Tennessee. Se le acusaba del robo de dos bancos en el estado. El oeste se había convertido en un vergel para sus fechorías y se ofrecía una jugosa recompensa de 10 000 dólares a aquel que pudiera atraparlo vivo o muerto.

—Llévame contigo a California, Steve. En este pueblo no pasa nada y me voy a volver loca un día de éstos.

—No puedo viajar solo con mujeres, Evelin. A lo mejor si nos unimos a una de las caravanas que van para California, lo podríamos intentar.

—Sí, amor, llévame.

Por la puerta de entrada se deslizó un hombre de baja estatura, de complexión delgada, como si fuera una réplica en miniatura del Quijote de la Mancha.

—Un whisky, por favor —ordenó al cantinero, sentándose a dos lugares de la candente pareja que se vio incomodada por la cercana presencia del inoportuno intruso.

—La cantina está vacía, enano. No te puedes sentar más lejos —le dijo Steve molesto.

—Yo me siento donde quiera, borracho de mierda.

Steve frunció el ceño con enfado. ¿Quién se creía este hombre para insultarlo así?

—¿Quieres que te selle el hocico a golpes, enano estúpido?

—Vamos afuera para que te patee el culo, borracho pendejo —dijo Steve encaminándose hacia la salida.

Timothy lo siguió y los dos se pararon frente a frente en la calle. El candente sol los golpeó con sus flamígeras caricias.

Steve se puso en guardia para vapulear al inofensivo enclenque que lo amenazaba con los puños en alto.

—Ni tu madre te va a reconocer después de esta golpiza, enano de mierda.

Evelin y el cantinero guardaron las dos pistolas de los contrincantes para evitar una tragedia.

Steve se lanzó sobre Timothy propinándole un puñetazo que el escurridizo hombre apenas pudo esquivar.

Un disparo se escuchó, congelando a Steve en su lugar. La bala había pasado cerca. Desconcertado miró a dos hombres acercarse. Uno era un hombre de rasgos latinos de barba cerrada. El otro era un hombre gordo que jadeaba al caminar.

—Quedas detenido, Steve Owen. Acabas de financiar mi viaje a California con los 10 000 dólares que me dará el gobierno por tu captura.

—Todo fue un teatro para sorprenderme. ¿Cómo pude ser tan estúpido?

—El alcohol te secó el cerebro, Steve. Me hiciste muy fácil el trabajo.

Remigio, el Oso de Kansas, puso las esposas a Steve. El cobro de la recompensa estaba asegurado con el comisario del pueblo.

Tres días después del cobro de la recompensa, un grupo armado de diez hombres irrumpió con violencia en la cárcel de Topeka. El único prisionero, era Steve Owen. Los tres vigilantes fueron fácilmente sometidos y encerrados en la misma celda. Un nuevo miembro se unía a la pesada banda de Héctor Jaramillo, quien bribonamente atrapaba, cobraba la recompensa y luego liberaba al agradecido forajido, que se unía felizmente a su banda de salteadores rumbo a California.

Alejandro Atocha esperaba pacientemente en una elegante sala en la Casa Blanca, en Washington. Aunque no tenía cita, sabía que el presidente Polk lo recibiría. Dos personas pasaron antes que él. Atocha entendió que él sería el último en ser recibido por lo delicado de su asunto.

El ujier lo condujo al salón donde Polk lo recibió con una sonrisa de oreja a oreja.

—Y dígame, don Alejandro José, qué dice *Santy Any* de nuestro arreglo.

Atocha encendió un habano y regaló otro al presidente. Aunque Polk no fumaba esta clase de tabacos, lo hizo porque la ocasión lo ameritaba.

—Santa Anna está con nosotros, señor Polk. En sí me dijo dos cosas importantes y coincido plenamente con él.

Polk tosió al tragar un poco del aromático humo del habano.

—Sí, ¿cuáles son esos dos puntos?

—México no va a firmar ningún tratado de venta de territorio por la buena. Es necesario meterles presión, para que orillados a la derrota firmen la cesión de los territorios del norte. Hay que invadir México con cualquier pretexto y de preferencia que Santa Anna esté en el país como presidente, para que a la hora de firmar el acuerdo, él personalmente lo ratifique. Santa Anna habla de correr la frontera del Nueces al Bravo y en el pacífico hasta el norte, incluyendo los dos puertos de Monterey y San Francisco.

—Estás hablando de la mitad del territorio que actualmente tiene México.

—Exacto, señor presidente. La mitad de un territorio que esos idiotas no han sabido cuidar y que por lo que se ve no les importa. Santa Anna está más preocupado por recibir los 30 000 000 de dólares para callar bocas cuando el trato se firme.

—Entonces hagámoslo, don Alejandro José. Invadiré México y al mismo tiempo buscaré meter a nuestro Judas xalapeño por Veracruz. No hay tiempo que perder.

—¿Gusta cenar, señor presidente? Conozco el mejor lugar de Washington.

Polk miró su reloj y calculando la hora de llegada para evitar un posible regaño de su temida esposa respondió:

—Pero que sea ya, don Alejandro José, porque tengo otros asuntos importantes que atender por la noche.

Tres Marianos, como si el nombre estuviera de moda en esa época, estaban en boca de todos los mexicanos en ese momento álgido en el que Zachary Taylor avanzaba hacia México al haber pasado por Matamoros. Un Mariano, Arista para ser precisos, corría con la cola entre las patas al haber sido derrotado por Taylor en las batallas de Palo Alto y Resaca de Guerrero; el otro Mariano, apellidado Paredes, era el presidente de México y desesperado ante la incompetencia de Arista, pedía permiso al Congreso para viajar él mismo en persona hacia el norte y así enfrentar al invasor Taylor. El tercer Mariano se apellidaba Salas[59], y comandó el golpe de estado que tiró del poder a Paredes por andar de comandante general de las fuerzas militares mexicanas.

El 5 de agosto de 1846, el presidente interino, Nicolás Bravo es sitiado por Mariano Salas en Palacio Nacional. Sin contar con un alma que lo defienda y con la huida del anterior presidente Mariano Paredes, dizque defensor de los mexicanos ante Taylor, Salas llega a la presidencia. El camino de regreso para Santa Anna está alfombrado desde Veracruz a la capital. Los planes de Polk marchan sobre ruedas.

59　Mariano Salas era un conspirador profesional, que cambiaba de bando según como estuviera el clima. Ya había apoyado a Paredes para derrocar a Santa Anna, ahora, contratado por Santa Anna y Valentín Gómez Farías, los apoyaba para sacar del poder a Paredes.

14

La caída de Monterrey

Santa Anna recargó sus manos en la barandilla de la proa para mirar la franja de tierra que aparecía en el horizonte. Su Alteza Serenísima regresaba de nuevo a su patria querida para encabezar personalmente las fuerzas armadas que enfrentarían a la invasión yanqui. En Palacio Nacional, el golpista Mariano Salas le calentaba la silla presidencial para que el Benemérito de la Patria la tomara lo más pronto posible.

Un gigantesco cañonero americano enfiló su proa para preparar sus obuses para echar a pique el osado vapor mercante inglés *Arab*, con todo y el Héroe de los Pasteles.

Antes de iniciar cualquier ataque, una lancha americana se acercó al *Arab* para averiguar quiénes venían abordo y disuadirlos de intentar atracar en el puerto de Veracruz.

Un marino norteamericano, de cabello rubio y cara rosada, fue recibido abordo y conducido hacia donde lo esperaba Santa Anna. Su Alteza Serenísima lo saludó amablemente y con la oportuna traducción de Genaro, le entregó el pase que semanas atrás le había firmado un tal Bancroft, ministro de Marina de los Estados Unidos.

El joven marino, agrandando sus ojos de asombro, leyó el pase dirigido al comodoro Conner, comandante de la flota norteamericana en el Golfo de México. La entrada de Santa Anna a Veracruz, ese 16 de agosto de 1846, estaba aprobada.

Santa Anna fue recibido en el puerto y con su verborrea espontánea y elegante hizo ver a los veracruzanos que venía a encabezar el ejército mexicano contra los invasores norteamericanos y prometió en unos meses hacerlos regresar a su país con la cola entre las patas.

El pueblo se vuelca sobre él, como si fuera el Cratos mexicano, salvándolos de la furia del Kraken del Norte. Santa Anna es el mata monstruos del pueblo. Ya lo ha hecho antes contra España con Barradas en Tampico; contra Francia, en la Guerra de los Pasteles y ahora lo puede hacer de nuevo contra los invasores norteamericanos.

Los liberales triunfan de nuevo. La dupla maléfica de más de una década atrás, en el 24 y el 33, amenaza de nuevo Palacio Nacional. Apenas ayer, aparecían esos gobiernos de Gómez Farías (Gómez Furias), tomado el lugar de un Santa Anna enfermo y agotado, yéndose de retiro por unos meses a Manga de Clavo. El come curas y precursor de las Leyes de Reforma, festeja junto con Santa Anna su futuro ascenso al poder.

Esta vez Santa Anna no puede pasar un tiempo en El Lencero, antes de llegar a la capital. Su pueblo y Mariano Salas lo requieren de inmediato. Ya habrá otra ocasión para visitar sus galleras, a sus suripantas y amigos. En una visita relámpago saluda, deja a su familia instalada y parte para la Ciudad de México.

El 14 de septiembre de 1946, don Antonio López de Santa Anna hace su entrada triunfante a la capital del país. La misma multitud que lo despreció y arrastró su pierna por las calles, ahora lo recibe como un dios que ha vuelto para salvarlos. El famoso lépero que cagó su estatua con una copiosa diarrea, llora ahora al ver al xalapeño de vuelta. Alegre, guarda su contenido intestinal para otra futura protesta, por lo pronto hoy se desgañita gritando *vivas* al Benemérito.

Tres carros alegóricos, con un infante al frente avanzaban jalados por briosos caballos. Los tres carros representaban la libertad, la unión del ejército y el pueblo, y el tercero la unión de toda la república mexicana bajo el sistema federal. Gómez Farías había prestado especial atención a que todos los integrantes del cortejo vistieran de negro y de civiles, argumentando que el pueblo estaba harto de los generales golpistas. Santa Anna en el cuarto carro viajaba sentado, con Gómez Farías a su derecha. Su Alteza

Serenísima sonreía al pueblo y regresaba los saludos de su gente, a diferencia de Gómez Farías

(Furias) mostraba una cara de piedra en la que era imposible dibujar una sonrisa. Esta misma cara pétrea sería copiada por Juárez, al que nadie vio sonreír alguna vez en un evento público o al posar para un cuadro o estatua.

Al terminar el desfile, Gómez Farías anunció a Santa Anna que un banquete con 80 invitados lo esperaba en Palacio Nacional. Santa Anna harto de tanto formalismo y pompa le dijo que él se iba directo a Tacubaya con sus amigos a celebrar de otro modo su llegada a México. Gómez Farías, al borde del infarto observa al Benemérito xalapeño partir a su ágape particular con sus amigos. Ahora él y Mariano Salas tendrían que entretener a los 80 lambiscones que se dieron cita para darle la bienvenida al salvador de la patria.

En la fiesta de Tacubaya se congregan los amigos íntimos de Santa Anna. Hombres de política en improvisados salones de juego y gallos, se dan cita para engalanar al Napoleón xalapeño. Amigos como don Manuel Crescencio Rejón, yucateco de una cultura de hombre del renacimiento, con una debilidad incontrolable hacia las putas; don Nacho Basadre, hombre con un físico parecido al Sandokan de Emilio Salgari, considerado un galán y tahúr profesional, un rival digno para Santa Anna en la mesa de juegos; Alejandro Atocha, el espía de James Polk, que desde la Casa Blanca tramitó el regreso de Santa Anna a México y Genaro Escobar, incondicional del Benemérito y ferviente enamorado secreto de Guadalupe, la hija de Santa Anna.

La fiesta de Santa Anna comienza en la tarde y termina hasta el día siguiente a las seis de la mañana. Momentos como éstos había que aprovecharlos al máximo, ya que la invasión americana continuaba y no volverían a repetirse por un buen tiempo. Zachary Taylor avanzaba incontenible hacia Monterrey y había que intentar detenerlo de algún modo.

Urgía conseguir dinero para hacer frente a los norteamericanos. Gómez Farías, *comecuras* por naturaleza, sugiere conseguir ese dinero con la Iglesia. Guillermo Prieto y Juan José Baz visitan la iglesia de la Profesa para mediante un diálogo convincente conseguir ese urgente préstamo de manos del padre a cargo. El padre se niega a dar el dinero, argumentando que la Iglesia anda en la quiebra, pero promete muchos rezos y avesmarías para los valientes soldados mexicanos.

Juan José Baz se abalanza sobre el padre para estrangularlo con sus propias manos, pero es detenido por el oportuno Guillermo Prieto, quien le dice que ya habrá otro modo de hacer entrar en razón a la Santa Madre Iglesia. El cura de la Profesa, sobándose el arañado cuello, reza dos avesmarías dedicados al licenciado Prieto, por haberle salvado la vida.

El enemigo andaba cerca de Monterrey y era un hecho que tomaría la ciudad sin problemas y seguiría avanzando hasta llegar a la capital del país. Los ciudadanos conscientes y letrados, preocupados por la inminente invasión yanqui y a falta de un ejército serio y profesional que los defendiera, se organizaron en pequeños grupos o pandillas llamadas «guardias nacionales». Grupos como la guardia Victoria, Hidalgo, Mina, Bravos e Independencia, dirigida por Pedro María Anaya[60], darían mucho de qué hablar en la defensa heroica de la ciudad de México. El pueblo comenzó a llamar despectivamente a estos grupos «los polkos», en alusión a la danza que andaba de moda en las elegantes fiestas de los ricos.

Las cuatro carretas acababan de dejar North Platte, Nebraska. Era un grupo que viajaba con la ilusión de alcanzar Oregón para comenzar una nueva vida. Cinco familias viajaban en esos tres transportes con la idea de juntarse con otros pioneros en Green River, Wyoming. Héctor Jaramillo no permitiría que llegaran a su destino con dinero, joyas y cualquier cosa de valor. Como lobos hambrientos cayeron sobre el grupo de viajeros, amedrentándolo con sus armas.

—No intenten nada estúpido si no quieren terminar como alimento para los lobos. Mi amigo pasará a recoger sus pertenen-

---

60 Quien inmortalizaría la frase en la defensa de Churubusco al decirle al general norteamericano Twiggs: «Si hubiera parque usted no estaría aquí».

cias de valor. Sólo nos interesan el dinero, las armas y las joyas. Sus gallinas, bueyes y costales de harina quédenselos para que lleguen bien a California.

Las mujeres lloraban aterradas al ver a los 15 bandidos fuertemente armados, despojarlas de sus cosas de valor. Dos minutos después, Héctor Jaramillo, cubierto con un antifaz negro se acercó personalmente hacia una jovencita de 18 años que lloraba por haber sido manoseada por Steve Owen. El forajido de Topeka la había conducido con jaloneos atrás de una conestoga para intentar violarla. Los compañeros miraron a Steve romper el vestido de la jovencita dejando sus níveos pechos desnudos al aire. Una mirada enferma los incito a tratar de seguir el ejemplo del cerdo, pero una justiciera bala en la cabeza, salida de la pistola de Jaramillo les hizo olvidarse de eso.

—Discúlpanos, hija. Cerdos como éste merecen la muerte.

—Gracias, señor —repuso la jovencita entre sollozos, tapándose con una cobija.

—Nosotros robamos, señores, pero jamás violamos o lastimamos a una mujer. Que esto sirva de ejemplo para que jamás les cruce por su mente intentarlo de nuevo.

La cabeza de Owen parecía una calabaza abierta de un machetazo. La sangre corría en un río púrpura sobre la tierra del camino. Los pioneros guardaron silencio admirados y aterrados al mismo tiempo, ante el temple de este ratero de valores extraños.

Así como llegaron se fueron, dejando el cadáver de un fugitivo recién capturado, evadido y liquidado por su inclemente jefe, al intentar propasarse con los pioneros. La leyenda de Jaramillo empezaba a cobrar fuerza entre los pioneros de la senda de Oregón.

Genaro besó apasionadamente a Lupita. La hija de Santa Anna andaba de visita en México para despedirse de su padre, que en breve partiría hacia Monterrey para hacer frente a Zachary Taylor. Genaro la amaba, pero su amor tenía que ser clandestino porque Santa Anna lo mataría si se enteraba de que se había enamorado de su tesoro de 17 años.

—¿Por qué no se los dices, Genaro?

Genaro se echó un paso hacia atrás como si hubiera visto al mismo diablo en persona.

—¿Estás loca, Lupita? Don Antonio me mataría. Soy su hombre de confianza, pero no para enamorar a la hija de su difunta esposa Inés. Eso jamás me lo perdonaría. Tú mejor que nadie conoces a tu padre y sabes de lo que es capaz.

—Te amo, Genaro. ¡Hazme tuya! No desperdiciemos esta oportunidad. Mi padre se va a tardar mínimo una hora.

Genaro lo pensó dos veces en un segundo. Justo cuando estaba a punto de ceder ante la tentación de la hija de doña Inés, Dolores Tosta tocó a la puerta. La jovencita, madrastra de la edad de Lupita, se había adelantado a su esposo, echándoles a perder ese añorado momento que por una u otra razón todavía no les había llegado.

—¡Hola, muchachos! Me le adelanté a don Antonio —dijo Lolo, respetuosa ante ellos, llamando don Antonio a su esposo.

—¡Que gusto verla, señora! —exclamó Genaro confundido.

—¿Señora? No me llames así Genaro, que me haces sentir como una anciana de chongo yendo a misa de domingo. Para ustedes soy Lolita y punto.

—Gracias por la confianza de nuevo, Lolita —repuso Genaro.

—De nada, muchachos.

La guerra estaba declarada entre los dos países en todos sus territorios. Nuevo México difícilmente escaparía a su negro destino de ser invadido por las fuerzas norteamericanas para cambiar para siempre la forma de vida y costumbres de la región.

Corría el mes de agosto de 1846, cuando el brigadier-general Stephen Watts Kearny fue asignado como líder de la fuerza conquistadora de Nuevo México y California.

La entrada de Kearny a Santa Fe fue sin disparar un tiro. El gobernador Manuel Armijo, resignado a la suerte de Santa Fe y hay quienes dicen que hasta coludido[61] con los norteamericanos, hu-

---

61 Se dice que negoció en secreto la entrega de Santa Fe con el enviado de Kearney, el mayor Philip Saint George Cooke.

yó hacia Chihuahua, quedando registrado en la historia como el último gobernador mexicano de Nuevo México.

Tan pronto como Kearney tomó Nuevo México, nombró a Charles Bent, el trampero famoso amigo de Kit Carson que construyó el Fuerte Bent en la senda de Santa Fe, como el primer gobernador norteamericano de Nuevo México. Para mantener un férreo control de la zona, dividió sus fuerzas en cuatro comandos estratégicos: el del coronel Sterling Price, con 800 hombres, como jefe militar de Santa Fe; el del coronel Alexander William Daniphan, con 800 hombres, con órdenes de tomar El Paso y luego unirse al general John E. Wool, con sus 300 dragones, quienes marcharían hacia California siguiendo a Kearney, en compañía del coronel Philip George Cook y sus 500 mormones.

Sixto Escobar sintió ganas de vaciarle la pistola al arrogante yanqui, que le pedía una copia de las escrituras de su rancho recién adquirido meses atrás en Taos.

—Este territorio ya no pertenece a México y bajo la jurisdicción norteamericana necesito saber quiénes son los dueños de estas tierras para futuras compras y reasignaciones de parcelas —explicó el enviado de Kearney, mientras se limpiaba asquerosamente los dientes con un palillo.

—Está usted acaso pendejo si cree que le voy a dar mis escrituras. Santa Fe pertenece a México y no pasarán ni tres meses para que las fuerzas mexicanas de Ampudia, Arista o Santa Anna los saquen de aquí con las bayonetas en el culo —dijo Sixto fuera de sí y a punto de saltar sobre el yanqui cara de cuyo que lo miraba con risa burlona.

—Ustedes los mexicanos de aquí son unos pobres diablos, amigo. ¿De cuándo acá un indio pendejo como tú se quiere poner de igual a igual con un norteamericano como yo? Demuestras quién eres al haberte casado con una squaw. Ustedes los mexicanos sólo sirven para cargar y limpiar cosas. Lo primero que vamos a hacer con Nuevo México es exterminar a los mexicanos o echarlos hacia el sur, donde no estorben. Ustedes son peores que los comanches y los apaches.

Sixto perdió la cabeza abalanzándose sobre el yanqui para sacarle los ojos. El gordo cara de cuyo luchaba por tratar de quitarse al furioso mexicano que lo golpeaba brutalmente y quería sacarle los ojos con sus pulgares. Un oportuno garrotazo propinado por un compañero puso fuera de combate al rebelde Escobar.

El cuyo Majors, con un ojo severamente lastimado, mandó a encerrar a Sixto en la cárcel de Taos por intento de asesinato. En menos de 24 horas averiguaría cuál era el rancho de Sixto para él mismo ponerlo a su nombre. «Ese pinche mexicano no merece tener un rancho como ése. Una cueva en las montañas apenas le queda bien», pensó mientras se dirigía a la oficina de archivos del estado.

Los residentes de Santa Fe y Taos odiaron de la noche a la mañana al traidor de Charles Bent. Viejo amigo de Kit Carson y de Sixto Escobar, Bent se negó rotundamente a ayudar a Sixto por haber intentado asesinar al sargento Majors. Con un ejemplo así la gente sabría que ni los examigos de Bent estaban a salvo si se oponían o atacaban a los yanquis. Kit Carson sería interceptado por Kearney a su regreso de California y se uniría incondicionalmente a las fuerzas norteamericanas de Fremont en la conquista de California.

Sixto fue visitado por Charles Bent en su improvisada celda de Taos. La amistad que los unía lo orillaba a hacer el último intento por convencerlo de unirse a las fuerzas norteamericanas y olvidarse del incidente.

—Me pones en un predicamento, Sixto. Intentar asesinar a un sargento norteamericano y dejarlo casi tuerto no te pone en un sitio fácil para que te ayude.

Sixto, sentado en su celda fumaba un cigarro sin dignarse a voltear para ver a Bent.

—Me das asco, Bent. Hace unos meses eras mexicano como todos nosotros y tenías una tienda en Taos como la de mi padre. Tu esposa, Ignacia Jaramillo y la de Carson son hermanas y son mexicanas como los nopales. Fundaste el fuerte Bent para ayudar a los mexicanos en el comercio con los Estados Unidos. Hablabas del orgullo azteca que llevabas en tus venas y ahora me sales con que eres más yanqui que Washington.

—No tenemos otra opción, Sixto. Con los Estados Unidos tendremos una mejor vida. Con México estamos condenados a la pobreza y el atraso.

—Tú no eres pobre, Charles. Tienes una buena tienda y ganas bien. Todo mundo te respetaba hasta que nos traicionaste pasándote al lado yanqui.

Bent no aguantó más las palabras de su amigo y prefirió dejarlo ahí, hablando solo. En el fondo le dolía la veracidad de sus comentarios.

—Cuídate de los mexicanos, Charles. Le acaban de poner precio a tu cabeza y a la de tu familia. Mejor pélate como Manuel Armijo y sálvate.

Bent se perdió en el frío pasillo de la cárcel del pueblo. Era mejor no escuchar palabras que lastimaban como cuchillas.

Teodoro Escobar ardía en ansias de atacar a los mexicanos en Monterrey. Su avance desde Reynosa, Camargo y Mier había resultado sin incidentes. El 15 de septiembre de 1846, mientras los capitalinos celebraban la independencia, los yanquis avanzaban sobre el río San Juan a 50 kilómetros de Monterrey.

Zachary Taylor llegó a Monterrey el 18 de septiembre. El día 20 ocuparon Guadalupe, un poblado sobre el camino a Cadereyta. De ahí avanzó al cerro del Obispado, donde las fuerzas del general Worth se prepararon para el ataque.

A las ocho de la mañana del 21 de septiembre, los norteamericanos se lanzaron sobre la Ciudadela, donde actualmente se encuentra la catedral de Monterrey. El ataque a la Ciudadela era sólo para distraer a las fuerzas mexicanas, ya que el objetivo principal era tomar el fuerte de la Tenería con tres columnas envolventes. El general Mejía no prestó atención a la Ciudadela y se concentró en el fortín, donde la fuerza americana tuvo que ser repelida con gallardía y fuerza. Por más de una hora los norteamericanos dispararon y avanzaron hasta que cansados de no lograr nada se retiraron vencidos. Teodoro sudó frío y presintió la muerte. Era un hecho que la caballería de Joaquín Miramón los aplastaría en su retroceso. Increíble aunque parezca, Miramón no atacó por no darle el crédito del triunfo al general Mejía. Esta diferencia fue la que salvó a Teodoro y sus compañeros norteamericanos. Errores como éstos se repetirían entre los generales mexicanos en las batallas subsecuentes en la capital del país hasta perder medio país por incompetentes.

Cinco horas después Teodoro Escobar y sus compañeros se recuperaron y tomaron definitivamente el fuerte de Tenería colocando la bandera americana sobre el mismo.

Después de triunfar en la Tenería, los norteamericanos tomaron los fuertes del Diablo y de la Purísima en acciones repetidas a la de Tenería, en la que la caballería mexicana parecía estar de adorno en los fuertes.

Durante tres días los norteamericanos envolvieron a los mexicanos entre dos fuegos, estancando el pleito sin que nada nuevo ocurriera para marcar la diferencia. Taylor estaba por capitular y más preocupado por poder sacar a sus heridos de Monterrey y no ser atacados en la retaguardia, prepara su capitulación para entregarla dignamente a Ampudia. Enorme sorpresa se lleva Taylor al recibir primero la rendición de Ampudia y su ejército, dándole otro triunfo definitivo a los norteamericanos en su incontenible avance hacia la capital del país.

—Hemos tenido mucha suerte. Eso ni dudarlo —dijo Teodoro a un compañero, bajo la sombra de unos árboles.

—¿Por qué lo dices, Teo?

—O somos muy buenos soldados o los mexicanos son unos pendejos, Jim. En las batallas de Palo Alto y Resaca de Guerrero ya nos tenían y no supieron pelear por tener a un pendejo como líder. Tomamos Matamoros sin disparar un tiro porque no hubo nadie que la defendiera. Monterrey, bien sabes que Taylor se estaba bajando los chones ya para que Ampudia se la dejara ir y, ¡oh sorpresa! Ellos se rinden primero sin saber que ya nos tenían. Si no ves fortuna en eso, es que estás más ciego que un topo, mi Jim.

Jim, un muchacho rubio y flaco de uno noventa y cinco de estatura, con dientes de clavija sonrió ante la lógica contundente de su compañero.

—Viéndolo de ese modo, acepto que tienes razón, aunque no hay que quitarle méritos a Taylor porque tiene los huevos bien puestos.

Jim compartió un trago de su whisky en una anforita con su buen amigo mexicano. Después de tres días de no dormir se lo tenían bien ganado. En un rato comenzaría la fiesta del campamento yanqui y había que estar a tono desde antes de que empezara.

Don Antonio López de Santa Anna se encontraba en San Luis Potosí en octubre de 1846, comprometido en formar un poderoso ejército que pudiera frenar a los norteamericanos. Enorme poder de convocatoria y leva tenía Su Alteza Serenísima que en un tiempo récord reunió 21 000 hombres para hacer frente a Zachary Taylor. La noticia de la caída de Monterrey lo puso de muy mal humor, argumentando que la derrota se debía a la ineptitud de Pedro Ampudia.

El general Ampudia llegó a San Luis a presentar una explicación sobre su deshonrosa actuación en la caída de Monterrey. Juan Nepomuceno Almonte había puesto al tanto a Santa Anna de todo lo acaecido en la caída del Coloso del Norte. Santa Anna lo recibió fríamente y sin haberle contestado el saludo lo interrumpió a la mitad de la innecesaria explicación sobre su derrota.

—¡General Ampudia! Ahórrese sus explicaciones y mejor expóngaselas al consejo de Guerra que le tengo preparado. Usted se rindió estúpidamente antes de tiempo cuando los norteamericanos estaban por rendirse. Su miopía e ineptitud me desesperan. Con gente como usted estamos condenados a la derrota.

—Fue lo mejor para salvar al ejército y prepararlo para...

—¡Basta! No quiero escucharlo —dijo Santa Anna, golpeando la mesa de un puñetazo, haciendo caer los papeles que había sobre ella.

El general Ampudia fue conducido por los soldados de Santa Anna al juicio de guerra del que saldría librado al argumentar
que ante la superioridad numérica y táctica de los norteamericanos, sacó a sus hombres de ahí para prepararlos para la siguiente batalla de la Angostura, donde las condiciones podían ser más
favorables para la causa mexicana. Se incorporaría de nuevo al
ejército en la batalla de la Angostura, en febrero del año siguiente.

Éste y otros problemas pondrían a Santa Anna en tela de juicio ante sus colegas de guerra. El general Gabriel Valencia partió con 2 000 hombres hacia la sierra de Tula en Tamaulipas para
emboscar a los norteamericanos, cuando se dirigían hacia Ciudad Victoria. Valencia astutamente calculó el punto exacto en
una vertiente de la sierra por donde pasarían los soldados enemigos. Justo cuando ya se veía a la columna enemiga entrar entre
las paredes del fondo del cañón, Genaro Escobar llegó a caballo
para detener a Valencia. Las órdenes de Santa Anna eran firmes:
no interferir en la avanzada norteamericana hacia Tampico, so
pena de ser sometido a consejo de guerra.

—Si esto es lo que quiere Santa Anna, entonces renuncio. Me
opongo a seguir peleando contra los norteamericanos cuando
ordena insensateces como éstas.

—Le aseguro que su renuncia será bienvenida, general —repuso Genaro Escobar, firme como un juez inflexible, mientras
a los lejos se alejaba el enemigo cantando, sin percatarse de su
presencia.

Las indecisiones y errores de Santa Anna continuarían recu-
rrentemente durante la invasión norteamericana a México. Días
después, cuando los norteamericanos se acercaban a Tampico,
Su Alteza Serenísima ordenó al general Parrodi, defensor del importante puerto del golfo, que la ciudad no fuera defendida. Parrodi, horrorizado ante la insensatez de la orden y no queriendo
correr la misma suerte que Ampudia y Valencia, echó los cañones al río, dejando sin guarnición a la ciudad. Días después los
cañones fueron sacados del agua por los norteamericanos, au-
mentando el arsenal enemigo contra México. Éste era el extraño actuar de Santa Anna, que lo evidenciaba como a un artista

iluminado por una lámpara móvil en un foro, como a un traidor coludido con James Polk en la entrega de México a los yanquis.

Santa Anna se desesperaba ante su precaria situación en San Luis Potosí. Cualquier guerra que se pelee requiere de dinero para seguir adelante. Santa Anna contaba al inicio de su llegada a San Luis Potosí con 21 000 hombres, dos meses después las deserciones resultaban incontenibles. En una semana 3 000 hombres partieron de regreso a sus tierras ante la falta de paga. El hambre los torturaba y no había dinero para enviar a los familiares de los soldados. Hartos ante esta situación los soldados se fueron ante la impotencia del jefe de los ejércitos mexicanos. ¿Cómo acusarlos de deserción cuando no se les ha pagado nada, alimentado nada ni vestido nada? Algunos ni rifle tenían y otros lo tuvieron que pedir prestado, regresándolo a la tropa al partir. De los 21 000 reclutas sólo quedaban 13 000 y todavía faltaban días para el encontronazo de la Angostura.

En la capital del país, Valentín Gómez Farías logra incautar propiedades de la Iglesia para su posterior remate, para conseguir los 15 000 000 de pesos que Santa Anna demandaba a gritos. Esta acción que causa escozor entre los sacerdotes, es sólo un adelanto de lo que sería la Guerra de Reforma, unos años más tarde.

Extrañamente el dinero nunca llega a Santa Anna, sumiéndolo en la desesperación de tener al general Taylor, en Saltillo, listo para avanzar hacia San Luis Potosí. La tregua de Monterrey vence el 13 de noviembre y de ahí en adelante todo sería avanzar hasta la capital.

En Saltillo, el general Zachary Taylor descansaba plácidamente en una hamaca bajo la sombra de dos frondosos árboles. No había un solo soldado mexicano que le pudiera aventar una piedra para espantarle el sueño. Aunque odiaba vicios improductivos como la siesta, admitía que el invento de la hamaca era un punto a favor para sus contrincantes. A sus 63 años de edad, Taylor era un hombre muy grande para comandar un ejército triunfador como el suyo. Aún faltaba lo mejor para él porque el triunfo de la Angostura le daría la presidencia de los Estados Unidos, la muerte lo sorprendió cuatro años después en pleno ejercicio de mandato en julio de 1850.

—Dicen que Santa Anna va a recibir dinero de la capital para pagar a su ejército y enfrentarnos en San Luis Potosí, general —dijo Teodoro a su general.

Taylor lo miró con mirada risueña para contestarle:

—Dudo que ese dinero llegue a sus manos, Teo. Todos esos jefes políticos mexicanos son una bola de rateros. Aun dándose el caso de que recibiera ese dinero integro, no podrá utilizarlo contra nosotros porque tendrá que enfrentar un golpe de estado en la capital. En vez de preocuparse por el enemigo común, que somos nosotros, *Santy Any* tendrá que combatir a sus propios generales, que intentaran arrebatarle el poder en la capital. Por eso en la siguiente batalla me voy a traer la cabeza de un mexicano para abrirle el cráneo y ver qué tienen en el cerebro. Mira que pelearse entre ellos cuando estamos por quitarles el país completo. Por eso los igualo intelectualmente con los indios comanches y apaches. Sus cabezas no dan para más, Teo.

Teodoro rio por compromiso, al sentirse agredido por el comentario sobre los mexicanos. Taylor se abanicaba cómodamente sobre la hamaca, mientras le llevaban un whisky con hielo para refrescarse. Las blancas canas de su cabeza lo hacían ver como un senador romano con la indumentaria equivocada.

—Yo sentí que nos pudieron haber dado más batalla en Monterrey, general.

—Muy cierto, Teo. Un día más de batalla y yo mismo me hubiera regresado para Corpus Christi, pero ya ves, el tal Ampudia ese me salió más timorato y pendejo de lo que creía.

—Dudo que antes de la capital se nos presente otra batalla de la magnitud de Monterrey.

Taylor sonrió ante la ingenuidad de su capitán. Él sabía que Santa Anna intentaría frenarlo en Saltillo. Había que prepararse para ese álgido momento.

—No, Teo. El avance hacia la capital se definirá aquí mismo en Saltillo. *Santy Any* es un viejo lobo e intentará sorprendernos aquí. No sabe la sorpresa que le tengo reservada.

Teodoro tragó saliva nerviosamente ante las palabras de su general. En el grupo de Santa Anna venía su hermano Genaro y la posibilidad de un enfrentamiento con él lo ponía muy nervioso.

La famosa venta de los bienes de la Iglesia para financiar la guerra de Santa Anna en San Luis Potosí, se vio frenada ante el temor del pueblo de comprar bienes sagrados que los podían condenar a las llamas eternas del infierno. Don Antonio López, desesperado, recurre a la incautación de 98 barras de plata de un grupo de españoles de Mineral del Catorce, que le caen como del cielo. Con ese dinero y 20 000 pesos más, conseguidos con una hipoteca sobre sus bienes personales, Santa Anna se hace de lo básico para partir al encuentro de Taylor, en Saltillo.

15

La batalla de la Angostura

La Angostura es un estrecho entre las montañas del valle de Saltillo, donde en febrero de 1847, Zachary Taylor enfrentó al heroico ejército de Santa Anna para marcar la diferencia histórica que nos orillaría a perder la guerra contra los Estados Unidos. La Angostura fue la última oportunidad que tuvo Santa Anna de derrotar o al menos demorar al ejército norteamericano en su avance hacia la capital mexicana. Al perderse esta batalla, ya nada frenó a los norteamericanos en su incontenible adelanto hacia Palacio Nacional.

Santa Anna, con 14 000 hombres, 10 000 infantes y 4 000 jinetes, se movió de San Luis Potosí a Saltillo, en lo que al principio intentó ser un avance sorpresa. Un ejército mal alimentado, desvelado y demorado por la compañía de cientos de mujeres y niños, que acompañaban a sus soldados (juanes) al encuentro final con los norteamericanos, recorrió 80 kilómetros. Entre más al norte avanzaba el contingente que abarcaba ocho kilómetros de largo, más se recrudecía el inclemente frío de invierno, torturando a los soldados y a sus familias. Santa Anna había ordenado que no se encendieran fogatas, pero las adelitas prefiriendo morir por las balas de su general, que ver a sus hijos morir congelados, encendieron las palmas secas del camino, provocando una humareda que Taylor detectó desde kilómetros antes. Santa Anna y sus hombres se resignaron ante este hecho y mejor se acercaron discretamente a una de las palmas para calentarse un poco. El ataque sorpresa quedaba en el olvido. Era mejor atacar frente a frente al enemigo, sabiendo que éste los esperaba, a perder medio ejército por congelamiento.

Santa Anna llega finalmente a la Angostura, y seguro de sí mismo manda una carta a Taylor dándole la oportunidad salvadora de una claudicación ante su poderoso ejército de 20 000 hombres, 6 000 más sacados de su imaginación, que pensaba asustarían al experimentado general norteamericano. Taylor, con la sonrisa dibujada en los labios, le contesta que no se rinde y que ataque cuando quiera. Esa jactanciosa carta de Santa Anna, Taylor la utilizaría como su boleto a la presidencia de los Estados Unidos, al probar que él derrotó a un ejército formidable de 20 000 feroces aztecas en la batalla de Buenavista, como la llamaron los norteamericanos.

El 22 de febrero de 1847, a las 11 de la mañana, Santa Anna, junto con los 1 200 jinetes de Miñón, ataca la hacienda de Aguanueva para sorprender a Taylor. El sorprendido es Santa Anna, al encontrarse una hacienda abandonada y destruida por los norteamericanos. Santa Anna y Miñón festejan el triunfo. Esa huida significa que Taylor se ha acobardado y quizá ya derrotado, regresó a la frontera.

Santa Anna, entusiasmado por el triunfo, ordena a Miñón perseguir a Taylor por el camino de Saltillo. Santa Anna no piensa dejarlo huir para recuperarse. Lo acabaría en ese camino para así terminar de una vez por todas con la amenaza yanqui y convertirse de nuevo en el salvador de la Patria, en el Leónidas de Saltillo.

Taylor no ha huido, espera escondido en la Angostura a Santa Anna, para emboscarlo. Miñón se pierde por el camino de Saltillo sin encontrar a nadie.

Santa Anna, junto con los batallones de infantería ligera entra en la garganta de la Angostura, donde Taylor lo espera para aplastarlo. Taylor está a punto de dar la orden de ataque, cuando 2 500 hombres de a caballo llegan a apoyar al Benemérito. Aunque es un hecho que la caballería no hubiera servido de mucho en ese momento por lo irregular del terreno y Taylor podría haber repetido otro San Jacinto ahí mismo, no ataca, dándole vida al ejército mexicano.

El general Pedro Ampudia, a quien Santa Anna dio una nueva oportunidad de reivindicarse, pide pelear por la toma de un cerro estratégico que defiende el general brigadier Lane. La toma del cerro significa una óptica completa de la batalla y un emplazamiento estratégico en las subsecuentes batallas. Taylor lo sabe y por eso manda a Lane a pelearlo a muerte.

Ampudia se bate junto con sus hombres con denuedo y temeridad, tomando el cerro ante el temor y asombro de los norteamericanos, que se repliegan a terreno seguro. Ampudia siente que la hombría y el heroísmo lo invaden de nuevo.

—La batalla de la Angostura será locura para el anciano de Taylor —asegura Santa Anna a Genaro sobre su brioso caballo blanco, mientras contempla con su catalejo el triunfo de Ampudia.

—Este Ampudia es otro, mi general. Si así hubiera peleado en Monterrey, estos pinches Green Coats[62] no estarían aquí.

—Él sabe que le di otra oportunidad, Genaro. Otra pendejada de su parte y ahora sí lo mando fusilar. Es su oportunidad de reivindicarse.

—Pues la está aprovechando de maravilla, mi general.

—Nos ha caído la noche, Genaro. Necesitamos descansar y prepararnos para el día de mañana.

El toque de diana desde la cima del recién conquistado cerro llamaba a los soldados a guardar sus lugares para el día siguiente. Los soldados aztecas gritan de festejo, sabiéndose triunfadores de la primera batalla contra los yanquis. México había ganado indudablemente la batalla del día 22 de febrero. Mañana sería otra jornada para los hombres de Santa Anna y Taylor.

En el campamento norteamericano, Taylor gritaba fuera de sí a sus hombres:

—Yo no sé de dónde diablos salieron tantos harapientos a pelearnos con tanta furia. Lane se amilanó replegándose del cerro —dijo Taylor a su general Wool y al capitán Teodoro Escobar.

—Se ve que no han dormido ni comido bien. Ése es un ejército de muertos de hambre. Hay algunos que hasta descalzos vi peleando —comento Wool, mientras bebía un café bien cargado.

---

62 Posible origen de la palabra gringos, pronunciado grincots, derivada de «Green Coats» (abrigos verdes), como llamaban los mexicanos a los yanquis, en el periodo de la invasión.

—Pues son unos muertos de hambre con huevos, Wool. Si siguen peleando así, el día de mañana, temo que tendremos que regresar a Texas —recalcó Taylor, reconociendo el triunfo de los hombres de Santa Anna.

El campamento americano en Saltillo contaba con todo lo que se podía necesitar en un ejército de primer mundo y con abundante dinero. Los soldados tenían uniformes de calidad con resistentes botas de cuero. Casas de campaña para protegerse del inclemente frío. Todos cargaban un rifle y una pistola Colt de seis tiros en serie, sin necesidad de cargarse de nuevo[63]. El ejército traía alimentos abundantes y agua. Por si eso fuera poco, a todos lados los seguían vendedores de comida, ofreciendo diferente variedad de platillos y bebidas alcohólicas. Las prostitutas se encargaban de desplumar a los soldados, que a diferencia de los mexicanos, sí recibían su bendita paga oportunamente.

Al final del primer día de batalla, Taylor, temeroso de Santa Anna, se replegó hacia Saltillo, a diez kilómetros de la Angostura.

—¿En verdad cree que nos puedan derrotar, general? —preguntó con mirada de preocupación, Wool a Taylor.

—Si no le hubiera pasado una tercera parte de mi ejército a Scott, le podría hacer una buena batalla a *Santy Any*. Ellos, según cifras de Santa Anna, son 20 000, contra 7 000 nuestros. ¿Entienden ahora por qué tengo miedo de que nos derroten?

Teodoro y Wool se miraron entre sí, considerando bien el temor de su general y reconsiderando su respeto hacia el ejército mexicano.

A la mañana siguiente, 23 de febrero, Taylor regresó al campo de batalla para encontrarse con la sorpresa de que los soldados de Santa Anna no habían dormido y se habían posicionado en el flanco izquierdo de la montaña y de la retaguardia. Demasiado tarde Taylor se dio cuenta de su error al haberse replegado a Saltillo. Ahora sólo confiaba en que la caballería de Miñón, por los pliegues y zanjas

---

63 Invento de Samuel Colt, que después de la guerra contra México se comercializaría como el arma que conquistó el oeste.

del terreno, quedara al margen de la batalla. Si Miñón, la retaguardia y el flanco izquierdo atacaban al mismo tiempo, los yanquis serían liquidados en cuestión de minutos.

Los mexicanos se lanzaron con todo sobre el flanco derecho donde los aguardaba una línea de rifleros comandada por Marshall. Los norteamericanos vaciaron sus cargas sobre varios soldados aztecas dejando varios muertos en el suelo rocoso, para luego ser embestidos por la infantería mexicana con las bayonetas por delante. Los norteamericanos se desbandaron huyendo hacia un arroyo en un auténtico *Save Your Ass If You Can*. Eran las siete de la mañana y los mexicanos iniciaban el día tomando más ventaja sobre los yanquis.

En el siguiente ataque, Santa Anna manda por delante a toda una línea de infantería comandada por el general Santiago Blanco. Los norteamericanos reciben a los hombres de Blanco con su letal artillería, haciendo caer a decenas de hombres como tiro al blanco. Santa Anna hace esto para distraer a los artilleros y lanzar a Lombardini sobre el flanco derecho. Lombardini es herido y sustituido por el general Francisco Pérez. La infantería de Pérez pone en fuga al segundo regimiento de Indiana hacia la hacienda de Buenavista. Otro punto a favor de Santa Anna, para ganar esta batalla definitiva para México.

México iba ganando la batalla. Los valientes guerreros aztecas habían hecho huir a pie a los infantes del general O'Brien. Habían desbandado a los rifleros de Marshall. Santa Anna logró que las dos primeras líneas del ejército de Taylor retrocedieran, tomando sus posiciones.

México cierra el día avanzando la caballería del general Julián Juvera hacia la retaguardia de los norteamericanos. El pánico se adueña de los yanquis, quienes tienen la fortuna de ver que Miñón no cierra la pinza con su caballería, al confundirse y perderse en la hacienda de Buenavista. Si Juvera y Miñón hubieran coincidido en ese momento, habrían aplastado en minutos a todo el ejército de Taylor. No ocurrió así, y se dejó para el día siguiente, que nunca llegó, el triunfo definitivo del glorioso ejército mexicano.

—¡Les hemos ganado! —gritó Genaro Escobar, al ver huir al ejército norteamericano con Zachary Taylor por delante.

Sus compañeros toman varias banderas yanquis abandonadas, junto dos modernos cañones y mochilas de campaña con agua y alimentos.

Con furia inaudita, Genaro se lanza a perseguir a los que quedan rezagados. Conduciendo con maestría su caballo, alcanza a un soldado yanqui para vaciarle su pistola, después de salvarse al rozarle una bala en la cabeza. Otro soldado cae, pues su caballo resulta herido mortalmente. Genaro se lanza sobre ese enemigo con el sable en el aire para partirle la cabeza, desviando el estoque final al ver que ese soldado es su hermano Teodoro, en plena fuga luchando por su vida.

—¡Teodoro!

Teodoro mira con ojos llorosos de emoción a su hermano. En el fondo se escuchan disparos, relinchos y gritos en densas nubes de polvo levantadas por la infantería.

—¡Genaro!

—Toma mi caballo y huye, Teo. Por nada del mundo dejaré que te lastimen. Huye que esta batalla la tienen perdida. Ya veremos qué pasa luego.

—Gracias, Genaro. Te debo una.

—No me debes nada, hermano. Primero muerto que lastimarte.

El desconcertado jinete se aleja, perdiéndose en la seguridad del ejército norteamericano en plena fuga.

Los generales se juntan con Santa Anna, su líder máximo. La razón de la reunión es decidir si claudican y se retiran para San Luis Potosí. Cada uno de los generales da su argumento, la mayor parte de ellos convencidos de seguir adelante. Santa Anna les hace ver que sus hombres no tienen ya fuerzas para un día más de pelea. Escasean los alimentos y el agua. El esfuerzo extenuante al que fueron sometidos al recorrer 80 kilómetros de San Luis a Saltillo, sin dormir, y otro día más sin conciliar el sueño por tomar un sitio estratégico en el flanco izquierdo de la garganta de la Angostura, los tenía al borde del colapso. Los americanos están bien instalados en Saltillo con alimentos, cobijas y agua abundante. Para ellos otros tres días más de pelea no representan mayor problema. Para los mexicanos podría implicar la muerte, pues han llegado al límite de un ejército heroico que dio más de lo posible.

Juzgado por la historia por esta polémica decisión, Santa Anna ordena a su ejército el regreso a San Luis Potosí. Los soldados se sorprenden por la orden. Muy consientes del avance de la batalla, sabían que sólo faltaba un día más para degollar a los norteamericanos. Los soldados vociferan y gritan palabras soeces hacia sus superiores. Su esperanza era tomar Saltillo y comer y beber todo lo que no habían hecho en semanas. El saqueo de Saltillo era el motivo de su férrea lucha. Regresar hacia el desierto para morir de hambre y frío era impensable. Era mejor morir bajo una bala yanqui que congelado junto a un cactus en el desierto.

No hay vuelta atrás. Regresar otros 80 kilómetros atrás por el desierto en esas condiciones era un estigma terrible para el honorable ejército mexicano. México, a pesar de haber ganado la batalla de la Angostura, se retiraba dejándole el triunfo a un sorprendido Zachary que ya no haría nada por perseguir a los mexicanos en su retirada. Los yanquis están tan lastimados que saben que ni perseguirlos pueden. Taylor da gracias a Dios por este triunfo inmerecido. Santa Anna se retira y con esta precipitada decisión les entrega el boleto a Taylor y a Scott para tomar medio país, siete meses después.

El pueblo de Taos no le perdonó a Charles Bent la traición de unirse a los norteamericanos para convertirse en el primer gobernador yanqui de Nuevo México. El líder mexicano Tomasito y Pablo Montoya encabezaron el linchamiento de Charles Bent el 19 de enero de 1847. Llegaron por sorpresa a la casa de Bent, apenas dándoles tiempo a la esposa e hijos de Bent, junto con Josefa, la esposa de Kit Carson de huir por un hueco en el muro de adobe hacia la casa del vecino.

Charles Bent y Pablo Jaramillo, cuñado de Bent, hacen frente a la turba enardecida que se olvida de perseguir al resto de la familia. Bent es horriblemente asesinado de tres flechazos en la cara y su cabello arrancado de la cabeza como trofeo de guerra. Pablo Jaramillo muere linchado por los furiosos mexicanos que sólo así sienten que podrán recuperar el gobierno de Nuevo México.

La turba mexicana, como si fuera una hidra de 100 cabezas, se dirige a la cárcel y libera a su compañero Sixto Escobar y a otros tres mexicanos, injustamente encerrados por protestas ante la invasión norteamericana. Los sublevados ordenan quemar la cárcel y comisaría, no sin antes asesinar al *sheriff* Stephne Lee que se esconde en el tejado. De ahí corren hacia las casas del juez Cornelio Vigil; los abogados J.W. Leal y Narciso Beaubien, que junto con su hijo Carlos, de 13 años son arteramente asesinados por la turba enardecida. Los rebeldes van por las cabezas de todos aquellos mexicanos que aceptaron puestos de gobierno ofrecidos por los yanquis.

Sixto se horroriza de estos salvajes asesinatos, pero no le queda de otra porque fueron cometidos para liberarlo y sin otra opción en mano tiene que unirse a la banda rebelde que pronto sería perseguida por los soldados norteamericanos.

El coronel Sterling Price se lanza en persecución a los rebeldes, haciéndolos retroceder dos veces en las montañas cercanas, hasta acorralarlos en Taos el 3 de febrero de 1847. Los rebeldes se refugian dentro de la iglesia de San Jerónimo que parece la esfinge del desierto con sus enormes paredes de adobe y sus dos torres gemelas de diez metros al frente.

La defensa de la iglesia es encarnizada, Price hace un boquete en una de las paredes de dos metros de ancho con un cañonazo y por ahí lanza su artillería hacia el interior. Dentro y fuera de la iglesia, 150 mexicanos son asesinados contra siete norteamericanos muertos. En lo que se aclaraba su situación, 100 mexicanos fueron detenidos; 15 de ellos serían ejecutados en un juicio desigual, donde el jurado estaba compuesto por norteamericanos resentidos y afectados por la revuelta rebelde.

Sixto Escobar huye hacia el norte, ante el temor de ser ejecutado o apresado de nuevo por hombres de Sterling. Su terreno y casa es confiscada por el sargento John Majors, un norteamericano tuerto con cara de cuyo, que con papeles falsos demuestra que él es el nuevo dueño de esas valiosas propiedades. Elsa y sus tres hijos se refugian en la casa de don Melchor Escobar y su familia.

Héctor Jaramillo tenía todo listo para asaltar la caravana mormona. Su odio hacia los mormones había crecido más desde que se unieron al gobierno de Polk para combatir a los mexicanos. Desterrados con violencia y odio de todos lados, desde que empezaron a avanzar desde la costa del Atlántico con su líder Joseph Smith, ahora buscaban con Brigham Young un territorio propio en Utah a cambio de luchar contra los mexicanos.

—Son diez conestogas, jefe —dijo el Oso de Kansas a don Héctor.

El grupo de asaltantes de Jaramillo era de 25 hombres perfectamente entrenados y equipados para estos menesteres. Los escandalosos asaltos de Jaramillo ya hacían ruido en la milicia norteamericana que combatía a los mexicanos en Nuevo México y la Alta California.

—Cuando aparezca la primera carreta los emboscamos por ambos flancos. No quiero muertes innecesarias. Aunque odio a esos cabrones, seré justo con ellos y sólo tomaremos lo que necesitamos.

—Sí, don Héctor —repuso Remigio, preparando su pistola.

El grupo de Jaramillo cayó sobre la caravana mormona comandada por el Moisés americano Brigham Young, nuevo líder mormón desde el asesinato de Joseph Smith y su hermano Hiram en 1844.

Brigham Young, como un profeta bíblico con su barba blanca hasta su prominente vientre, miró con desconcierto al líder de la banda de asaltantes que lo emboscaba.

—Somos gente de paz, hermano. ¡Qué Cristo ilumine tu camino! No nos metemos con nadie. Déjanos continuar nuestro camino.

Don Héctor, cubierto por su fino antifaz negro, se acercó con su caballo para mirar de cerca al famoso líder mormón que tanta repulsión le causaba.

—Así que tú eres el famoso Brigham Young, el nuevo líder de los mormones, el Moisés americano.

—El mismo, hermano. ¡Qué cristo ilumine tu camino!

—¿Por qué no te callas y dejas de poner cristos en tus oraciones, polígamo de mierda?

Brigham se sintió intimidado por la acusación del elegante asaltante. Los acompañantes de Brigham llevaron sus manos a sus armas, pero su líder los frenó.

—¡No! No hagamos tonterías ante esta provocación.

Don Héctor paseaba su mirada sobre el grupo de mujeres y niños que acompañaban al líder mormón en su viaje a Salt Lake City.

—De seguro ya te cogiste a todas estas viejas, y ni idea tienen de quiénes son los padres de estos escuincles. Ustedes son como animales. ¿Cómo es posible que vengan con el Cristo en la boca a pregonar pendejadas?

—Lo de la poligamia es un mito... señor.

—Llámame don Héctor, polígamo.

—Mucho de lo que se dice de nosotros son mentiras, don Héctor. Lo que sí es cierto es que Cristo está con nosotros y buscamos un lugar dónde construir su iglesia.

—Me río del dios que necesite una iglesia. Ustedes hacen negocio de esto y por eso siempre tienen dinero. Mis compañeros van a pasar a todas las carretas para que nos den sus pertenencias de valor y dinero. Al primero que se resista o haga una pendejada lo matamos.

—Por favor respeten a las mujeres, don Héctor.

—Eso te lo digo yo a ti, hijo de tu puta madre, que no respetas ni a las mujeres de tu clan y me vienes a rogar a mí que no les haga nada.

Don Héctor se quitó el antifaz y mirando directo a los ojos a Brigham le dijo:

—Yo sólo robo a los que tienen para ayudar a los que no. Don Héctor no viola mujeres con un rifle en la mano como tú lo haces con tu puta biblia en el brazo.

Brigham miró el piso avergonzado. En menos de tres minutos los hombres de don Héctor despojaron a todos de sus pertenencias.

Antes de partir, don Héctor les gritó ofendido:

—Sigan su camino y si pueden y se deciden, ustedes mismos cuelguen de un árbol a este abusivo hijo de puta. Si yo no lo hago ahora, es porque no me toca a mí hacerlo. Cerdos como éste merecen ser empalados por degenerados que se escudan con un crucifijo en la mano. Sé que se unieron al ejército de Kearney para pelear contra los mexicanos. Espero que de veras tengan los huevos para hacerlo y no lo hagan sólo para comprar un pedazo de tierra de los pobres indios americanos.

Los salteadores de don Héctor huyeron como llegaron, dejando una nube de polvo en el camino. Brigham Young se hincó en el suelo para dar gracias a Cristo por salvarlo. Su gente lo veía desconcertada y algunos con caras desencajadas mejor miraban hacia otro lado.

Santa Anna, al igual que hizo con Ampudia por su fracaso en Monterrey, mandó a detener al general Miñón para enjuiciarlo por cobardía y negligencia en la Angostura, por no haber intervenido con su caballería al haber tomado la retaguardia del ejército norteamericano el general Julián Juvera.

El regreso a San Luis es una marcha fúnebre de fracasados. A diferencia de la ida, donde todavía existía la emoción de derrotar a los norteamericanos y celebrar como reyes en Saltillo, el regreso es una desbandada de muertos de hambre y fracasados que temen el juicio implacable de don Antonio López de Santa Anna. Por fin, el 9 de marzo de 1847 llegan a San Luis para espantar a la población al enterarse de que el glorioso ejército de Santa Anna había sido derrotado por Taylor con una escandalosa baja de 10 000 hombres entre muertos, desaparecidos y fugados.

Cualquiera hubiera imaginado que Santa Anna sería repudiado y enjuiciado por negligencia por su desempeño en Saltillo. Pero para sorpresa de todos fue recibido como un héroe al que se le exigía que pusiera orden entre la revuelta de los polkos[64], para de ahí organizar al ejército mexicano con el fin de recibir a los invasores norteamericanos en Veracruz.

De Querétaro a la capital, el regreso de Santa Anna fue un desfile triunfal donde todos los pueblos del camino se abalanzaban sobre él, pidiéndole que los salvara de las garras de Taylor y Scott.

El 21 de marzo, junto con la primavera, Santa Anna entró a la capital para dirigirse a la Villa de Guadalupe y organizar un encuentro de paz con los polkos en conflicto. «Lo que México necesita es nuestra unión para hacer frente a esos bastardos del norte, no perdernos entre nosotros en pleitos de vecindad», les dijo Santa Anna a los liberales puros y liberales, a su oportuno regreso.

Como una señora que detenía un pleito de chiquillos a la salida de una escuela primaria, mandando a cada niño para su casa, así terminaba el motín de los polkos por intervención de Santa Anna.

Su Alteza Serenísima, consolidándose como el líder máximo de México y salvador de la patria, al día siguiente, 22 de marzo de 1847, rinde protesta como presidente de la República mexicana por novena ocasión en su vida.

El cuyo Majors no se conformó con adueñarse de la propiedad de Sixto Escobar, extrañamente obsesionado por la belleza de Elsa, a la que llamaba la squaw francesa, la mandó a arrestar en casa de don Melchor Escobar para que le hiciera compañía en aquella solitaria casa que ella conocía mejor que él.

Los cuatro soldados americanos pasaron por ella ante el repudio y odio de don Melchor y Evaristo, que veían esto como un abuso de los nuevos dueños de Santa Fe.

—¡Lo voy a matar, papá! Ese cerdo yanqui no se saldrá con la suya.

---

64 El motín de los polkos duró dos meses, del 22 de enero al 26 de marzo de 1847.

—¡No, Evaristo! No quiero un hijo muerto y mis hijas sin que nadie vea por ellas. Tendrás que esperar y después ya veremos qué hacemos.

Los ojos del anciano reflejaban una verdad en la que ni él mismo creía. Cansado y viejo, depositaba todas sus esperanzas en el más joven de sus hijos para proteger a la familia de los abusos de la invasión yanqui.

A la fuerza, se llevaron a Elsa para la casa del cuyo, o mejor dicho a su excasa en Taos, ante la impotencia de don Melchor y Evaristo.

El cuyo Majors recibió a la hermosa cheyenne con mirada de enfermo. Su ojo rojo de roedor se paseaba detalladamente por todo el cuerpo estético de la mitad francesa y mitad cheyenne.

—¡Qué hermosa te ves, niña! —dijo el cuyo Majors, acariciando su cabello negro y extasiándose con su perfume. Los azules ojos de Elsa destellaban un odio contenido hacia ese cerdo que abusaba del poder como nuevo dueño de su casa.

—¡Es usted un cerdo!

Una fuerte bofetada puso en el suelo a la orgullosa cheyenne. El cuyo la tomó bruscamente de su negro cabello para decirle:

—Trabajarás en esta casa como sirvienta y como mi amante. Quién mejor que tú para arreglar y cuidar una casa que conoces bien. Tú y tu cerdo mexicano pagarán muy caro este ojo que perdí. Serás mi puta y mi amante hasta que me harte de ti y te eche a los coyotes del desierto como despojo, india ladina.

El repulsivo cuyo, sin perder tiempo, cayó sobre ella para romperle las ropas e intentar violarla. Desde días atrás había perdido el sueño con la obsesión de fornicar con la mujer que había dado el toque femenino a esta casa que ahora era suya. Las manos diminutas y gordas del cuyo acariciaron enfermamente los pequeños senos de Elsa. De pronto la rebelde cheyenne comenzó a cooperar, dando oportunidad al cuyo de deleitarse tocando su hermoso cuerpo en sus partes íntimas. El cuyo lo asimiló como parte de su arrollador encanto masculino, que por fin vencía la endeble resistencia de una mujer ávida de lo mejor de su sexo. Elsa sintió como el diminuto miembro del cuyo crecía preparándose para penetrarla. El único ojo del cuyo escrudiñaba a detalle la belleza íntima de la squaw francesa, como él la llamaba. El cuyo separó las piernas desnudas de Elsa para intentar mancillarla, cuando una aguja de tejer que Elsa había encontrando milagrosamente en el suelo, se clavó en el ojo bueno que le quedaba al cuyo, haciéndolo gritar como una fiera herida. Casi toda la aguja se había introducido en el ojo reventado del violador, haciéndolo caer a un lado, herido de muerte. Elsa se incorporó y sin perder tiempo tomo un pesado adorno de piedra, que era su orgullo por haberlo comprado en Saint Louis. Con el adorno en forma de perrito de la pradera Elsa destrozó la cabeza del violador dejando una pulpa roja sobre la alfombra blanca.

Desesperada, Elsa se puso lo que pudo para tapar su desnudez, para encontrase en la puerta a dos guardias que se habían quedado con el cuyo para hacerle compañía. En un segundo los dos centinelas entendieron lo que había pasado y se lanzaron sobre ella para hacerle pagar caro su asesinato. Cuando uno de ellos dio el primer paso una bala lo penetró por la cien haciéndolo caer fulminado. El otro guardia sacó su pistola para lanzar un disparo errado sobre Evaristo, que sin titubear sacó la otra pistola que llevaba en la cintura para no perder tiempo en recargar y así acabar con la vida del segundo soldado yanqui.

Elsa no se recuperaba del horror y la sorpresa por lo vivido. Su cuñado estaba ahí para salvarla y juntos deberían huir con los niños hacia Independence ese mismo día o serían atrapados por la policía yanqui de Taos.

John Mackenzie y Jim Cooper, convencidos por William Eddy y James Reed, sobrevivientes de la fatídica caravana Donner, partieron con un grupo de voluntarios al rescate de la caravana atrapada en el lago Truckee (ahora lago Donner, en la Sierra Nevada de California). William Eddy era un hombre de 28 años de edad que, decidido a buscar una mejor vida para su familia, partió junto con su esposa Eleanor y sus dos hijos con la fatídica caravana de Donner-Reed, desde Independence, Missouri, el 15 de abril de 1846.

La caravana Donner cometió el error de dilatar su viaje al intentar tomar un atajo en las montañas Wasatch, frente al Gran Lago Salado, en Utah. La caravana tuvo que enfrentarse al largo cruce del desierto y las demoras que la geografía del río Humboldt llevaba en su recorrido hacia California. Salirse de la ruta normal representó casi 300 kilómetros más de recorrido. Todo lo anterior, ocasionó que la caravana quedara atrapada por una nevada a mediados de noviembre en el lago Truckee, en la Sierra Nevada, por cuatro largos y agónicos meses.

Desesperado por ver las semanas correr y no poder moverse, Eddy vio cómo el fantasma del congelamiento y el hambre se cernía sobre ellos. Desesperado, intentó, junto con otros 16 pioneros, buscar ayuda del otro lado de la sierra. Durante 33 días el grupo de hombres fue diezmado poco a poco, hasta que el 17 de enero de 1847, sólo seis sobrevivientes del grupo rescatista fueron salvados por un grupo de indios que los alimentó y abrigó en las cercanías del fuerte Sutter (Sacramento). Eddy confesó que para sobrevivir en ese viaje tuvieron que comer la carne de los pioneros muertos en el camino. No haberlo hecho hubiera significado la muerte de todos.

James Reed fue otro de los sobrevivientes que no quedó atrapado en la nieve por adelantarse solo a buscar ayuda, llegando a Sacramento en noviembre de 1846 para conseguir socorro para los pioneros varados.

Desesperado y, sintiéndose culpable por haber abandonado a su familia de seis miembros (Margaret, esposa; Patty, Virginia, James y Thomas, hijos; y Sarah Keyes, suegra[65]), Reed rogaba al general John Fremont que lo apoyara con una misión de rescate. El general Fremont, comprometido con todos sus hombres en la guerra contra México, no podía prestar hombres para el rescate.

Después de un intento fallido por Reed, donde separado por una profunda barranca, quedó a unos kilómetros de los supervivientes, regresó decepcionado a formar otra expedición de voluntarios para el rescate de los pioneros.

Dos expediciones, con diferencia de días, saldrían al rescate de los pioneros de Truckee a principios de febrero del 47. En la

---

65 Murió de tuberculosis en Marysville, Kansas.

primera irían John Mackenzie y William Eddy, en la segunda Jim Cooper y James Reed.

La expedición de Mackenzie y Eddy partió de Sacramento el 4 de febrero para llegar al lago Truckee el 18 del mismo mes.

Eddy y Mackenzie, junto con los otros cinco miembros de la expedición de rescate, caminaban sobre un pequeño valle donde Eddy juraba debían estar los campamentos. Un espectáculo blanco y helado los rodeaba por doquier.

—¿Hay alguien cerca? —gritó con todas sus fuerzas Eddy.

De pronto, de entre la nieve, se empezó a mover el piso como si se levantara una tapa. Del improvisado hoyo apareció una mujer que les gritó de vuelta:

—¿Son ustedes gente de California o ángeles salvadores?

Los siete miembros de la expedición se asombraron de ver el rostro cadavérico de la viuda de 50 años conocida como Levinah Murphy. Más parecía un ser insepulto que una sobreviviente a la hambruna y frío de las montañas.

Otros sobrevivientes comenzaron a salir de las cabañas enterradas en la nieve. Los techos de pieles de bueyes apestaban a muchos metros de distancia. El espectáculo era dantesco. Seres esqueléticos, cubiertos de pestilentes harapos para soportar el inclemente frío de la montaña caminaban como autómatas hacia los rescatistas. Junto a las cabañas había unas zanjas con los cadáveres de 13 pioneros de distintos sexos y edades cubiertos por nieve. Habían sido mutilados de piernas y brazos para servir de alimento a los desesperados redivivos en las últimas semanas.

Eddy supo que no todos los sobrevivientes podrían hacer el viaje de regreso. Algunos de ellos platicaban incoherencias o no aguantaban un buen rato de pie. Muchos de ellos estaban tan débiles que ni caminar podían. Primero había que alimentarlos poco a poco para que recobraran energía y fuerza muscular, ello con el fin de emprender el regreso a Sacramento. Mackenzie y sus compañeros trajeron los sobrevivientes más fuertes de los campamentos vecinos de Donner y Alder.

Un grupo de 23 sobrevivientes se formó para caminar de regreso al fuerte Sutter. En el campamento del lago Truckee esperarían 21 sobrevivientes, y 12 en el de Alder Creek.

La expedición de Cooper y Reed ya venía en camino y era un hecho que ambas expediciones se encontrarían en el camino.

—No podemos llevar a sus cuatro hijos hasta Sacramento, señora Reed —trató de explicarle Eddy a Margaret de la manera más comprensiva posible.

—No puedo caminar, mamá. Me siento muy cansada —dijo la niña Patty, llorando.

—Tienes que caminar hija. No te puedo dejar aquí.

—Yo tampoco puedo, mami. Tengo mucho sueño y hambre —dijo el pequeño Thomas de cuatro años de edad.

—Alguien podría llevarlos cargando. Son unos niños. Son mis hijos. No los puedo dejar aquí.

—Yo los llevaré de regreso a Truckee y la segunda expedición, donde viene su marido, los sacará de ahí —dijo Mackenzie con un nudo en la garganta.

La señora Reed entró en crisis, gritando fuera de sí los inconvenientes de separar a sus cuatro hijos.

—¿Están acaso locos? ¿Cómo creen que voy a dejar dos hijos sin padres en el lago y regresarme con los otros dos a Sacramento como si nada? ¡Primero muerta que dejarlos!

William Eddy buscó la mejor manera de convencerla de que los niños estarían solos por unos días, ya que James Reed, su padre, venía en la segunda expedición y nadie mejor que él para ver por sus hijos.

—Si los tratamos de llevar cargando hasta Sacramento, se congelarán en el camino. Nadie puede cargar dos niños a pie en estas condiciones, señora. Es lo mejor para los niños y todos los sobrevivientes.

—Si no me vuelves a ver nunca, haz lo mejor que puedas, mamá —dijo la pequeña Patty, a su madre, haciéndola estallar de nuevo en llanto.

—¡No, hija! No los dejaré.

Después de llanto y lágrimas, Margaret Reed accedió a que se llevaran a Patty y Thomas[66] de vuelta a Truckee. Antes de esto, hizo jurar a un rescatista que regresaría por sus hijos a Truckee si no encontraban a su esposo en el camino. El rescatista accedió comprensivamente. James y Virginia[67] harían el viaje con ella al fuerte Sutter, en Sacramento.

En el camino hacia el fuerte, la muerte sorprendió a John Denton, un hombre fuerte de 28 años que sucumbió al hambre por su repulsión en días anteriores a comer carne humana. La niña Ada Keseberg[68], de tres años de edad, moría por problemas intestinales en manos de su madre, que se rehusaba a soltar su cuerpecito inerte hasta que fue forzada a ello para enterrarla.

Cuando más exhaustos se encontraban los niños, haciendo pensar a los rescatistas que no llegarían al fuerte Sutter, aparecieron James Reed y Jim Cooper, levantando el ánimo de todos los sobrevivientes, principalmente de la familia Reed. Margaret y los niños lloraban de emoción al ver a su padre.

Un niño de 12 años, William Hook, hijastro de Jacob Donner, murió trágicamente de congestión estomacal al comerse todo lo que pudo del carro de provisiones que trajo la segunda expedición.

Jim Cooper llegó con James Reed al lago Truckee, el 1 de marzo. Afortunadamente nadie había muerto desde que la primera expedición partió de regreso.

James Reed llegó a la cabaña de los Breen, encontrando milagrosamente bien a sus hijos Patty y Thomas.

—Dios me escuchó, Jim. Gracias a él mis hijos están bien.

---

66 De nueve y cuatro años, respectivamente.
67 De seis y 14 años, respectivamente.
68 El padre de esta niña, Lewis Keseberg, de 32 años, sería el último pionero en ser rescatado el 29 de abril de 1847 en el Paso Donner. Al ser encontrado con una olla llena de restos humanos de mujer, se le acusó de haber matado a Tamsen Donner, esposa de George Donner. Junto a la macabra olla de caldo humano, estaban las pistolas de George Donner, joyas de la familia, pertenencias personales y $250 dólares en oro. El hombre que lo rescató fue William Eddy, quien juró matarlo al confesarle el mismo Keseberg que se había comido a su hija Margaret de cinco años para sobrevivir. Eddy, detenido por sus compañeros rescatistas en el intento por matarlo, juró asesinarlo apenas lo viera de nuevo en California.

—Da gracias también a los Breen, James. Ellos vieron por tus hijos.

Patrick y Margaret Breen, con los ojos oscurecidos por las ojeras del hambre, asintieron con una amistosa sonrisa. James Reed los abrazó con cariño, prometiendo sacarlos de ahí vivos a todos ellos.

Desafortunadamente, la situación era otra en la cabaña de los Murphy. Levinah Murphy, la mujer que había recibido a la primera expedición de rescate, estaba como loca y había casi perdido la vista. Los dos niños de William Eddy, uno de William Foster, más su hijo de ochos años Simón, habían quedado a su cargo y se encontraban al borde del colapso por falta de alimentación. Un hombre de origen alemán, llamado Lewis Keseberg, se había metido a la cabaña de los Murphy desde hacía un par de días.

La situación en el campamento Alder, a unos metros de ahí, era una pesadilla fuera de la imaginación. Jim Cooper abrió la puerta de la cabaña de Jacob Donner para encontrase con una visión del infierno en la Tierra. El cuerpo del padre, Jacob, se encontraba mutilado sobre el suelo. En la mesa sus hijos comían con avidez de su salvadora carne, mientras la madre Elizabeth, lo saludaba al entrar como si Cooper fuera una agradable visita esperada por ellos para la cena.

—Ah, ¡Qué sorpresa verlo por aquí! ¿Gusta sentarse a comer algo?

Los niños se vieron entre sí y rieron ante la cara de susto del joven negro que irrumpía en su improvisado comedor.

Cooper se llevó la mano a la boca para intentar no vomitar por lo que veía.

—He venido a salvarlos. Preparen sus cosas que nos vamos.

En otra cabaña cercana se encontraba George, el otro hermano Donner, con el brazo gangrenado, en compañía de su paciente esposa Tamsen, cuidando de él.

La segunda expedición rescató 17 pioneros, 14 de ellos niños.

Sólo cinco personas se quedaron en el lago Truckee en espera de una tercera expedición de rescate. En el campamento Alder se quedó Tamsen Donner al cuidado de su agonizante esposo George Donner y sus cinco hijas.

William Eddy, junto con William Foster, regresó en la tercera expedición de rescate en busca de sus hijos. Desafortunadamente sus hijos mueren, devastando el ánimo de los rescatistas. Eddy a punto de matar al alemán Keseberg por haberse comido a su hija, es detenido por sus compañeros. Eddy jura ante todos matarlo apenas lo vea de regreso en California.

Las hijas de Tamsen son rescatadas y puestas a salvo en el fuerte Sutter. Tamsen se queda en Alder junto con su esposo George, que ya no puede dar un paso más y el caníbal Keseberg, quien teme por su vida ante la amenaza de William Eddy. George Donner muere de gangrena unos días después. A fines de abril, el caníbal Keseberg es rescatado como el último sobreviviente de la fatídica caravana Donner. En una olla se encuentran los restos hervidos de Tamsen Donner, junto con las pistolas, joyas y dinero del difunto George Donner.

16

Las derrotas en Veracruz y Cerro Gordo

Winfield Scott, como un moderno filibustero inglés, se acercaba temerariamente al puerto de Veracruz para invadirlo y de ahí tomar hacia el altiplano rumbo a la capital de México. Como jefe máximo del ejército norteamericano, había decidido ganar tiempo y concentrar todo el esfuerzo desde el oriente de México. Intentar invadir México, siguiendo la ruta de Taylor era improcedente. Miles de kilómetros a través de desiertos y ciudades hostiles esperaban a los norteamericanos si intentaban tomar la capital por el norte. Nadie mejor que Taylor, sabía que la batalla de la Angostura había sido perdida. Tratar de tomar la capital con batallas como Monterrey y la Angostura a la larga agotaría al ejército hasta hacerlo caer vencido.

Santa Anna regresó a la capital del país para encontrarse con el país dividido en tres facciones: los liberales puros, los moderados y los seguidores de Santa Anna, y ninguna de éstas conformada para combatir a los norteamericanos.

Su Alteza Serenísima, con el carácter de presidente interino, requería de un sustituto para ir en persona a combatir a los invasores. Los liberales rojos le impedían salir hacia Veracruz al no autorizar que Pedro María Anaya fungiera como presidente sustituto.

El primero de abril de 1847, cansado de las conjuras de Gómez Farías, el Congreso canceló la vicepresidencia agitadora que había encabezado los últimos meses. Al día siguiente, Santa Anna entregó el mando de la nación al presidente sustituto, don Pedro María Anaya.

El 3 de abril, don Antonio López de Santa Anna, como si fuera el único hombre preocupado por la invasión norteamericana, partió para Veracruz para hacer frente al lobo Scott.

Desde febrero de 1847, los norteamericanos habían comenzado a desembarcar soldados en la isla de Lobos. 200 barcos, contratados por el gobierno norteamericano, ayudaron a llevar a cabo esta complicada operación.

Scott se desesperaba por lo lento del desembarco de sus hombres. Más de un mes se tuvo que contentar con sólo ver como a diario llegaban a la isla de dos a tres barcos hasta completar el grupo de soldados que requería para el asalto de Veracruz. A Scott le preocupaba más ganarle la carrera al vómito negro que a las balas de las escuadras mexicanas.

El 9 de marzo de 1847, comenzó la invasión norteamericana en el puerto de Veracruz. Scott había descartado un ataque con artillería directa sobre el puerto para después invadirlo con sus hombres. El puerto contaba con una muralla de cinco metros de alto, y más de 100 cañones comprados a los Estados Unidos años atrás para defenderse de los ataques europeos. Tomaría semanas intentar el asalto y el sexagenario estratega no contaba con tiempo. Intentar avanzar sobre Veracruz, una vez iniciadas las lluvias desataría epidemias para las que no estaba preparada su gente.

Scott decidió desembarcar a todo su ejército en la playa de Collado, bajo la protección de sus acorazados, que harían fuego a cualquier embarcación mexicana que se acercara. Gran sorpresa se llevaron los norteamericanos al ver que a 500 metros de ellos, sobre las murallas de Veracruz, había cientos de espectadores con refrigerios y sombrillas para ver el inicio del combate. Extrañamente o quizá planeado así por los defensores del puerto, no se abrió el cañoneo hacia ellos ni tampoco se les mandó una fuerza de caballería para enfrentarlos en plena playa.

Al día siguiente, 11 000 soldados yanquis rodeaban Veracruz. El puerto contaba con 3 700 soldados mexicanos para defenderlo. Era cuestión de horas para que arrancaran las hostilidades.

La noche cayó fresca sobre la playa de Collado. Una fuerte brisa espantaba a los molestos moscos que amenazaban con comerse vivos a los soldados norteamericanos.

Seis hombres, bajo el calor de la fogata y con un buen whisky, dialogaban sobre la mejor manera de atacar el puerto.

Uno de ellos era un muchacho de 25 años, teniente miembro del honorable batallón de William Worth. Honorable alumno de la academia de West Point. Su nombre era Ulysses S. Grant[69].

Otro de ellos era Robert E. Lee, un cuarentón, quien años después se convertiría en el líder de las tropas de la Confederación en la Guerra civil norteamericana y que sería derrotado por el mismo Ulysses Grant, y que en ese momento brindaba con whisky con él por la emoción de haber iniciado exitosamente la invasión de Veracruz.

El tercero era un joven de 20 años, llamado George B. McClellan[70], estudiante destacado de West Point y que en la Guerra de secesión de los Estados Unidos se convertiría en el comandante supremo del Ejército de la Unión en su lucha contra los confederados del sur.

El cuarto era William J. Worth[71], general cincuentón que fue transferido de Taylor a Scott y que, sin saberlo, se había convertido en el primer hombre norteamericano en pisar territorio extranjero en un ataque anfibio, al ser el primero en saltar a la playa de Collado en Veracruz. Moriría de cólera en San Antonio, Texas, dos años después.

El cuarto hombre era Teodoro Escobar, que fungía como traductor e intermediario con el ejército norteamericano.

El quinto era ni más ni menos que el general Winfield Scott (1786-1866), experimentado hombre de 60 años y líder máximo del ejército norteamericano.

---

69 (1822-1885), años después sería el comandante de las tropas de la Unión en la Guerra de secesión que derrotarían a las tropas sureñas de Robert E. Lee. En 1869, Grant se convertiría en el 18º presidente de los Estados Unidos.

70 (1826-1885), candidato derrotado por Abraham Lincoln en la carrera a la presidencia de los Estados Unidos.

71 (1794-1849), participó en las batallas de Matamoros, Monterrey, Cerro Gordo, Churubusco, Molino del Rey y Chapultepec comandado la 1st Division. Él puso la bandera de las barras y las estrellas en Palacio Nacional.

—¿Creen que Santa Anna nos ataque aquí? —preguntó Grant a sus compañeros. La luz de la fogata iluminaba los rostros de los hombres que marcarían la historia de México y los Estados Unidos.

—No, Ulysses. Presiento que nos están preparando una celada en el camino a Tlaxcala.

—Aun así, debemos apoderarnos de Veracruz para cuidar nuestra retaguardia. Este puerto significa nuestra base de avituallamiento para la marcha hacia la capital —repuso Scott. Su vitalidad a sus 60 años de edad era como la de un hombre de 40. Su amplia frente denotaba una inteligencia notable.

—Yo propongo que la tomemos en un asalto masivo. Tenemos más armas que ellos y es un hecho que los derrotaríamos en un par de horas —propuso McClellan, limpiándose con el antebrazo el sabroso whisky que le levantaba los ánimos.

Los generales se miraron entre sí ante el peso de la sugerencia de McClellan. Todos sabían que urgía tomar Veracruz lo más pronto posible para ganarle a las lluvias en el avance hacia la capital.

—Yo lo veo demasiado extremoso. Tomar el puerto de ese modo ocasionara cientos de muertos, en ambos bandos. Muertes inútiles que pueden evitarse —comentó Robert E. Lee. Su abundante cabellera y barba afilada con abundantes canas, le daba un toque de filósofo griego.

—Conozco a los mexicanos y ante un asalto así morirían con las armas en la mano. Jamás claudicarían —dijo Teodoro Escobar.

—Rodearemos la ciudad en un círculo de diez kilómetros de modo que no puedan entrar más vituallas para los veracruzanos. Sitiaremos la ciudad sembrando el pánico en ellos.

—El sitio nos puede tomar meses, mi general —dijo William Worth. Orgulloso vencedor de la batalla de la Angostura y Monterrey.

—Estoy de acuerdo contigo, Worth. No tenemos tiempo para perderlo en un sitio de meses. Para presionar su rendición les haremos caer una lluvia de artillería que con cada impacto los hará hacer conciencia y pactar la paz con nosotros. Les haré llover fuego hasta rendirse —repuso Scott contundentemente sin dejar de mirar al amarillento fuego de la fogata.

Sus generales asintieron con la cabeza sabiendo que la decisión estaba tomada y al día siguiente iniciaría el letal ataque.

La suerte corrió a favor de Elsa y su cuñado Evaristo al lograr escaparse de Taos y huir hacia territorio cheyenne, en Kansas. Un piquete de soldados de Sterling Price tomó el camino de Santa Fe, con órdenes precisas de atraparlos vivos o muertos.

Don Melchor Escobar tuvo que hacer frente a los hombres de Price ante la gravedad del incidente vivido con la muerte del cuyo Majors.

—Queda usted detenido hasta que nos diga dónde encontrar a los rebeldes de sus hijos —dijo uno de los soldados tomando bruscamente del brazo a don Melchor.

—Déjelo en paz que es un anciano y nada tiene nada que ver con esto —intervino Lucía Escobar, desesperada ante el abuso de los militares norteamericanos.

—Tú no te metas en esto, mujer, o también serás juzgada por las autoridades.

Lucia se adelantó para encarar al oficial de Price. Sus caras quedaron nariz con nariz. El oficial tragó saliva nerviosamente ante la personalidad de la mayor de las hermanas Escobar.

—Antes de que nos pongas una mano encima te advierto que mi hermano Teodoro es uno de los héroes de San Jacinto y hombre de confianza en el ejército de Winfield Scott, que ahorita mismo marcha sobre territorio mexicano. Cualquier abuso de tu parte te puede costar la carrera y hasta la vida —sentenció Lucía, haciendo recapacitar a los tres militares que se encontraban en su casa.

—Lo hecho por la mujer de Sixto es algo del dominio público y no hay nada que pueda hacer para evitarlo, señorita. Si saben algo de Sixto y Elsa, por favor, háganoslo saber. Con su permiso, don Melchor, y discúlpenos por el abuso —repuso astutamente el teniente Blake, intimidado por la amenaza de Lucía.

Los tres militares abandonaron la casa preocupados. Tenían que avisar al coronel Sterling Price sobre el alto rango de Teodoro Escobar y la inconveniencia de cometer un atropello con la familia Escobar.

El 22 de marzo de 1847, después de un breve norte, las baterías norteamericanas inician el ataque sobre la ciudad y puerto de Veracruz. La lluvia de balas de 10 pulgadas (4.5 kilos), causa daños considerables sobre las casas y construcciones de la ciudad, pero no daña en lo más mínimo las colosales paredes de la muralla del puerto. Los veracruzanos repelen el ataque con balas del mismo calibre, equilibrando las hostilidades.

Scott, desesperado por el poco daño que causan sus artilleros a la muralla, decide por la noche marcar la diferencia en la artillería haciendo traer tres cañones marinos de balas de 32 libras (15 kilos).

Por la madrugada del 23 de marzo, tres enormes cañones son arrastrados entre arena y pantanos por más de cuatro kilómetros hasta emplazarlos a 200 metros de las murallas de Ulúa. Los vigías mexicanos no perciben en la oscuridad de la noche la maniobra hecha por Robert E. Lee, futuro jefe del ejército del sur en la Guerra Civil norteamericana.

A la salida del sol de ese día, los mexicanos se encontraron con el fuego destructor de los tres potentes cañones que, a cada impacto, causaban muerte y destrucción. La diferencia entre las balas marcó el resultado de la contienda. Cada impacto norteamericano era cinco veces más poderoso que uno mexicano. Los yanquis disparaban contra cualquier construcción que veían con asombrosa puntería. Los mexicanos contra el agua, la arena o algún punto de los campamentos. En cuestión de horas la ciudad jarocha sería arrasada desde sus cimientos.

Un día entero se va, causando muerte y desolación entre los veracruzanos. La guerra de los yanquis es un simple tiro al blanco hasta no dejar nada en pie. Scott confía en la capitulación del general Morales al día siguiente. Los cónsules de España, Inglaterra y Francia visitan a Scott para rogarle que detenga el cañoneo. Scott los ignora, diciéndoles que antes del ataque él le dio tiempo a Morales para que sacara a sus diplomáticos, mujeres y niños de la ciudad. Ahora era muy tarde y no los liberaría a menos de que México se rindiera incondicionalmente a los norteamericanos.

Los veracruzanos sufren el artero ataque. Por las calles deambulan niños sin hogar porque sus hogares con todo y padres fueron volados. Mutilados se arrastran pesadamente por las calles tratando de encontrar un refugio a los cañonazos que caen por 24 horas sin parar. Los cadáveres que ya pasan de 500 se amontonan en las calles sin que nadie se atreva a moverlos. La amenaza de las balas no respeta a nadie.

—Te apuesto 50 dólares a que le doy a la cúpula de la iglesia —le dijo Patterson a Teodoro Escobar.

Escobar se para de puntas y calcula la distancia y la dificultad del disparo. Los compañeros lo arengan a apostar más. Patterson no es de buena puntería.

—Ahí te van 100 a que yo sí le doy a la primera.

Patterson dispara su potente cañón, sin tocar la iglesia y destrozando el mercadito de enfrente.

Teodoro dispara como si fuera el artillero estrella de Scott, haciendo estallar en pedazos la cúpula del templo. Los compañeros celebran el acierto con risotadas y aplausos. Patterson con un genio de los 1 000 demonios paga ahí mismo la apuesta de caballeros.

El 25 de marzo el general Morales pide un cese al fuego para sacar a los heridos y enfermos de la ciudad. Scott hace alto al fuego, pero no permite que salga ni un ratón de la ciudad. El clemente y comprensivo general yanqui, les regala un par de horas para que atiendan como puedan a sus heridos. Horas después, seguro del triunfo al día siguiente, Scott reanuda el cañoneo.

El cónsul de Francia, Gloux, se reúne con un grupo de ciudadanos franceses y seguro de su inmunidad política intenta abandonar Veracruz en lancha con la bandera gala ondeando en proa. Tres cañonazos del comodoro Perry lo hacen regresar a puerto asustado y agradecido de no haber sido echado a pique.

El general Juan Morales no puede más y, al enterarse de que ya son 1000 muertos mexicanos, se rinde ante el general Scott el 28 de marzo por la mañana.

El sitio de Veracruz duró cinco días, arrojando 1000 mexicanos muertos contra 14 norteamericanos. De los 1000 mexicanos caídos, sólo 350 son soldados. El resto son inocentes civiles que fueron sorprendidos en sus hogares o en la calle por la lluvia de balas.

La exitosa toma de Veracruz por parte de Scott significó un triunfo importantísimo para la toma de la capital del país. Teniendo asegurado un puerto con abastecimiento continúo de armamento, alimentos, agua y hombres, el primer paso para la toma de Palacio Nacional había resultado exitoso.

Don Antonio López de Santa Anna se entretenía curando al Jarocho, uno de sus gallos favoritos, que fue levemente herido en una pelea en la que el xalapeño ganó mucho dinero. El jeque de El Lencero recibió la noticia de la caída de Veracruz como algo esperado que no le provocaba la más mínima reacción.

—Era de esperarse, Genaro. Ese Morales es un inepto y cobarde. Yo mismo encabezaré el pelotón de fusilamiento para despacharlo al otro mundo por haber entregado el puerto de ese modo tan cobarde y vergonzoso.

—Es cuestión de días para que Scott avance para Xalapa, mi general. Comentan que Scott dice que cenará en El Lencero con usted como mesero.

Santa Anna soltó a su gallo con mirada de demonio como para matar a su pupilo. No le agradaba en nada el comentario de Genaro, pero no lo podía evitar porque era el chiste del pueblo.

—Yo mismo me encargaré de hundirle la bayoneta por el culo a ese yanqui engreído, Genaro.

—¿Dónde lo enfrentaremos, señor?

—En el cerro del Telégrafo o Cerro Gordo, amigo. Conozco bien el lugar y sé que de ahí no saldrá vivo ese anciano de Scott. ¡Lo juro!

—Alístate que partimos hoy mismo por la tarde.

Santa Anna se retiró a paso lento por su pata de palo. Una de las ventajas que le proporcionaba esa prótesis, era que Genaro lo escuchaba a kilómetros cuando se acercaba y tenía a la bella Lupita López de Santa Anna en sus brazos. Tan pronto se alejó Su Alteza Serenísima, la guapa Lupita entró al enorme salón de la casa. No había nadie cerca y sin perder un segundo comenzó a besar a la hermosa hija del presidente de México. Lupita era hermosa y era como la niña prohibida de todos los hombres, inclusive de Genaro, que la amaba a escondidas y en complicidad con Lolo Tosta, que ya lo sabía todo, pero no encontraba la manera de evitarlo. Los dos eran jóvenes, y Lolo, madrastra de la misma edad de Lupita, no le encontraba ninguna objeción a la relación de la hija de la difunta doña Inés con el joven texano. Ya encontraría algún modo de hacérselo saber a don Antonio, sin que el Napoleón xalapeño cargara contra su pupilo y protegido.

El 17 de abril de 1847, 14 días después de la rendición del puerto de Veracruz a Winfield Scott, Santa Anna, el único preocupado a nivel nacional por defender a México y de algún modo detener a los yanquis, coloca a su nuevo ejército de 12 000 hombres en Cerro Gordo para hacer frente y detener de una vez por todas al temido Scott.

Genaro Escobar miraba preocupado la disposición del ejército en las mesetas que bordeaban Cerro Gordo o el cerro del Telégrafo, como también se le conocía. Sin ser un experto militar como Santa Anna, Genaro miró con preocupación los puntos débiles de semejante campo de batalla para hacer frente a los norteamericanos.

La retirada, en caso de ir perdiendo la batalla, se convertiría en una trampa mortal al haber bloqueado la salida hacia Xalapa con los carros del ejército mexicano. El flanco izquierdo estaba sin protección alguna, haciéndolo blanco lógico de los yanquis al iniciar el ataque. La caballería no podría desplazarse libremente, al estar el terreno cubierto de gruesos matorrales y piedras voluminosas.

Frente al cerro del Telégrafo, hay un cerro alto de vegetación cerrada, conocido como el cerro de la Atalaya. La futura estrella del ejército sureño de la confederación, Robert E. Lee, decide subir, con la ayuda de 500 soldados, un pesado cañón hacia este promontorio y desde ahí sorprender a Santa Anna con un letal bombardeo con balas de 24 libras. La idea del cerro cruzó por Genaro e inclusive se la hizo saber al Benemérito de la Patria, recibiendo una burlona respuesta de su parte:

—No chingues, Genaro, si los yanquis nos atacan por ese cerro con un cañón, yo mismo me bajo los pantalones para que Scott me le meta sin un salivazo, por pendejo. Nadie puede trepar un cerro así con artillería. Aún eres muy joven e ingenuo, muchacho. Ya irás aprendiendo sobre la marcha.

Genaro sonrió apenado ante la risa de los otros soldados, que escucharon el comentario burlón del César de la Guerra.

Por el camino de Xalapa, 500 hombres suben el pesado cañón al cerro de la Atalaya, asemejando a un grupo de hormigas cargando un grillo para el hormiguero. Horas después los norteamericanos se pierden entre la cerrada maleza del promontorio, subiendo poco a poco el letal obús.

—No podemos más, general. Está demasiado pesado y el terreno de subida lo hace casi imposible —dijo Teodoro entre jadeos con el pecho empapado en sudor.

El comandante Robert E. Lee, comprendiendo el sufrir de sus compañeros, tomó una de las sogas que jalaban al pesado obús para seguir subiéndolo.

—¡No se rindan, soldados! Si ganamos la cima de este cerro con el cañón, sus hijos ganaran medio país para sus nietos. Hagámoslo por ellos. ¡Vamos!

Los soldados se inflamaron en orgullo ante la positiva arenga de su líder. En un par de horas lograrían lo imposible y sorprenderían a Santa Anna en la batalla que definiría el triunfo de los norteamericanos.

Un ataque prematuro por parte de los mexicanos sorprende a los hombres del coronel Harney a pie del cerro de la Atalaya. Twiggs y Lee no pueden hacer nada desde las alturas del cerro para ayudarlo. Aún no han alcanzado la cima y están a punto de desfallecer de cansancio. Harney repele gallardamente el ataque y corre tras los mexicanos hasta el cerro del Telégrafo. Lee y Twiggs ven desde las alturas que Harney se ha metido en medio del ejército de Santa Anna, apenas tiene tiempo de enmendar su error y huir de ahí, dejando casi 100 norteamericanos muertos en combate. Santa Anna se alegra y ve aún más fácil la derrota de los yanquis.

Scott regaña a Harney por su imprudencia al haber arriesgado innecesariamente a toda su tropa. Teme haber sido descubierto en su plan de atacar desde la cima del cerro de la Atalaya. La reacción de Santa Anna hace saber a Scott que no esperan ningún ataque aéreo desde el cerro.

Esa noche Santa Anna y sus hombres beben para festejar el triunfo del día. A como ven las cosas, será cosa sencilla arrasar con los norteamericanos a la mañana siguiente.

—Esos hijos de la chingada pagarán cara su osadía de haber entrado por Veracruz. No dejaremos a ninguno vivo para que los zopilotes se den un festín de carne yanqui —dijo Genaro Escobar, contagiado por el entusiasmo de Santa Anna.

—¡Viva el general Santa Anna!

—¡Viva!

A las siete de la mañana del 18 de abril de 1847, los norteamericanos abren el fuego desde un lugar imposible, que deja boquiabierto a todos los soldados mexicanos. Desde la cima del cerro de la Atalaya salen volando proyectiles de 24 libras que hacen impacto en el grueso del ejército mexicano.

Santa Anna no lo puede creer. Recuerda apenado las palabras de advertencia de Genaro al decirle que Scott podría intentar eso. Era demasiado tarde ya. Cada disparo de ese obús mata mexicanos como si fueran moscas.

En menos de dos horas el ejército yanqui acaba con el mexicano. El fuego del cañón de la Atalaya, más la toma del descubierto flanco izquierdo por Shields, en combinación con el avance contundente de Harney sobre el ejército mexicano al pie de Cerro Gordo, hicieron estragos en el ejército de Santa Anna.

—¡Huyamos, Genaro! —le dice Santa Anna a su hombre de confianza.

Santa Anna y Genaro cabalgan hacia el carruaje de Santa Anna que por mera precaución había dejado listo, si algo le salía adverso. Están a 50 metros de llegar a él, cuando ven un cañonazo hacer blanco en el carruaje, haciéndolo añicos con todo el cochero y las mulas.

—Me lleva la chingada, Genaro. ¿Ahora cómo salimos de aquí?

Santa Anna vislumbra otra vía de escape y hacia allá dirige la huida. Por el polvoriento camino que Santa Anna conoce bien por ser oriundo de estas tierras, los 14 hombres que lo acompañan buscan alejarse y salvar la vida. Atrás dejan al general Ampudia y Rangel para que se las arreglen como puedan ante el triunfante general Scott.

A mediodía, después de cabalgar por rutas inciertas ante el temor de los yanquis, Genaro pregunta a unos indios del camino el mejor lugar para pasar la noche, un sitio donde no sea fácil llegar a los enemigos. Uno de los indios se ofrece amablemente a llevarlos al perdido pueblito de Tuzamapan. Después de cuatro horas de cabalgar por veredas desoladas, donde los paisajes espectaculares los hacen olvidar su desdicha, por fin llegan al villorrio donde intentarían pasar la noche.

Son las 12 de la noche y cuando apenas Santa Anna empezaba a conciliar el sueño, el indio que los llevó a Tuzamapan, los despierta de nuevo. Los yanquis andan cerca y deben huir o serán apresados todos. De nuevo toman hacia otra vereda, sólo conocida por el fiel indio que desinteresadamente los ayuda. Los 15 jinetes llegan a una hacienda en ruinas donde sería el último sitio donde los buscarían los yanquis. Aterrados por las víboras, que ante sus ojos se esconden tímidamente entre las raíces y oquedades de los muros, los santanistas intentan pasar la noche en lo que amanece.

Al día siguiente, con los primeros rayos del sol, parten de la hacienda con camino a Huatusco, pintoresco pueblo al que llegan a medio día.

Santa Anna es recibido por el pueblo como todo un héroe de guerra. Con el uniforme hecho tirones, una improvisada muleta hecha con la rama de un árbol y la cara manchada de tierra, el Benemérito es vitoreado por todos los habitantes del pintoresco pueblito.

—¡Viva Santa Anna! —grita la gente que los rodea.

El hombre más influyente de Huatusco ordena que los 15 jinetes sean llevados a su casa y que se les prepare el mejor baño con agua caliente, para después agasajarlos con una opípara comida. «El tener al presidente de México de visita es un honor inmerecido para los habitantes de Huatusco», pensaba el orgulloso líder.

La fiesta se prolonga todo el día hasta caer la noche. Santa Anna se había salvado milagrosamente de ésta, y ahora se prepararía para las siguientes batallas en la Ciudad de México.

Evaristo, Elsa y los niños lograron llegar a Marysville, Kansas. La habilidad de Evaristo para evitar retenes militares y tomar veredas conocidas sólo por él, marcó la diferencia en la huida. En Marysville se reunieron con Sixto, quien no se cansaba de dar gracias a su hermano por la hazaña de haber sacado de Taos a su esposa e hijos.

—Estaba a punto de partir para Taos con un fuerte grupo de cheyennes para intentar rescatar a mi familia —dijo Sixto a Evaristo, al calor de una fogata.

—Hubiera sido un error, hermano. Taos está fuertemente resguardado por el ejército de Sterling. No van a descansar hasta acabar con el último foco de resistencia mexicana.

—Me preocupan mis padres y hermanas. Sterling se puede ensañar con ellos.

—Sterling lo pensaría dos veces antes de hacer algo contra ellos, Sixto. Teodoro es uno de los hombres fuertes de Scott en México. Cualquier estupidez de su parte saldría a la luz en un juicio militar. Los perseguidos somos tú, Elsa y yo. Nuestra familia está fuera de esto.

—Eso no nos libra de su persecución, Evaristo. Elsa mató al cuyo Majors y yo le saqué un ojo al rebelarme contra el espurio gobierno yanqui en Taos.

—Y yo me escapé con ella y los niños. Cómo verás hermano, no nos queda otra más que empezar de cero en California. En Nuevo México no tenemos futuro.

—Me quitaron, mi rancho, hermano. No tengo nada en Nuevo México. Como bien dices, California nos espera con los brazos abiertos.

Evaristo había dejado crecer su pelo hasta los hombros y parecía un cheyenne más del campamento de Kansas. Sixto lucía más fuerte por la vida al aire libre que ahora llevaba con los cheyennes. Su vida había cambiado radicalmente y sabía que otra parte del oro encontrado años atrás, lo esperaba escondido en la Sierra Nevada. Empezaría de nuevo en California y cuando las cosas se calmaran haría que sus padres y sus hermanas viajaran hacia Sacramento.

Al día siguiente partieron rumbo a Grand Island, Nebraska. Junto a ellos viajaban sus viejos amigos, Búfalo negro, Víbora roja y Búho gris. Como si la vida repitiera de nuevo algunos de sus episodios, los primos de Elsa y su familia caminaban de nuevo rumbo a California en busca de un lugar para establecerse y empezar de nuevo.

El teniente James Blake, en compañía de Tim Majors, hermano menor del difunto cuyo, les seguían el rastro como sabuesos y estaban a unos días de ellos. Debían cuidarse y alejarse de Marysville, sino querían caer en manos de la justicia yanqui. Tim Majors, otra copia mejorada del cuyo, había jurado vengarse por la muerte de su hermano. «No descansaré hasta poner en tres tumbas a los Escobar», juró a sus amigos en Taos, antes de partir a su búsqueda.

El 19 de abril de 1847, Winfield Scott y su triunfante ejército pusieron pie en Xalapa. El festejo de Scott por su triunfo en Cerro Gordo fue toda una fiesta para los norteamericanos. El saldo final de la batalla fue de 1 200 soldados mexicanos muertos y desaparecidos, junto con 3 000 prisioneros de guerra. Los hombres de Scott sólo sufrieron 300 bajas.

El viejo general sabía que ya no había nada ni nadie que lo detuviera en su avance hacia los Salones de Moctezuma en Tenochtitlán. Su victoria era equivalente a la conseguida por Cortés cuando derrotó a los feroces tlaxcaltecas de Xicoténcatl. Las puertas de la ciudad se extendían bien abiertas frente a él.

—Sólo dos horas bastaron para acabar con esos inútiles. Santa Anna, al que temía como a un gran militar, me ha demostrado que es un perfecto inútil. Ese tipo tiene de Napoleón lo que yo tengo de escritor o filósofo. Hasta un niño con sus soldaditos en la alfombra de su cuarto hubiera adivinado lo que iba a hacer Santa Anna frente a nosotros.

—A ese imbécil de Santa Anna lo perdió su soberbia y arrogancia. Nunca creyó posible un ataque por el cerro de enfrente y ahí perdió la batalla —dijo Worth, chocando su copa de whisky con su general.

—Ahora sólo nos queda avanzar hasta los salones de Moctezuma y hacer que México sea nuestro.

—Bien dicho, Worth.

Los soldados norteamericanos bailaban con la música que ellos mismos tocaban y cantaban. El ambiente era de festejo y triunfo.

—¿Qué hacemos con los 3 000 prisioneros, general? —preguntó Robert E. Lee.

Scott con ojos vidriosos por los efectos del alcohol lo miró con agradecimiento.

—Libérenlos mañana. Este ejército no tiene alimentos ni ropa para mantenerlos. Que regresen a sus milpas y a pescar con sus familias. La guerra ha acabado para ellos.

Los militares se miraron entre sí, admirando el gesto de nobleza de Scott al liberar a estos hombres.

—Capitán, Lee —continuó Scott—. Le reconozco su esfuerzo y talento en la toma del cerro de la Atalaya con ese pesado cañón. Ese cañoneo marcó la diferencia para ganar esta batalla. Al finalizar esta guerra todos los esfuerzos y entregas serán recompensados debidamente por mí.

—Gracias, general. Simplemente hice mi trabajo.

—México no ha sido rival hasta ahora, general. Después de esta batalla, la toma de la capital es lo que sigue —dijo Worth, sincerándose con su superior.

Scott dio un trago a su copa. Éste era un momento de relajamiento y tranquilidad. Éste era el momento para quitarse esa máscara de piedra que a todos lados llevaba para esconder sus sentimientos.

—A la larga me preocupa que estemos conquistando un enorme territorio para después disputárnoslo entre nosotros mismos en una guerra fratricida. Al norte de los Estados Unidos no le parecerá que este año podamos ser el doble de grande que ellos. El norte sabe que México, una vez conquistado, operaría igual que los estados sureños con su criticado sistema esclavista. En el fondo siento que el abuso que estamos cometiendo contra México, lo pagaremos de otro modo entre nosotros mismos.

Robert E. Lee, Ulysses Grant, William Worth y Teodoro Escobar se miraron entre sí confundidos ante la sinceridad y peso de las palabras de su férreo y hermético general. El Scott que tenían enfrente era otro, que no conocían. Era un hombre con sentimientos y preocupaciones que todos ellos sabían y vivían, pero que nadie se atrevía a comentar.

—Eso sería lo peor que nos podría pasar, señores —comentó Lee.

—Las diferencias están marcadas, Robert. Eso lo sabemos todos —repuso Grant, apoyando su mano en el hombro del que sería su futuro enemigo y lo derrotaría, 13 años después.

Teodoro Escobar, venciendo su timidez y admiración por sus superiores, se adelantó para decir:

—¿Que les puedo decir yo, señores? El territorio que estamos conquistando, la gente que estamos matando, es mi propia sangre. Aunque orgullosamente pertenezco al ejército de los Estados Unidos. Tengo a un hermano que pelea junto a Santa Anna por frenar este abuso del que estamos hablando. Texas, Nuevo México y la Alta California están sufriendo la invasión de un vecino con otra idiosincrasia y religión. La vida les ha cambiado de la noche a la mañana. Mis hermanos Sixto y Evaristo huyeron hacia California por temor a los yanquis y yo pertenezco a ese noble ejército. Tengo un temor terrible de que mi hermano Genaro muera por una de nuestras balas o por una salida del cañón de mi pistola.

Teodoro trató inútilmente de reprimir esas lágrimas, que para él eran muestra de debilidad y para sus compañeros de humanidad. Teodoro Escobar era una víctima más, que vivía en carne propia el abuso de la guerra injusta de James Polk.

Ese mismo día el general Worth partió para Perote para tomar un fuerte, que era el único obstáculo en su siguiente avance hacia Puebla. Para sorpresa de los norteamericanos el fuerte había sido abandonado por don Valentín Canalizo. Worth y sus hombres se horrorizaron al ver varias carretas con los cadáveres de los soldados mexicanos que fueron heridos en Cerro Gordo y que murieron en el camino o al llegar a ese fuerte o prisión militar. Los yanquis, temerosos de una infección, incineraron los cuerpos y algunos los enterraron para evitar una epidemia. El camino a Puebla estaba libre y sin problemas.

17

Scott toma Puebla sin disparar un tiro

Winfield Scott se enfrentó con varios problemas al tomar la ciudad de Xalapa. La paga desde Washington se retrasó, exaltando los ánimos de los soldados. Hubo pleitos entre yanquis y civiles mexicanos, asaltos a casas habitación y violaciones de inocentes xalapeñas ante la plebe americana. Scott tuvo que castigar estos excesos hasta con latigazos y amenazas de fusilamientos. La comida se agotó y tuvieron que empezar a depender de lo que les vendieran los xalapeños, arriesgando con esto su salud y exponiéndose a envenenamientos. Scott, a diferencia de Santa Anna, contaba con soldados contratados voluntariamente que cuestionaban en todo momento el liderazgo de Scott, como un obrero lo hace con su patrón cuando detecta un abuso de su parte. Gente aventurera y con problemas legales en sus tierras de origen, que tomaba la aventura de México como un salvoconducto a sus problemas. Los regimientos de Georgia, Tennessee y Alabama, 4 000 hombres en total, se regresaron a su país dando por terminada su aventura y su contrato. Con esta terrible deserción, Scott perdía una tercera parte de su ejército, quedándose con 7 000 para intentar tomar Puebla y la capital de México. Una locura, como pensaban sus opositores desde Washington.

El 11 de mayo de 1847, Santa Anna entra a Puebla sin ser recibido por nadie. Los poblanos muestran su repudio ante la escandalosa derrota de Cerro Gordo, sumada a las de la Angostura, Resaca de Guerrero, Monterrey y Veracruz. Ya nadie cree en el Salvador de la Patria. El gobernador de Puebla, don Rafael Isunza, ha declarado que la ciudad no opondrá ninguna resistencia a la llegada de los norteamericanos.

Santa Anna, con los ojos encendidos en furia, lee una hoja recién publicada por el prefecto de la ciudad, donde se dan recomendaciones y sugerencias para el buen trato hacia los yanquis.

—¡Explíqueme esta infamia, mentecato! Ni siquiera Scott anda cerca y ustedes como putas cobardes ya están abriendo las piernas al enemigo. ¡Debería fusilarlos a todos aquí mismo por putos!

Isunza con mirada de condenado sólo mira de lejos la publicación que ya conoce.

—Fue a sugerencia del pueblo para evitar que los yanquis hagan matadero de inocentes y destruyan la ciudad, don Antonio.

Su alteza se lanza al cuello del gobernador apretándolo con sus fuertes manos. Genaro interviene a tiempo para evitar el sofocamiento del gobernador. Isunza jala aire de nuevo entre tosidos y ojos lacrimosos.

—¡Bola de cobardes! Por gente como usted es que los yanquis están aquí. Necesito que me junten 1 000 hombres a leva forzada para defender la ciudad. Si no lo hace a tiempo, los yanquis se cogerán a sus hijas delante de usted, con su cobarde panfleto en la mano.

—Sí, señor. Juntaré los más que pueda.

Después de ver a Isunza, Santa Anna visita a los notables de la ciudad, sacándoles un préstamo forzoso de 30 000 pesos. Uno de los hombres más acaudalados de Puebla es liberado por los hombres de Santa Anna antes de ser fusilado, por decirle al Leónidas de Xalapa que no tenía dinero.

El obispo de Puebla se esconde en su búnker de la catedral, negándose a entrevistarse con Santa Anna. El prelado manda decir a sus hombres que no hay dinero y que es pecado ofrecer dinero para la guerra. Santa Anna, por un momento piensa tomar a cañonazos la catedral y sacarlo de ahí amarrado, como a un cochino para fusilarlo, pero la cautela vuelve a imperar en el defensor de México.

—Estamos para pelear contra los yanquis, no contra nosotros —le dice Santa Anna a su gente frente a la catedral.

En ese mismo instante, en la ciudad de Xalapa, Scott lanza un manifiesto a la nación donde desnuda la realidad de los generales mexicanos que comandan el ejército. En él habla de la indiferencia y cobardía que Santa Anna tiene hacia sus hombres, todos hechos unos muertos de hambre y siempre abandonados en el peor momento de la batalla por sus cobardes y torpes líderes. El manifiesto hace mella, en la de por sí desacreditada imagen del defensor de la patria.

El 14 de mayo, el general William Worth entra a Amozoc con 4 000 soldados. Sus hombres acampan y descansan en el centro del pintoresco pueblo. Santa Anna, junto con los 2 000 hombres que pudo reunir, se lanza sobre la última fila de carros que está por entrar al interesante pueblito. La pequeña caravana yanqui se acerca a la fuerza de Santa Anna y con maestría lo recibe con artillería ligera, causando estragos y temor en los desmoralizados mexicanos, que más querían huir que pelear en esa guerra inútil contra «los invencibles güeros del norte», como les decían.

Santa Anna retira a sus hombres para otra mejor ocasión, alegando que Worth se acobardó negándose a enfrenarlo en campo abierto.

Winfield Scott entra a Puebla el 28 de mayo de 1847, sin disparar un solo tiro, estableciendo su cuartel general. Por más de dos meses, el máximo jefe de las fuerzas castrenses norteamericanas se hará fuerte en esta ciudad, hasta reunir más de 12 000 hombres para lanzarse sobre la capital del país a principios de agosto del 47.

Después de la polémica y violenta toma de Santa Fe, Nuevo México, el coronel Stephen Watts Kearny tenía la misión de conquistar Arizona y la Alta California para su ambicioso presidente James Polk. Para lograr lo anterior, dejó a cargo de Nuevo México a Sterling Price y mandó al coronel Alexander Doniphan a apaciguar los territorios del sur hasta Chihuahua.

En septiembre de 1846, Kearny atravesó las áridas llanuras de Nuevo México y Arizona con dirección a California, para encontrarse sorpresivamente con Kit Carson el 6 de octubre, en la aldea abandonada de Valverde.

Kit Carson prestaba servicios al ejército norteamericano y viajaba a Washington por órdenes de Robert F. Stockton y el teniente coronel John C. Fremont, para poner personalmente al tanto al presidente Polk de lo que ocurría en California en la guerra contra México.

—Las principales ciudades de California fueron tomadas por Stockton y Fremont. Fremont desde hace meses proclamó el nacimiento de la República de California[72]. Uniendo fuerzas con el comodoro Stockton por mar y Fremont por tierra, los dos controlan toda California. Yo voy para Washington para explicar personalmente como hemos sometido a este territorio e intentar anexarlo como un nuevo estado, como se hizo con Texas.

Kearny tomó a Carson afectuosamente del hombro. Sus largas patillas al estilo Vicente Guerrero le daban un toque insurgente y no de feroz norteamericano en pos de la conquista de medio México.

—Excelente trabajo, Kit. Tu entrega por la causa será ampliamente recompensada. Me urge ver a Stockton y a Fremont.

—Stockton se unió como comodoro sustituyendo a Sloat, que fue el primero que tomó la bahía de Monterey y Yerba Buena. Fremont, con su famosa revolución de la «Bandera del Oso» tomó San Francisco, Sacramento y el pueblo de Sonora para la causa norteamericana. Stockton necesitaba tomar el sur de California y para eso reunió a los hombres de Fremont, incluyéndome a mí para formar la brigada de los Navy Mounted Riflemen. En un barco partimos de Yerba Buena a San Diego. Sentí que moría de tantos vómitos y mareos en el viaje. Al llegar a San Diego lo conquistamos sin ninguna resistencia para después unirnos con Stockton por tierra en la toma de los Ángeles. Fue así como controlamos California y después fui enviado

---

72 El 4 de julio de 1846, John C. Fremont, en compañía de un pequeño ejército de 60 voluntarios en la inmensa bahía de Yerba Buena (San Francisco), izó la bandera del oso gris de California, proclamando el nacimiento de la nueva República de California.

a Washington para presumir a Polk sobre la hazaña de Stockton y Fremont.

Kearny, conocedor del talento y fama de Kit Carson como guía, lo convence de que lo acompañe a California para reclamar formalmente la posesión de estos territorios

—¿Y qué con mi misión hacia Washington? Además, necesito ver a mi familia. No sé cómo estén después de la conquista de Santa Fe y Taos.

—Tu familia está bien, Kit. Sí, hubo algunos levantamientos en protesta por la toma de la ciudad, pero nada que no pueda controlar mi amigo Sterling Price.

Kit Carson con su indumentaria de montañés, parecía más un trampero que un hombre importante del ejército norteamericano.

—Me tranquiliza mucho, general. No sabía nada de ellos y de la suerte de Santa Fe.

—En vista de que California está bajo control, mandaremos a otra persona para que entregue los reportes a Polk. Dejaré 200 hombres en Santa Fe y con 100 irémos hacia California.

Kit acepta acompañar a Kearny y otro hombre es enviado en su lugar a llevar su mensaje a Washington. Tres de los cinco carros de avituallamiento de Kearny son enviados de regreso a Santa Fe, para apoyar a Sterling con la dominación de Nuevo México.

Kit Carson guía a Kearny y sus 100 soldados por las márgenes del río Gila, zona desértica e infernal en el norte de Sonora que casi acaba con todos los norteamericanos. Exitoso trampero y conocedor del camino, calcula bien que nadie muera de sed en el camino, llegando todos sanos y salvos al río Colorado el 25 de noviembre y a 40 kilómetros de San Diego el 5 de diciembre de 1846.

En los márgenes de San Diego son recibidos por el teniente Archibald H. Gillespie, quien los pone al tanto de la rebelión que hicieron los californios (mexicanos residentes del lugar) sobre las ciudades aparentemente tomadas por Fremont y Stockton al partir Carson para Nuevo México. Gillespie fungía como gobernador de los Ángeles y su pésimo desempeño sirvió como detonador, para iniciar la contraofensiva mexicana y expulsarlo hacia el sur.

Stockton se encontraba sitiado en San Diego y la llegada de Kearny en alianza con Gillespie le levanta los ánimos. Los 36 marinos y el cañón con el que huyeron de los Ángeles se unen a los 100 dragones de Kearny en la ofensiva contra los californios.

Stockton advierte por mensaje a Kearney, que una fuerza de 100 lanceros mexicanos comandados por el general Andrés Pico intentará sorprenderlo. Kearney intenta madrugar a Andrés Pico y se adelanta para atacar primero en el Valle de San Pascual, pero ante la férrea resistencia de los mexicanos, empieza a perder la batalla. 20 muertos y 18 heridos lo obligan a pedir ayuda desesperada a Stockton, enviando a Kit Carson a San Diego. Gracias a Stockton y los 200 marines que le manda, los hombres de Kearney se salvan de ser masacrados, aunque el triunfo de los californios es indiscutible.

El 12 de diciembre los maltrechos hombres de Kearney se reúnen con los de Stockton en el campamento de San Diego, que había vuelto exitosamente a manos de los norteamericanos. Stockton y Kearney discuten sobre el mando general del movimiento. Ambos argumentan tener el mismo rango, Stockton, a pesar de ser marino, se queda como líder general del movimiento rebelde por haber sido primero nombrado por Polk y por haber llegado antes que Kearney a California, además de contar con 600 hombres contra sólo 80 de Kearney. Stockton con 600 marinos y Kearney con 60 dragones avanzan hacia los Ángeles. Fremont, con 450 hombres, lo hace por el norte también desde Sacramento. Con estas tres columnas avanzando hacia el último reducto de los californios, se asegura el éxito de la conquista de California el 10 de enero de 1847 con la batalla del Río San Gabriel y la de la Mesa el 8 de enero, respectivamente.

El general y gobernador mexicano José María Flores, renuncia y deja el mando a Andrés Pico, quien huye de los Ángeles para ser interceptado el 13 de enero por el teniente coronel John C. Fremont. El general Pico es obligado a firmar el Tratado de Cahuenga, donde se reconoce el triunfo total de los norteamericanos y la toma del anhelado estado mexicano por los Estados Unidos.

Kit Carson, envuelto en el furor y celebración del triunfo en California, no se imaginaba que nueve días después en Nuevo México, el 19 de enero, su amigo Bent sería masacrado en la rebelión de Taos y su esposa Josefa se salvaría de milagro ante los rebeldes mexicanos.

Después del triunfo total de los norteamericanos en California, Kearney presionó a Stockton para que renunciara y volviera a sus barcos, donde pertenecía como comodoro que era. Stockton renuncia, pero deja el mando al coronel Fremont, causando la furia y odio en Kearney, que con todo pelearía la renuncia de Fremont por ser de menor rango militar que el experimentado héroe de la guerra de 1812.

Polk concede la razón a Kearney y lo nombra gobernador militar de California. Kearney en venganza hace un juicio militar contra Fremont. El escándalo es tan grande que Fremont viaja a Washington y es perdonado por Polk, en reconocimiento a su heroísmo como líder fundador de la Revolución del Oso Gris, en Sacramento y Yerba Buena.

Stephen Watts Kearney, el brillante abogado que por accidente del destino se volvió militar, después de su polémica gubernatura de California, sería irónicamente nombrado gobernador de Veracruz, fatídico lugar donde contraería la fiebre amarilla que lo mataría el 31 de octubre de 1848, en su natal pueblo de St Louis Missouri.

Sixto Escobar y su familia, junto con el grupo de cheyennes que lo acompañaban, fueron sorprendidos por los hombres del teniente Blake y Tim Majors, mientras acampaban en Fort Laramie, Wyoming. La idea de Sixto y Elsa era llegar lo más rápido posible a California. El resurgimiento de Sixto dependía del oro que había escondido en un sitio secreto, conocido sólo por él, en la ribera del río Truckee.

Dentro de un improvisado salón de madera del ejército norteamericano, el teniente Blake y Tim Majors interrogaban a Sixto Escobar después de su aprehensión.

—Pensabas que te nos ibas a escapar, ¿no? —le dijo Tim Majors a Sixto, mientras caminaba a su alrededor fumando un cigarrillo. De nada te sirvieron tus feroces cuñados cheyennes, Sixto. A todos los agarramos dormidos como a unos niños.

—No me puedes hacer nada. Estamos en tierras donde no aplican las leyes texanas. Aquí no tienes ninguna jurisdicción sobre mí.

Majors se acercó a Sixto y de una fuerte patada lo volteó con todo y silla, haciéndolo casi perder el sentido. Dos hilillos de sangre aparecieron en sus fosas nasales.

—Aquí en Wyoming se aplica mi ley marcial y mañana tú, tu hermano y tu mujer serán ahorcados por el asesinato de mi hermano.

—¿Estás loco si piensas asesinarnos en el fuerte? Son demasiados testigos para cometer una estupidez de ese tamaño.

—¿Quién te dijo que los ahorcaré en Laramie?

Majors se acercó a Sixto para gritarle en pleno rostro:

—Mañana partimos para Green River y te aplicaré la ley fuga en el camino, amigo. ¡Tus horas están contadas!

A la mañana siguiente, justo al amanecer, Sixto, Elsa y Evaristo fueron subidos a un carro del ejército y sacados de Fort Laramie. Los niños de Sixto y Elsa quedaron en manos del tío Búfalo negro, quien trataba de mostrar fortaleza ante sus sobrinos para no asustarlos. Simón, Elsa y Octavia miraban confundidos a su tío, preguntándole adónde llevaban a sus papás.

A eso de las nueve de la mañana la caravana de Blake y Majors detuvo su andar junto a una fresca arboleda para ahorcar a las víctimas.

Sixto no podía creer la injusticia que caía sobre él. Elsa lloraba como loca preguntando que habían hecho con sus hijos. Evaristo se mantenía incólume, como una estatua de piedra, calculando como mataría a Blake y Majors si lograba escaparse.

Las tres sogas fueron amarradas en las ramas de un robusto árbol. Los dos prisioneros fueron colocados sobre sus caballos con las sogas al cuello. Majors disfrutaba el momento con morbosidad. Elsa había sido apartada para que él la disfrutara primero, antes de ahorcarla. A empujones la metió entre unos árboles y sin perder tiempo le arrancó las ropas para violarla. Elsa intentaba gritar, pero un trapo en la boca le ahogaba su dolor.

Sixto y Evaristo, con las manos amarradas sobre los caballos y las sogas al cuello, sabían que, si las bestias se movían, ellos quedarían colgados dejando la vida ahí irremediablemente.

Blake había perdido el volado y le tocaba ser segundo en violar a la cheyenne antes de ahorcarla.

—Mi leche y la de mis compañeros será lo primero que te escurra por el hoyo cuando quedes colgada del árbol, india desgraciada —le dijo Majors, soltándole una bofetada y preparándose para mancillarla, haciéndose duro el pene con su propia mano.

Elsa bocarriba y maniatada, miró hacia el azul cielo entre las copas de los árboles, esperando lo peor con resignación. Moriría aquí y sus hijos quedarían a la suerte del destino. Dos lágrimas escurrieron hacia sus orejas al ver al cerdo de Majors separar sus piernas para profanarla.

De pronto la cabeza de Majors, con una mirada de sorpresa al verse sin su propio cuerpo, cayó sobre los níveos senos de Elsa lanzando borbotones de sangre. Atrás del cuerpo decapitado de Majors se encontraban con espada en mano Héctor Jaramillo y Búfalo negro.

Afuera de la arboleda, los demás militares fueron sorprendidos con certeros disparos de los forajidos que conformaban la banda de Jaramillo.

Blake murió de un balazo en la cabeza sin saber de dónde le llegó la muerte. Los otros seis militares fueron sorprendidos del mismo modo. Jaramillo, como caído del cielo, llegaba a tiempo para salvar a sus amigos de Texas.

—Echemos los cuerpos en ese hoyo y tapémoslos con piedras. No debemos dejar rastros de lo que aquí pasó. En cuestión de días se sabrá de la desaparición de los soldados —dijo Jaramillo a Remigio, el Oso de Kansas.

Elsa, tapada con una cobija, salió de la arboleda con la cara bañada en sangre, explicando que no le había pasado nada y que don Héctor la había salvado.

—Don Héctor nos cayó del cielo—exclamó Sixto, sin saber qué más decir ante la sorpresa de haber sido salvado de milagro.

Evaristo miraba con asombro a los feroces miembros de la banda de asaltantes de don Héctor, que los miraban con camaradería y aceptación.

—¡Un gusto verlos de nuevo, muchachos! Los niños están a un kilómetro de aquí con mis hombres. No podemos regresar a Laramie. Debemos continuar hacia California.

—No hay problema de nuestra parte, don Héctor. Para allá nos dirigimos —respondió Sixto, no encontrando de qué manera retribuirle el favor.

Don Héctor sonreía triunfante. Sixto estaba endeudado con él y el secreto del oro de California sería su justo pago.

Más de dos meses estuvo Scott en Puebla, haciéndose fuerte y preparándose para su embate final sobre la capital de México a principios de agosto de 1847.

El ejército americano, ante una lluvia de críticas sobre Scott, entró dividido a Puebla. El general Worth entró con 4 000 hombres el 15 de mayo y Scott con 3 000 hombres, el 28 del mismo mes. Expertos en la guerra desde Washington decían que dividir un ejército tan pequeño era entregarse a los mexicanos, quienes podrían destrozar a los norteamericanos con el solo hecho de negarles la comida y el agua.

Scott no pensaba del mismo modo y Puebla se le entregó sin ofrecer la más mínima resistencia de su gente, como un acto violento, una mentada de madre o un cacahuatazo al yanqui más cercano. Al tomar Puebla, Scott ofreció un desfile militar donde los yanquis saludaron al pueblo y regalaron juguetes a los niños, ganándose la admiración de los poblanos.

La vendimia hacía su agosto con los güeros del norte que pagaban bien por putas, comida y alcohol. Familias enteras contemplaban ante el inclemente sol de mayo, a los imponentes militares desfilar y saludar a los poblanos, como si estuvieran en la plaza Washington y no en el ombligo de México.

—¡Son unos gigantes! —exclamó un diminuto lépero al mirar a los soldados descansar en la plaza con sus bebidas en la mano.

La gente se acercaba a mirar las armas y caballos de los yanquis, como si fueran curiosidad de museo. Las madres de sociedad aventaban a sus hijas por delante para que enamoraran a los güeros para irse al norte con ellos al terminar la conquista.

Los burdeles hicieron su venta del siglo reclutando muchachas y vendiendo vino para complacer a los exigentes clientes que cada noche agarraban hasta de a dos muchachas por cliente para apaciguar esos fuegos eróticos guardados por meses, desde que pusieron pies en Veracruz.

El obispo de Puebla, Pablo Vázquez, ofreció una comida de reyes a Scott y a sus hombres más importantes en el Palacio del Obispado. Qué feliz era el obispo de recibir a unos guerreros que no le pedían ni un solo centavo, a diferencia del muerto de hambre de Santa Anna que hasta las alcancías del atrio se quería llevar. «Nuestra Madre Iglesia no está para dar, sino para recibir. Estando en paz con estos hombres no me faltará ni una veladora cuando se vayan», pensaba el obispo al mirar a los yanquis comer como si fueran a morir esa misma tarde.

Ese mismo día, al caer la noche, Scott fue alcanzado por un grupo de diez hombres que fueron los últimos en entrar a Puebla en una diligencia especial con el correo de Veracruz.

Teodoro le pedía a Scott que por favor saliera a ver a sus hombres dentro del carro porque no se podían bajar del mismo. Scott alarmado, pensando lo peor, caminó hacia el vehículo junto con Teodoro y Worth para ver qué ocurría. Al mirar dentro del carro se encontró con sus diez hombres totalmente encuerados con ojos de pena e indignación.

—¿Qué fue lo que les pasó? —les gritó Scott alarmado.

—Fuimos asaltados por un tal Manuel Domínguez y sus hombres. Se llevaron la ropa, todo el correo, dinero y objetos personales. Ese hombre es un demonio, mi general.

Scott por un momento sintió ganas de agarrarlos a fuetazos, emulando al famoso Santa Anna. Viendo que los curiosos se iban juntando junto al carro los corrió y pidió a Worth que les trajera uniformes para que se bajaran dignamente del vehículo. Este acto era un desafío hacia el orgullo del ejército norteamericano y haría hasta lo imposible por mantenerlo en secreto.

—Necesito que me hagas un favor, Teo —dijo Scott sin mover un solo músculo de su pétreo rostro de estatua romana.

—Usted ordene, general.

—Haz todo lo que puedas para contactar a ese tal Manuel Domínguez y forma con él un ejército de guerrilleros trabajando para nosotros. Prefiero pagarle a ese cerdo que tenerlo en nuestra contra.

—Descuide, mi general. Lo contactaré y formaremos con él su grupo de guerrilleros. Los mexicanos por dinero venden hasta su madre y hermanas, si es necesario.

Scott miró sonriente el rostro moreno de Teodoro, encontrándolo más mexicano que el famoso Moctezuma de las pinturas que había visto, pero calló en su interior por respeto hacia él. Que mejor que un mexicano para encontrar a otro mexicano.

«Este cabrón es más mexicano que Cuauhtémoc y parece que ya se le olvidó y cree que es un lord inglés», pensó Scott divertido mientras aguardaba la llegada de Worth con los uniformes.

Teodoro Escobar y su grupo de ocho acompañantes cabalgaban por el cañón de Río Blanco en Veracruz. Todos iban flamantemente uniformados y armados con sus rifles para encontrarse con la resistencia de Manuel Domínguez. Por datos precisos, después de días de intensa búsqueda e investigación, Teodoro sabía que el intrépido guerrillero los encontraría en breve por esas veredas.

Teodoro y sus muchachos descansaban junto al imponente río, que como un animal con vida avanzaba escandaloso sobre su cauce, como una furiosa serpiente en camino al mar.

Todo a su alrededor era verdor y ruido de animales en los árboles y la cerrada vegetación del lugar.

—¡Capitán Escobar! —se escuchó un grito en la montaña.

Teodoro se incorporó para gritar hacia donde provenía la voz, sabiendo que se exponía a caer abatido por las balas del enemigo.

—Aquí estoy, desarmado y en plan de amigo para hablar con ustedes.

Un largo silencio cortado por los cantos de los pájaros se dejó sentir en el arroyuelo.

—Me dicen que me anda buscando, capitán. ¿Dígame para qué soy bueno?

De entre la maleza apareció Manuel Domínguez, con las manos en alto, haciéndole ver a Teodoro que venía en plan de diálogo.

Teodoro miraba sorprendido y a detalle al bandido que se había convertido en leyenda en los caminos de Puebla. Domínguez caminó hacia él esbozando una sonrisa franca en su rostro. Detrás de él, entre los árboles era vigilado por sus hombres ante una posible traición del enemigo.

—Es un honor conocerlo, don Manuel —dijo Teodoro extendiendo su mano para saludarlo—. Como se lo expresé en la carta que le mandé, soy el capitán Teodoro Escobar del ejército norteamericano de Winfield Scott.

El Chato, como sus amigos llamaban a Manuel Domínguez, era de piel cobriza, labios gruesos como los de las cabezas olmecas, estatura mediana, con cara gorda y nariz pequeña y aplastada entre dos enormes patillas negras, como púas de puercoespín, que lo hacían ver repugnante.

—Usted se ve como nosotros y habla español como cualquier pelado de por acá, capitán.

—Soy hijo de padres mexicanos, nacido en Nuevo México. Como resultado de la guerra de Texas ahora soy norteamericano y peleo con ellos en esta incómoda guerra para ambos contendientes.

—Habla bonito, capitán. Me gusta eso.

—La razón de que lo haya contactado es que lo queremos como aliado y no como enemigo. Nos ha hecho mucho daño con sus ataques. Usted es un formidable guerrillero y mi general Scott quiere que peleé con nosotros.

El Chato se llevó una ramita a los labios para morderla, mientras meditaba la audaz propuesta. Miró sorprendido a su paisano, como si éste le estuviera proponiendo abofetear a Cristo en la cruz.

—¿Por quién me toma, capitán? ¿Acaso cree que voy a traicionar a mi pueblo por defender a los yanquis?

—Aquí no se trata de traicionar a nadie, don Manuel. Ésta es una plática de negocios. Usted no pertenece al ejército mexicano y nadie en Puebla tiene los huevos para levantarse contra nosotros. Usted es un fugitivo de la justicia mexicana. Santa Anna no le pagaría un centavo por luchar contra nosotros. Digamos que usted sería un guerrillero alquilado por Scott, con un muy buen sueldo y una casa de retiro esperándolo en Nueva Orleans, cuando ganemos la guerra. El patrimonio y futuro de su familia está garantizado, si trabaja para nosotros. ¿Qué le espera siguiendo aquí? Su cabeza tiene precio. A la larga, o lo matamos nosotros, o vuelve a la cárcel por bandidaje y crímenes. Scott partirá para la capital apenas nos lleguen más refuerzos de Veracruz. Nuestro triunfo será total, don Manuel. Para el año que entra usted será un orgulloso ciudadano norteamericano, con una hermosa casa a la orilla del Mississippi y sus hijos felices meciéndose en un columpio en un sauce, mientras su esposa prepara una deliciosa comida para la familia.

El Chato miraba extasiado la escena que Teodoro ricamente le describía. En el fondo sabía que el capitán yanqui tenía razón. La justicia mexicana lo buscaba hasta por debajo de las piedras y sólo era cuestión de tiempo para que lo agarraran y, si bien le iba, lo encerrarían en San Juan de Ulúa, ya que era seguro que primero lo fusilarían, evitando encarcelarlo. Santa Anna lo odiaba a muerte por haber intentado hacerlo tamales dos años atrás, cuando lo atrapó en su huida hacia Veracruz. Manuel Domínguez no tenía futuro en su país, a menos que se uniera a los norteamericanos y huyera con ellos, una vez terminada la guerra.

—No me parece mal su propuesta. ¿Cuánto piensan pagarme si acepto?

—Comenzaría bajo las órdenes del coronel Ethan Hitchock con un sueldo de coronel. Su misión sería la de proteger a los norteamericanos de cualquier ataque guerrillero en sus desplazamientos por diligencias entre el puerto y Puebla. También asegurará, como mensajero experto entre Puebla, Perote y Veracruz, las entregas de nuestra correspondencia.

—¿Y qué con la resistencia mexicana? Necesitaríamos rifles y parque.

—Les daríamos armas y municiones como a cualquier cuerpo de militares con los que contamos.

El Chato se acercó con confianza para decirle a Teodoro:

—¿Sabe usted por qué odio tanto a los militares mexicanos?

—No, don Manuel, ¿por qué?

—Hace muchos años fui asaltado y golpeado casi hasta la muerte por uno de ellos. Desde entonces juré vengarme y jamás volver a confiar en ninguno de ellos. Cada vez que puedo joderme a uno, lo hago sin pensarlo dos veces.

Teodoro sonrió optimista al sentir ganada la negociación con el férreo guerrillero mexicano.

—Pues ahora tendrá la oportunidad de desquitarse y chingarse a los que pueda.

—Empiezo hoy mismo, capitán Escobar. No hay tiempo que perder.

Los dos soldados estrecharon sus manos en camaradería y acuerdo.

—Bienvenido al ejército de los Estados Unidos, coronel Manuel Domínguez.

—Gracias por la oportunidad brindada, capitán Escobar, no lo defraudaré.

En El Resucitado, un merendero ubicado a un costado de Palacio Nacional, Genaro Escobar disfrutaba de un delicioso caldo de pollo con mucha cebolla, limón, cilantro y chile verde picado. Un canasto de tortillas hechas a mano por una india de brazos generosos, junto con un delicioso tarro de tepache bien frío, complementaban su apetitosa comida. Afuera, junto a la puerta del local, un anciano invidente cantaba con guitarra en mano una canción que decía: «Agárrense porque ya vienen los güeros».

Frente a él, dos mexicanos elegantemente vestidos discutían las ventajas de que México fuera engullido de una vez por todas por los yanquis, para así ser igual que ellos.

—Si los yanquis ganan la guerra, Cástulo, se apoderarán de todo el país y todos seremos Estados Unidos. Nos iría mucho mejor que con gobernantes ineptos y rateros como Santa Anna —dijo don Tobías, un hombre de cabeza blanca y lentes de gruesos vidrios, entrado en los 60, que se sostenía económicamente con una exitosa tienda de sombreros en la calle de Plateros.

—Hasta ahorita se han portado bien y han respetado a la gente y a las construcciones —repuso don Cástulo, famoso exmilitar del ejército trigarante de Iturbide y lagartijo temido por las jovencitas del zócalo.

Genaro no se pudo contener para mantenerse al margen de dicha plática y se metió en la discusión diciendo:

—¿Se han puesto a pensar que harían los yanquis del sur al adueñarse de México y carecer de esclavos negros para continuar su exigente sistema de producción agrícola? ¿Qué trato digno pueden esperar de unos hombres, que consideran a los negros como animales, muebles o activos y se pueden deshacer de ellos así como si fueran bienes materiales?

Don Cástulo y don Tobías se miraron entre sí sorprendidos. ¿Quién era ese irrespetuoso jovencito que se metía en su conversación como si fueran unos léperos jugando rayuela en la banqueta?

—Conseguirían más del Caribe, jovencito. Nueva Orleans elevaría su demanda hacia Veracruz para cubrir los pedidos de las haciendas mexicanas —repuso don Cástulo, ganándole la palabra a su compañero.

Genaro, sin pedirles permiso, tomó una silla de su mesa y se sentó en la de ellos para continuar la discusión. El mesero del local corrió rápidamente a la mesa para llevar el caldo y el tepache.

—Soy el capitán Genaro Escobar, miembro del honorable ejército mexicano de don Antonio López de Santa Anna, al que ustedes han llamado inepto y ratero.

Don Cástulo y don Tobías se miraron entre sí nerviosos ante la presencia del muchacho. Sabían que habían pecado de indiscretos.

—Discúlpenos, capitán. No sabíamos que había un militar santanista en el restaurante —se disculpó respetuoso don Cástulo.

—No tiene importancia… ¿don?

—Ahh… disculpe nuestra torpeza por no presentarnos debidamente, capitán Escobar. Yo soy Cástulo Villegas y él es mi amigo Tobías Jarero.

—No tengan cuidado, señores.

—Pero por favor continúe con lo que nos decía sobre la falta de esclavos en México —insistió don Cástulo, dándole respetuosamente su lugar a Genaro.

—Nací en Santa Fe, Nuevo México, y peleé con Santa Anna en el Álamo y San Jacinto hace diez años. Créanme que sé de primera fuente lo que los hacendados sureños hacen con sus esclavos. Los tratan como animales. Son considerados como bestias a las que se les puede hacer lo que ellos quieran, por no ser personas y no tener almas. He visto cómo marcan a sus esclavos con hierros candentes y cómo los golpean con látigos, las carnes se abren hasta aparecer las blancuzcas costillas. Una vez me tocó ver cómo amarraban a un negro a un árbol y lo quemaban vivo hasta chamuscarse por completo ante la mirada aterrada de los demás negros. Los negros son considerados por los yanquis del sur como algo cercano a los monos o simios. La economía de las haciendas funciona con base en matar a los negros como bestias de trabajo. Si los Estados Unidos ganan esta guerra, los indígenas mexicanos tomarán el lugar de los negros. Cualquier sujeto de color será tomado como esclavo para levantar la economía del nuevo país conquistado. La mayor parte de la población de este país es indígena, señores. ¿Se dan cuenta hacia dónde iremos si Scott conquista la capital?

Don Cástulo y don Tobías se miraron entre sí confundidos y apenados. Frente a ellos tenían a un soldado mexicano-americano que les informaba de primera fuente lo que tomaban como una leyenda o exageración de los medios de comunicación.

—No podemos negar que la economía americana es de las más fuertes del mundo, capitán —comentó, don Cástulo.

—Estados Unidos está dividido en dos economías, don Cástulo. La del norte que cuenta con el gobierno, las industrias, el acero, obreros y negros libres; y la del sur, que se basa en la agricultura, que se aprovecha de la esclavitud, y se desarrolla en la más infame de las condiciones humanas, además está prohibida por la Constitución de nuestro país desde hace 23 años. Caer en manos de los yanquis del sur es echarnos para atrás en la historia, entregaríamos a nuestros hijos a la esclavitud y dejaríamos de existir como nación. Si Estados Unidos gana esta guerra y toma todo México, el norte o la unión será la parte mínima del nuevo país, siendo en su mayoría sureño, en otras palabras, la mayor parte de los Estados Unidos sería esclavista.

—Mis nietos son morenos, capitán. Mi hijo es de piel blanca, pero mi nuera es morena como una princesa azteca. Yo no quiero a mis nietos trabajando como esclavos en un cañaveral o en un campo algodonero —dijo don Tobías, casi al borde de las lágrimas.

—Que se vayan a la chingada esos yanquis, hijos de puta —dijo don Cástulo dando un bastonazo al suelo.

Otros seis clientes que no habían perdido detalle de la candente conversación se unieron al grito de don Cástulo:

—¡Mueran los yanquis! ¡Vamos por los cueros de los güeros, hijos de puta!

—Déjenos pelear con usted, capitán —dijo el cantinero furioso—. Estoy dispuesto a morir en el zócalo, antes de permitir que esos güeros hijos de puta se metan a mi casa y violen a mis hijas.

—Sí, unámonos contra esos hijos de la chingada. Somos más que ellos y les haremos su noche triste, también. Mientras haya una piedra en el suelo o un objeto que pique o corte, habrá manera de hacerles frente a esos yanquis culeros, aunque no seamos soldados —dijo Chon, el encargado de la cocina de los caldos El resucitado, con su cuchillo cebollero en la mano.

Don Chinto, el anciano invidente que amenizaba la tarde con sus canciones, hizo a un lado su apolillada guitarra y también sacó un cuchillo de su raído traje para hacer frente a los hijos de Washington en el zócalo.

—Don Chinto, no tire navajazos a lo pendejo que nos puede sacar un ojo, mejor espérese a que aparezcan por la calle y yo le aviso —dijo don Tobías, echándose para atrás ante la amenaza invidente.

—Si todos nos unimos, cuando entren los güeros por el cerro del Peñón, les juro que no saldrán vivos de la capital. Cada hombre de 15 años en adelante, se puede convertir en un feroz soldado que venda cara la patria. Podemos cortarles el suministro de comida y matarlos de hambre. Podemos envenenarles el agua. Podemos matarlos a todos dentro de la capital, si nos unimos como los dedos de una mano para formar un sólido puño. Juntos, si nos lo proponemos, podemos colgar a Scott en un ahuehuete de Chapultepec —dijo Genaro, arengando a la clientela y curiosos que se acercaban.

Más personas se unieron a los exaltados clientes de El Resucitado, y de ahí salieron a la calle, juntando más gente para hacer conciencia y preparar a los habitantes de la ciudad para hacer frente a la inminente invasión.

18

Scott avanza hacia la capital

El grupo de diez militares mexicanos comandados por el capitán Genaro Escobar avanzaba tranquilamente por Río Frío rumbo a la capital. Llevaban pertenencias y caballos de Santa Anna, tomados de la hacienda de El Lencero y esperaban unirse a su general en la capital. Los preparativos para recibir a los yanquis estaban a todo vapor y sólo era cuestión de días para que Winfield Scott comenzara su avance hacia la capital del país.

Un agradable merendero, arrojaba humo por la chimenea, en un frío paraje montañoso, donde los santanistas pensaban comer algo. Genaro se apeó del caballo para ingresar a pie a la rústica cabaña.

—Andamos hambrientos, amigo, ¿qué nos puedes preparar? —dijo Genaro, saludando amablemente al encargado.

—No tengo mucho, señor, pero para los mexicanos siempre consigo algo de dónde sea —repuso el encargado con una sonrisa burlona, sacando su rifle para encañonar al distinguido visitante.

Genaro alzó los brazos sorprendido ante el siniestro personaje que parecía un Abraham Lincoln abotagado, con su horrible barba hirsuta sin bigote y su enorme cara chata con sombrero de copa color negro.

—Ya te cargó la chingada conmigo, santanista de mierda.

Genaro escuchó disparos en la puerta del local, intentando sacar su pistola para ser encañonado por el rifle del hombre que lo había sorprendido.

—¡Quieto, pendejo!

—¿Quién eres tú, que siendo mexicano atacas a tus hermanos mexicanos, en vez de a los yanquis?

Manuel Domínguez se acercó a Genaro y después de propinarle un culatazo disciplinario que lo dejó casi inconsciente en el suelo, le respondió:

—Soy el coronel Manuel Domínguez, jefe de la Spy Mexican Company, al servicio de los yanquis y enemigo acérrimo de los soldados mexicanos, especialmente de los santanistas. ¿Y tú quién eres, que te me haces conocido?

—Soy el capitán Genaro Escobar —repuso entre mareos antes de perder el sentido por el impacto.

Domínguez sostenía en el aire la culata con la que pensaba destrozar el cráneo del odiado capitán mexicano.

—¿Escobar?

—Sí, Escobar… tengo un hermano llamado Teodoro, que pelea junto con Scott.

Domínguez se echó para atrás horrorizado, entendiéndolo todo. Tomó sus cosas y huyó del lugar junto con sus hombres, dejando seis colgados, cuatro decapitados, y sorprendentemente, un solo sobreviviente que no entendía por qué había sido perdonado.

Scott regaló una sonrisa a sus hombres al leer el comunicado de que 2 500 hombres al mando del general brigadier Franklin Pierce[73] llegaban a Veracruz para reforzar al ejército norteamericano. Unos días antes habían llegado otros 4 000 soldados, enviados por el secretario de guerra William Marcy. Scott se sentía por fin completo para iniciar el avance hacia la Ciudad de México. Esa noche sería de festejo y jolgorio, todos sus hombres la recordarían por siempre. Un invitado especial engalanaba la fiesta, era ni más ni menos que Trist, el enviado de paz de Polk, que había llegado semanas atrás a buscar un acuerdo de concordia entre México y Estados Unidos, donde los yanquis se quedarían con medio país sin necesidad de avanzar hacia la capital y causar muertes y destrozos. Un tratado de paz que dejaría a Scott como un tonto que no hacía falta para la conquista de México.

---

73 Cinco años después vencería al mismo Scott en las elecciones para presidente de los Estados Unidos.

Trist había peleado a muerte contra Scott, al grado de que el secretario de la paz cayó enfermo, a un paso de la muerte. Scott lo visitó, buscando una sincera reconciliación y Trist, desahuciado y sin rencor alguno hacia él, mostró la correspondencia que desde semanas atrás sostenía con Polk. Scott se dio cuenta de que, por envidias y celos, el enemigo era Polk y no Trist, quien sólo recibía órdenes. Scott reconciliado con Trist, le recomendó que comiera de un dulce de guayaba que las indias poblanas juraban era milagroso. Trist sin nada que perder lo probó y como un resucitado se reincorporó a la vida poblana como un Lázaro yanqui, con una alta estima y agradecimiento hacia el futuro héroe nacional, Winfield Scott.

Esa noche poblana, en especial, Teodoro Escobar se sentía feliz y triste a la vez, feliz por estar a unos días de partir hacia la conquista de la capital de México y triste por no haber estado con ninguna mujer desde que había partido de Texas meses atrás. Noche tras noche soñaba con el cuerpo desnudo de Christie Curtis y buscaba un lugar a solas para autosatisfacerse y olvidarla un poco. Harto de masturbarse, optó por pecar y buscar la pasión en una poblana de 20 años que desde días atrás lo perseguía en los salones de fiesta, donde los poblanos de sociedad aventaban a sus hijas por delante, esperando que se casaran con un yanqui.

La jovencita de nombre Cenobia era totalmente opuesta a lo horrible de su nombre. Cenobia era morena clara con cabello peinado en chongo. Sus ojos negros, engalanados con unas largas pestañas, eran hermosos, con una boca roja y carnosa que invitaba a Teodoro a la pasión. Su estatura era bajita, nada comparable a las gigantonas tejanas de uno ochenta metros que rondaban las calles de San Antonio. Cenobia llegó a brazos de Teodoro, casi casi por orden de su madre, que le había puesto el ojo al militar americano que parecía poblano.

—Ese morenazo habla español, hija. Se ve que es un mexicano yanqui de la frontera. Con él te vas a hacer rica, además de que el tipo no está de mal ver, parece todo un Cuitláhuac, con su traje de soldadito yanqui.

—¡Ay, madre! ¿Quién te entiende?

Teodoro llegó al cuarto de la elegante posada poblana y en menos de dos minutos ya estaba cómodamente instalado en uno de sus elegantes cuartos.

Sin mucho galanteo y rodeo, Teodoro la desnudó ante la complacencia y cooperación de Cenobia que se imaginaba la novia de un César americano.

Brava y juguetona resultó Cenobia para el gusto de Teodoro, siendo la primera mujer con la que podía comparar lo que Christie tenía y carecía.

—Me encantan tus senos, Ceno.

—Yo te adoro, Teodoro. Eres el hombre de mi vida y el primero con el que hago esto.

La pasión siguió toda la noche y de este agradable y pasional encuentro nacería Teodorito I, en febrero de 1848.

La caravana de Héctor Jaramillo y Sixto Escobar hizo un alto en la aldea paiute que, en 12 años (1859), se convertiría en Virginia City[74], en Nevada. Después de un rápido avance desde Wyoming por el estado de Nevada, por fin se encontraban en la frontera de la Sierra Nevada, la entrada a California.

Sixto Escobar fue recibido en la aldea paiute por el orgulloso jefe Tru-ki-zo o Truckee, quien una década atrás los había ayudado a cruzar el peligroso Paso Donner en la primera caravana de Sixto, Mackenzie, Cooper y Carson.

Truckee presumía orgulloso a su nieto Natchez y a sus nietas Mary, Elma y Sarah[75], todos ellos hijos del jefe Winnemucca, hijo

74 En 1859, James Finney, apodado Old Virginy, descubrió la mina de plata Comstock Lode, originando de la noche a la mañana la ciudad de Virginia City, con el boom minero.

75 Sarah Winnemucca (1844-1891) se convertiría con los años en la primera escritora indígena que publicaría un libro en los Estados Unidos, conocido como *Life among the paiutes: their wrongs and claims* (1883). En 1993, un siglo después de la publicación de su obra, como reconocimiento a su trabajo, ingresó al salón de la fama de los escritores de Nevada. Truckee, su abuelo, moriría en 1860 por la letal mordedura de una tarántula.

de Truckee y famoso guerrero paiute que comandaba 150 hombres.

—Qué gusto saber que tú y tu familia están bien, Truckee —dijo Sixto, dando un abrazo afectuoso al famoso jefe paiute.

—Gracias, Sixto. California ser libre. Carson y Fremont ganar guerra y ahora somos como Texas.

—Sí, Truckee. Nos enteramos por las milicias que nos encontramos en el camino que Kearney, Stockton, Carson y Fremont habían derrotado a los californios de Andrés Pico.

—Vida cambiar pronto en California, amigo. Mucho cara pálida, pronto venir a vivir en tierras nuestras.

Sixto sabía que la situación de los indios, al igual que la de los mexicanos, no cambiaría mucho para bien, con la conquista de California. Los nuevos dueños de California serían los blancos venidos del este con la fiebre del oro, que se desataría dos años después, en 1849.

—Festejemos este triunfo, Truckee. Hagamos una gran fiesta esta tarde. ¡Avisa a tu gente! —dijo don Héctor, animando al jefe paiute y buscando su amistad, con la seguridad de que algo sabía del oro de California.

Un par de horas después los paiute y los viajeros disfrutaban de una agradable tarde de sol con la deliciosa carne de venado que había conseguido el gran jefe paiute.

Don Héctor regaló una muñeca de trapo a la niña Sarah Winnemucca, ante el agradecimiento de su abuelo el gran jefe Truckee.

—Su nieta es una niña muy inteligente, Truckee. Su mirada tiene un brillo de astucia que no es fácil de encontrar en otros niños.

—Yo mandarla a estudiar a Sacramento, aunque su padre oponerse a todo lo que provenga de caras pálidas.

—No le hagas caso, Truckee. Si esta niña estudia se le depara un gran futuro con la nueva California que inicia. Aprovecha todo lo que la República del Oso Gris te pueda dar.

Las mujeres paiute cantaban contentas, mientras el sol se escondía en las montañas. Elsa y sus hijos tocaban improvisados instrumentos, tratando de poner ritmo al adormecedor canto paiute. Sixto y don Héctor quedaron a solas unos minutos, que fueron aprovechados por el hábil bandido para buscar información sobre el oro californiano.

—Sé que encontraste oro en California, Sixto. Todo lo que perdiste en Taos no es posible que lo hayas conseguido con trabajo. Eso ve y cuéntaselo a un pendejo, no a mí.

Sixto lo miró con mirada comprometida. Sabía la clase de hombre que era don Héctor. Desde que lo conoció en la senda de Santa Fe, sabía que ese hombre era un bandido ambicioso y peligroso. El grupo de salteadores que lo acompañaba era su tarjeta de presentación. Sus asaltos y abusos andaban en labios de soldados, pioneros, indios y mormones. Don Héctor no había viajado hasta California para conformarse con conseguir un trabajo cuidando vacas en un rancho. Don Héctor buscaba riqueza y la conseguiría a toda costa, pasando sobre quien tuviera que pasar.

Sixto se sentía en deuda con Jaramillo. Don Héctor lo había salvado a él y a toda su familia del ataque de Majors. Sin decirle jamás la ubicación de su oro escondido, lo guiaría adonde era probable que encontraran algo. Ya cuando lo tuviera lejos, entonces iría por su tesoro oculto. Sacar el oro, estando con él a su lado, sería un error fatal que no pensaba cometer.

—Es cierto, don Héctor, sí encontré oro en la Sierra Nevada.

Los ojillos de don Héctor se agrandaron al dar oídos a la confesión que soñaba escuchar desde que se encontró con los Escobar, en Wyoming.

—Hace diez años cuando cruzamos la Sierra Nevada por el Paso Carson, me encontré con una piedra que contenía oro en la orilla de un río. Fue un milagro. Sólo fue una, y por más que recorrí la orilla del río, en el que acampamos por horas, no me encontré con otra más.

—¿Lo supieron tus compañeros?

—No. Si les hubiera dicho, habría sembrado la codicia entre ellos. Simplemente la guardé para mí y hasta llegar a Nuevo México hice uso de ella.

—Por eso compraste tu rancho en Taos y te diste la gran vida hasta que ocurrió lo de Sterling en Santa Fe.

—Exacto.

Don Héctor escudriñaba con sus ojos cualquier señal de lenguaje corporal que indicara que Sixto mentía. Sixto jamás rebelaría el secreto de los cuatro viajeros de una década atrás. Decirle que Cooper, Carson y Mackenzie también encontraron oro, era como echarles encima a todos sus secuaces, hasta quitarles o arrancarles el secreto de su ubicación.

—Debemos buscar bien de nuevo, Sixto. Hacernos ricos está a flor de tierra, donde encontraste esa pepita.

Don Héctor compartió un poco de su ron para brindar con su nuevo socio. El bandido elegante no descansaría hasta tener una piedra de ésas en sus manos.

—¡Salud, Sixto! Porque pronto nos hagamos ricos.

—Salud, don Héctor.

El día 18 de mayo de 1847, Santa Anna entra a la Ciudad de México con 4 000 maltrechos y famélicos hombres. Detenido en Ayotla por una comisión enviada por el presidente Pedro María Anaya por considerarlo una amenaza para la ciudad, Santa Anna reacciona humillado y pide al gobierno que exija por escrito su renuncia inmediata como líder del ejército mexicano. La comisión regresa a exponerlo con Anaya, y don Antonio, decidido a no esperar la respuesta, entra a la capital, aclamado por el pueblo e irremediablemente por el gobierno. Don Antonio López de Santa Anna se convierte así por décima vez en presidente de los mexicanos para hacer frente a la invasión americana.

Genaro y Lupita se reunieron a escondidas en el jardín de la enorme casa que habitaba el general defensor de los mexicanos, en Tacubaya. Su relación era un secreto que afortunadamente no había llegado a oídos de Su Alteza Serenísima. Lolo Tosta, amiga y madrastra de Lupita, trataba de apoyarla en todo lo posible con su secreto idilio con el valiente capitán mexicano.

Genaro buscaría hablar de hombre a hombre con Santa Anna sobre el amor de Lupita, al final de la invasión americana en la capital del país. Hacerlo antes podría ser un error garrafal. El enamorado sabía que el futuro de esta peligrosa relación dependía enteramente del resultado de este inminente ataque a Palacio Nacional por los experimentados cadetes de West Point.

—Te amo, Genaro. No puedo vivir sin ti —dijo Lupita, dándole un tierno beso.

—Yo te amo más, Lupita. Apenas termine esta guerra, hablaré con tu padre y le diré todo lo nuestro.

Los hermosos ojos negros de Lupita López de Santa Anna contemplaban detalladamente el rostro de su amado. Sus tiernas manos acariciaban su rostro como si tratara de memorizarlo para después plasmarlo en un lienzo.

—Mi padre te matará. No permite que nadie se me acerque. Cuando le digas que su hombre de confianza enamoró a su hija, te pondrá frente a un pelotón de fusilamiento.

—Pues que lo haga. No me importa. Si he de morir por confesarle tu amor y amarte, que así sea.

—Espera a que derrote a los yanquis. Te aseguro que, con un Scott encerrado en un calabozo en Palacio Nacional, verá las cosas de otro modo. Mi padre se alimenta de aplausos y ovaciones. Cuando derrote a los norteamericanos y los haga regresar a Veracruz con grillos en los tobillos, verás que aceptará nuestra propuesta de amor.

Los negros ojos de Genaro se posaron en un pajarillo que revoloteaba juguetón en la fuente de barro del jardín. En su interior sabía que el triunfo de México sobre Scott era posible, si no se volvían a cometer errores como los de Cerro Gordo y la Angostura.

Los dos se besaron de nuevo, Genaro se sintió con la confianza de que nadie los veía e intentó meter la mano bajo el vestido de Lupita, quien no puso la más mínima resistencia. La mano castrense de Genaro subía lentamente por la pierna de Lupita como una peligrosa tarántula. Le faltaban pocos centímetros para llegar al sitio de conquista, cuando unos inoportunos tosidos de Lolo Tosta interrumpieron el ataque.

—¡Don Antonio acaba de llegar, Lupita!

Genaro se separó resignado. Ya habría otra oportunidad de hacerla suya. Nunca en su vida había respetado tanto a una dama como a la hija de Santa Anna, a la que sólo había besado y nada más.

—Gracias, Lolita. Voy para allá.

Tan pronto se supo de la guerrilla aliada de Domínguez con los yanquis, surgió el odio y repudio de los mexicanos hacia la Traidora Rata Poblana, como lo llamaban. Otras bandas se organizaron para dar caza al traidor renegado para cortarle la cabeza. Domínguez y sus hombres eran de lo más buscado en los parajes poblanos.

Los dos jinetes detenidos por hombres del comandante Escudero en el paraje de Río Frío fueron llevados a su presencia para decidir su destino.

—Los encontramos solos, mi comandante. Llevan en sus mochilas correspondencia para los yanquis.

Escudero tomó las cartas que le mostraba su fiel soldado. Abrió la primera carta del bulto, para encontrase con un mensaje de amor, en inglés y dirigido a un tal «My loved Susy». Escudero se acercó al espantado dominguista, que parecía que se iba a morir ahí mismo del susto, para aventarle la carta al rostro.

—Así que trabajan para la pinche Rata Traidora, ¿no? Les gusta lamerles los culos güeros a los yanquis, ¿no?

—No, señor. Esa mochila nos la encontramos tirada en el camino. Nosotros somos enemigos de los yanquis.

Escudero, con mirada burlona y de triunfo, caminó alrededor de los dos espantados guerrilleros.

—Pues conmigo ya se los cargó la chingada, putitos renegados. Recibirán su castigo ejemplar por lamerles los fundillos a los yanquis.

Dos fogatas se colocaron bajo las ramas de un frondoso árbol. Colgados de los tobillos y con las manos amarradas en la espalda, a escasos 30 centímetros de los ardientes leños, los dos dominguistas fueron colocados como piñatas.

Los dominguistas tosían al recibir el humo de la fogata que el viento por momentos se llevaba y traía. En los primeros segundos el calor quemó sus cabellos y frentes. Sus gritos de dolor, a momentos ahogados por tosidos, rebotaban como eco en las paredes del verde valle. Minutos después los gritos cesaron al comenzar a hervir los sesos de sus cráneos. Sus ojos estallaron fuera de sus cuencas, por el intenso calor. Los cuerpos dejaron de moverse, mientras las cabezas se achicharraban irremediablemente.

Los mecates fueron cortados y los cuerpos puestos a un lado de las fogatas. Cada uno de los escuderistas pasó burlonamente a orinar las humeantes cabezas, que tronaban al contacto con los ambarinos meados, al entrar los chorros en las negras cuencas y bocas de los vaporosos cráneos. Las macabras risas de los soldados se escucharon por todo el valle como los gritos en un aquelarre a media noche.

—Ahora puedo dormir tranquilo, muchachos. Dos dominguistas menos en Puebla —exclamó Escudero satisfecho.

Santa Anna, preocupado por el inminente avance de Scott y sus tropas, ordenó que se fortificara la ciudad para resistir a los yanquis y vencerlos de una vez por todas en la misma Tenochtitlán, que tan gallardamente defendió Cuauhtémoc, 326 años atrás.

Don Antonio López se sentía como un nuevo Cuauhtémoc que salvaría a la patria del desastre de los bárbaros del norte.

Sueños de triunfo en los que Su Alteza imaginaba a Scott, Pearce y Worth colgados de un improvisado patíbulo en el zócalo, le llenaban su fértil imaginación. En su sueño, la gente le arrojaba flores y lo glorificaba como el máximo salvador de la patria.

Santa Anna se preparaba como si fuera el único hombre al que le importaba perder todo ante los yanquis.

El cerro del Peñón al oriente fue fortificado, por ser el primer punto obvio por donde irrumpirían las fuerzas norteamericanas al venir de Puebla. Al sur, el convento de Churubusco también fue fortificado; el Castillo de Chapultepec es fortalecido para resistir un ataque proveniente del sur; al norte las garitas de Nonoalco, Vallejo y Peralvillo son guarnecidas por piquetes de soldados.

Para dar más tranquilidad al observante pueblo, Santa Anna recluta un poderoso ejército de 20 000 hombres, todos dispuestos a morir por defender a su patria.

Santa Anna se apoya en su enemigo político don Gabriel Valencia con su ejército de San Luis Potosí y con un extraño cacique de Guerrero llamado Juan Álvarez, que nos sorprenderá durante lo más crudo de la invasión con su cobardía e ineptitud para apoyar al Napoleón xalapeño contra los yanquis.

—¡Scott está loco! —exclamó Evans, amigo de Teodoro Escobar.

Los dos se encontraban en el piquete de soldados al mando de Twiggs, que estaba por iniciar su avance desde Puebla hacia la capital de México, aquella mañana soleada del 7 de agosto de 1847.

—¿Por qué lo dices? —repuso Teodoro, llevándose su mochila a la espalda.

Evans, flaco y larguirucho, se acomodó los lentes de armazón sobre el pronunciado puente de su nariz de tucán para contestar:

—La capital de México tiene 200 000 habitantes y Santa Anna ha juntado un ejército de 30 000 hombres, dispuestos a morir por su patria. Nosotros, a lo mucho, apenas somos 11 000. Santa Anna nos triplica en soldados, y mi temor es que de esos 200 000 habitantes, el 10 %, herido en su amor propio, se una a los 30 000 soldados de Santa Anna, para ser así 50 000 aztecas dispuestos a sacrificarnos en su teocali, en el centro. Como ves, ésta es una marcha hacia la muerte, no al triunfo.

—Tu problema es estar leyendo ese libro de la conquista de México, Evans. Sabes tanto de Tenochtitlan, que todo lo adaptas a nuestra realidad y con eso espantas a nuestros compañeros.

—Ninguna de las batallas anteriores se parecerá a lo que nos espera en la capital. Una vez adentro, no habrá manera de salir, más que conquistándolo todo o muriendo en la empresa. Si no lo logramos, nos mataran a todos. La gente nos linchará por todo lo hecho a su país.

Otro soldado, de apellido Patterson, escuchaba horrorizado la sentencia de Evans, contagiándose de temor.

—¡Basta Evans! —Evans calló ante el grito autoritario de su superior—. Ya no nos queda otra más que seguir e intentarlo. ¿Qué le vas a decir a Scott, que te regresas solo a Veracruz porque a todos nos va a cargar el diablo? Deja de espantar a la tropa y hazte de huevos para triunfar. No nos queda otra más que triunfar o morir. ¿Entendiste?

Evans no respondió.

—¿Entendiste, Evans?

—Sí, capitán Escobar. Le pido disculpas. No vuelvo a decir nada que espante a mis compañeros.

—¡Muy bien, soldado!

19

Scott llega a la capital

El 9 de agosto de 1847, Scott y su ejército llegan sin ningún problema a la parte oriente del gran lago de Chalco, a unos cuantos kilómetros de la gran Ciudad de los Palacios, como acertadamente la bautizó 43 años atrás, en 1803, el Barón de Humboldt[76].

Santa Anna, angustiado ante la cercanía del poderoso ejército invasor, lanza una proclama que es repartida y pegada en muros y postes de la capital, para arengar al pueblo a defender a su ciudad:

¡Mexicanos! La Conquista os hizo pertenecer a la raza noble y generosa que se honra con la memoria de Numancia y de Sagunto, y que en tiempos más modernos os presenta ejemplos que imitar en las defensas de Zaragoza y de Gerona. Ha llegado la época en que manifestéis que los descendientes de los héroes son también héroes bajo el hermoso cielo del Nuevo Mundo.
Soldados mexicanos: las esperanzas de la patria se cifran hoy en el entusiasmo con que os preparáis a defender la independencia, que es nuestra más gloriosa conquista. La victoria que tantas veces ha coronado vuestras sienes va a ser la recompensa de vuestros afanes, y llega el día en que la historia se apodere de vuestros nombres para inmortalizarlos. Si os espera la muerte de los valientes, vuestros hijos contemplarán en vuestro sepulcro el altar de la patria y el blasón de vuestra nobleza. Si fuerais musitados, sobreviviréis a vuestra gloria, vuestra será

---

76 El barón de Humboldt visitó a Thomas Jefferson en 1803 y presentó un reporte de las maravillas de México, despertando la semilla de la voracidad en el presidente norteamericano, para que 44 años después los Estados Unidos se apoderaran de estos territorios.

la admiración de todos los camaradas en el campo de honor. Después del triunfo una nación os deberá la existencia; esta nación será vuestra patria y os recompensará con generosidad. El cobarde no pertenece a vuestras filas. ¡Arrojad de ellas al que vacile, despojadlo de las insignias que son el emblema del patriotismo, de la disciplina y del valor, y maldecidle siempre!

El cielo amaneció encapotado aquella fresca mañana del 11 de agosto de 1847. El ejército norteamericano se desplegaba imponente sobre las playas del lago Chalco, al sur del Valle de México. En una parchada tienda de campaña de color caqui, se llevaba a cabo una importante junta para decidir por dónde y cuándo se asaltaría la capital mexicana.

—Santa Anna pegó el grito en el cielo cuando vió que no lo enfrentamos por el lado del antiguo camino real, es decir, por el cerro del Peñón. Tal y como nos los dijo la *Spy Mexican Company*, el sitio estaba muy reforzado por el general Manuel Robles con 7 000 hombres y 30 cañones, para intentar algo por ahí. Hubiéramos perdido muchos hombres innecesariamente —dijo Winfield Scott a Robert E. Lee y a G.T.B. Beauregard, mientras revisaban un mapa del Valle de México extendido entre cuatro piedritas sobre una improvisada mesa de madera.

—Yo propongo bordear el lago de Chalco por el oeste y sorprenderlos por San Agustín de la Cuevas[77]. Dicen que *Santy Any* tiene una casa de campo por ahí —dijo el teniente Pierre Gustave Toutant de Beauregard, sorprendiendo a todos con la información que el capitán Teodoro Escobar le había comentado antes de la junta.

El teniente Beauregard contaba con 29 años y era un distinguido alumno egresado de West Point en 1838 en ingeniería militar y artillería. Su físico era muy parecido al de Porfirio Díaz[78], cabello oscuro, moreno y con un enorme bigote negro.

El comandante Robert E. Lee, al mando del cuerpo de ingenieros, levantó la mano para dar su punto de vista. Ya había de-

---

77 Tlalpan.
78 Un muchacho de 17 años, en ese año de 1847.

mostrado su eficacia al sugerir el exitoso ataque por el cerro de la Atalaya en la batalla de Cerro Gordo. Inquieto y adelantado a todos sus compañeros, un día antes ya había ensayado otra ruta que auguraba el éxito.

—Yo sugiero otro camino, general Scott. Precisamente ayer, junto con el teniente Richard Ewell, visité un lugar donde estaríamos a menos de 20 kilómetros de la capital. El camino está desguarnecido y no hay nadie habitándolo. Cuando los mexicanos se den cuenta de nuestra presencia, ya estaremos dentro de la ciudad y será demasiado tarde para ellos para frenarnos.

—¿Qué tiene de peculiar su ruta, comandante Lee?

—Es una zona desértica conocida como el Pedregal[79], por ser el terreno por donde hace miles de años el volcán Xitle vertió su lava, tapizando la zona de piedra volcánica. Nadie vive por ahí, y es el último sitio por donde Santa Anna esperaría que entráramos. El suelo es duro y por ahí avanzarían firmes nuestros carros y caballería sin ningún problema. Al final de la ruta hay un cerro llamado Zacatepec, desde ahí se contempla esplendorosa toda la capital como si fuera un tablero de ajedrez. Desde ahí veríamos los movimientos de Santa Anna como en el mapa de esta mesa. La ruta que propone Beauregard es un lodazal donde se atascarían los carros y se resbalaría nuestra gente al avanzar, además de que por haber casas cerca, nos expondríamos a fuegos furtivos desde las azoteas.

Beauregard miró con envidia a Lee y tratando de precipitar las cosas presionó al general Scott para que lo hicieran a su modo:

—Ese lugar ha de ser un desierto de víboras, alimañas y piedras, general Scott, donde fácilmente nos interceptarían, los mexicanos con su artillería.

—La ruta que propone Beauregard es demasiado obvia, y es un hecho que Santa Anna por proteger su finca tiene el sitio con hombres y cañones en la hacienda de San Antonio Coapa[80]. Lo último que quiere Santa Anna es que tomemos su casa como lo hicimos en Manga de Clavo.

---

79 El Pedregal de San Ángel, al suroeste de la Ciudad de México.
80 Ubicada en la calzada del Hueso, al sur de la Ciudad de México.

Scott sonrió para sí mismo al acordarse de lo bien que se la pasó en la hacienda de Santa Anna, con buen hospedaje, comida, vino y candentes xalapeñas sobre la cama del Napoleón xalapeño.

—El ataque sería frontal. Si tomamos la hacienda de San Antonio, la puerta de la calzada será nuestra y de ahí el avance hacia la capital será un mero desfile militar —reiteró Beauregard, desesperado al sentir que Scott se decidía por la ruta de Lee.

—Tomaremos la ruta que sugiere el comandante Lee. Estoy de acuerdo en que Santa Anna no nos espera por ahí y nuestro ataque llevará la ventaja del factor sorpresa. Si al avanzar vemos alguna facilidad con la toma de la hacienda de San Antonio, lo consideraremos. Si está demasiado guarnecida la evitaremos y tomaremos el camino del Pedregal.

Beauregard apretó los dientes con enfado al ser vencido de nuevo por el talento y carisma del futuro líder de los confederados en la guerra de secesión.

Sixto Escobar y don Héctor Jaramillo caminaban por la ribera del río Americano, justo como lo había hecho Sixto junto con sus tres amigos, Carson, Cooper y Mackenzie, diez años atrás.

Sixto no había mentido a don Héctor en cuanto a haber encontrado su pepita de oro en Coloma, California. Lo que nunca le diría, es que cerca de ahí había escondido otra pepita para un futuro lejano, que hoy se convertía en presente.

—Esto es desquiciante, Sixto. Llevamos tres días recorriendo el río y no ha aparecido ninguna pepita de oro. A este ritmo no creo que encontremos nada.

Los dos se sentaron en dos rocas boludas en la margen derecha del río. Don Héctor fumaba un cigarro, mientras Sixto se abanicaba con su sombrero. El sol caía a plomo sobre sus cabezas, como un baño de plomo fundido.

—Hagamos un último intento, al fin que todavía nos quedan tres horas de luz. Si no encontramos nada nos volvemos para el campamento.

—De acuerdo, don Héctor.

Don Héctor Jaramillo no perdía del todo el tiempo con Sixto Escobar en la exploración del río Americano, en Coloma, California. Remigio, el Oso de Kansas y Timothy, el Quijote Americano, buscaban afanosamente el paradero de Jim Cooper en el pueblo de San Francisco. La recompensa ofrecida por el negro fugitivo era bastante atractiva para Jaramillo como para dejarla ir.

No les fue difícil averiguar su ubicación. Jim Cooper era un negro rico y famoso que vivía en San Francisco y su participación en la expedición de rescate de los atrapados del Paso Donner, estaba aún en labios de todos los californianos.

Esperaron pacientemente afuera de la iglesia San Francisco de Asís[81], en el poblado de San Francisco[82], la salida de misa de Cooper y su familia. Con asombro y admiración, miraron el porte y elegancia con la que un negro de casi uno noventa de estatura se desenvolvía en compañía de su esposa mexicana y dos hijos, de ocho y seis años de edad.

—¡Es él! —dijo Remigio.

—No hay duda. Se ve que es rico. Su ropa es muy fina y está casado con esa mexicana que no está de mal ver.

—Déjate de complicaciones, Timothy. Es el único negro en la iglesia.

—No será fácil agarrarlo. Ahora es un hombre pudiente y de influencia. Nadie nos va a creer que es un negro que se escapó de una plantación sureña. Además, viene armado con dos pistolas y se ve que no las trae de adorno nada más.

—Lo tendremos que hacer junto con el jefe. No podemos arriesgarnos a fallar. Él se pondrá feliz cuando sepa que ya tenemos plenamente identificado al negro que le ha quitado el sueño por meses.

—Me encanta su mujer, Oso. ¡Está preciosa!

—Una prueba más de que el negro cambujo tiene dinero.

---

81 Fundada por los franciscanos Francisco Palóu y Pedro Cambón, en 1776. Es conocida también como la Misión Dolores y es la iglesia católica más antigua de San Francisco. Su edificio ha sobrevivido incendios, temblores y aún sigue en pie.

82 En dos años, 1849, debido a la fiebre del oro, se desarrollaría como la ciudad de San Francisco, el puerto más importante del Pacífico.

—Me la voy a quedar como premio, cuando el negro ese esté metido con fierros en un carro de vuelta al Mississippi.

—¿Sabes que eres un cerdo, Timothy?

El 13 de agosto, el ejército norteamericano comienza su avance por la playa sur del lago de Chalco hacia el oeste. El avance es lento por estar los caminos enlodados y llenos de agua. Xochimilco los recibe con asombro y admiración. Los curiosos se acercan a mirar los gigantes del norte. La vendimia hace de nuevo su agosto al surtir a los guerreros yanquis de lo necesario para pasar una agradable noche al calor de las fogatas. El pulque vendido clandestinamente por los xochimilcas calienta los cuerpos de los jóvenes yanquis, que andan ansiosos de culminar de una vez por todas esta aventura bélica.

Al día siguiente llegan a San Agustín de las Cuevas (Tlalpan), donde al igual que en Xochimilco son recibidos con admiración por los lugareños. En el camino a la ciudad se les interpone la majestuosa hacienda de San Antonio Coapa, que como una fortaleza inexpugnable les cierra el paso en su avance hacia la capital.

Scott sabe que sería un golpe durísimo para Santa Anna si toman la hacienda a espada y fuego. Scott manda a Lee y a sus hombres para que le hagan una evaluación sobre un posible asalto a la fortaleza. Robert E. Lee regresa con el informe de que la hacienda es inexpugnable por ambos flancos. El izquierdo es una ciénaga donde se hundirían caballos y soldados y el derecho un mar de roca volcánica, donde se complicaría el avance hacia los altos muros del castillo. La única opción viable sería atacarla frontalmente en un ataque suicida.

Scott no está dispuesto a sacrificar a su gente en un ataque frontal suicida. Como ensayo manda a un grupo de soldados que son recibidos a cañonazos por la artillería de San Antonio. Scott se convence de que sólo con un asalto por la infantería se podría tomar ese importante baluarte.

A la mañana siguiente la fortaleza de Coapa se prepara para recibir la marea norteamericana en un ataque frontal. Scott, previsor y astuto, despista al enemigo y en vez de asaltar la hacienda, toma el flanco derecho para internarse en el camino que días atrás había sugerido Lee y que Gabriel Valencia, desobedeciendo a Santa Anna, había descuidado irresponsablemente.

El camino trazado por Robert E. Lee iniciaba en Tlalpan, pasando por la hacienda de Peña Pobre, junto a las ruinas enterradas en lava de Cuicuilco y atravesando el desierto de tezontle negro del Pedregal de San Ángel. La toma del cerro de Zacatepec[83], al final del mar de tezontle, era estratégica para que, de ahí, en plena contemplación de la ciudad desde su cima, se iniciara el avance hacia la capital por los pueblos de Contreras, Magdalena y Padierna.

El camino de Lee permitiría que a la ciudad ingresaran 11 000 hombres, caballería y 30 cañones, que serían la base de la segunda conquista de Tenochtitlan, 326 años después.

Santa Anna lanzó un fuetazo a la mesa al enterarse de que el general Gabriel Valencia, su enemigo político y aspirante a la presidencia y comandancia general del ejército mexicano, desobedecía sus órdenes de cuidar el Pedregal de San Ángel para evitar la entrada de Scott y su ejército.

—¿Pero que se cree ese arrogante pendejo al desobedecer mis órdenes? —gritó furioso Santa Anna frente a Genaro Escobar, que a momentos temía que uno de esos fuetazos propinados a la mesa terminara en su rostro.

—Valencia se siente destinado a una batalla más gloriosa que andar cuidando un valle de la muerte como el Pedregal, mi general. Dice que para cuidar lagartos y serpientes, se mande a un pelotón de indios con unas varas y resorteras. Él esperará a Scott en Padierna.

Santa Anna respiraba como un condenado. Genaro temía que un infarto en cualquier momento pudiera cegar la vida del Salvador de la Patria.

---

83 Zona residencial, en periférico sur, junto al centro comercial Perisur.

—Te juro que apenas termine esto le haré juicio militar a ese hijo de la chingada. Ahora se tendrá que enfrentar solo a Scott y veremos si sus huevos son de piedra como él cree.

—¿Solo? ¿Por qué no lo apoyamos atacando a Scott por el sur? El anciano yanqui se quedaría entre dos fuegos y ese sería el fin del ejército americano.

Santa Anna apretó el fuete con tanta fuerza que sus nudillos se pusieron blancos. Sus ojos reflejaban odio y envidia hacia don Gabriel Valencia. Camuflando sus intenciones como siempre, Su Alteza Serenísima contestó un sospechoso «ya veremos», que Genaro jamás olvidaría.

El 19 de agosto los yanquis cometen una imprudencia al intentar atacar al general Gabriel Válencia, en Padierna. Uno de los hombres fuertes de Scott, el general Gideon Pillow, había conseguido por la entrañable amistad que tenía con el presidente Polk, el ascenso a mayor general.

Presionado por las burlas y bromas de sus subordinados, de que la promoción era por el compadrazgo con Polk, Pillow decide callarles las bocas lanzándose en un ataque sorpresa sobre Valencia, desde luego no autorizado por Scott.

Con 3 000 hombres parte por la mañana para cruzar el Pedregal y caerle por sorpresa al desobediente Valencia.

Santa Anna conocedor de la desobediencia de Valencia, intenta cubrir el hueco dejado por su subordinado y llega con 10 000 hombres al Pedregal, para dejar atrapado al sorprendido Pillow entre dos fuegos.

Scott se dio cuenta demasiado tarde de la desobediencia de su general. Una tercera parte de su ejército estaba en riesgo mortal. Trabajando por prioridades, primero ayudaría a su general a salir de ésta y después lo reprimiría. A las cuatro de la tarde llegó Scott con sus refuerzos para ayudar a Pillow.

—Estamos entre dos fuegos, general. Valencia tiene 5 000 hombres y Santa Anna 10 000 —le dijo aterrado a Pillow a su inexpresivo general.

Los hombres de Scott palidecieron al ver lo que les deparaba esa tarde en el Pedregal. Sabían que todos ellos podían morir antes del anochecer. Por la estupidez de Pillow habían caído en una trampa mortal y todo estaba por perderse.

—No nos queda otra más que pelear y morir por la causa. ¡Qué Dios nos ayude! —les dijo Scott a sus hombres como sentencia fatal.

Scott se sentía perdido. Una tercera parte de su ejército había quedado atrapada entre dos fuegos. Sólo era cuestión de que los dos gloriosos generales antagonistas, Valencia y Santa Anna apretaran la pinza para reventar a los norteamericanos.

De pronto ocurrió lo inverosímil. Lo que nadie hubiera creído, mucho menos los desesperados yanquis, en el Pedregal. Santa Anna replegó a su gente sin intentar nada contra Scott. Santa Anna se negaba a darle la gloria a su odiado colega al ayudarlo a derrotar a los yanquis y dejar que él se pusiera los laureles en sus encanecidas cienes. Si tenía que haber un triunfo, éste sería de Santa Anna y de nadie más, mucho menos de ese perro engreído de Valencia, como el xalapeño lo llamaba.

—Retirémonos por hoy —dijo Santa Anna cabrioleando su imponente caballo blanco al frente de su ejército.

Sus hombres lo miraron con desconcierto, sin saber qué pasaba. Algunos hasta pensaban en lanzarse al frente ignorando a su desquiciado general.

—¿Pero si ya los tenemos, mi general? —inquirió Genaro Escobar desconcertado. El sol del atardecer golpeaba su frente mientras miraba al general.

—Valencia me desobedeció. No voy a premiarlo ayudándolo a salir de ésta. ¡Qué se chingue! —contestó Santa Anna con mirada gélida.

—¿Que se chingue Valencia, aunque quede en su conciencia?

—Apenas salimos de ésta, le haré juicio militar para que lo fusilen.

—Pero señor, si no acabamos con los yanquis ahora, dudo que se nos presente otra oportunidad de oro como ésta. Si pierde Valencia, pierde el país, y si pierde el país perdemos todos. Los yanquis se pueden adueñar de todo México.

—Mañana será otro día, Genaro. No colmes mi paciencia si no quieres que te desconozca —sentenció contundente Su Alteza Serenísima, llevándose la mano hacia la empuñadura de su espada.

Santa Anna y Valencia no tuvieron otra oportunidad más al día siguiente. Scott, después de replegarse sorprendido por la inactividad de Santa Anna, regresó a su campamento para hacerse fuerte de nuevo y en la madrugada siguiente, a las cinco de la mañana para ser precisos, el general Persifor Smith atacó a Valencia, que aún continuaba su festejo por la supuesta derrota infligida a Scott, al haberlo hecho huir el día anterior sin disparar un tiro.

Sólo se necesitaron 20 minutos para acabar con Valencia y sus hombres en Padierna, aquella madrugada del 20 de agosto de 1847.

Don Antonio López de Santa Anna, sobre el lomo de su blanco corcel, contempló el desastre valenciano desde la Loma del Toro en San Ángel. Se regocijó al ver la derrota de Valencia, que no era de él, sino del ejército mexicano en general.

—Con el debido respeto que le tengo, mi general, creo que se nos fue de la manos la última oportunidad que teníamos de derrotar a los yanquis. Después de este triunfo de Scott, ya no habrá nada que lo detenga en su avance hacia Palacio Nacional.

Los rayos del sol del amanecer acariciaban el rostro marcial de Santa Anna, quien respiraba como si estuviera en un ejercicio matutino, en vez de ver la debacle de su ejército.

—Eres muy joven aún, Genaro. Te falta aprender más sobre la guerra y los hombres. El tiempo te lo hará ver. Pronto aprenderás que a veces hay que perder batallas para ganar otras cosas que la guerra no te da.

—Cuatro días en el río Americano y no hemos encontramos nada, Sixto. Esto es verdaderamente desesperante —dijo don Héctor, al calor de una fogata en los bosques de Coloma, en la Sierra Nevada.

—A lo mejor mañana corremos con mejor suerte, don Héctor. Tenga paciencia. Estoy recorriendo todos los caminos que me enseñó Truckee.

—Debimos haberlo traído con nosotros.

—Truckee no quiere saber nada del oro de los hombres. Dice que está maldito y sólo trae muerte y tragedias.

Sixto sirvió dos tazas de café para amenizar la velada. El aullido de los lobos intimidaba a los exploradores. Estar solos en las montañas de la Sierra Nevada no era cualquier cosa.

—¿Qué fue de tus amigos con los que estuviste aquí hace diez años?

—Mackenzie vive en Sacramento con su familia. Se casó con una mujer que conoció en la caravana.

El gesto de don Héctor se endureció al escuchar sobre Mackenzie.

—¿Sigue viviendo del ron Kingston, supongo?

—Sí, y no dudo que le esté yendo muy bien. Espero saludarlo pronto.

Sixto notó la seriedad en el rostro de don Héctor y sin rodeos le preguntó:

—¿Trae algo contra Mackenzie, don Héctor?

Jaramillo lo miró fingiendo indiferencia. Se incorporó para poner dos leños más en la fogata para continuar la plática.

—Lo que ocurrió entre Lucy y Mackenzie quedó en el pasado. El cabrón se llevó a sus hijos y no dudo que tenga otros con su nueva mujer. En cierta manera me la dejó soltera, pero desdichada.

—Ahora usted tiene dos hijos propios con ella. El pequeño Héctor y el que venía en camino.

—Sí, Sixto. Es una hermosa niña que me espera en Texas.

—¡Felicidades, don Héctor!

—Gracias, Sixto.

—El otro amigo de la caravana de hace diez años es Jim Cooper. De él le hablé hace poco.

—Sí, el esclavo que huyó de Mississippi.

Sixto lo miró desconcertado. Estaba seguro de que nunca le había hablado sobre la esclavitud de Cooper.

—Eso no lo sabía, don Héctor.

—¿No lo sabías o fue un trato que hicieron hace una década para proteger la identidad de Cooper?

—No, no lo sabía.

—Pues ahora ya lo sabes. Cooper es un fugitivo de una plantación sureña y su cabeza tiene precio. Me extraña que nadie lo haya atrapado.

—A mí no, don Héctor. Cooper tiene dinero y le ha ido bien. Estoy seguro de que para ahora debe haber comprado su libertad.

—El mal nacido se vino a refugiar en California porque era territorio mexicano. Eso ya cambio y California pertenece a los Estados Unidos y las leyes se aplican por igual en todo el país.

—No en todo el país, don Héctor. Los estados del norte del país no aceptan la esclavitud. Sólo el sur es esclavista.

—Todo eso va a cambiar pronto, Sixto. Ahora, con la conquista de México, el sur será más grande que el norte y se impondrán las leyes de los confederados.

—Eso no va ocurrir más que con una guerra, don Héctor. El sur jamás renunciara a su sistema esclavista. Por décadas ha sido el dínamo de su éxito y crecimiento. Eso no va a cambiar porque los del norte quieren a los negros.

—Si ocurre lo que dices, será una tragedia nacional. Una guerra civil donde morirán miles de norteamericanos.

—Espero que no sea así, don Héctor.

—¿Y el otro amigo que falta quién era?

—Kit Carson.

—Ah, nuestro héroe de San Diego y Sacramento.

—Él ya está de regreso en Santa Fe. Seguro que después de esto se cuela en la política.

Don Héctor sonrió satisfecho. Ya tenía toda la información que necesitaba, y si no encontraba oro en el río, lo encontraría en las casas de Mackenzie y Cooper; sin descuidar a Sixto, del cual sospechaba que tenía escondido su oro por ahí cerca. Como último recurso colgaría de los pulgares a Truckee si fuera necesario. Don Héctor no había hecho un viaje de miles de kilómetros para ver pinos nevados y chinos en Yerbabuena. Don Héctor Jaramillo había viajado a California para hacerse rico o morir en el intento. No había vuelta de hoja.

20

«Si hubiera parque usted no estaría aquí»[84]

John Mackenzie era el dueño de un enorme rancho en Sacramento, California. Sus hijos Henry de 17 años, John de 15 y Jeremías de diez, junto con su cuñado Bill Straw de 20, eran los pilares para el mantenimiento del rancho, mientras él cuidaba su negocio de importación de ron Kingston en los estados de Wyoming, Nebraska, California y Nevada. Su mujer, Tracy Straw, estaba al tanto de cualquier cosa que necesitaran los cinco hombres que sostenían el rancho Los Pinos, en Sacramento.

Mackenzie salió esa mañana rumbo a Auburn, California, como lo hacía desde meses atrás. Cruzaría toda la sierra Nevada hasta llegar a Virginia City. Este tipo de viajes se suspenderían desde el mes de noviembre por la llegada del invierno a California. Antes de estas fechas, sus entregas y pactos debían quedar arreglados para reiniciarlos hasta el otro año.

En ese viaje en particular lo acompañaba su cuñado Bill Straw, que era el que más gozaba los paseos por las montañas.

—Me encantan las montañas, John. Son impresionantes y misteriosas. Ahora entiendo por qué Moisés se encontró con Dios en una de éstas.

Mackenzie miró orgulloso a su cuñado Bill. El muchacho se convirtió en un hijo más para Mackenzie, cuando se juntó con Tracy Straw en la primera caravana que cruzó hasta California, diez años atrás.

—Quizá se deba a que eres un hijo de California, Bill.

---

84 Respuesta del general Pedro María Anaya a Twiggs, en la toma del convento de Churubusco.

Bill se distrajo al ver en la cima de la montaña a tres hombres que se escondían tras unas rocas.

—Creo que nos vienen siguiendo, John.

—Estás en lo cierto. Cinco hombres nos siguen a la distancia desde hace rato. Tendremos que estar alerta.

Bill miró de nuevo hacia la montaña. Presentía que algo ocurriría con esos tipos e instintivamente se llevó la mano al cinto para sentir que la pistola estaba en su lugar. Quizá pronto la usaría por primera vez, para matar a un hombre.

Después de la caída de Padierna y de la vergonzosa huida de Gabriel Valencia hacia Cuajimalpa, Scott se sintió libre y poderoso para ese mismo día, 20 de agosto de 1847, asaltar el convento de Churubusco y asegurar así la toma de la capital de México.

Santa Anna en su repliegue hacia la capital pasa por el convento y habla con su defensor, don Pedro María Anaya. Un grupo de importantes y valientes personajes, como el general Manuel Rincón, acompaña a don Pedro; don José María Malo, sobrino del padre de la patria don Agustín de Iturbide; Eduardo de Gorostiza, dramaturgo y diplomático que financiaba un grupo de defensores con su propio dinero; el coronel de milicianos don Pedro Jorrín y el capitán José Manuel Hidalgo.

Anaya y sus hombres se sienten vivificados y protegidos al mirar a los 5000 hombres con los que Santa Anna llega al claustro de Churubusco. Sus muchachos no se han despeinado y arrugado el uniforme, por no haber todavía combatido a nadie.

—Perdimos en los campos de Padierna por culpa de ese malnacido traidor, muy hijo de su chingada madre, Gabriel Valencia.

—¿Por qué, mi general? —cuestionó don Pedro María con rostro perplejo, al que era imposible arrancar una sonrisa.

—Le dije que les cerrara el paso a los yanquis por el Pedregal y el muy pendejo me desobedeció y se replegó arrogantemente para los campos de Padierna. Hoy al amanecer Scott lo aplastó en 20 minutos y el muy puto huyó con las enaguas en la mano, para que no lo fusile yo mismo, ya que apenas lo tenga arrestado eso haré con su putrefacto cuerpo de cobarde y traidor a la patria.

Los hombres que acompañaban a Anaya no salían del asombro ante la ira de Su Alteza Serenísima. Santa Anna, por su puesto, se abstuvo de decir que él lo había abandonado, regocijándose al ver cómo Scott aplastaba a su rival político. Santa Anna era un maestro en decir y ocultar lo que no le convenía exponer.

El villano en ese momento era Valencia y a él le echarían todas las culpas de aquel fatídico 20 de agosto de 1847.

—Scott viene para acá, mi general. ¿Qué haremos para enfrentarlo? —preguntó Anaya, tratando de sacar a Santa Anna de su discurso sobre la derrota de Valencia.

—¿Con cuántos hombres cuenta, general?

—Entre voluntarios, como profesores, poetas, estudiantes, empleados, artesanos y comerciantes, a lo mucho 600 hombres. Con ellos y con sus hombres, general, le pondremos un «hasta aquí» a ese engreído de Scott.

Santa Anna avanzó hacia Anaya, para sorprenderlo con que él se iría para la ciudad con sus hombres.

—Yo me retiro con mis hombres a la Hacienda de Portales. En caso de que Scott logre avanzar, debe haber alguien para detenerlo y esos somos nosotros.

Don Pedro endureció su rostro y con un tono burlón contestó a Santa Anna:

—Mis hombres no son soldados de carrera, mi general. Son voluntarios que luchan por salvar a la patria del honor pisoteado. Apenas si tenemos armas y una idea clara de cómo repeler a un ejército profesional como el de Scott.

—Aunque sea con piedras los resistiremos —dijo Manuel Rincón, mostrando su enfado ante la insensatez de Santa Anna de irse a Portales.

—¡Bien hecho! No se diga más y preparémonos para el encuentro final —repuso Santa Anna, blandiendo su espada.

Varias semanas tuvieron los defensores del convento para construir unos parapetos altos y resistentes. Los terraplenes con los que se encontraron los norteamericanos eran unos meros montones de adobe que fueron brincados sin ninguna dificultad. Coincidió que era la época de lluvias y los maizales, que rodeaban el convento estaban más altos que cualquier soldado yanqui. Los maizales se convirtieron en el escondite ideal para el avance de los 6 000 hombres que partieron de Tlalpan y Coyoacán al asalto del convento.

Los yanquis llegaron al convento a eso de las doce y media del día. El avance entre los maizales era una tortura, ya que era un lodazal donde se les hundían las botas hasta los tobillos. Los defensores del convento hicieron fuego con rifles sobre los maizales y donde emergían abiertamente los norteamericanos con la intención de llegar a las paredes del claustro.

Fueron casi tres horas de fuego incesante, que acabó con la vida de muchos norteamericanos que no se detenían en su intento por penetrar las paredes del convento. Los muertos y heridos dentro del convento, se daban por igual, ya que los yanquis disparaban con la ventaja de estar ocultos entre las mazorcas. Los disparos de los mexicanos se empezaron a hacer más espaciados hasta que inexplicablemente se detuvieron, momento que fue aprovechado por los hombres de Worth para penetrar por el flanco izquierdo del convento.

Justo a la hora de iniciadas las hostilidades, el general Anaya fue notificado de que el parque que le había enviado Santa Anna era de un calibre diferente a los rifles de sus hombres, además de faltar piedras de chispa para los fusiles. Con mirada desencajada ante sus hombres, el general Anaya les anunció que combatieran hasta que el parque se acabara y después ya Dios diría.

Una tercera parte de los hombres de Anaya, 200 valientes voluntarios, había muerto en la heroica defensa del claustro. Sin más balas que poder disparar, el momento de rendirse finalmente llegó para Anaya. Twiggs y Smith, ondeando una bandera blanca para negociar con Anaya, entraron al patio del convento. Detrás de ellos venía un grupo de soldados de refuerzo para protegerlos de alguna sorpresa. Twiggs avanzó desconfiado, mirando hacia todos lados, como si temiera que de pronto una lluvia de balas pudiera caer sobre él.

—No hay que temer, general Twiggs. Nos rendimos.

Twiggs, con el uniforme hecho tirones y manchas de lodo en la cara lo miró triunfante.

—¿Dónde está el parque?

—Si hubiera parque usted no estaría aquí.

La rendición fue total y poco a poco el claustro fue tomado por los hombres de Scott. Un detalle bochornoso dentro del claustro llamó poderosamente la atención de Scott. Manuel Domínguez y sus hombres entraron al convento festejando su triunfo sobre los mexicanos. Al pasar Domínguez frente al general Anaya, éste fue insultado por su vergonzoso papel de traidor al lado de los norteamericanos.

—Su celebración es una vergüenza para México, su persona, sus hombres y Puebla, en general, renegado Manuel Domínguez. La traición a su país es como si un hijo vendiera a su madre en un prostíbulo o golpeara al padre para violar a la madre. Su persona me da asco y repulsión, general Domínguez. Espero que al final de esta guerra caiga en manos nuestras y lo cuelguen de los huevos por traidor a su patria.

Domínguez volteó a su alrededor rogando que nadie de los yanquis a su lado entendiera español. Intentó sacar su machete para agredir al hombre que lo balaceaba con balas de la verdad.

—Ni lo intentes, Manuel. Este hombre es un patriota y su rendición y seguridad corre por nuestra cuenta. Lo que te dijo duele, pero es la puritita verdad.

Domínguez miró con odio contenido al capitán Escobar. Nada podía hacer contra los yanquis. Comía de su mano y debía respetarlos como si fueran sus padres.

—¡Qué se vaya al diablo ese Anaya! —repuso Manuel Domínguez, abandonando el claustro furioso e indignado. Ya se vería la cara de nuevo con el odioso texicano Teodoro Escobar.

Los ojos de don Héctor se iluminaron al tener la pepita de oro en sus manos. La espera de días había dado frutos y con esta piedra comenzaría su imperio en California.

—Las arroja el río, don Héctor. Todo es cuestión de escarbar y lavar la arena del río hasta que aparezca el oro.

La pepita de oro era del tamaño de una nuez. Juntando varias así, asegurarían una fortuna en poco tiempo.

—Debemos mantener el secreto de este lugar, Sixto. Dar a conocer su hallazgo lo arruinaría todo. Estos bosques se llenarían de gente de la peor calaña, buscando hacerse rica de la noche a la mañana.

Los dos voltearon a mirar el precioso bosque que los rodeaba. No se escuchaba nada, más que el correr del río y el canto de los pájaros. El sitio era un santuario de la naturaleza que invitaba al descanso y a la meditación.

—Ni loco lo comento.

—Buscaré la manera de comprar una propiedad por aquí y así aseguraremos nuestra fortuna, Sixto[85].

—Brindemos por eso, don Héctor Jaramillo.

Los dos tomaron de la misma botella de ron Kingston.

—Porque pronto seremos ricos, don Sixto Escobar.

Santa Anna gritaba como loco en la hacienda de Portales. La caída del convento de Churubusco era la trágica noticia de la tarde y el avance de la caballería de Scott hacia la hacienda lo confirmaba todo.

Su Alteza Serenísima encabezaba la columna que huía hacia la ciudad, abandonando la hacienda. En vez de quedarse valientemente a defender la hacienda como todo un Cuauhtémoc en Tenochtitlán, Santa Anna huía como un cobarde dejando a su gente atrás para que le cuidaran su fuga.

La caballería yanqui alcanzó a la infantería mexicana que huía por la garita y que se taponeó, por exceso de hombres que inten-

---

85 En ese mismo lugar, Coloma, John Sutter, inmigrante suizo, puso un aserradero donde su capataz James Marshall descubrió el oro que desató la fiebre del oro en California el 24 de enero de 1848. John Sutter trató de mantener el hallazgo en secreto, pero fue imposible. Irónicamente Sutter se naturalizó mexicano y perdió todo al pasar California a manos americanas con la guerra contra México. Su propiedad fue literalmente invadida por los buscadores de oro que llegaron de todos lados.

taban pasar, dando la oportunidad a los jinetes yanquis para que desde la seguridad de sus monturas masacraran con sus bayonetas a los mexicanos, como si mataran conejos dentro de una caja.

Después de la masacre se soltó un torrencial aguacero que convirtió las calles de la ciudad en ríos. Scott, cauteloso y sabedor de que ese día 20 había ganado dos batallas definitivas para la causa de Polk, se retiró a descansar con sus hombres a la seguridad y tranquilidad de Churubusco. El golpe final sobre la capital lo daría días después. Por lo pronto ese día descansaría como el conquistador de México y nada perturbaría su sueño.

El pánico se apoderó de los habitantes de la ciudad, al ver la vergonzosa derrota de Santa Anna, aquel fatídico 20 de agosto de 1847. La ineptitud e incapacidad de Santa Anna quedaron a la luz con las derrotas de Cerro Gordo, Padierna, Churubusco y la humillante huida de la hacienda de Portales, como un auténtico sálvese quien pueda, encabezado por el Héroe de Tampico.

El trágico balance de las batallas de ese 20 de agosto arrojó 1040 bajas en los norteamericanos: 133 muertos, 867 heridos y 40 desaparecidos.

Del lado mexicano, los números fueron más escalofriantes: 4000 muertos y 3000 heridos, casi la mitad del ejército mexicano.

Los ricos de la ciudad ya no creían en Santa Anna y buscaban a toda costa una salida pacífica hacia Veracruz o Puebla. Las casas y fincas de Churubusco y Coyoacán, eran ocupadas por los yanquis que buscaban comodidad y seguridad. La toma de Palacio Nacional era algo que se haría en un par de días.

Genaro abrazaba a Lupita López de Santa Anna, en su casa del centro. La muchacha estaba enamorada del valiente capitán y se preocupaba por escuchar noticias negativas sobre la caída de Padierna y Churubusco.

—Tu padre ha cometido muchos errores inaceptables para un general de su envergadura, Lupita. No quiero ser mentiroso ni dos caras contigo. A veces pienso que tu padre actúa en una obra de teatro llamada *La guerra de México contra Estados Unidos*, y que la caída de la capital ya está arreglada entre él y Scott, desde meses atrás. Si él supiera que yo pienso esto, me colgaría de un ahuehuete de Chapultepec, pero las derrotas y errores que le he visto cometer detrás de sus hombros, no me dan otra explicación lógica más que de que todo está arreglado y él ya nos vendió con los yanquis desde que estaba exiliado en Cuba.

—No me digas esto, Genaro. Tus palabras me lastiman como dagas. Ese hombre que dices que traiciona a su patria es mi padre.

Lupita López de Santa Anna se soltó a llorar en sus brazos. Lo que le acababa de decir Genaro era un golpe durísimo para la orgullosa hija de un héroe de la patria. Dolores Tosta tras unas cortinas rojas escuchó consternada toda la confesión de Genaro. No permitiría que un hombre así siguiera bajo la confianza de su marido. Genaro era un renegado y traidor a la gran ayuda que había recibido de su mentor desde que se conocieron en Texas. Genaro no merecía el amor de Lupita ni la protección de su madrastra por desconfiar de su protector y amigo, don Antonio López de Santa Anna. Genaro era lo que era, por ayuda de Santa Anna y lo regresaría al fango si fuera preciso, pero no seguiría al lado de su marido, pensaba indignada Lolo Tosta, mordiéndose los labios en su cuarto, buscando la mejor manera de decírselo a su marido.

Santa Anna regresó triunfante a la casa. Después de una oportuna intervención del cónsul de Inglaterra, Edward Mackintosh con Winfield Scott, Santa Anna había ganado dos días de alto al fuego para preparar su rendición y entrega de la Ciudad de México al ejército de las barras y las estrellas. Su Alteza Serenísima no entregaría la ciudad al día siguiente, hábil como como siempre, esa noche preparó una carta que enviaría por medio de don Ignacio Mora y Villamil, donde le pediría a Scott un año de tregua y paz para sostener pláticas de concordia y conciliación entre las dos naciones beligerantes. Santa Anna sabía de sobra que Scott lo mandaría al diablo con eso de pedir un año, lo que en verdad quería era un respiro de una semana o dos para reorganizar su ejército y preparar la defensa final del Castillo de Chapultepec.

—Quiero que lo sepas de mí, antes que alguien te llegue con un chisme sobre Lupita, Antonio.

Santa Anna descansaba sobre su cama cubierto por una blanca pijama que lo hacía parecer un bebé de cuna, su gesto se endureció esperando el chisme que Lolo le tenía que decir.

—Habla mujer, que me tienes en ascuas.

—Tu hija y Genaro andan de enamorados, y Genaro aprovecha la más mínima oportunidad para verla a escondidas. He estado atenta a todos sus encuentros y nada ha ocurrido que no sean pláticas sobre el futuro, si México gana la guerra.

—¿Estás segura de eso?

—Totalmente, Antonio. Lo único que me inquietó esta tarde es que escuché a Genaro decirle que estaba seguro de que tú te habías vendido a Scott para entregarles la capital a los yanquis. Lupita lloró y sollozó implorando que eso no fuera cierto. La cuestión a discutir aquí es que ese muchacho duda de ti y tú no mereces que ese malagradecido te haga eso. Está mordiendo la mano que lo alimenta. No creo que desees un yerno que piensa que eres un *vendepatrias*, ¿verdad?

El gesto de Santa Anna se endureció. El prócer de la patria era un excelente actor y era difícil saber si en ese momento actuaba o en verdad estaba fuera de sí, por lo que le acababa de decir su esposa.

—Mañana mismo fusilo a ese hijo de la chingada. Quien toca a mi hija con una yema de los dedos termina tirado en cruz, en el paredón.

Los hombres de Jaramillo fallaron en su primer disparo sobre Mackenzie y Bill, dándoles tiempo de refugiarse tras unas rocas. Una hora se fue hasta que Mackenzie y Bill se quedaron sin balas para hacer frente a los cuatreros.

—No tenemos más balas. ¡Nos rendimos! —gritó Mackenzie, saliendo poco a poco con las manos en alto.

Remigio emergió triunfante de las rocas con su rifle en alto apuntando a Mackenzie y a Bill. Por fin tenía en sus manos al odiado enemigo de don Héctor Jaramillo y sería ampliamente recompensado por haber tenido éxito en atraparlo.

—Revísenlos que no tengan armas y espósenles las muñecas.

—Si esto es un asalto, llévense todo y déjenos en paz. Qué sentido tiene que nos amarren.

El pequeño Quijote sonrió triunfante, mirando a Mackenzie. Su jefe don Héctor los esperaba cerca de ahí.

—Éste es un asalto especial, amigo Mackenzie. Te aseguro que mi jefe sólo te dejará con los calzones cagados que traes puestos —comentó Remigio.

—¿Cómo es que me conoces?

—Te venimos siguiendo la pista desde hace semanas, amigo. Tienes un enemigo de cuidado que te quiere ver en la ruina.

Bill miraba detenidamente a los cuatreros, grabándose a detalle sus rostros. El pequeño Quijote sacó una de las botellas de ron que guardaban en una caja, lanzando un grito de alegría.

—Ya tenemos para el festejo de la noche, muchachos.

Mackenzie apretó la mandíbula con enfado. Sus azules ojos miraban con cuidado el rostro de todos los bandidos, sin reconocer a ninguno.

—¿Quién es el hombre de quien me hablas?

—Ya lo sabrás a su debido tiempo, Mackenzie. Andando, que tenemos que cruzar esta montaña antes de que anochezca.

Genaro llegó muy temprano a la casa de Santa Anna para ver a Su Alteza Serenísima. La tregua de 48 horas, concedida por Scott para la entrega de la ciudad, corría rápidamente y había que organizarse para rendirse o ganar más tiempo por medio del mensaje que enviaría esa misma mañana mediante don Ignacio Mora y Villamil. Justo cuando Genaro estaba a punto de tocar a la puerta, un piquete de soldados llegó por un costado de la casa para detenerlo.

—¿Capitán Genaro Escobar?

—Sí, ¿qué pasa?

—Queda usted arrestado por conspiración en contra del general Antonio López de Santa Anna.

—¿Arrestado? ¿Conspiración?

Genaro sólo alcanzó a decir eso, cuando el culatazo del cabo Pimentel lo dejó inconsciente en el suelo. Lupita no se dio cuenta de nada por estar esperándolo en el jardín de la casa, como habían acordado desde el día anterior. Don Antonio vió todo desde el ventanal de la terraza. Genaro no volvería a intentar algo contra su hija, y mucho menos andaría diciendo que el César mexicano era un *vendepatrias*, que como puta se había vendido a los yanquis.

«Una fría celda, en el Castillo de Chapultepec será su castigo, por querer enredarse con mi hija», pensó Santa Anna, al ver cómo sus soldados se llevaban al muchacho, que había sido su hombre fiel, desde que lo conoció en San Luis Potosí, una década atrás.

—Siento pena por él. En cierto modo los traicioné —dijo doña Dolores, acercándose al César por la espalda. Lolo Tosta era tan bella que ni con ese horrible camisón blanco y el pelo recogido perdía su encanto.

El celoso padre meditaba sobre la suerte que le esperaba al muchacho al que no le había perdido la pista en los últimos diez años.

—Sólo estará preso por un tiempo en el Castillo de Chapultepec, Lolo. Quizá menos de lo que pienso. Scott está sentado sobre mí con su bayoneta en mi cogote. No sé cómo diablos saldré de ésta.

—No sé qué explicación le daré a tu hija.

—Dile que Genaro cayó en manos de los yanquis. No te compliques la vida. Al final de todo, ésa será la verdad para todos los mexicanos.

Scott acordó una nueva tregua con los mexicanos. Desde el 24 de agosto de 1848, se suspenderían las hostilidades sin permitir que ninguno de los dos combatientes se reorganizara o hiciera maniobras militares para mejorar su situación ante el enemigo. Si alguno de los dos violaba el pacto, la guerra comenzaría en las siguientes 48 horas, para dar tiempo a los dos combatientes con el fin de que se organizaran. Scott deseaba dar un respiro a la ciudad para que reorganizara su gobierno y poder así firmar formalmente la derrota de los mexicanos de una vez por todas con un gobierno legítimo. Si ese día, 20 de agosto, Scott hubiera entrado hasta Palacio Nacional, no hubiera habido con quién firmar el despojo de medio país que Polk tenía en mente.

Scott, más preocupado por la comida que por las balas, obligó a Santa Anna a que los mercados abrieran sus puestos y los vendedores los visitaran en su campamento de Tacubaya y Coyoacán. La tropa yanqui, con el estómago lleno, botellas de alcohol a su alcance y putas en sus catres, podía aguantar sin ningún problema cualquier tregua, por larga que fuera.

—No entiendo por qué no tomamos la capital ese mismo día que ganamos en Padierna, Contreras y Churubusco, comandante. No había ya nadie que nos frenara cuando Santa Anna huyó de la hacienda de Portales —cuestionó Teodoro a Lee.

Robert E. Lee, con su sencillez y apertura de siempre, le compartía el café con whisky a sus compañeros. Esa noche ponía particular atención a los cuestionamientos del capitán Teodoro Escobar.

—Pienso que lo hizo porque no había nadie de importancia en el palacio de gobierno para firmar la paz. Los políticos dudan de Santa Anna, y ya no lo consideran apto para defender ni gobernar al país. El general Valencia y su gente presentaron su versión de los hechos en Padierna, y acusan a Santa Anna de traición, al no haber defendido a Valencia cuando lo atacamos. Su situación es muy delicada y hasta a juicio marcial podría ir.

—Estamos rodeados de mexicanos. Somos 7 000 yanquis contra todo un país encima. Estamos a 500 kilómetros del mar. Si se nos lanzaran todos los mexicanos, al mismo tiempo, incluyendo a señoras con sartenes, niños con resorteras y ancianos con bastones, nos aplastarían irremediablemente. Sería como un linchamiento en el que la turba te arrastra por las calles, aunque físicamente eres superior a cada uno de los atacantes.

Uno de los soldados tocaba su guitarra para amenizar la velada. Otro lo acompañaba con su armónica. Las risas de las prostitutas se escuchaban a los lejos, dentro de las casas de campaña donde alegraban a los soldados victoriosos. Los cantos de los grillos y las ranas se unían al concierto yanqui por igual.

—Ese ha sido mi temor todo el tiempo, capitán. No hay enemigo pequeño. Cuando era niño me horroricé cuando vi como cientos de hormigas rojas se juntaban como un enemigo nuevo para envolver en un manto rojo a una enorme tarántula hasta que la liquidaron. Nunca olvidaré eso, capitán. Nuestra situación es muy parecida a la de la tarántula.

—Espero que los mexicanos no se conviertan en ese manto escarlata que dice y salgamos bien librados de ésta, comandante.

—Qué así sea, capitán Escobar. ¡Qué así sea!

La luz del sol que entraba por los barrotes de la húmeda celda, le taladró los ojos. La golpiza propinada por los cadetes le dolía como si lo hubieran linchado. Todo era obra de Santa Anna. Era un hecho que todo era por culpa de Lupita. Todo indicaba que Santa Anna se había enterado de la relación con su hija y por eso lo había enviado a este lugar lóbrego. No le sorprendería en nada si en ese momento abrieran la celda para fusilarlo. Meterse con la hija del general era algo penadísimo.

La cerradura de la celda giró y por la puerta apareció un cadete que le traía su desayuno. Afuera esperaban otros cadetes, cuidando al que traía la comida.

—Tienes que comer algo, soldado. Sin comida, se te va la vida.

El cadete que lo auxiliaba era un muchacho moreno que bajo su prominente nariz dibujaba una línea de pelusa, que en un par de años se convertiría en un tupido bigote.

—Soy Juan Escutia, amigo. No sé por qué te enviaron aquí. Tú eres un capitán del ejército mexicano y aunque nos dijeron que era por conspirar contra Santa Anna, no lo creemos.

—Estoy aquí por andar de enamorado con la hija de Santa Anna, Juan. El general me descubrió y éste es mi castigo. No me sorprendería que a medio día me fusilaran.

—No creo que te hagan mucho caso en los siguientes días, amigo. Estamos en una tregua con los yanquis y todos sabemos que la tregua se va a romper porque Santa Anna, frente a sus narices, está fortificando el castillo y las garitas.

—¿Fortificando este castillo? Scott se nos vendrá encima con todo. ¿Están preparados para eso?

—Eso creemos, capitán. Sería nuestra oportunidad de convertirnos en héroes.

—Espero que en héroes vivos, Juan. No tiene caso que mueran por una causa perdida cuando el general rehúye a todos los combates.

—El diputado Ramón Gamboa y el secretario Luis de la Rosa acusan a Santa Anna de traidor a la patria. Argumentan que todas sus derrotas han sido muy sospechosas, mostrando un evidente arreglo con los yanquis. El general Valencia sacó a la luz su traición pues dice que lo dejó solo en la derrota de Padierna.

Una sonrisa se dibujó en el maltrecho rostro de Genaro para contestarle a Juan Escutia:

—Lo mismo le comenté a su hija y ahora entiendo por qué estoy aquí. Su madrastra debió haberme escuchado.

—Aguanta, amigo. No te rindas. Ya verás que pronto saldrás de ésta.

—Prométeme algo, Juan.

—Usted dirá, capitán.

—Si nos atacan los yanquis no quiero quedarme aquí mientras ustedes exponen el pecho a las balas. Sáquenme de aquí, denme un rifle y pelaré con ustedes hasta la muerte para rechazar a los invasores.

—Así lo haré, capitán. ¡Gracias!

Nadie podía detener a los más de 50 carros de los yanquis, cuando avanzaban lentamente por la garita de San Antonio, después de haberse abastecido en los mercados del centro de la ciudad. Era parte del infame artículo 7° de la tregua de paz entre Santa Anna y Scott. Los carros cargaban carne, legumbres, verduras, botellas de alcohol, gallinas, puercos y semillas. La indignación del pueblo llegó a su límite al ver que los yanquis se llevaban los mejores alimentos del tianguis, a diferencia de muchos ciudadanos, familiares de los soldados heridos por las batallas de los días anteriores y que apenas para frijoles y tortillas tenían.

—¿Cómo es posible que después de haber matado a nuestros esposos e hijos, les demos de tragar a esos hijos de la chingada? —dijo una señora gorda como manatí, arengando al pueblo para que apedreara a los yanquis.

—El hijo de la chingada es Santa Anna, que los dejó entrar aquí sin hacer nada —repuso otra señora envuelta en un chal gris.

—¿No quieren también que les pongamos a nuestras hijas en sus carros, hijos de su puta madre? —gritó otra señora aventándole un jitomate a un yanqui en la cara. El jitomate al hacer impacto se desbarato sobre los lentes del cabo Stiggs, provocando una carcajada general entre la plebe y la indignación de los yanquis.

—¡Fuera de aquí, hijos de la chingada! —grito el pueblo en coro, acompañando los insultos con una tupida lluvia de piedras e inmundicias.

Los norteamericanos se organizaron para repeler el sorpresivo ataque, lo que podría convertirse en una batalla desigual. Los yanquis sacaron sus rifles dispuestos a abrir fuego sobre las formidables enemigas, armadas con letales coles y jitomates podridos.

El cuerpo de dragones de la Ciudad de México, mandados por el gobernador, comenzó a golpear y a herir a sus propios compatriotas por ofender a los yanquis. La batalla campal ahora era entre dragones mexicanos y ciudadanos mexicanos, ante la incredulidad de los yanquis, mientras se alejaban de la ciudad en sus carros retacados de víveres. El general Herrera tuvo que intervenir oportunamente y poner paz entre sus compatriotas, pues ello amenazaba en convertirse en un motín civil ante la indignación de alimentar a quien destruye tu casa y mata a tu familia.

21

La batalla de Molino del Rey

Las pláticas de paz entre Estados Unidos y México, durante la tregua conseguida por Santa Anna, eran como la negociación entre un hombre amarrado a una silla, con su contraparte poniéndole una pistola en la frente para que acepte sus categóricas propuestas.

Las condiciones que proponía el comisionado Trist al licenciado José Bernardo Couto de México, para que Scott se retirara junto con su ejército y sus navíos de territorio nacional, eran ni más ni menos que la pérdida de Texas; Nuevo México; la alta California y la baja California, con la enorme península incluida para hacer del Mar de Cortés su *Mare Nostrum* o el Mar de Scott; Sonora; Chihuahua; Coahuila; Nuevo León y parte de Tamaulipas. México tendría que aceptar el libre paso de tropas norteamericanas y comercio entre el Golfo de México y el océano Pacífico, por una amplia franja en Tehuantepec. Los Estados Unidos entregarían como pago o indemnización una cantidad por todos los territorios mencionados y perdonarían comprensiblemente los gastos de guerra a la nación mutilada.

Cuando el general Herrera mencionó, como una posible condicionante de la negociación de concordia, que en los territorios conquistados se prohibiera la esclavitud, llenó de pena y contradicción a los norteamericanos. Trist, tartamudeando ante el daño causado por la bala moral de Herrera, explica que era imposible para él considerar algo así ante el senado, sin entrar en conflictos legales con el presidente Polk, quien él mismo, irónicamente, tenía esclavos trabajando para él. Proponer algo así, en Washington, era como poner una granada de mano junto a la cafetera, en la mesa de centro de los ilustrados diputados y senadores yanquis. Los norteamericanos, sarcásticamente, eran amantes de la libertad y la esclavitud al mismo tiempo.

México negociaba en la mesa, como si se le olvidara de que era un prisionero con la cara al suelo y una bota de cuero aplastándole la nuca contra el lodo.

«¿Cómo es posible que la nación vencedora en esta guerra, mantenga la esclavitud en su sistema de producción? Eso es aberrante, es como una prostituta dando clases de catecismo a niños o un padre de la Iglesia padroteando jovencitas en una esquina. La realidad salta a la vista. La nación más poderosa de América y quizá del mundo en este momento, lubrica su eficiente maquinaria con sangre de negros africanos, traídos como animales a morir como bestias de carga en las plantaciones algodoneras del sur de los Estados Unidos», meditaba el licenciado Couto, mientras veía sufrir a Trist excusándose ante su incapacidad negociadora.

Las pláticas de paz de Trist fracasarían y días después las hostilidades continuarían irremediablemente, hasta la caída total de Palacio Nacional, ante los rapaces yanquis.

—¿Quién iba a creerlo? El exitoso comerciante de ron, John Mackenzie, esposado como un prisionero en las galeras —comentó Héctor Jaramillo, paseándose en círculo a su alrededor.

—¿Quién eres? ¿Qué quieres de mí?

Don Héctor se agachó para mirarlo de cerca. Después de meses de búsqueda, por fin tenía al hombre que lo haría rico al quitarle todo lo que tenía.

—Soy un hombre al que no le gusta trabajar, señor Mackenzie. Prefiero que otros lo hagan por mí, mientras yo disfruto los placeres de esta vida, tan corta para los hombres.

—Vivir sin trabajar es para mantenidos o ladrones, ¿señor?

Jaramillo evitó decirle su nombre. Pasar inadvertido favorecía mucho mejor sus planes.

—Míster Sacramento, Mackenzie. Míster Sacramento para usted.

—La ley todavía es incierta en California, míster Sacramento. Parece ser que ahora somos yanquis, aunque ayer éramos tan mexicanos como los nopales.

—México perderá la guerra. Scott anda peleando en la capital del país y está por conquistarla. Es cuestión de días para que todo México se vuelva yanqui.

—Si California ya es yanqui, míster Sacramento, pronto tendrá problemas con la justicia. No es correcto vivir de lo ajeno.

Jaramillo se acercó a Mackenzie y sin quitarle la vista de encima, le espetó en pleno rostro:

—Sé de buena fuente que encontraste oro hace diez años, en Coloma. Sé también que lo escondiste en un lugar secreto cerca de aquí.

—Eso significa que anda en contacto con mis amigos. Sólo ellos pudieron haberle contado algo así.

Jaramillo puso la punta de su puñal a un centímetro del ojo derecho de Mackenzie. Bill los miraba de lejos, intuyendo lo que pasaba al ver a Mackenzie amenazar a su cuñado con un cuchillo.

—Si en 24 horas no me entregas el oro, mato al muchacho.

Mackenzie palideció por la amenaza. Algo le decía que ese cuatrero mal nacido, cumpliría su amenaza. Mackenzie estaba seguro de que ese hombre era el líder de los asalta pioneros, en la senda de California. Aún estaba lejos de relacionarlo con su exmujer.

—Pierdes tu tiempo. El tal oro que mencionas, ya no existe. Sí, lo hubo, pero fue poco y sólo me alcanzó para comprar un modesto ranchito en Sacramento. Todos los que sueñen en que hay oro tirado en California, como las piñas de los pinos en el bosque, están locos.

Jaramillo miró incrédulo a Mackenzie. Sus años de conocer a los hombres le aseguraban que mentía.

—Tendré que refrescarte la memoria, amigo.

Jaramillo señaló a Remigio para que acercaran al muchacho.

—Te preguntaré de nuevo dónde está enterrado tu oro. Si me mientes otra vez, el muchacho perderá un dedo, y así me seguiré hasta que lo convierta en un montículo de cachitos.

El Oso de Kansas tomó la mano esposada de Bill por su espalda. Su risa enferma ponía los pelos de punta a cualquiera.

—¿Estás listo, Remigio? —sentenció don Héctor, con mirada de verdugo de la Santa Inquisición.

Remigio asintió con mirada estúpida, sujetando el dedo meñique de la mano izquierda con las pinzas de corte. Los ojos de Bill se abrieron a lo máximo con mirada de terror.

—¿Dónde está enterrado tu oro?

Mackenzie titubeó al contestar. Aún pensaba que Jaramillo no se atrevería a mutilar a su cuñado.

—Te digo que ya no hay tal oro. Estás perdiendo tu tiempo.

Las pinzas cortaron el dedo como si fuera una tierna zanahoria. El grito de dolor de Bill se escuchó como un macabro eco en todo el valle, erizando los cabellos de Mackenzie y todos los cuatreros. Una parvada espantada voló de un frondoso árbol, buscando un lugar más seguro donde estar.

—¡Maldito loco! Deja en paz al muchacho. ¿Qué tiene que ver él en esto?

Los ojos de Jaramillo parecían botarse de sus cuencas como en un poseso.

—¡Es tu culpa, Mackenzie! Te pregunto una vez más, ¿dónde está ese oro?

—Te digo que no lo sé, malnacido desgraciado.

De nuevo se escuchó el desgarrador grito del muchacho. El otro dedo meñique de su mano caía a la tierra, como un gusano muerto. El Oso de Kansas celebraba jubiloso su tormento a la inocente víctima.

—¡Déjalo, desgraciado! Si salgo de ésta te mataré con mis propias manos.

Jaramillo miró como un demonio a su compinche para decirle:

—Que sea ahora la nariz, Remigio —el oso sonrió morboso, llevando las oxidadas pinzas a la nariz de su víctima—. ¿Dónde enterraste el oro Mackenzie?

Mackenzie no pudo soportar más que lastimaran a su pobre cuñado.

—¡Basta! Te llevaré al sitio, pero déjalo en paz y cúrale sus manos.

—Así me gusta, Mackenzie. La gente inteligente se evita problemas y sale adelante. Tu amigo Sixto perdió la mano izquierda por jugarle al listo.

—¿También torturaste a Sixto?

—¡Seguro! El muy estúpido me quiso ver la cara y terminó sin su mano izquierda. Ahora tengo el oro que había enterrado hace diez años. ¡Nadie sabe para quién trabaja!

—¿Dónde lo tienes?

—El manco Sixto va camino de regreso a Nuevo México. Lo amenacé con que si se quedaba en California le mataría a su cheyenne francesa. El indio es listo y puso pies en polvorosa para salvar a su familia. No quiero que te pase algo peor Mackenzie, así que vayamos directo al sitio donde tienes enterrado mi oro. El muchacho se queda en prenda hasta que tenga las pepitas en mis manos.

—¿Quién eres desgraciado?

—Te lo diré cuando encontremos tu oro. ¡En marcha!

—¡Atacaremos mañana mismo, señores! —comentó Scott en la elegante sala donde se había hospedado las últimas dos semanas—. El descarado de Santa Anna violó su parte del trato, al fortalecer sus posiciones frente a nuestras narices.

¡Cómo iba a extrañar ese palacete en Tacubaya!, donde las damas que lo visitaban hacían amena y agradable su estancia. Con nitidez rememoraba cómo le mordió los pezones prietos a la que se decía llamar la Lupe o a la tal Charito, que le dio un masaje como si fuera una ninfa arrancada del Olimpo.

«Ay México, ¡cómo me gustas! Qué bellas son las mexicanas, con sus pieles morenas y ojos negros. Debería llevarme una de ellas de regreso a los Estados Unidos. Podría decirle a mi familia que es una esclava o bien podría esconderla en una modesta casa en un pueblo cercano», meditaba con su mirada de tribuno romano.

—Las pláticas de paz, por las cuales hice un alto al fuego para evitar más muertos de nuestro lado, han sido un fracaso. Esos indios creen que van ganando la guerra, cuando la realidad es que los tengo con la cara al suelo y mi bota en su espalda junto con mi bayoneta en la nuca. Los mexicanos están perdidos y ya no puedo esperar un día más. Mañana mismo atacaremos el Molino del Rey, donde tienen su depósito de pólvora y municiones. El estúpido de Santa Anna cree que atacaremos por la Candelaria. Los espías de Manuel Domínguez funcionan a la perfección.

La imagen incitante de Lupe González, restregándole sus enormes senos de nodriza en la cara, se atravesó en la sala de juntas como un fantasma travieso. Scott se quedó paralizado por dos segundos, tal como el Quijote imaginaba molinos.

—Una vez tomado el Molino, que es una fábrica de pólvora y cañones, nos lanzaremos sobre el Castillo de Chapultepec. Domínguez y Teodoro dicen que el sitio es un colegio militar como nuestro orgulloso West Point. Será como entrar al infierno para ahorcar al diablo con su propia cola. Si cae el castillo, les prometo una noche mexicana en Palacio Nacional, donde podrán invitar a las distinguidas mexicanas que tan fielmente nos han atendido durante esta estancia en la capital.

Se escuchó un sonoro *yes*, de apoyo, que casi rompe la cristalería de las vitrinas del salón. Scott se imaginó desnudando lentamente a la Lupe sobre el escritorio de Santa Anna en Palacio Nacional. «Qué hermoso es el triunfo, y más, cuando lo celebras en la casa de tu peor enemigo, como lo hice en Manga de Clavo», pensó, mirando hacia los ventanales donde las ramas de los árboles se acercaban como manos siniestras que amenazaban con romper los cristales, para estrangularlo por invadir ese salón prohibido.

Sixto Escobar se reponía lentamente de la horrible mutilación que le había hecho Jaramillo, al torturarlo para quitarle el oro que tenía escondido. Si no hubiera sido por Truckee, Sixto hubiera muerto irremediablemente de gangrena en la Sierra Nevada. Don

Héctor se había vuelto loco al haber encontrado el oro maldito en el río Americano. Como un hombre fuera de sí, con todos los demonios dentro, Jaramillo lo traicionó al reunirse con sus asesinos en la montaña. Don Héctor no lo mató de milagro, lo dejó ir, sólo con la promesa de que se alejase de ahí y regresara a Nuevo México. Si Sixto intentaba quedarse en California, don Héctor asesinaría a Elsa Cherrier. Sixto no estaba para juegos y sólo pensó en recuperarse para ir en busca de su mujer y ponerla en un sitio seguro, junto con sus hijos. Ya habría tiempo después para pensar en la venganza.

—Ese hombre está loco, Truckee. No parará hasta que nos encuentre a todos y nos deje sin oro. Ese oro que encontramos hace diez años es como una maldición.

—Tener que matar loco para estar bien.

El calor de la fogata hacía juegos de colores naranjas en las mejillas de los dos amigos. Truckee era un gran amigo, al que nunca le había importado el oro. Sabía dónde estaba, pero también sabía que venía con calamidades y tragedias. Dichoso su pueblo que no necesitaba esa piedra para vivir feliz.

—Créeme que sólo pienso en eso, Truckee. Quiero encontrarlo y matarlo, pero antes de intentarlo tengo que esconder o mandar lejos a Elsa y a los niños. Ese hombre se protege con esa gavilla de asesinos profesionales. Sus asaltos y robos son la plática de los viajeros de California y Oregón. Los mormones lo odian también porque el audaz ratero los desplumó.

—Primero esconde familia, amigo. No arriesgues sus vidas. Ese hombre ser malo, pero no matarte y pudo hacerlo. No creer que perdonarte siguiente vez, si te ve y sabe, que tú buscarlo para matarlo.

—Va tras Cooper y Mackenzie también, Truckee. Carson se salvó por haberse ido de regreso a Texas.

—Tener que buscarlos para prevenirlos.

—Sólo prevenidos podrán hacer algo contra esta alimaña de las montañas. Dame más de tu brebaje, Truckee. Sólo drogado se me calma el dolor de este maldito muñón.

—Genaro está bien guardadito en una celda del Castillo de Chapultepec, Lolo. Ahí no nos dará más problemas y dejará de
molestar a Lupita —dijo Santa Anna, mientras se abotonaba su
gallarda guerrera frente a un enorme espejo con bordes dorados,
que abarcaba toda la pared del cuarto.

—Me siento mal con ella, Antonio. No ha parado de llorar
desde que supo de su desaparición. Me siento cómplice de su
desdicha.

Lupita López de Santa Anna escuchó todo esto, parada junto
a la puerta del cuarto de sus padres. Con los ojos inyectados en
lágrimas, irrumpió en el cuarto para reclamarles:

—¡Ustedes lo encerraron para alejarlo de mí! Confiamos en
ti Lolita y nos traicionaste. ¿Qué clase de amiga eres? ¿Cómo
pudiste traicionarnos así?

Dolores Tosta no sabía dónde ocultar la cara por la vergüenza
de haber sido descubierta en la traición. Con el cepillo y las
peinetas en la mano, se acercó a Lupita para tratar de explicarle
lo que había pasado.

—¡Perdóname, hija!

—¡Cállate que no soy tu hija! Ya quisieras parecerte a mi santa
madre, que Dios la tiene en su gloria. Tú eres una frívola ofrecida,
de mi edad, que embaucó a mi padre como un idiota. Somos de
la misma edad, ¿Cómo vas a ser mi madre?

Santa Anna se interpuso entre las dos, tratando de imponer su
estatura moral para calmar los ánimos.

—¡Basta, Guadalupe! No le hables así a tu madrastra. Ella sólo
piensa en tu bien.

—Tú menos que nadie puedes decirme que me calme, cuando
te casaste con ella, y mi madre ni siquiera se había enfriado en
su tumba. Todos sabemos que ya la tenías de querida cuando mi
madre vivía. No sabes cómo te odie cuando lo hiciste.

—¡Cállate!

Una sonora cachetada puso silencio a la protesta de Lupita,
haciéndola correr humillada hacia su cuarto. Santa Anna se
quedó helado, mirándola huir y viéndose la mano como si ésta
fuera de roca. Lolo hizo otro tanto, dejando en la pesadumbre al

hombre que estaba a unos minutos de salir a defender México en la Candelaria.

El Molino del Rey era una edificación de tiempos del virreinato, ubicada en los límites del hermoso Bosque de Chapultepec, en el poniente de la Ciudad de México. La bodega era alta, de casi diez metros de altura, tipo chalet suizo, con techo a dos aguas, con dos líneas de cinco ventanas al frente y siete a los costados para formar 35 ventilas por cada lado y diez al frente.

El día 7 de septiembre de 1847, Santa Anna preparó su ejército ante el avance declarado de las fuerzas de Winfield Scott sobre los terrenos del Molino del Rey, la Casa Mata, Anzures y Los Morales.

El Molino del Rey se conectaba con el Molino del Salvador por medio de un pequeño acueducto que, por sus robustas rocas, era considerado por los mexicanos como un buen refugio para protegerse del enemigo, en caso de tener que atrincherase. Al noroeste de estos molinos, había otra robusta construcción llamada la Casa Mata, que servía para guardar sacos de pólvora. La Casa Mata se encontraba rodeada por un pequeño foso tipo medieval y varias construcciones chaparras y gruesas que corrían paralelas al foso y que al igual que el acueducto de los molinos, también podía usarse como refugio para atrincherarse contra los norteamericanos.

Desde el día 6 de septiembre, por el avance franco de los norteamericanos, se había colocado a la izquierda de los molinos la brigada del General Antonio de León, conformada por los valientes batallones Mina, Unión, Libertad y Querétaro y una batería de tres piezas.

A la mañana del día siguiente se reforzó el flanco derecho, donde estaba la Casa Mata con los batallones 4º Ligero y 11º de Línea del General Francisco Pérez y por orden de Santa Anna el centro de los flancos por el General Simeón Ramírez, conformada con los batallones Fijo de México, 2º Ligero, 1º y 12º de Línea. Esta acción de reforzamiento del centro fue reconocida por los militares de alto rango que apoyaban a Su Alteza Serenísima, en su agresiva defensa de la capital.

Por precaución se reforzó al medio día el flanco izquierdo con la brigada del general Joaquín Rangel y los batallones de granaderos de la Guardia, Activo de San Blas, Mixto de Santa Anna y Fijo de Morelia.

Por si fuera poco, el general guerrerense Juan Álvarez aguardaba en la hacienda de los Morales con 2700 caballos y el teniente coronel Juan María de Echegaray con los batallones 1° y 3° Ligeros en el cerro del Chapulín, donde se encontraba el Heroico Colegio Militar o Castillo de Chapultepec.

La formación mexicana era intimidante e invitaba al triunfo. La manera en la que Santa Anna se preparó para recibir a los estadounidenses auguraba un rotundo triunfo de las fuerzas mexicanas.

—Ahora sí les vamos a dar en toda la madre —dijo Santa Anna cabrioleando su caballo blanco sobre la húmeda hierba de los molinos. Ya pasaban de las dos de la tarde y el esperado ataque no se daba por parte del temeroso Scott, quien escudriñaba desde la distancia la extraordinaria defensa preparada por el Napoleón xalapeño. Así se fueron las horas sin que los yanquis avanzaran un metro para el encuentro con los mexicanos.

Al llegar la noche, Santa Anna pierde la cabeza y retira a la fuerza central del general Simeón Ramírez para mandarla a un imaginario encuentro con los yanquis en la garita de la Candelaria. Este fatal error es detectado por los espías de Scott, que ven un hueco penetrable y debilitado en la defensa del Molino del Rey. Este error o acción deliberada por parte de Santa Anna ocasionaría la derrota del ejército mexicano en la sangrienta batalla del Molino del Rey donde morirían casi un millar de norteamericanos y mexicanos.

Una cueva en la montaña, junto a un estanque, fue el sitio donde John Mackenzie había escondido su oro para evitar que cayera en manos de los ladrones. Por salvar la integridad de su cuñado Bill, había aceptado entregar el oro a Jaramillo y su banda de rateros.

«El río Americano tiene mucho oro en su ribera y ya habrá otra oportunidad de recuperar lo robado», pensaba, mientras contemplaba a don Héctor acariciar la preciosa piedra bruñida.

Los ojos de Jaramillo parecían salirse de sus cuencas al palpar el oro en sus manos. Su esfuerzo, desde que partió de Texas en busca de fortuna, por fin era ampliamente recompensado. Ya tenía el oro de Sixto Escobar y el de John Mackenzie en sus manos. Sólo le faltaba el de Jim Cooper y Kit Carson, si es que alguna vez averiguaba dónde lo había escondido el héroe trampero.

—Nadie sabe para quién trabaja, amigo Mackenzie. Años y años trabajaste, para que al final alguien más listo que tú te lo quitara todo. Te he quitado a tu mujer y ahora tu dinero. Perdiste ante mí, John Mackenzie. Al final del juego, Héctor Jaramillo resulto ser mejor pillo que tú.

—¿Mi mujer?

—Así es, mi pequeño perdedor. Lucy Wallace es una extra-ordinaria mujer y tú le robaste a sus hijos, sin importarte en lo más mínimo su sufrimiento. ¿Sabes lo que le pasa a una madre cuando le quitas a sus hijos? No, ¿verdad? La matas en vida, amigo. Durante el resto de su vida pensará día y noche en sus hijos. Esa es la peor de las torturas.

El sol de la montaña golpeaba inclemente el rostro de Mackenzie, arrodillado en el suelo rocoso junto a la cueva. A unos metros de ahí sus compinches fumaban y bebían, satisfechos de que la misión había sido un éxito.

—¿Tú eres el que se juntó con ella?

Una patada en la cara de Mackenzie lo hizo rodar a un costado. El ruido metálico de la pistola de Jaramillo le heló las venas en la sangre. Resignado a su suerte esperó lo peor del cuatrero.

—No me junté con ella, cabrón. Los animales se juntan. Yo sí la valoré y me casé con Lucy, ante los ojos de Dios y en un templo católico.

—¿Para qué me matas? ¿No fue suficiente con que te quedaras con mi oro y con ella?

Jaramillo se agachó para poner el cañón de su pistola en la cien de Mackenzie y espetarle en pleno rostro:

—Te falta morir, Mackenzie, pero antes de morir debes saber que le haré una vista a Tracy, tu mujer en el rancho los Pinos, la que será mi nueva propiedad que voy a comprar a un precio regalado. Ahora tendré una amante en Sacramento y espero que me guste, si no te acompañará al infierno muy pronto.

Mackenzie fue entregado al Quijote americano, quien entre golpes fue llevado al borde de una cañada que se precipitaba en un río corriendo incontenible entre la montaña. Jaramillo y su banda vieron cómo el Quiote le disparaba a quemarropa por la espalda, haciéndolo caer del barranco para ser arrastrado por las frías aguas del río.

Jaramillo sonrió satisfecho. «Un enemigo menos. Ahora vamos por Jim Cooper», pensó, mientras encendía un cigarrillo y arrojaba el humo haciendo caprichosas figuras en el aire.

En la madrugada del 8 de septiembre de 1847, Winfield Scott, habiéndose percatado del error de Santa Anna al haber retirado a la formidable brigada de Simeón Ramírez del centro de los molinos, lanza a la división del general Worth con sus 4 000 infantes, apoyados por el fuego de sus letales baterías.

En el flanco izquierdo, la brigada del general John Garland avanzaba al encuentro de los mexicanos; y por la derecha, el teniente coronel James Mackintosh[86] cerraba la pinza, apoyado por 400 dragones y el mortífero fuego de ocho cañones, dos de 24 y seis de 12 libras; contando con el apoyo en la retaguardia de la tropa del general George Cadwalader.

El general mexicano Antonio Carona, en su intento por cubrir el retiro de Simeone Ramírez la noche anterior, responde por el centro con su artillería al avance de los norteamericanos.

Los norteamericanos se despliegan con estratégicas columnas de asalto. Garland en especial, se lanza por el centro con sus 1 200

---

86 Muere de un balazo en la frente en la toma de la Casa Mata.

infantes con bayoneta, desafiando los obuses de Chapultepec que dejan muertos y heridos en el camino.

Los mexicanos son sorprendidos por el centro, entre la casa Mata y Molino del Rey. Mackintosh logra llegar hasta el Molino del Salvador, mientras que Cadwalader arremete por la izquierda. Los mexicanos del centro, tras el acueducto, se enfrentan a los rabiosos yanquis en un sangriento encuentro que deja decenas de muertos por ambos bandos, retrocediendo el bando mexicano y dejando la oportunidad a los estadounidenses de llevarse los tres cañones que los ofendían minutos antes. Los yanquis celebran con euforia el triunfo de llevarse los cañones mexicanos.

Todo era confusión y derrota entre los mexicanos, ante el temerario asalto de Garland. Cuando los yanquis celebraban el robo de los cañones mexicanos, les cae por la retaguardia el batallón del general Miguel María de Echegaray y el coronel Lucas Balderas[87], recuperándose los morteros y haciendo huir a los yanquis en carrera desordenada.

Scott no se amilana ante el avance de los mexicanos y lanza con todo a sus reservas hacia el centro y la Casa Mata. Los generales Quitman y Pillow forman dos columnas y se unen a la tercera de Cadwalader para hacer un efecto de cuña en el centro de los molinos. La batalla por el centro es encarnizada y deja decenas de muertos. El Batallón Hidalgo del general Francisco Pacheco marca la diferencia a favor entre los molinos, haciendo retroceder a los yanquis. Scott huele el peligro de la derrota total al contemplar con su catalejo a la caballería de Juan Álvarez que se presta a entrar al ataque por el lado izquierdo en la Hacienda de los Morales.

—Pongan la batería de Duncan apuntando hacia los Morales. Si no los contenemos, nos acabaran a todos con esa caballería —grita Scott como desesperado al sentirse a un paso de la derrota.

—Por el lado oriente se acercan los hombres de Santa Anna, que ya regresan de su fracaso en la garita de San Antonio —dijo

---

87 Muere en ese día por un balazo en el vientre. Al morir cuentan que sus últimas palabras fueron: «Pobre patria mía». La ciudad de México lo honra con una estación del metro y una calle que llevan su nombre.

Teodoro Escobar, entre jadeos, mientras se vendaba el brazo derecho herido por una bala perdida.

—Si nos ataca Álvarez y lo refuerza Santa Anna por el oriente nos liquidaran irremediablemente, Teodoro. Los mexicanos pelean sin ningún líder. Todo su empuje y arrojo es por orgullo y coraje —repuso Scott, no perdiendo detalle de las acciones con su catalejo.

Lejos de Tacubaya, por el lado oriental, avanzaba Santa Anna junto con las brigadas de los generales Manuel María Lombardini y Joaquín Rangel.

—Ataquen por su derecha y retaguardia, señores. Con el avance de la caballería de Juan Álvarez los aplastaremos. El triunfo es nuestro, sólo hay que ir por él —dijo Santa Anna a sus orgullosos generales que esperaban ansiosos el avance de Álvarez.

Los minutos se fueron y ante la sorpresa de yanquis y Santa Anna, Álvarez no se movió nunca de la Hacienda de los Morales para atacar a Scott.

Desde la Hacienda de los Morales, Juan Álvarez contemplaba la batalla de los molinos sin mover un músculo de su cara. El puro de sus labios sólo era movido por los gruesos labios del cacique sureño. Sus pintos aguardaban ansiosos la orden de atacar.

—¿Qué pasa, señor? ¿Por qué no atacamos? —preguntó un pinto con la cara mitad blanca y morena, como si se la hubieran dividido con una regla.

—La guerra está perdida y si los pierdo a ustedes después ya no tendré con quién seguir peleando en nuestro territorio, Simón. No es justo mandarlos al matadero, mientras allá se esconde ese puto majadero —dijo Álvarez, señalando hacia donde se movían a lo lejos Santa Anna y sus hombres.

—*He's not moving. The mother fucker's not moving* —comenta Scott asombrado.

—No va a atacar, mi general. Juan Álvarez y su caballería son unos cobardes —responde Teodoro, sorprendido ante la desconcertante pasividad del insurgente sureño.

—¡Carguen con todo! ¡Es ahora o nunca! —grita Scott a sus hombres para que tomen de una vez por todas los molinos.

Los yanquis avanzan como hormigas sobre su presa no dando oportunidad a los mexicanos de organizarse mejor en su defensa. La traición de Álvarez destruye el ánimo de los mexicanos que caen peleando como unos valientes.

Desde el oriente de la ciudad, sobre una pequeña loma, Santa Anna y sus generales comentan decepcionados la traición de Álvarez:

—Ese puto cobarde, no atacó. Los yanquis se nos han echado encima y la derrota es inminente —grita Santa Anna fuera de sus cabales, tirando fuetazos al aire.

—¡Corramos a apoyarlos! —insiste Lombardini.

—¡Vamos! Aunque ya es demasiado tarde. El factor sorpresa se ha perdido y cuando lleguemos allá todo se habrá acabado —responde Santa Anna decepcionado, encabezando el avance de la tropa.

—¿Qué haremos con Juan Álvarez y sus pintos[88], mi general?

—Fusilarlos Rangel, al igual que a Valencia cuando caiga en mis manos. Mexicanos así no merecen pisar nuestra tierra ni respirar nuestro aire.

---

88 Les decían los pintos por tener manchada la piel al igual que su difunto líder Vicente Guerrero.

22

Scott prepara el asalto final

Los cuatreros de Jaramillo rodearon lentamente la casa de Jim Cooper en San Francisco, California. Las sombras del amanecer se hacían cómplices de los violentos forajidos que estaban por asaltar la casa del corpulento criador de caballos. Don Héctor Jaramillo contaba con la confianza del papel que cargaba en sus manos, en el que se ofrecía una recompensa de 10 000 dólares por la captura del negro fugitivo y asesino, Jim Cooper. El actual gobierno norteamericano en San Francisco, se vería en la necesidad de pagar la recompensa al exitoso cazaesclavos y criminales.

—¿Estás seguro de que está adentro? —preguntó Jaramillo a Remigio.

—Tan seguro como de que es negro y que su esposa es una perra mexicana, don Héctor.

—Bien que la quieres para ti, mi Oso. No olvides que sé bien la clase de puerco que eres.

El Oso sonrió, mostrando su horrenda mueca desdentada a causa de pleitos de cantina y rencillas por prostitutas.

—¿Me la va a regalar, don Héctor?

—Si todo sale bien, claro que sí, Osito. Te la has ganado.

Los 15 cuatreros, más don Héctor al frente de ellos, brincaron la pequeña reja de madera con paletas en pico, pintada en un agradable color crema.

Socorro, la esposa de Jim Cooper salía del baño cuando los vió llegar y gritó a su marido que dormía profundamente:

—¡Despiértate, Jim! Hay hombres en la casa.

Cooper brincó como impulsado por un resorte y tomó su cinturón con las dos pistolas que descansaban sobre el respaldo de la silla. Socorro corrió a tomar el rifle cargado que escondía en la cocina. Los niños seguían durmiendo sin darse cuenta de nada.

—¡Entrégate, Cooper, si no quieres que muera tu familia! —gritó Jaramillo, escondido tras la seguridad de un árbol.

Uno de los hombres de Jaramillo atravesó torpemente hacia la casa para ser recibido por Socorro, con un tiro en el pecho, pues se encontraba escondida tras una columna.

—Ustedes regaron la primera sangre. Ahora pagarán caro por esto —advirtió Don Héctor al ver caer muerto al gordo Tobías.

—¿Por qué me buscan? —gritó Cooper intrigado.

Se hizo un silencio de varios segundos, en lo que don Héctor preparó su respuesta y atisbó el sitio por el que a momentos se asomaba Socorro, la valiente mexicana esposa de Jim Cooper.

—Eres un esclavo prófugo y asesino, Cooper. Mataste al capataz de la plantación donde escapaste en Tennessee. Te voy a llevar encadenado de regreso, perro negro. Tu cabeza negra vale 10 000 dólares.

—¡Basta! Me entrego, pero ya no disparen. No quiero arriesgar la vida de mi familia.

Las dos pistolas de Cooper se deslizaron por el piso de la casa hacia donde hablaba y se escondía don Héctor. Cooper salió tras de una pared con los brazos en alto.

—¡Me rindo! Por favor dejen a mi esposa en paz.

—¡Acércate a ella y desármala! —ordenó Jaramillo a uno de sus hombres.

Cooper caminó hacia la cocina y al entrar se fundió en un tierno abrazo con ella. El momento que Jim Cooper siempre temió, lo había finalmente alcanzado.

—Todo va a salir bien, amor. ¡Ya verás!

Cooper fue amarrado a una silla, mientras Jaramillo lo interrogaba.

—Hiciste bien en rendirte, Negro del infierno. De otro modo hubiéramos matado a tus niños y a tu mexicana —comentó Jaramillo, arrimando otra silla y sentándose frente a Cooper.

—¿Qué quieres de mí?

—¿Dime dónde tienes guardado tu oro?

—¿Cuál oro?

Jaramillo sonrió y le dijo levemente como un susurro al oído:

—El que encontraste con tus amigos Carson, Sixto y Mackenzie hace diez años. Un negro prófugo como tú, no podría guardarlo en un banco. Es como si un caballo entrara a la cantina y se sentara para comer. Todo mundo brincaría del susto. ¿O no?

—Pierdes tu tiempo. Ya no existe tal oro.

—¿Sabes que mi amigo Remigio quiere matar a tu esposa por haber matado a su primo Tobías? El Oso de Kansas está que se lo lleva el diablo.

—Fue en defensa de sus hijos. Cualquier madre lo haría.

Jaramillo dio una larga fumada a su cigarro para contestarle:

—Estos hombres son parte de mi éxito, Cooper. El éxito de un líder es ir por delante de sus hombres para guiarlos y nunca olvidar recompensarlos. Sólo así se llega a las metas. Tu esposa pagará el crimen de Tobías con su cálido y moreno cuerpo.

—¡No! Déjala en paz. Ella no tiene por qué sufrir esta humillación.

—Tú no estás en condiciones de pedir nada, negro fugitivo. Mejor haz memoria de dónde escondiste tu oro porque partimos en una hora.

—¡Remigio! —gritó Jaramillo autoritario.

—Sí, señor.

—La mexicana es tuya. Llévala a un cuarto y cóbrate lo que te debe.

—¿Puedo matarla al final?

—No, Osito. Cógetela, pero respeta su vida. Ella tiene que cuidar a sus hijos.

El Oso sonrió con mirada de enfermo y entre empellones se llevó a la indefensa Socorro, que no movió un solo músculo de su cara en protesta. Cooper imploró que la respetaran, pero sólo recibió una patada en la cara por parte de Timothy, el diminuto Quijote americano, que lo dejó con el pómulo cerrado.

Pasaron 20 minutos hasta que el Oso salió de uno de los cuartos con mirada de felicidad, como un esposo en su luna de miel, ante el aplauso de sus fieles compañeros. En el cuarto se quedó Socorro pasmada con la mirada perdida en el techo.

—¿Yo también puedo, don Héctor? —preguntó uno de los cuatreros, llevándose la mano a la tumoración que abultaba su pantalón.

—No, Paul. Lo de Remigio fue en consolación porque ella mató a su primo. Mis hombres no son una manada de perros violadores.

—Está bien, don Héctor. Perdón.

Los cuatreros asintieron con la cabeza, aceptando la autoridad y liderazgo de don Héctor.

—Vámonos que tenemos que ir por el oro del Negro. Tráiganse el cuerpo de Tobías para enterrarlo por el camino.

Cooper fue subido a uno de los caballos. Dentro de su infierno propio estaba tranquilo de ver que en la casa se quedaba Socorro con los dos niños. Ella estaba viva y podría ver por los niños. Dentro de la horrible experiencia vivida, el fugitivo negro sabía que la historia pudo haber tenido muchos finales más trágicos y horrendos que éste. Si él moría al día siguiente, sus hijos llegarían a grandes en esa enorme casa de Socorro García, viuda del honorable criador de caballos Jim Cooper.

La visita a la celda de Genaro Escobar fue admitida con respeto y admiración por el héroe insurgente Nicolás Bravo, quien a sus más de 60 años de edad estaba a cargo de la defensa del Heroico Colegio Militar ante el inminente ataque norteamericano después de la derrota mexicana en el Molino del Rey.

Guadalupe López de Santa Anna aprovechó que su padre se preparaba para defender el castillo y las garitas ante el avance incontenible de las fuerzas armadas norteamericanas, para intentar liberar a su amado de la fría celda donde estaba confinado.

—¿Sabe tu padre que estás aquí? Ésta es una zona peligrosa, hija. Recuerda que estamos en guerra y los yanquis están a tiro de piedra para atacarnos —preguntó don Nicolás con preocupación. Su blanca cabeza generaba respeto y admiración entre los adolescentes que estudiaban en el colegio.

—No, don Nicolás. Mi padre no debe saber de mi presencia aquí.

—¿Por qué estás aquí, hija?

—Necesito ver al preso que tienen en la cárcel, don Nicolás.

—¿Al capitán Genaro Escobar?

Nicolás Bravo miró con profundidad a Lupita. En su larga vida había visto demasiado para entender lo que pasaba entre Genaro y Lupita. Cuantas veces tuvo que solapar al cura José María Morelos en situaciones similares con sus incontables amoríos serranos.

—Entiendo, hija. Que sea rápido y te pido discreción con tu padre. Él me mataría si supiera que consentí algo como esto.

Lupita sonrió, iluminando su bello rostro con una sonrisa juvenil de oreja a oreja.

—Pierda cuidado, don Nicolás. Le debo una.

Dos tenientes llevaron a Lupita al calabozo. Genaro no fue sacado de su celda. Platicaron con la reja de por medio. Don Nicolás no podía arriesgarse a dejarlos solos en la celda. Santa Anna lo pondría en el paredón por un error así.

—¡Lupita! Amor mío ¿Cómo llegaste hasta acá?

Don Nicolás accedió a mi petición. Mi padre está hecho un loco preparando la defensa del castillo y de las garitas. Créeme que no tiene tiempo para pensar en mí ahora.

—¡Te ves bellísima!

Los dos se dieron un tierno beso, iluminado por un resplandeciente rayo de luz que atravesaba imponente el calabozo, como si fuera una columna refulgente que caía de costado.

—Saldrás de aquí y nos fugaremos donde mi padre no nos encuentre. No tolero más vivir con ellos. La situación es insoportable con Lolita, desde que me traicionó.

—No es su culpa, Lupita. De un modo u otro cree que te protege. El haber hablado mal de tu padre me condenó con ella.

—No dijiste más que la verdad. ¿Sabes que también perdimos en el Molino del Rey?

—Me contó un teniente que me trae la comida. Me dijo que Juan Álvarez sólo vino a México a pasearse y dejó solo al ejército en los molinos.

—Ahora los yanquis vienen para acá, Genaro.

—Eso me conviene, Lupita. Juan Escutia me prometió que, si los yanquis se lanzaban sobre el castillo, me liberaría para ayudarlos a defender el alcázar.

—Pues entonces prepárate porque mi padre me dijo que el ataque es inminente.

—Si escapo defendiendo el castillo, pasaré por ti a tu casa y nos fugaremos para el norte. Santa Fe es un buen lugar para comenzar y hacer una familia. Texas sería el último lugar en el que tu padre se atrevería a buscarnos. Los texanos lo odian y cualquiera le metería un tiro al topárselo en la calle.

Los dos jóvenes enamorados se volvieron a besar, agarrándose apasionadamente de las manos. Los fríos barrotes eran una defensa infranqueable, que los frenaba de poseerse mutuamente. Don Nicolás sabía lo que hacía y sólo así mantuvo bajo control estas dos teas que amenazaban con incendiar la seca pradera al encontrarse.

—El tiempo se acabó, señorita. Lo siento mucho, pero su padre viene para el castillo y debe partir ahora mismo. El general Bravo no quiere exponerse a la furia del líder de la defensa nacional contra los yanquis —interrumpió el teniente Francisco Márquez. Su cara regordeta lo hacía parecer de más edad de la que en verdad tenía.

—Adelante, teniente. Sáquenla de aquí antes de que su padre se entere.

Lupita lo miró resignada, entendiendo que así tenía que ser por el momento. Se dieron un último beso de despedida y se perdió por la salida del calabozo en compañía del teniente Márquez.

Don Héctor Jaramillo, sin primero reclamar la jugosa recompensa del esclavo fugitivo, sacó furtivamente a Jim Cooper encadenado de San Francisco. El hábil ladrón no podía exponerse a alguna defensa sorpresiva por parte del gobernador de California, Stephen Kearney. El hecho de que el gobernador de San Francisco encarcelara a Cooper, evitaría que Jaramillo desenterrara su oro. Primero encontraría el oro de Cooper y después lo entregaría a las autoridades para hacerse de los 10 000 dólares.

La mente de don Héctor Jaramillo trabajaba de una manera impredecible. A momentos actuaba como un asesino sanguinario, sin sentimientos, y en otros, como un hombre que intentaba ser ecuánime y justo. Hechos desconcertantes como la liberación de Sixto Escobar, conocido suyo, con la condición de que volviera a Santa Fe, a pesar de haberlo despojado de su oro y mutilado su mano, desconcertarían a cualquier estudioso de mentes desequilibradas; luego, sin inmutarse dejaba que Timothy le disparara a Mackenzie por la espalda, haciéndolo caer en un turbulento río a una muerte doblemente segura. Al regresar de matar a Mackenzie, sin pestañear, le volaba la cabeza a uno de sus hombres de dos disparos, al enterarse de que Bill Straw se les había escapado en la montaña por quedarse dormido cuando lo cuidaba.

Ahora, en un acto desconcertante de justicia jaramilla, perdonaba a Socorro, la esposa de Cooper de que la violara toda la banda y al final la mataran. La mente de Héctor Jaramillo trabajaba en un estira y afloja entre el bien y el mal, en el que desgraciadamente el mal dominaba la mayor parte del tiempo.

Al igual que con Mackenzie y Sixto, Cooper fue interrogado sobre el paradero de su oro.

—¿Dónde guardas tu oro, negro del infierno? —interrogó Jaramillo a Cooper, los dos sentados alrededor de la fogata. Cooper mantenía sus manos esposadas por precaución.

—Sé la clase de asesino que eres Jaramillo. Sé que, a pesar de tener mierda en la cabeza, a momentos tu mente reacciona y tienes gestos que arrojan un poco de luz en las sombras de tu oscura mente.

Jaramillo frunció el ceño sorprendido ante el ataque verbal del amable negro, que en los últimos años se había cultivado con los libros y con la iglesia, y que ahora hablaba con sabiduría, algo que no estaba acostumbrado a escuchar alguien como él.

—No te entiendo, Cambujo. Explícate mejor, ¿quieres?

—Dejaste vivir a mi esposa y a mis hijos. Sé perfectamente que la bola de simios, que te acompañan y te idolatran como un dios, pudo haber violado repetidas veces a mi mujer y además la habrían matado a ella y a mis hijos. No lo hiciste. Sólo el cerdo del Oso la violó en pago por la muerte de su repulsivo primo.

—¿Y qué con eso?

—Te pagaré de un modo equivalente, Jarapillo, claro, después de matar a todos tus hombres, antes de que toques el oro por el que me preguntas.

Jaramillo no salía del asombro al verlo y escucharlo. Cooper le causaba temor, sorpresa y admiración.

—Parece que no te das cuenta de tu realidad, negro. Estás esposado y rodeado por mí y 13 hombres más. Aun así, te atreves a hablar de escapar. Si sigues hablando estupideces, terminaré cortándote la cabeza y poniéndola en una estaca.

—Si eres listo, hazlo ahora que puedes. Después no tendrás tiempo.

Jaramillo tragó saliva nerviosamente. Por un momento se quedó pasmado ante la seguridad y la mirada firme del negro que lo amenazaba.

—Me rio de ti, negro estúpido. Antes de tres días tendré tu oro, luego te llevaré encadenado, como ya lo estás, a Sacramento para cobrar los 10 000 dólares de recompensa por tu negra salea. Ahí serás colgado por las autoridades de California, mientras yo me fumo un puro en tu nombre, cuando pateé el banco que te sostiene, para romperte el pescuezo.

Jim Cooper sólo sonrió, mostrando sus blancos dientes, mientras apretaba sus intimidantes músculos, aprisionados por las esposas para asustar a Jaramillo.

Esa noche durmieron en una agradable arboleda, en el camino a Donner Pass. Uno a uno fue cayendo por el sueño, mientras dos hombres vigilaban a Cooper para evitar una sorpresiva fuga como la de Bill Straw. Jaramillo había tomado bien en cuenta la advertencia de Cooper y no se confiaría.

Mientras Cooper fingía dormir, sus hábiles dedos manipulaban con un alambre el interior de la cerradura de sus esposas, hasta que poco a poco los dientes cedieron para poder liberar una mano. Esto era todo lo que necesitaba el habilidoso fugitivo para iniciar su ofensiva.

El guardia que se mantenía despierto fue sorprendido cuando cabeceó, intentando vencer el sueño. Esos tres segundos fueron todo lo que necesitó Cooper para romperle el cuello y desarmarlo. El otro guardia corrió con la misma suerte al intentar abrir los ojos. Los dos guardias habían pasado a mejor vida por un descuido. Cooper no pensaba dejar vivo a ninguno. Sólo muriendo todos, la seguridad de su familia estaría garantizada.

El amanecer sorprendió a los cuatreros. Jaramillo se fue de bruces al encontrarse con cuatro cadáveres, la desaparición de cuatro rifles, un caballo y parque.

—Bien merecido se lo tienen por pendejos. El negro los sorprendió dormidos y les rompió el cuello para no hacer ruido.

—¿Qué hacemos ahora, señor? —preguntó el Quijote asustado.

—¿Cómo que qué hacemos, Timothy? Pues ir tras él, o quieres que él lo haga primero —repuso Jaramillo hecho un loco, aventando un tiro al aire que retumbó como eco en la montaña.

—A lo mejor va de regreso a Sacramento para huir de nosotros y buscar ayuda del *sheriff* —dijo el Oso de Kansas, tratando de ver algo en la montaña.

—No, Remigio. Cooper no buscará ayuda de un *sheriff* ni de nadie. Nos intentará matar a todos para ganar de nuevo su tranquilidad. Así que prepárense para lo peor.

Los diez hombres iniciaron su marcha tratando de seguir los pasos de Cooper entre las veredas del bosque.

Bill Straw no tuvo otra opción para escapar de sus perseguidores que arrojarse al río. El agua lo arrastró kilómetros adelante, salvándose milagrosamente de no golpear una roca con la cabeza. Recostado de bruces sobre la fina arena, en la orilla del río, jadeaba como fiera perseguida tratando de recobrar el aliento.

Miró detenidamente el pasaje que lo rodeaba. El río corría tranquilamente por esta parte del bosque. La zona de los rápidos donde brincó al agua había quedado muchos kilómetros atrás. El peligro de ser visto por los cuatreros de Jaramillo había pasado. El espectáculo de pinos que lo rodeaba, como mudo testigo de su milagroso escape, lo saludaba con sus altos conos desafiando al cielo.

Unas peñas con forma de cabeza de conejo le dieron la ubicación exacta de dónde se encontraba en la Sierra Nevada. Bill conocía bien esta zona y sabía que un par de kilómetros adelante se encontraba la casa de unos indios shoshones con los que había compartido comercio en otras ocasiones. Hacia allá debería dirigirse para curar sus heridas de los meñiques mutilados y restablecerse por completo. Ya habría tiempo después para buscar a los asesinos y vengarse del asesinato de su cuñado. Salvar la vida era la prioridad en este momento.

Al dar los primeros pasos hacia su destino se tropezó con una piedra que casi lo hacía caer de nuevo. Al mirarla sus ojos se agrandaron de asombro. La roca era una pepita de oro del tamaño de una papa. Lo que los cuatreros buscaban afanosamente, él lo había encontrado por casualidad. Este oro revitalizador lo repondría económicamente del despojo cometido por Jaramillo con su cuñado. Con coraje apretó su puño derecho, pensando en vengarse y matar a don Héctor Jaramillo. Sólo viéndolo muerto descansarían él y su familia. Alguien como don Héctor y su pandilla sólo tres metros bajo tierra traerían paz de nuevo a Sacramento.

Del 8 al 11 de septiembre de 1847, los norteamericanos se reorganizaron en su cuartel general en Tacubaya. Scott cubrió bien la retaguardia para no descuidar Coyoacán, Churubusco y San Ángel, sitios tomados semanas antes. Por precaución estratégica vigilaba las garitas de San Antonio y la Candelaria, para evitarse cualquier sorpresa.

Un grupo de desertores irlandeses del Batallón de San Patricio, que se había unido a los mexicanos en su lucha por solidaridad católica, fue amarrado en un jardín donde se contemplaba a lo lejos el imponente Alcázar de Chapultepec. La bandera mexicana ondeaba imponente sobre la asta, que desafiaba a los cuatro vientos del valle de México.

—Cuando sea retirada esa bandera mexicana y empiece a ondear la de las barras y las estrellas, ustedes serán ejecutados aquí mismo, para que lo último que contemplen sus traicioneros ojos sea el triunfo del ejército norteamericano, al que ustedes traicionaron.

—Los mexicanos son nuestros hermanos religiosos. Esta guerra es un abuso y estamos con ellos. Nuestro Dios misericordioso nos recompensará en el cielo —dijo un desertor con una horrible «D» de desertor, marcada en la frente con un fierro candente.

—Tú serás el primero en morir, hijo de puta. Quien se voltea contra su patria merece morir empalado. Eres un asco para mi honorable ejército —reiteró Scott, soltándole un fuetazo en la cara al irlandés.

Manuel Domínguez, la vergonzosa contraparte del irlandés en versión mexicana, contempló humillado la amenaza de Scott a los irlandeses. Apenado, tomó el mensaje de la deserción como propio y se alejó de ahí sin ser visto. El mensaje había sido claro y directo para él: Domínguez no era mejor que cualquiera de los irlandeses condenados a muerte en Tacubaya. Al final, era un traidor a su patria que merecía el repudio de todos los mexicanos.

Don Nicolás Bravo bajó a los sótanos del castillo para platicar con el capitán Genaro Escobar. Juan Escutia le había mencionado la calidad moral del prisionero y su participación en todas las batallas con Santa Ana, desde el Álamo hasta su aprensión después de la caída del convento de Churubusco. Don Nicolás había accedido a la petición de Lupita López de Santa Anna de platicar con Genaro con las rejas de por medio. Ahora la curiosidad le punzaba y quería saber de labios del propio capitán Genaro la razón por la que estaba ahí encerrado.

—¿Capitán Escobar?

—El mismo todavía, general Bravo.

—¿Me conoces?

—Santa Anna me ha platicado mucho de usted. Como no conocer al héroe compañero del cura José María Morelos y Pavón, además de que ya ha sido presidente de México. Como olvidar su gesto heroico al perdonar la vida a 300 españoles que Morelos le daba a cambio de la atroz muerte de su padre.

Don Nicolás sonrió halagado, pidiendo permiso para sentarse en el otro extremo de la cama de Genaro.

—¿Por qué estás aquí, hijo?

La mirada de Bravo era más la de un padre preocupado, que la de un feroz general a unas horas de iniciar la defensa final del Castillo de Chapultepec.

—Cometí el error de enamorarme de su hija, abusando de su confianza y algo peor, general.

—¿Qué es eso peor, hijo?

—Pensar que Santa Ana está vendido con los yanquis, general.

Don Nicolás intrigado, se quitó sus lentes para limpiarlos con un paño limpio. Su mirada denotaba empatía con Genaro.

—¿En qué te basas para decir eso, hijo? Tu acusación es muy seria.

La barba crecida de días le daba un toque de náufrago o mal viviente al valiente capitán.

—En todas las batallas que ha participado, algo pasa que nos lleva a la derrota. En Cerro Gordo descuidó la Atalaya y nos derrotaron por ahí con el bombardeo de Lee. En Puebla, simplemente se rehusó a enfrentar a los yanquis, extendiéndoles una larga alfombra roja desde Puebla hasta la capital. En Padierna dejó que aplastaran a Valencia, olvidándose de que la guerra no la perdía Valencia, sino todos los mexicanos. En Churubusco dejó solo al general Anaya, llevándose a sus hombres a Portales a comer quesadillas y tepache en lo que los yanquis arrasaban el claustro. Ahora me enteré por Lupita, que una noche antes de la Batalla del Molino del Rey, se llevó a lo más fuerte de nuestro ejército a una pelea imaginaria en la Candelaria. Cuando llegó al Molino del Rey, ya todo se había acabado y su general Álvarez, que recibe órdenes de él, se rehusó a participar en el momento decisivo de la batalla. No me extrañaría en lo más mínimo que en la defensa del Castillo lo dejé solo con los cadetes y se vaya a pelear a otro sitio intrascendente y cuando llegué al castillo ya todo se haya acabado.

El rostro del sexagenario palideció como el de un fantasma. Acababa por la mañana de pedirle parque, cañones y hombres a Santa Anna para resistir el embate final de los yanquis, y Santa Anna no le había respondido nada todavía. Si lo que le decía Genaro era cierto, la caída del castillo era sólo cuestión de horas.

—No sé qué decirte, hijo. Me asombra lo que me dices. A mis 61 años pensé que había visto de todo, pero ahora creo que no. Siempre tuve mis dudas de la calidad moral de Santa Anna. Viendo las cosas como me las dices, me horroriza pensar que tengas razón. Ahora sé que estás aquí más por lo que dijiste de él, que por enamorar a su hija. Si Santa Anna llega a ser sorprendido como un aliado de Scott, yo seré el primero en dispararle un balazo en la frente por traidor.

—El general es astuto como una zorra y no dejará que nadie lo descubra. Bien recuerdo cuando estábamos en Maryland, Washington, en enero del 37, que se reunió a solas con Scott en el Hotel Ambassador y salió con una sonrisa de oreja a oreja de la reunión.

—¿Te dijo de qué hablaron?

—Jamás, general. Ni el mismo general Almonte que iba a fungir como traductor fue aceptado en la comida. Le digo que es una persona muy hábil, que siempre vela por sus intereses, aun a costa de pasar sobre el cadáver de su madre.

—¿Te das cuenta de que estás hablando mal del hombre que te encumbró hacia lo que eres hora?

—Lo que soy, siempre se lo agradeceré al general don Antonio López de Santa Anna, pero el hecho de que traicione a su patria, rebasa cualquier parentesco o amistad, general Bravo. La patria es primero y está sobre nuestra amistad y el posible parentesco que él me negó. Estamos a unas horas de perder una guerra que nos convertirá en una tierra de esclavos, donde lo que éramos como nación quedará en el olvido. El más grande atropello a nuestra sagrada patria está por comenzar. Le pido de favor, como soldado que soy, que me saque de aquí y me dé un fusil para defender a mi patria.

Don Nicolás señaló a la puerta abierta de la celda contestándole:

—Adelante, capitán. México lo necesita. Luche por el honor de su patria.

—Gracias, general. No sabe cómo se lo agradezco.

23

La caída del Castillo de Chapultepec

El general Worth atacó severamente a Scott, por la cantidad de muertos que arrojó la inútil toma de unos molinos que tenía unos cuantos sacos de pólvora y nada de cañones ni municiones. 700 muertes que pudieron haberse evitado, si Scott hubiera rodeado los molinos y atacado directamente al castillo. El relativo triunfo de Scott fue costosísimo, si se compara con el número de muertos que el asalto requirió.

El día 11 de septiembre, Winfield Scott, haciendo oídos sordos al general William Worth, decidió lanzarse con todo sobre el Castillo de Chapultepec para de ahí entrar a la capital por la garita de Belén.

La junta de generales, en el salón principal de una de las mansiones de Tacubaya, parece convertirse en una discusión de cantina, donde el que grite más, espanta más.

—El asalto al castillo es una locura. Sus muros son gruesos como los de San Juan de Ulúa. Nuestro bombardeo no les quitará ni una cáscara de pintura —Worth golpea la mesa de un manotazo, amedrentando a los reunidos. Sus ojos azules parecen salírsele de las cuencas por la ira—. El castillo está lleno de soldados, armas y municiones. Es un colegio militar, señores. Es como atacar West Point con las aulas llenas de cadetes. Para el colmo de males, se requiere trepar hacia él y los mexicanos sólo tienen que esperarnos arriba con sus rifles y cañones para liquidar en una sola batalla todo lo que difícilmente hemos conseguido hasta ahora. En el castillo perderemos la guerra y la vida. No es casualidad que Santa Anna nos haya dejado acercarnos después de los molinos. Es una trampa bien fraguada.

—Aun así, lo asaltaremos y triunfaremos, señores. Soy su autoridad máxima y hasta ahora no he perdido ninguna batalla ni la perderé. Confíen en mí —respondió Scott, con la mirada hipnótica con la que siempre contagiaba a su gente hacia el triunfo antes de cada batalla.

—¡Triunfaremos! —gritaron todos los reunidos, contagiados por el entusiasmo de su general.

Los generales se separaron para alistarse para el ataque final a la fortaleza de Chapultepec.

—El general Worth está seguro de que seremos derrotados, general —comentó Teodoro a Scott, al quedarse solos en el salón.

—Quizá está en lo cierto, Teo, pero la orden está dada y no nos queda otra más que triunfar o morir.

Winfield Scott decidido a todo, manda colocar cuatro baterías en las cercanías del alcázar para destrozarlo a cañonazos con todo y cadetes. Uniéndose a las cuatro baterías, que juntas sumaban ocho poderosos cañones, uno de ellos de 24 milímetros situado en la loma del Rey, se sumaron los cañones mexicanos, arrebatados por los yanquis en Cerro Gordo, Padierna y Churubusco.

Scott realiza una maniobra de despiste al mandar a Pillow, Quitman y Twiggs durante el día para amenazar las garitas de San Antonio, Niño Perdido y la Candelaria. Santa Anna cae en el engaño, concentrando a su gente en la defensa de estos puntos. Al caer la noche los batallones de Quitman y Pillow regresan furtivamente a Tacubaya, dejando únicamente a Twiggs con su brigada Rayler y dos baterías para entretener a Santa Anna.

Los alrededores del bosque son débilmente parapetados con costales de arena, palos, piedras y unas pequeñas zanjas que se quedaron en el inicio de su excavación. Se colocan pequeños montículos de pólvora en los jardines del castillo para cuando los yanquis caminen junto a ellos, sean incendiados todos juntos al mismo tiempo para quemar a los invasores[89]. Nada de esto estorbará o detendrá a los osados estadounidenses que se lanzarán con todo en las próximas 24 horas.

---

89 Nunca fueron encendidos, ya que a la hora de intentarlo había mexicanos y yanquis, por igual.

En la madrugada del 12 de septiembre, el capitán Huger sorprende a los defensores de Chapultepec con un cañoneo constante sobre el alcázar y encima de los andadores que conducen a la fortaleza. Conforme transcurre la mañana, la puntería de las baterías es afinada, comenzando a despedazar importantes secciones del castillo, ante la angustia de sus jóvenes defensores. No hay un solo minuto que pase, sin que una bomba no viaje por los aires hacia el alcázar. Algunas bombas matan hasta 30 hombres al hacer impacto. El miedo se apodera de los defensores del castillo, quienes piensan en huir apenas cese el letal fuego sobre el castillo.

El general Nicolás Bravo sólo cuenta con siete piezas de artillería para defenderse. Dos de estos obuses son de 24 y uno de ocho milímetros y causan poco daño al ser dirigidos a sitios indefinidos entre los árboles.

El letal bombardeo yanqui finaliza al caer la noche. 14 horas de constante fuego aéreo. Don Nicolás Bravo sale con sus hombres a medir la magnitud de la destrucción. El momento de reparación de los daños es aprovechado por los reclutas indígenas que huyen del lugar, importándoles un comino el sentido patriótico del momento. Nadie va tras de ellos ni trata de arengarlos con discursos patrióticos. Para estos indígenas su patria es su tierrita en el monte, no la capital del país. De 1 000 hombres que defendían el castillo la noche anterior, 800 se perdieron en la cobarde huida. Sólo 200 valientes mexicanos, 50 de ellos niños de 14 a 16 años, se quedaron para defender el Colegio Militar. 200 mexicanos contra 6 000 yanquis. Una horrorosa desproporción a la hora del asalto final. Don Nicolás manda emisarios a Santa Anna para que apure la llegada de los prometidos refuerzos con parque y cañones.

El batallón del Estado de México, del gobernador Francisco Olaguível, llega al castillo evitando un encuentro con los yanquis que los perseguían. Los refuerzos son como un bálsamo para el abatido general insurgente. El batallón San Blas de Santa Anna, como era de esperarse, llegaría al castillo cuando todo estuviera perdido.

En la madrugada del día 13, el bombardeo comienza desde las cinco de la mañana. Lo poco que los mexicanos habían reparado en la oscuridad de nuevo fue pulverizado por los certeros obuses.

A las seis de la mañana, el general Bravo tiene una reunión con el secretario de guerra, donde le expone lo desesperado de la situación.

—Los indígenas desertaron en la madrugada. Fue imposible detenerlos a menos de que los hubiéramos balaceado por la espalda mientras huían —explica el general Bravo, mostrando unas ojeras de muerto y gesto cansado.

—No estamos para desperdiciar parque matando indios ignorantes por la espalda, general Bravo. Los muertos tienen que ser los güeros, no nuestra gente.

—Nos urge que Santa Anna nos mande a su gente, cañones y municiones, como lo prometió. Se lo pedí desde ayer y me responde que nos mandará al batallón San Blas, en el preciso momento que se necesite. Ese momento es ahora, no mañana.

—Insistiré de nuevo, general.

—¿Sabe usted que las fuerzas del general Rangel andan por aquí cerca y que me contestó que no nos puede ayudar sin una orden proveniente de Santa Anna? ¿Puede usted creer semejante insensatez?

—Insistiré de nuevo, general.

Un obús que cayó cerca les recordó lo delicado de la situación. A las nueve de la mañana, Scott, satisfecho con los destrozos causados por sus letales baterías, manda tres columnas de infantería con escaleras, hachas, picos, palas y cuerdas para trepar por las laderas del cerro y tomar el alcázar por asalto de una vez por todas.

El batallón San Blas, al mando del coronel Santiago Xicoténcatl, llega tarde a las laderas del castillo y sin amedrentarse se lanza con todo, a pesar de ser superado numéricamente y con mejores armas. El valiente homónimo del guerrero tlaxcalteca, deja su sangre y vísceras en las laderas del cerro del Chapulín, al aventarse envuelto en la bandera nacional, con más de 20 balas en su valiente pecho, como inmolación a los dioses de Tenochtitlan.

Santa Anna se pierde de nuevo en la defensa de las garitas meridionales a las que los yanquis no prestan importancia por el momento. La batalla decisiva se desarrolla en Chapultepec y Santa Anna la contempla de nuevo desde la seguridad de la distancia.

Los norteamericanos trepan por las laderas del castillo. Son cientos de soldados y la resistencia ha cesado en los alrededores. Los escaladores trepan, protegidos por las balas de los rifleros, que con puntería de apaches hacen caer a los valientes cadetes del colegio militar. Unos niños de apenas 15 años tienen que hacer el trabajo que Santa Anna y sus hombres se habían negado a hacer por negligencia del traicionero general xalapeño.

El general Bravo ordena la rendición, pero los muchachos hacen oídos sordos al héroe insurgente. Alguien tiene que defender a México y aquí están ellos para hacer el trabajo de Santa Anna y sus hombres que, como en las batallas anteriores, siempre estuvieron lejos de los rasguños y peladeces que pudieran ofenderlos.

La sangre de los niños héroes, con el correr de los años, se convertiría en una mancha imborrable en la historia de México. Una mancha indeleble como ideoplastia, que ni tirando los muros y los pisos desaparecerá, manchando las paredes y pisos nuevos, como recuerdo de la traición de Santa Anna a los niños ídolos del alcázar del cerro del Chapulín.

Teodoro Escobar avanza incontenible por la avenida que conduce a la entrada principal del castillo. Los yanquis tienen controlada la invasión del alcázar y sólo es cosa de tiempo para la rendición total de los valientes muchachitos que corren de un lado a otro del inmueble para detener a los gigantes del norte.

—*My God, they are just kids!* —grita Teodoro a sus compañeros, al ver a un grupito de muchachos que salen a hacerle frente en el patio principal a los estadounidenses. Entre ellos destaca la figura gallarda de Genaro Escobar, orgulloso de empuñar una espada para defender a su patria.

Los niños se lanzan con todo contra los soldados yanquis. El joven más grande que los encabeza, el subteniente Juan Escutia, es el primero en chocar su espada contra la de los yanquis. La batalla es desigual y de a poco la fuerza física de los norteamericanos se va imponiendo. Juan Escutia huye hacia el torreón y ondea imponente la bandera mexicana. Sabe que la intensión de los yanquis es quitarla, y no lo permitirá. «Primero muerto, que esos mancillen el lábaro patrio», piensa, mientras corre hacia la atalaya donde se encuentra el asta. Dos yanquis corren tras de él para alcanzarlo, pero Juan es ágil y escurridizo y en unos segundos llega trepando como mono hacia la cúpula. Los dos yanquis se frenan al no poder trepar a la torrecilla. Juan ha quitado la bandera y envolviéndose en ella se avienta al vacío, gritando un sonoro *¡Viva México!,* que hiela las venas de los silenciosos espectadores. El niño héroe se precipita como bólido sobre unas rocas donde no hay invasores, muriendo en el acto ante el mortal impacto contra las peñas. El silencio al contemplar esta heroica escena deja mudos a los yanquis. Héroes así son escasos y el ver esto los apena y amilana[90].

Genaro Escobar, más avezado que los niños héroes en el arte del combate cuerpo a cuerpo, deja tras de sí dos yanquis casi muertos en el patio, hasta que otro yanqui de rostro moreno le hace frente para detenerlo. Con espanto se miran entre sí, frente a frente, los dos hermanos Escobar. Los yanquis, dueños de la situación en el patio, le dejan el honor a Teodoro de acabar de una vez por todas, en un mano a mano con ese mexicano engreído. No puede gritarles que ese hombre es su hermano y que el destino como una broma macabra, los ha puesto frente a frente. México contra Estados Unidos, en el patio del castillo.

—*Kill the mother fucker, Teo* —gritan los yanquis a Teodoro, haciendo una rueda a los combatientes.

—¡Mátalo, Genaro! Tú puedes —apoyan los niños mexicanos que han sido hechos prisioneros.

Don Nicolás Bravo teme por la vida del enamorado de Lupita López de Santa Anna.

---

90 50 niños defendieron el colegio militar en el asalto final. De estos murieron seis y los demás cayeron prisioneros. Los niños caídos fueron el teniente Juan de la Barrera y subtenientes Fernando Montes de Oca, Francisco Márquez, Agustín Melgar, Vicente Suárez y Juan Escutia.

SANTA ANNA Y EL MÉXICO PERDIDO

«Mejor lo hubiera dejado en los calabozos. De aquí no va a salir vivo», piensa al mirar a los dos contrincantes frente a frente.

El sol del atardecer caía a plomo sobre el patio del alcázar. Los frondosos árboles parecían juntarse más como para no dejar escapar a los protagonistas de este histórico episodio de la vida nacional.

Genaro trata de evitar los espadazos de Teodoro. El capitán yanqui, como poseído por un demonio, se olvida de que ese hombre es su hermano y hace todo lo posible por herirlo de muerte. La destreza y agilidad de Genaro es asombrosa y arranca alaridos entre los yanquis y mexicanos. Teodoro jadea como un condenado al soltar espadazos a diestra y siniestra, sin causar un rasguño al hábil contendiente. El mexicano causa leves heridas al yanqui, pero se rehúsa a hundir su sable. Los yanquis notan que Teodoro está siendo humillado por el hábil espadachín. Es sólo cuestión de segundos para que el mexicano dé la estocada de muerte al humillado capitán norteamericano.

Teodoro cae de rodillas al recibir un fuerte puñetazo, deshecho ante la formidable paliza propinada por el mexicano.

El coro de mexicanos que grita *mátalo,* eriza los cabellos de todos.

Genaro levanta la espada a todo lo alto para asestar el golpe final, pero un segundo antes la dejar caer al suelo, extendiendo la mano al yanqui derrotado.

—No puedo matar a este hombre, porque este hombre y yo somos hermanos. Somos los hermanos Escobar, mexicanos de Santa Fe, Nuevo México y arrastrados a esta guerra estúpida por la ambición norteamericana. Soy su prisionero y mátenme si quieren. Para mí esta guerra se ha acabado.

Los dos hermanos se abrazan emotivamente, causando el aplauso y admiración de yanquis y mexicanos. El general Bravo deja caer dos lágrimas de emoción al mirar este sorpresivo desenlace y aprovecha para huir del lugar[91].

---

91 Al final de la toma del castillo, Nicolás Bravo fue encontrado escondido en una letrina. Fue reconocido por su cabello blanco, que asomaba vistoso sobre el estanque de aguas fecales.

Los hombres del general Rangel, después de una encarnizada batalla en el acueducto, huyen hacia la garita de Belén. El bosque de Chapultepec, con todo y su castillo, pertenece ya a los norteamericanos. La batalla del Castillo de Chapultepec ha terminado y la toma de Palacio Nacional es un mero trámite de avance de tropas. Los yanquis respetan las vidas de todos los sobrevivientes y extienden ayuda médica a los heridos de ambos bandos. La bandera de las barras y las estrellas ondea imponente sobre la torrecilla del castillo. Scott hace un juicio sumario a los desertores del batallón de San Patricio. Los 30 condenados de Tacubaya[92], tal y como les fue sentenciado, son ahorcados justo cuando la bandera norteamericana es puesta en el asta del castillo, el 13 de septiembre de 1847.

El diabólico patíbulo para 30 condenados fue diseñado y operado por otro irlandés de nombre William Selby Harney. El megapatíbulo fue montado sobre un promontorio en Tacubaya donde se contemplaba imponente el Alcázar de Chapultepec. El vaivén de la bandera americana sobre el torreón mayor del Castillo de Chapultepec fue la señal para que los carros donde se mantenían en pie los San Patricios, se movieran para dejar colgando los cuerpos de los 30 condenados. 11 irlandeses fueron perdonados porque los habían hecho prisioneros o los habían engañado. La mayoría de ellos se perdió en el anonimato al llevar una horrible «D» marcada en la mejilla. John Riley, el líder de los San Patricios, murió el 31 de agosto del 1850, en Veracruz. Fue enterrado con el nombre de Juan Reley, nombre con el que lo registraron en el ejército de Santa Anna.

Jaramillo acampó junto al río al caerle la noche. Al principio, le siguieron el rastro a Jim Cooper como sabuesos, a lo largo del río Americano. Un día después la situación cambió y ahora estaban siendo cazados por el negro fugitivo como venados en el bosque.

De los nueve hombres que acompañaban a Jaramillo, cinco habían muerto en las últimas 24 horas por certeros disparos

---

92   16 más fueron ejecutados, el 10 de septiembre, en San Ángel.

desde las rocas y los árboles. Jim Cooper era un excelente tirador y le podía dar a un grillo sobre una roca a metros de distancia. La situación se había invertido y ahora los perseguidos eran los cinco hombres que quedaban.

—El maldito negro nos está cazando uno por uno con ese rifle. Necesitamos divisarlo desde donde nos dispara para sorprenderlo —explico Jaramillo desde la seguridad de unas rocas. En ese sitio estaban protegidos de las certeras balas del letal francotirador. Ahí pasarían la noche bajo el riesgo de que ninguno amaneciera.

—De ese lado del río no nos puede disparar. Sólo somos vulnerables desde esas rocas de este mismo lado. El río corre muy turbulento por este lado y no lo puede cruzar para sorprendernos desde el otro lado. Mientras estemos de este lado, cubierto por estas rocas, no nos podrá sorprender de nuevo.

—¿Y qué tal si cruza el río más adelante y regresa y nos sorprende a todos por la espalda? —cuestionó el Quijote americano.

—Le tomaría muchos kilómetros ir río arriba o abajo para encontrar tranquilo el cruce. Eso no lo hará, Timothy. Él piensa que nos tiene acorralados y sólo es cuestión de esperar con un cigarro en los labios a que nos asomemos a orinar para meternos una bala en la nuca.

—Cuando caiga completa la noche me arrastraré como culebra para trepar a donde se esconde y le cortaré el cuello —dijo el Oso de Kansas, mostrando su horrenda boca desdentada.

Horas más tarde el Quijote americano, confiado por la oscuridad de la noche, se arrimó a unas rocas para defecar. El cigarro que llevaba en los labios fue el faro que Cooper divisó a la distancia para que la certera bala entrara por el ojo izquierdo del odiado forajido.

—¡Pendejo! Mil veces pendejo. ¿Cómo se le ocurre caminar fuera de aquí con un cigarro en la boca? El negro sólo tuvo que tirar al punto de luz para deshacerse de otro de nosotros —estalló en cólera Jaramillo.

—Ahora sólo somos cuatro, jefe —comentó Remigio con mirada de estúpido.

—Y quedaré sólo yo si siguen haciendo pendejadas.

—El disparo salió de esas rocas, jefe —comentó Tom Verga, girando hacia donde minutos atrás había señalado Jaramillo.

Tienes que intentar llegar ahí arrastrándote, Remigio. Si no haces un solo ruido llegaras hasta las rocas en menos de una hora y podrás sorprenderlo mientras está ahí.

—Yo haré lo mismo por la izquierda, jefe. Si vamos Remigio y yo por ambos flancos, tendremos más posibilidades de sorprenderlo.

—Adelante, Tom. Espero que resultes ser lo que tu apellido significa en español.

—*What does it mean, chief?* (¿Qué significa, jefe?).

—Tom Pito o Tom *Dick* —los cuatro rieron por el nombre del osado Tom.

—¡Adelante, muchachos! No pierdan más tiempo.

La oscuridad de la noche se alió con el avance lento de los dos cuatreros. Como animales rastreros fueron poco avanzando hacia el montículo de rocas donde se escondía Jim Cooper. Durante 45 minutos sólo hubo tres disparos de parte de Jaramillo para tranquilizar a Cooper de que seguían ahí. Cooper no respondió ningún balazo.

De pronto se escuchó un balazo del lado de Cooper. El oso de Kansas miró a su izquierda. Esperó varios minutos sin ver que Tom verga se moviera. Cooper había acertado en el blanco y ahora sólo quedaban tres forajidos. Como desesperado, presa por el terror, se incorporó y se lanzó los últimos metros hacia las rocas para sorprender a Cooper. Al llegar ahí se encontró con un fogonazo sobre el rostro. La mitad de la cabeza del Oso caía desprendida al suelo, mientras el cuerpo se mantuvo inexplicablemente dos segundos más de pie hasta caer sin vida.

Durante el resto de la noche no ocurrió otra cosa y los tres hombres trataron de dormir un poco con un ojo abierto y otro hacia el enemigo.

Cooper no durmió nada en su lecho rocoso. Agazapado en la oscuridad vislumbró con los primeros rayos del sol a sus enemigos. El último hombre que acompañaba a Jaramillo, intento huir del lugar con la salida del astro rey. Cooper escuchó la detonación. Jaramillo prefirió matar a su compañero por cobarde al intentar abandonarlo en el lugar. Ahora sólo quedaban Jaramillo y Cooper, solos en la montaña.

—Sólo quedamos tú y yo Cooper. Te juro que no te vas a salvar, negro del infierno —gritó Jaramillo desde las rocas.

Cooper se movió de las rocas donde estaba y arrastrándose con cuidado buscó un mejor ángulo para enfrentar a Jaramillo. Mientras lo observaba detenidamente, un sonido de cascabel le heló las venas. A su costado derecho había una enorme víbora de cascabel que salía de su hoyo para calentarse con el sol del nuevo día. Su cabeza triangular se echó hacia atrás calculando un ataque. Cooper no pudo eludir la mortal mordida. Dos disparos se escucharon del lado de Cooper. Estas balas no fueron para Jaramillo sino para el mortal áspid venenoso.

Cooper escuchó los disparos, pero no sintió los impactos cerca de él. Después un silencio sepulcral y la falta de respuesta de Cooper lo pusieron a pensar de todo.

—¿A quién le disparaste, negro del demonio?

—¡Has ganado, Jaramillo! Fui mordidó por una víbora de cascabel.

Los minutos pasaron y Jaramillo no se atrevía a asomarse, temiendo una traición o jugarreta del negro.

Cooper se olvidó por completo del enemigo. Con un torniquete trató de detener el avance del mortal veneno hacia el corazón. Sabía que la vida se le iría en cuestión de minutos. Irónicamente había perdido todo, justo cuando estaba a punto de ganar. El destino era así de cruel con él, y la vida y Jaramillo se le iban de las manos en este último momento.

Jaramillo se acercó poco a poco con el rifle apuntando hacia el promontorio rocoso. Sabía que podía ser sorprendido, pero también creía en las palabras del fugitivo.

Asomó la cabeza por atrás de las rocas para encontrarse con Cooper boca arriba en agonía. El rifle descansaba a un lado de él, junto con el cadáver de la enorme víbora de más de un metro de largo.

—No dejaré que te mueras, negro. Sería muy fácil para ti.

Jaramillo revisó la herida en la pierna, abriendo una herida de colmillo a colmillo con su cuchillo. La sangre al escurrir liberaría un poco del veneno, aunque la mayor parte ya viajaba dentro del torrente sanguíneo de Cooper, haciéndolo coquetear con la muerte.

—Ya no puedo hacer más por ti, negro del demonio. Lucha cómo puedas y ojalá Dios te ayude.

Un balazo por la espalda sorprendió al pasmado Héctor Jaramillo. Cayendo de rodillas junto a Cooper y volteando instintivamente para ver de dónde le llegaba la muerte.

A su espalda estaba Bill Straw, con su rifle listo para un segundo y mortal disparo.

—¡Tú!

—¡Sí, yo! El hijastro del hombre que mataste cobardemente por tu maldita ambición. ¡Ésta es mi venganza, desgraciado!

El segundo tiro fue directo al corazón, acabando fulminantemente con la vida del asesino y bandido de la senda de California.

—¡Bill! —exclamó Cooper sorprendido.

—Negro tonto, mira que matar a toda la banda y al final descuidarte con esa boa de las rocas. Vámonos, que tenemos poco tiempo para salvarte. ¡Vamos!

Como pudo, Bill subió al pesado Cooper en el caballo de Jaramillo. En las bolsas de la montura venía el oro robado por don Héctor en los últimos meses.

Bill conocía la casa de unos indios a diez minutos de ahí y ellos salvarían la vida del valiente amigo de su padrastro. Al tomar las riendas de su caballo, se miró las manos, distinguiendo los dos dedos meñiques que le faltaban. Luego miró los cadáveres en las rocas de los hombres que había liquidado Cooper y se alegró de que hubieran tenido un final así. Los buitres de la montaña empezaban a volar en círculos para acercarse al festín que les esperaba.

Al llegar a la cabaña shoshone, Bill se encontró con Truckee y Sixto Escobar. Al mirar el brazo mutilado de Sixto Escobar, Bill alejó el último fantasma de remordimiento por la muerte del asaltadiligencias de Oregón. La muerte de Jaramillo y sus hombres traería la anhelada paz y tranquilidad en los caminos de California.

La medicina india de Truckee hizo el milagro y a los tres días Cooper estaba totalmente fuera de peligro por la mordedura del crótalo.

24

La bandera de las barras
y las estrellas en Palacio Nacional

Quitman sabe que la garita de Belén está a tiro de piedra de su gente. Atrás quedó Chapultepec, en perfecto control de sus compañeros. Sólo dos garitas, ésta y la de San Cosme se interponen para que esa noche el temerario general yanqui pueda dormir con una morena mexicana en su regazo, en uno de los elegantes salones del Palacio Nacional.

Quitman es recibido por un cañonazo, que por poco lo mata en su anticipado festejo. Tras la improvisada barricada de la garita de Belén se encuentra el aguerrido comandante Carrasco con el resto de la tropa que logró escapar de Chapultepec, dispuestos a derramar su última gota de sangre en defensa de su patria.

Quitman se sorprende de ver que Carrasco no lo ataca con una batería sino con un solo cañón que carga y recarga, en un esfuerzo desesperado por repeler al enemigo.

Simon Drum, artillero de Quitman, abre fuego con todo sobre la garita. Carrasco y sus hombres resisten estoicamente en su sitio.

Quitman hace llegar un grupo de caballería que desmonta y se lanza con todo sobre los debilitados y casi vencidos mexicanos. La lucha cuerpo a cuerpo es desigual, al ser superados numéricamente los sitiados de la garita. Como pueden los mexicanos huyen y se refugian tras los muros de piedra de la garita y bajo los arcos del acueducto.

La garita, junto al acueducto, es una trampa mortal. Simon Drum dirige su cañón hacia los arcos de piedra de cantera, haciendo caer las rocas sobre los atemorizados soldados. El líder de la artillería mexicana, Rafael Linares, muere aplastado por las rocas.

El general Andrés Terrés, encargado de la defensa de la garita, huye aterrado del lugar abandonando a sobrevivientes y armas.

Santa Anna avanza hacia la garita por el interior de la ciudad, topándose con Terrés en plena huida.

—¿Qué pasa, general? —le pregunta Santa Anna deteniendo su caballo junto al de Terrés.

—La garita ha sido tomada por Quitman, general. Ya nada se puede hacer.

—¿Y usted huye como una vieja agarrándose las enaguas, en vez de morir con la espada en la mano junto con sus soldados?

Santa Anna suelta un fuetazo que deja marcada la cara de Terrés de lado a lado. Los soldados del Benemérito agachan las miradas apenados por la huida del general.

—Gente como usted es indigna de pertenecer al ejército mexicano. Entrégueme su espada, que a usted no le sirve para nada.

Santa Anna toma la espada de Terrés y arranca una a una las insignias del general, ganadas con el curso de los años. Al final un escupitajo se anida en el ojo izquierdo de Terrés.

—Por putos como usted es que estamos a punto de perder la guerra. Jiménez, lleve a este cobarde arrestado al cuartel. Acabando esta batalla le haremos consejo de guerra.

—Sí, mi general —responde Jiménez, llevándose al cabizbajo Terrés, amarrado de las manos y jalado por el caballo de Jiménez.

Santa Anna organiza a sus soldados para intentar recuperar la garita de Belén. Como en las situaciones anteriores en la capital, Santa Anna da muestras de valentía, entrega y coraje, cuando la situación le favorece, no es peligrosa o la batalla ha acabado. Son tantos los comentarios adversos por parte de sus colegas y políticos, que se ve obligado a representar un papel de héroe, en una comedia en la que se desgarra por el México arrebatado por los yanquis.

«Ey, mexicanos, mírenme cómo lucho por mi patria. Nadie ama más a este país que yo. Nadie llora más por nuestra derrota que Su Alteza Serenísima», piensa Santa Anna mientras se dirige a todo galope a la garita.

Quitman festeja con sus hombres el triunfo sobre la garita, cuando Santa Anna y sus hombres llegan al acueducto lanzando disparos de rifle y obuses. Quitman es sorprendido y uno de los obuses deja sin piernas al artillero Simon Drum. Su sangre se vacía en el piso de la garita como si fuera un cántaro que se rompe al caer. Los yanquis sin su artillero estrella, cómo pueden repelen la agresión y se esconden entre los parapetos y arcos del acueducto. Varios hombres mueren en ese ataque. Quitman teme por su vida y perder todo lo ganado. Prefiere no exponerse y esperar a que lleguen refuerzos de Chapultepec. Santa Anna lo tiene en sus manos, pero duda en dar el embate final. De pronto los hombres de Santa Anna se retiran escuchando un clarín no identificado, probablemente tocado por las fuerzas que se dirigían a San Cosme, dejando a Quitman para que se recupere. De nuevo el héroe de Tampico, inexplicablemente deja ir otro triunfo más de las manos. Minutos después la garita es reforzada con nuevos hombres y sólo queda por tomar la de San Cosme, esa misma tarde, para entrar en desfile triunfal en Palacio Nacional.

El general Rangel prepara la defensa de la garita de San Cosme. La toma de la garita de Belén desata el pánico en los habitantes de la ciudad. Saben que Santa Anna no frenará a los yanquis y con sus pertenencias básicas en las manos corren hacia la garita de San Cosme para huir de la furia de los norteamericanos.

El general Rangel era un hombre alto, rubio, tipo Maximiliano de Habsburgo. Su cultura, obtenida a base de horas de lectura en la imprenta de Palacio Nacional, lo había convertido en un hombre diferente. Tornel lo había apadrinado para que ingresara al ejército y ahora se enfrentaba a los yanquis dispuesto a todo.

—¿Qué pasa con toda esa gente? —pregunta Rangel a sus hombres.

—Se disponen a abandonar la ciudad, mi general. Dicen que Santa Anna no sirve para nada y que está vendido con los yanquis.

—¡Vendido mis huevos! Todos esos pendejos serán masacrados como corderos ante el avance de Worth. Échenlos para atrás a espada y fuego sin lastimar a nadie. Ya bastantes problemas tenemos con los yanquis como para pelear con señoras cargando equipajes y niños en el campo de batalla.

Los norteamericanos llegan a la puerta de San Cosme y son repelidos momentáneamente por Rangel. Los minutos se van y los yanquis no avanzan un metro para tomar la garita. Ulysses Grant propone tomar una iglesia y desde su cúpula bombardear la garita. Deslizándose temerariamente con dos compañeros artilleros logra llegar con un cañón a la iglesia y toca la puerta.

—¿Qué pasa, hijo? —cuestiona el padre al abrir la puerta. Grant empuja la puerta y le dice cómicamente al sacerdote:

—*Sorry, priest but God is yanqui* (lo siento padre, pero Dios es yanqui).

El cañón es desarmado pieza por pieza y subido al campanario, ante la mirada atónita del cura. Una vez armado y colocado, los yanquis se dan vuelo destrozando los parapetos de los mexicanos. Otros norteamericanos toman casas aledañas a las garitas y hacen fuego desde las azoteas sobre la Puerta de San Cosme, haciéndolos retroceder.

Worth sabe que, si no dispara contra la garita, le llegará la noche y no podrá tomarla. Jugándose su última carta manda nueve soldados a emplazar un cañón frente a la garita. Uno de esos hombres es Teodoro Escobar, que arriesgando la vida se acerca y coloca el obús que volará la estructura. Las balas le silban por la cabeza como molestos tábanos. Teodoro no se inmuta y sigue emplazando el mortal obús. Cinco de sus compañeros mueren en el intento. Él y sus tres compañeros logran la hazaña y lo encienden, haciendo volar en pedazos el centro de la garita. La garita es ahora bombardeada desde la iglesia, las azoteas y el centro. Sus paredes se desmoronan como mazapán ante los impactos. El cañón de 24 libras que tanto daño les había causado queda inutilizado. El general Rangel es herido y huye del lugar junto con decenas de mexicanos que buscan refugiarse en la Ciudadela. El último reducto mexicano antes de la toma de Palacio Nacional.

Teodoro Escobar es abrazado y felicitado por sus compañeros. Su hazaña se unirá a la de tantos norteamericanos que dieron todo por la conquista de México.

Genaro Escobar, después del duelo con su hermano, fue hecho prisionero de los norteamericanos. La toma de la capital estaba a unas horas de darse y los yanquis se aseguraban de que los derrotados no levantaran otra resistencia contra los futuros ganadores.

Santa Anna se sentía derrotado. Todo estaba perdido y no tuvo otra opción más que convocar una junta de emergencia en la Ciudadela a las nueve de la noche, de ese fatídico 13 de septiembre de 1847.

En la junta se encuentran el ministro de Guerra, general Alcorta; el general Carrera, así como autoridades importantes, tanto del ejército como del gobierno de la Ciudad de México. Después de un breve discurso, donde habló de las deserciones, traiciones, levantamientos sociales e incompetencia de sus hombres, que lo llevaron a ese desesperado momento, anunció su derrota:

—Señores, la situación es intolerable. Scott es dueño del barrio de San Cosme. En estos momentos se encuentra disparando un mortero desde la plazuela de San Fernando para anunciarnos que la ciudad es suya. Mañana se lanzará con todo para tomar este edificio, donde cree que aun encontrará resistencia. Ya no tenemos municiones para hacer frente a los yanquis. Mis hombres llevan dos días sin comer y sin dormir. No hay manera de hacer frente a los norteamericanos. Si queremos evitar que destruyan los edificios, se metan a nuestras casas y agredan a nuestros familiares, lo mejor es abandonar la ciudad esta misma noche. Desde Puebla nos organizaremos y nos haremos fuertes de nuevo. Ésta es la mejor opción para evitar una masacre y ríos innecesarios de sangre.

La junta estuvo de acuerdo con Santa Anna, y casi a la media noche, Su Alteza Serenísima abandona la capital en un carruaje junto con el ejército de 4 000 jinetes y 5 000 infantes que jamás participaron en ninguna batalla.

A las cuatro de la mañana se envían mensajeros con Scott pidiéndole garantías para no destruir la ciudad y lastimar a los ciudadanos.

—El ejército de los Estados Unidos entrará a la ciudad bajo las condiciones que la situación y él mismo se imponga —les responde Scott despóticamente a los emisarios de la paz.

Los primeros rayos del sol acarician las montañas del Valle de México en aquella mañana del 14 de septiembre. Scott ordena a Quitman y Worth que avancen con todo para tomar el centro de la ciudad.

Teodoro Escobar le traduce a Quitman una de las proclamas que fueron pegadas en paredes y postes al abandonar Santa Anna la ciudad.

—*So this means that there is nobody to defend the city* (Esto significa que no hay nadie para defender la ciudad) —aclara Quitman con Teodoro.

—No, general. Tomemos la Ciudadela y luego el Palacio Nacional, que nadie nos detendrá.

Quitman tenía órdenes de Scott de ser el primero en tomar la capital por haber sido el primero que tomó la garita de Belén.

La gente miraba con curiosidad desde las banquetas y azoteas cómo avanzaba el líder del ejército norteamericano.

Quitman traía el uniforme hecho garras y embarrado con lodo de la garita, la cara pinta con tizne y calzaba zapatos diferentes. No habían podido conseguir un solo par y tuvo que tomar uno de los muertos de la garita de Belén. Los leperos lo miraban, y luego se miraban entre sí, como diciendo, este tipo no es un general yanqui, es uno de los nuestros y debería estar chupando con nosotros.

Casi llegando a la Ciudadela es interceptado por un mensajero con bandera blanca. El mensajero le pide reunirse con un oficial para hacer la formal entrega del edificio. Quitman desconfiado manda a Beauregard para que se cerciore de que es cierto lo que le dicen. Beauregard se entrevista con el oficial mexicano que le extiende un papel con un inventario de lo que hay en el edificio.

Beauregard se ríe al leer el recibo y le contesta:

—Las puntas de nuestras bayonetas son nuestro recibo, amigo.

El ejército norteamericano se reunió de nuevo en la Alameda. Scott había decidido que Quitman, como premio por haber tomado la garita de Belén, fuera el primero en pisar *the Halls of Montezuma*. Worth y sus hombres se tuvieron que esperar en la plazuela de San Fernando.

Quitman avanzó al zócalo con sus hombres custodiándolo. Todos los comercios se encontraban cerrados. Algunos ya habían sido abiertos por los léperos para el oportuno saqueo.

Los léperos con mercancías robadas en las manos los miraban con admiración y respeto.

—¿Cómo es posible que nos hayan derrotado tan fácil esos hijos de puta, igual de desarrapados que nosotros? —comentó uno de ellos, al que le decían el Profesor, por alguna vez haber enseñado en una escuela primaria.

—Si yo tuviera una pistola, sí me les pondría al pedo —repuso el Galán, famoso lépero del zócalo—. A madrazos he tirado a cabrones iguales de altos y en el suelo me los puteo.

La improvisada guardia de Palacio Nacional dejada ahí más por cuidar el edificio del saqueo de los léperos, que de los yanquis, deja libre el paso a Quitman. El valeroso general, puso pies en the *Halls of Montezuma*, como lo dijo Scott. El aplauso de sus compañeros, acompañados de hurras y vivas, le puso sabor al momento.

Quitman ordenó al capitán Roberts que subiera a lo alto del edificio y quitara la bandera mexicana para remplazarla por la de los nuevos amos de México, los Estados Unidos de Norteamérica.

Al ver los yanquis en el patio y en el zócalo, la bandera de las barras y las estrellas ondear imponente con el viento de la mañana, les hizo gritar de emoción *Yeah, We Did It*.

Los leperos y curiosos, que se acercaron al ver que los yanquis no peleaban más, miraron al suelo avergonzados.

—Ver esto es como una patada en los huevos de la madre patria —comentó con lágrimas en los ojos el Profesor.

—Dirás ovarios, Profe —repuso el Galán.

—Huevos u ovarios es lo mismo, la cuestión es que hemos perdido nuestro país y eso sí cala, mi Galán.

De pronto, los soldados yanquis se inquietaron volteando hacia el otro lado del zócalo. Los léperos y curiosos, bajo los portales y subidos en estatuas, postes y árboles miraron hacia un jinete que venía acompañado de un cuerpo de dragones. Era el César yanqui, Winfield Scott, quien se disponía a tomar el Palacio Nacional como máximo y absoluto amo de México.

Winfield Scott, a diferencia del desarrapado Quitman, vestía como si fuera a desayunar con el mismo presidente Polk para entregarle México. Era como si hubiera traído este traje desde Estados Unidos para este momento solemne, que sólo él sabía que llegaría.

El César yanqui vestía un fino pantalón blanco con una casaca militar color azul oscuro, con charreteras doradas. Sus negras y lustradas botas aprisionaban al caballo por ambos lados como una pinza hidráulica. La funda de su sable, adornada con pedrería fina, colgaba majestuosa en su costado derecho, lanzando destellos rojos y verdes al saludar al sol de la mañana.

Un fino sombrero con dos largas plumas le cubría la calvicie y lo hacía lucir como un vigoroso general cuarentón, rejuvenecido al oxigenarse con la sangre que emanaba de las heridas de la Madre Patria.

La mirada de Scott era de orgullo y júbilo. Él sabía que se había convertido en el más grande triunfador de los Estados Unidos. Su triunfo era lo más grande que había conseguido el ejército de los Estados Unidos en una guerra de conquista. Scott se sabía como otro Hernán Cortés y entendía lo que el español había sufrido para conquistar este reino. Scott había ingresado al salón de la fama de los grandes conquistadores como Gengis Kan, Atila, César, Hernán Cortés y Napoleón.

Scott levantó una mano para callar a sus hombres y poder externar unas palabras:

—Cuando llegamos a Veracruz, todos pensábamos que moriríamos en el camino hacia México. Muchos de ustedes dudaron que una hazaña de este nivel pudiera ser alcanzada y heme aquí, tomando el Palacio Nacional como amo absoluto de México, gracias a ustedes. *Long live America!*

Los gritos de sus soldados se escucharon como el suspiro de un solo monstruo que ronroneaba acostado en la plaza de la capital.

Scott clavó sus espuelas en el brioso caballo para recorrer el zócalo y entrar a todo galope por la puerta de Palacio Nacional, levantando un alarido de emoción entre sus 6 000 soldados.

El humillado pueblo estaba dispuesto a hacerle cansada la estancia a los yanquis en la ciudad. Al día siguiente, como si se hubiera puesto de acuerdo, inició una contraguerrilla con los yanquis.

El Profesor, humillado en su amor propio por tamaño sacrilegio, tomó una roca del suelo y la lanzó con asombrosa puntería contra la cabeza de un soldado que bailaba el *Yankee Doodle*.

La roca descalabró al sorprendido yanqui, con una cascada de sangre sobre su pecosa cara. Comenzaba así la rebelión del pueblo a tan humillante invasión yanqui.

Genaro Escobar había sido liberado del Castillo de Chapultepec y con odio inaudito se unió a esta espontánea rebelión ciudadana contra los invasores. Desde las nueve de la mañana del 14 de septiembre, los ciudadanos mexicanos, emulando a las hormigas que atacan juntas a un invasor al hormiguero sin que haya una hormiga que las dirija, así los mexicanos se unieron para mostrar su repudio y odio hacia tan desagradable gente que saqueaba las tiendas, dormía en las iglesias sobre los atrios, orinaba y defecaba en las calles como los perros y cargaba con un comando de prostitutas y cantineros que los seguía para todos lados.

Las azoteas de las casas se convirtieron en zonas de lanzamientos de piedras, masetas, caca, orines y palos contra los yanquis que deambulaban por las calles.

Cuidado de aquel yanqui que saliera borracho de una cantina. En menos de lo que se daba cuenta era molido a golpes por los iracundos léperos.

Las armas de los abuelos de la Independencia fueron descolgadas de las paredes de las casas para ser cargadas de nuevo con el fin de hacer frente a los odiados güeros masca tabaco.

Una prostituta gorda presumía el miembro de un yanqui en un frasco de vidrio. Decía orgullosa con sus gordos brazos, puestos en jarra al hablar con los léperos, que se lo había cercenado al tal John mientras estaba ahogado en whisky. Los leperos, felicitando a la suripanta, pasearon el trofeo por la calle como si fuera la cabeza de Scott.

Genaro, vestido con un jorongo, sombrero y huaraches se dedicó junto con seis compañeros a emboscar yanquis en las bocacalles. Uno de ellos lo provocaba y cuando iban tras el agresor, los otros cinco lo recibía a balazos.

Dos yanquis festejaban su triunfo en una cantina de Tacuba, a la que nunca debieron haber entrado. La plebe los linchó sin darles tiempo de defenderse. Sus ropas, pistolas y sables fueron tomados como trofeos de guerra por los léperos.

Doña Yolanda regaló pays envenenados a los yanquis, hasta que fue descubierta y fusilada en la calle de Plateros, acrecentando más el odio hacia los güeros.

Don Antonio López de Santa Anna, en franca huida hacia Puebla, escuchó en San Cristóbal Ecatepec, de gente que huía de la ciudad, que el pueblo se había revelado. Decidido a la reconquista se acercó con los Pintos de Álvarez, pensando en sorprender a los yanquis acorralados en Palacio Nacional. Cuando supo que sólo eran guerrillas aisladas de jitomate y piedras y que los yanquis habían sofocado con plomo a los insurrectos, regresó camino a Tehuacán, olvidándose de ese sueño que varias veces tuvo en sus manos e inexplicablemente dejó ir todo el tiempo.

Scott tomó la ofensiva y colocó varios cañones de sitio en la Alameda, Plateros y Palacio Nacional. Sin importarle que los blancos de sus obuses fueran casas y no robustas murallas de fortalezas, abrió fuego matando moscas a cañonazos.

Cuando los yanquis descubrían una casa por donde salían disparos, abrían fuego, matando a familias completas en edificios, que con el correr de los años se convertirían en las vecindades del siglo XX.

Escenas horrendas como familias enteras fusiladas en la calle de Plateros, consternaron a los ciudadanos. Mujeres, ancianos, niños y perros morían por igual ante los sables y balas norteamericanas.

Santa Anna casi se fue de espaldas cuando se enteró que la intempestiva rebelión la comandaba ni más ni menos que Genaro Escobar. El valiente capitán mexicano, por medio de un mensajero, le rogó al xalapeño que entrara con todos los pintos de Álvarez a apoyar a los valientes ciudadanos en la reconquista de la capital. Como en todas las ocasiones anteriores, Santa Anna se rehusó a lanzarse junto con los pintos por la cabeza de Scott.

Genaro mandó al mensajero de vuelta con su respuesta a la negativa de Santa Anna.

Maldito el día en el que Veracruz trajo al mundo a la peor alimaña con uniforme militar que ha tenido México. Usted ha hecho más daño a la Nación con su traición y entrega a los yanquis, que todas las balas y pólvora que puedan quemar los norteamericanos con su presencia en la capital.

Maldigo el día en el que lo conocí y cometí el error de admirarlo hasta poco a poco descubrir la porquería de ser humano que es usted. Tristeza mía haberme enamorado de la hija de un cobarde vende patrias.

Genaro Escobar

Santa Anna aventó la carta al fuego después de leerla. Ya encontraría el modo de colgar de un árbol a ese mal nacido texano que se atrevía a ofenderlo de ese modo.

El centro de la Ciudad de México lucía como el Convento de Churubusco, después de la brutal y sangrienta sofocación a la que se vió obligado Winfield Scott. Montones de cadáveres de mujeres, hombres y niños se amontonaban en las banquetas de las calles aledañas a Palacio Nacional. Los perros husmeaban curiosos las pilas de cadáveres, a las que los yanquis prendieron fuego para evitar epidemias y enfermedades.

Scott, con mirada demoniaca de satisfacción, veía las flamas que consumían los cadáveres de los hombres que dieron su ejemplo para defender ese México mancillado y humillado, que se negaron a salvaguardar los supuestos defensores de carrera como Ampudia, Valencia, Álvarez y Santa Anna.

La ejecución de un hombre en especial llamaba la atención de los norteamericanos. Era Genaro Escobar, hermano del capitán Teodoro que una vez liberado del castillo había empuñado las armas para matar norteamericanos.

Teodoro se negó a estar presente en la ejecución de su hermano. La guerra tenía ciertas reglas que ni él ni nadie podían cambiar. Decenas de norteamericanos murieron por la sangrienta rebelión comandada por el pueblo.

Worth no podía permitir pasar por alto algo tan delicado y tuvo que fusilar al hermano del valiente capitán Teodoro, aun en contra de las sugerencias y reclamos de sus hombres. Genaro había sido perdonado en el castillo y volvió a tomar las armas para matar a los indulgentes. Eso era una falta imperdonable.

El pelotón de fusilamiento preparó sus armas. Genaro se quitó el jorongo y sombrero que vestía y los aventó hacia un lado. Con mirada serena y valiente se abrió la casaca del ejército mexicano y gritó que dispararan.

—¡Anden! Disparen que moriré como un patriota.

El pelotón hizo tres disparos. Genaro cayó al suelo como muerto, pero no lo estaba. La tropa retiró el cuerpo del valiente mexicano para llevarlo a una de las piras. Sin que los demás yanquis se percataran, Teodoro se llevó el cuerpo de su hermano para que fuera curado en una casa en la calle de Bolívar.

De los tres balazos recibidos, dos fueron de salva y uno disparado por un amigo de confianza de Teodoro para acertar en el hombro, justo arriba del corazón para no matarlo.

Así terminó la espontanea rebelión de un pueblo herido en

su amor propio, por la superioridad del enemigo y la traición e indiferencia de sus generales compatriotas, que huyeron cobardemente para no hacer frente a la fatalidad de la perdida de medio país de la noche a la mañana.

La rebelión de los léperos, en dos días de pelea, causó en las filas norteamericanas 800 heridos y 130 muertos. Algo cercano a los enfrentamientos de los molinos. 800 heridos en un ejército de 7 000 era algo preocupante.

El 16 de septiembre de 1847, Santa Anna hizo su renuncia formal a la presidencia de la República mexicana. Santa Anna explica que su renuncia obedecía a no querer exponer la presidencia a una feroz persecución por parte de los yanquis para obtener más concesiones y beneficios. La máxima magistratura de la República pasa a manos de don Manuel de la Peña y Peña, quien era presidente de la Suprema Corte. El gobierno se estableció temporalmente en la ciudad de Querétaro.

25

¡Huye Santa Anna, huye!

México le da la espalda a Santa Anna. Su Alteza Serenísima entrega la presidencia a don Manuel de la Peña y Peña en la Villa de Guadalupe. La gente repudia e insulta al César xalapeño, como vendido y traidor a la patria. Los oídos de Santa Anna sangran al escuchar semejantes improperios, a quien todo el tiempo ha puesto su pecho al frente para recibir las balas yanquis.

Cansado del desprecio de la gente y temiendo un linchamiento masivo huye hacia Puebla. El primer día recorre escasamente 40 kilómetros, el segundo 37. En su vergonzoso éxodo lo acompañan 3 000 soldados que nunca participaron en ninguna batalla contra los norteamericanos. Es la guardia personal de un hombre que escapa a su destino y a su verdad.

La marcha es lenta y viene acompañada de deserciones. Día tras día se va quedando con menos soldados, que se pierden en la sierra o simplemente huyen por no querer ser cómplices de un traidor inepto. Hay rumores de que los yanquis irán tras él para colgarlo de un árbol.

En San Lorenzo un sargento incita abiertamente a sus compañeros a desertar y no formar parte ya del ejército de ese cobarde. Santa Anna pierde la cabeza ante tal desafío y ordena que encadenen al sargento veracruzano para fusilarlo. Sus oficiales lo tranquilizan y piden que revoque la orden, ya que existe la posibilidad de un amotinamiento para lincharlo. Santa Anna mide las consecuencias de sus actos y sabe que lo pueden hacer pinole y huir sin que nadie jamás los juzgue.

«Lo único que necesito es llegar a Tehuacán y después Dios dirá», pensó el Benemérito al revocar su orden.

El número de deserciones es tan alarmante, que al llegar a Puebla no tiene los suficientes hombres para hacer frente a 500 yanquis que mantienen la ciudad. Los norteamericanos se sorprenden de que Santa Anna no los ataque, nunca imaginando que esos pocos hombres que llegaban a Puebla con él, eran todos los que le quedaban.

El capitán Walker persigue a Santa Anna y toma Huamantla a sangre y fuego. En esa ciudad se da el gesto heroico del capitán de Lanceros, Eulalio Villaseñor, quien sólo con su lanza, mata a casi 50 yanquis borrachos, quienes abusaban del saqueo. Al final el propio capitán Walker termina atravesado como mariposa con la letal lanza de aquel héroe de leyenda.

Las derrotas de Puebla y Huamantla son el punto final al fracasado general xalapeño, quien firma su renuncia como el comandante del ejército mexicano, el 7 de octubre de 1847, pasándole la estafeta al general Isidro Reyes.

Santa Anna piensa que, así como Walker quiso atraparlo, otros yanquis podrían tarde o temprano imitarlo. Su Alteza piensa en dirigirse hacia Veracruz, pero sabe que el puerto está en manos yanquis y sin un salvoconducto sería imposible embarcarse. La otra opción es dirigirse a Guatemala, pero al intentar cruzar por Oaxaca es rechazado por el gobernador del estado, licenciado Benito Juárez.

—Maldito indio ladino. Jamás me perdonará que me haya burlado de él, cuando lo vi descalzo con camisa y calzón de manta, como meserito en la casa del licenciado don Manuel Embides —le explica Santa Anna a Lolita Tosta en su viaje de regreso a Tehuacán.

—No importa, Toño. En Tehuacán me siento como en casa. Ahí nadie nos molestará —responde la hermosa esposa de don Antonio, mientras no pierde detalle del paisaje poblano.

—La guerra ha terminado, papá. No creo que te vuelvan a molestar los yanquis —comenta la bella Lupita López, aún con la esperanza de que en Tehuacán la busque su amado Genaro.

Su alteza se soba el muñón, que con los ajetreos del viaje lo tortura con un punzante dolor.

—Ojalá estuvieras en lo cierto, Lupita, pero mientras ese ejército tenga texanos en sus filas, y éstos sigan en México, no tendré descanso. Ya buscaré la manera de embarcarnos en Veracruz.

Pocos días le duró la supuesta tranquilidad a Santa Anna en Tehuacán. La noche del 22 de enero de 1848, Santa Anna dormía como niño con su joven esposa Lolita en su regazo. En su sueño, que lo hacía sonreír como un niño, uno de sus gallos favoritos destrozaba con sus filosas navajas a un enorme gallo blanco con un plumaje que denotaba la bandera norteamericana. Los yanquis reunidos en el palenque le entregaban pesadas bolsas de dinero por la derrota de su débil gallo. Santa Anna gritaba a los cuatro vientos que era rico, muy rico, cuando de pronto su hija Lupita lo despertó para decirle que alguien llamaba a la puerta a esa alta hora de la noche.

Santa Anna se incorporó nervioso y con sus dos muletas y una pistola en la mano derecha llegó trabajosamente a la puerta para gritar detrás de la misma, antes de intentar abrir.

—¿Quién es usted que toca a esta hora de la noche?

—Soy un mensajero de don Miguel Mosso, don Antonio. Los yanquis vienen por usted. Un tal general Lane detuvo con un piquete de soldados la carroza de mi patrón. Pensaba que usted venía en el carro. Al no ser así se disculpó y continuó su viaje para acá. Tiene a lo mucho 45 minutos para escapar junto con su familia.

Santa Anna, al escuchar esto palideció como un fantasma. «Se acerca mi fin», pensó.

En menos de 20 minutos la familia Santa Anna, junto con los oficiales y criados que los acompañaban, pusieron pies en polvorosa y huyeron a donde nunca los alcanzaran los yanquis. 40 minutos después de la llegada del enviado de Mosso, llegaron los rifleros y dragones del regimiento Polk, junto con los *rangers* del coronel Jack Coffee Hays.

La puerta fue derribada a culatazos y en cuestión de minutos revisaron de rincón a rincón hasta convencerse que el Napoleón xalapeño se les había hecho de humo.

—*The motherfucker's gone away!* —grita el coronel Hays hecho un demonio.

La casa es saqueada por la turba enardecida. Importantes objetos del saqueo, que con el correr del tiempo terminarían en museos norteamericanos como el del Álamo en San Antonio.

La turba tejana está por prender fuego a los vestidos de las López de Santa Anna, cuando el general Lane reprende a la soldadesca por su conducta.

—*Don't touch a fucking thing. Everything in this house has a great value*[93] (No toquen nada. En esta casa todo tiene un gran valor).

Esa noche Santa Anna la pasa en Teotitlán. En el camino se cerciora de enviar una carta al presidente Manuel de la Peña y Peña, donde le pide un salvoconducto hacia Veracruz.

De la Peña sonríe satisfecho al leer esta misiva. Con satisfacción se abanica el sofocante calor con ella, mientras camina de lado a lado del salón pensando en qué hacer. Que mejor manera de deshacerse del hombre que es un peligro para su gobierno, que mandarlo al exilio. Precisamente en noviembre había recibido una amenazante carta en la que Su Alteza reclamaba de nuevo el gobierno y su injusta desincorporación del ejército mexicano.

«Al enemigo que huye hay que ponerle puente de plata», medita al observar una araña patona hacer piruetas en una esquina del salón.

Don Manuel de la Peña se mueve rápido y consigue un salvoconducto con el general Butler, quien había tomado la dirección del ejército norteamericano. Si a De la Peña le convenía que Santa Anna huyera, a Butler le convenía doblemente. Un formidable enemigo menos para los dos, sin mancharse de sangre.

---

93 El presidente Polk recibió como obsequio de Lane, un bastón con empuñadura de oro con forma de cabeza de águila, incrustado con rubíes, diamantes, zafiros y esmeraldas. Santa Anna en su fuga lloró su descuido al haberlo dejado sobre una silla.

Santa Anna recibe el salvoconducto de manos del coronel Hughes, de los voluntarios del estado de Maryland.

Una impactante escolta de dragones, mandada por el mayor Kenly, junto con otra de lanceros mexicanos, enviada por De la Peña, acompañará a la familia Santa Anna en su camino hacia Veracruz.

Al llegar al fuerte norteamericano de Perote son recibidos por una valla de infantes norteamericanos del mayor Kenly, que le presenta respetuosamente armas.

La carroza se encuentra rodeada de soldados norteamericanos que saben que ahí viaja Santa Anna y lo podrán hasta saludar de mano, si quieren.

La portezuela se abre para dar salida al popular César mexicano. Los soldados de Maryland murmuran entre sí. Esperan ver a un enorme gladiador como Espartaco, lleno de cicatrices de las arenas romanas, dispuesto a decapitarlos por haberlo desafiado, o a un hercúleo Cuauhtémoc con un enorme cuchillo de obsidiana en su mano. Pero no es así, por la puerta del carruaje desciende un hombre regordete, con el cabello encanecido y un andar torpe por la prótesis que lleva en una pierna. Con su sonrisa de embajador de la paz, conmueve a todos los reunidos. Después descienden dos bellas damas de escasos 20 años, que causan un suspiro de admiración entre los soldados. Son Lupita López de Santa Anna y Lolita Tosta, que para los ojos de los yanquis son como dos sílfides arrancadas de un cuadro de los griegos.

Una fastuosa comida los espera en un improvisado quiosco. El mayor Kenly y el coronel Hughes desean que este momento de partida sea recordado memorablemente en la historia de México. Scott por ningún motivo se expondría a que mancharan su hazaña y conquista con el vulgar asesinato de un expresidente.

Santa Anna sonríe confiado. Sabe que por el momento se encuentra seguro. Su seguridad puede más que su vanidad. Sabe bien que el puente de plata que le han extendido viene con la condición de que se vaya del país para siempre. Su anhelo de ver a su hija en puerto seguro, junto con su amada Lolo lo hace celebrar el momento.

Santa Anna y su familia descansan bajo la fresca sombra de un gigantesco árbol de mangos. El mayor Kenly escucha sin perder detalle sobre la mayúscula hazaña de Su Alteza Serenísima, cuando derrotó a los franceses en Veracruz. Tocar el tema de la guerra de Texas está prohibido. Sabe que la sola mención del tema puede herir susceptibilidades entre la tropa, donde puede haber uno que otro texano que quizá perdió un familiar en esa masacre del Álamo.

Lupita López se muestra desconfiada y temerosa. Sus últimos días huyendo como una forajida es algo a lo que no está acostumbrada. ¿Por qué alguien podría querer lastimar a su padre, si él es un alma de Dios?

Lupita abre sus ojos sorprendida, al ver a un capitán norteamericano con un asombroso parecido a su amado Genaro. El capitán no la pierde de vista. Lupita, presintiendo que aquel hombre desea decirle algo, deja su lugar para ir al baño. El coronel Hughes, en un campamento de puros hombres, se vio en la necesidad de improvisar un baño para las mujeres del general presidente.

Teodoro se acerca a saludarla con un respetuoso beso en su mano. Sabe que tiene que ser rápido en lo que le va a decir. Los ojos de deseo y admiración de los jóvenes yanquis caen sobre ella como piedras.

—Soy Teodoro Escobar, hermano de Genaro. Él le manda esta carta. Se encuentra bien y espera verla pronto en Veracruz.

Lupita sonríe ante las buenas noticias. Discretamente guarda la carta y se percata de que su madrastra se acerca para acompañarla al baño.

—Gracias, Teodoro. Si lo ves otra vez dile que lo amo.

Lolo se acerca a la pareja para saber si todo está bien.

—¿Todo bien, Lupita?

—Sí, Lolita. Este amable caballero me indica que aquel cuarto es exclusivo para mujeres.

Lolo lo mira detenidamente. Al igual que con Lupita, la cara de ese capitán le recuerda a alguien.

—*Thank you, sir* —responde Lolo amablemente.

—*You are welcome.*

Justo cuando la comida está en su mejor momento y Santa Anna tiene a todos sus admiradores boquiabiertos al contarles como regresó a Isidro Barradas a patadas a su barco, irrumpe la figura gallarda de un joven coronel de 30 años, cabello negro al estilo Beethoven, delgado, con barba de candado y estatura notable. Es el coronel texano John Hays[94], quien se enteró del salvoconducto extendido a Santa Anna y viene a conocerlo personalmente para dimensionar la magnitud del asesino del Álamo.

—Mi nombre es John Coffee Hays, general Santa Anna. Ranger de Texas desde tiempos de Sam Houston.

Santa Anna palidece como si se fuera a desmayar. Unas incontrolables ganas de ir al baño lo abordan. Sabe que este hombre lo quiere matar.

—Mucho gusto, coronel.

Santa Anna se disculpa y se aparta al baño. *Jack-Bravo-Too-Much*, como lo apodan los indios comanches, se retira lanzando una mirada gélida a Kenly. Está claro que no está de acuerdo con el perdón otorgado a Santa Anna, pero lo acepta por venir de niveles superiores en el ejército norteamericano. Santa Anna respira aliviado cuando desde las cortinas del baño ve a su perseguidor retirarse.

A unos metros de ahí, ignorando y desconociendo a su superior John Hays, los rangers de Texas se disponen a presentarse de súbito en la comida y meterle 100 balas al cuerpo del asesino del Álamo. No les importa el salvoconducto de Butler, la guerra ha terminado y ellos son rangers que se unieron a la causa de Taylor. Vengar a sus seres queridos, asesinados por Santa Anna, es lo único que quieren. Saben bien las consecuencias de sus actos y que ese atentado ocasionará una balacera con la gente de Kenly, pero no les importa. *Remember the Alamo*, retumba en sus obnubiladas cabezas.

Un segundo antes de salir a batir a Santa Anna el capitán Ford los reprende:

—¿Están locos? Somos honorables rangers de Texas, una

---

94 Primer *sheriff* del condado de San Francisco, en 1850.

institución con gente de valores, leyes y principios. Acepto que Santa Anna es el diablo y yo mismo lo empalaría delante de su esposa e hija, pero hay un salvoconducto que se apoya en las mismas palabras que nuestro fundador Sam Houston dijo al perdonar a ese cerdo del Álamo. Un crimen así nos mancharía para siempre como unos asesinos cobardes, codo a codo con él. No manchemos nuestro triunfo y dejemos que el mundo sepa que somos magnánimos y respetamos las leyes de la guerra. Estados Unidos ha ganado esta guerra y todos saldremos beneficiados con esto.

Los rangers se miraron apenados entre sí. Bajaron sus armas y las pusieron en un rincón. Aceptando las palabras de Ford, lo acompañaron a ver por última vez al ogro del Álamo en esa histórica comida. Santa Anna, tranquilizado por la partida de Hays, nunca sabría lo cerca que estuvo de la muerte.

Después del ágape de Perote, don Antonio López de Santa Anna parte con su esposa y su hija en un carruaje jalado por seis mulas rumbo al Lencero. Escoltados por una guardia yanqui y mexicana, pasarán unos días en la lujosa hacienda, para encargar el inmueble, recoger todas sus pertenencias de valor y viajar rumbo al puerto.

En el Lencero doña Dolores Tosta se desvive por atender bien al coronel Hughes y sus hombres. La hacienda cuenta con suficientes cuartos para hospedar cómodamente a toda la escolta norteamericana. Los yanquis quedan deslumbrados por el tamaño y elegancia de la imponente hacienda.

—*In my country, you need to be a millionaire to own a house likes this* (En mi país, tienes que ser un millonario para tener una casa así) —comenta Hughes a Santa Anna, con una copa de oporto en la mano. Sus asombrados ojos escudriñan a detalle todos los rincones de la imponente construcción.

Con nostalgia Santa Anna muestra a Hughes las galleras y potreros. Hughes no entiende nada de gallos y ganado, pero sí sabe que este hombre morirá de nostalgia en el destierro a falta de todo lo que aquí le muestra. Los criados de la hacienda han sido aleccionados para que cuiden bien de la propiedad. Saben que Su Alteza, como el ave fénix, regresará de nuevo de su exilio. Ya lo ha hecho antes y saben que lo volverá a hacer. Para ellos Santa Anna es simplemente invencible e inmortal. Los soldados norteamericanos agradecen a doña Lolita todas sus atenciones.

—*How is it possible that she likes that old fart? That lady is young and beautiful* (¿Cómo es posible que le guste ese vejete? Esa señora es joven y bonita) —comenta Teodoro Escobar a sus compañeros.

Lupita López de Santa Anna recibe el recado por medio del capitán Teodoro Escobar. Allá afuera, en las caballerizas, la busca Genaro Escobar. Lupita siente que el corazón se le sale del pecho. Sin que Santa Anna y Lolo se den cuenta, Lupita se aleja hacia el sitio de la reunión. Genaro logró colarse al Lencero con la ayuda de su hermano.

El encuentro tiene que ser breve. No excederse más de 15 minutos, para que Santa Anna y Lolo no se percaten de su ausencia.

Genaro viene dispuesto a robársela. Lupita no se irá al exilio con Su Alteza Serenísima. Juntos huirán a donde nadie los alcance.

Todo lo que se les negó en ocasiones anteriores, lo hacen ahora. Esos 36 minutos que pasan juntos en el granero serán el recuerdo de toda una vida para los dos.

Al final, Genaro la sube al caballo dispuesto a llevársela. Los hombres de Teodoro lo amenazan con sus pistolas.

—No puedo permitir que te la lleves, hermano. He permitido que la veas y que te despidas de ella, aún a costa de exponerme a que me fusilen. Robártela es impensable. Me fusilaría el coronel Hughes. Secuestrar a la hija de Santa Anna es como matarlo en vida y ése no es parte del acuerdo convenido entre los dos países. Santa Anna y su familia parten al exilio y así se hará. Los soldados norteamericanos tenemos palabra y ella se queda aquí. Búscala a dónde vaya, o espera a que regrese algún día, pero no te atrevas a intentar llevártela o te mataremos.

Genaro entiende bien el mensaje de su hermano. Por un momento levanta su arma amenazante hacia Teodoro, para luego soltarla y rendirse. Con cuidado baja a Lupita del caballo y los dos se unen en un tierno y largo beso de despedida que conmueve a los soldados.

—A donde vayas te buscaré, Lupita. ¡Huye con tus padres! Sálvense, que yo me encargaré de encontrarlos.

—Gracias, Genaro. Te escribiré y diré adónde nos fuimos. ¡Te amo, mi amor!

El 2 de febrero de 1848, se firmó el tratado de Guadalupe Hidalgo, donde México perdía más de la mitad de su territorio y cedía 2 000 000 de kilómetros de tierras fronterizas. Se recibía como pago o indemnización 15 000 000 de dólares en efectivo y la cancelación de 2 000 000 de deuda externa. La nueva frontera en el sur de los Estados Unidos se desplazaba de oriente a poniente, desde el Golfo de México, siguiendo todo el curso del río Grande (Bravo para los mexicanos), hasta chocar con la frontera de Nuevo México, en el Paso del Norte (Ciudad Juárez). De ahí seguiría hacia el noroeste hasta llegar al océano pacífico, donde nace la península de California, a cinco kilómetros al sur de San Diego.

El presidente don Manuel de la Peña y Peña, presidente interino de México, agradece a sus colaboradores del tratado con una nota en los periódicos, donde se ve claramente que ni idea tenía de la magnitud del territorio que se había perdido, equivalente a Francia, España y Alemania juntas.

Les doy mil y mil gracias por tanto trabajo, por tanto esfuerzo y por tan puro patriotismo. ¡Quiera el cielo que ellos sean coronados con la consecución final y efectiva de nuestras rectas intenciones! Dios las conoce, y nuestra buena conciencia nos da la tranquilidad que siempre tiene el que con ella procede.

Don Antonio López de Santa Anna se embarca en la Antigua rumbo a Jamaica, el 5 de abril de 1848. Sobre la popa del barco español Pepita, Lupita ve la costa empequeñecerse poco a poco.

Dos hileras de lágrimas escurren por sus mejillas. El amor de su vida quedaba atrás, y las esperanzas de volver a verlo eran una mera ilusión que le quitaría el sueño por varios meses. Su amiga y madrastra, Lolita Tosta, la abraza con cariño. Juntas se apoyarán y convivirán en el destierro de un lustro hasta regresar de nuevo a su país. Turbaco, Colombia, les enseñará mucho de la vida y lo mucho que necesitaban a su México querido. Cinco años después, Santa Anna sería visitado por sus coterráneos para rogarle que regresara por última vez a la presidencia de México a gobernar a sus ovejas descarriadas.

Santa Anna sonreía en la proa del barco. Se negaba a ver hacia atrás y dirigía su conquistadora mirada hacia el Caribe. Algo en su interior le decía que pronto lo buscarían de nuevo.

«Esos pobres diablos no pueden vivir sin mí. Cuando vean nubes negras en el horizonte, me buscarán de nuevo. Soy el Salvador de la Patria. Soy su Quetzalcóatl que regresará de mares del oriente para castigarlos por su traición», pensó al dar una fumada a su cigarro.

Extraño poder hipnótico de Su Alteza Serenísima, que extasiaba a los mexicanos y los hacía necesitar de él como un opiómano necesita del opio para sobrevivir. Santa Anna durante décadas fue el mortal opio que respiraron los mexicanos para sentirse seguros bajo su regazo. Los mexicanos se comportaban con Santa Anna como las esposas golpeadas, engañadas y humilladas, que aun así volvían con el castigador por ser su marido y amarlo. Esa esposa, llamada México, necesitó de Santa Anna hasta que la decrepitud del personaje lo hizo retirarse para siempre de la política.

Ningún personaje de la historia de México podrá ser comparado con Santa Anna, sobre el que han sido escritas miles y miles de páginas, y aun así no ha sido posible explicar del todo lo que él fue y significó para los mexicanos.

Santa Anna cayó como anillo al dedo para todos los traidores a la patria como Valentín Gómez Farías, con sus liberales «puros», que desde su estancia en Texas años atrás, fraguó el modo de anexar el estado de Texas y parte de México a los Estados Unidos.

Dejar que Santa Anna cargara con todas las pulgas, para que los liberales pasaran desapercibidos, fue el máximo triunfo de Gómez Farías y su gente. Escenas como el brindis del Desierto de los Leones, en enero de 1848, donde el alcalde del Distrito Federal, Francisco Suárez Iriarte, agasajó y casi ofreció el resto de México a Scott, son episodios ocultos de la historia de México que causan vértigo y nos avergüenzan.

Echarle toda la culpa a Santa Anna, mientras los liberales de Gómez Farías les lamían las botas a los gringos, fue la salida más fácil para asimilar la nueva conquista de México.

La vida en California estaba por cambiar para Jim Cooper, Sixto Escobar y Bill Straw. La fiebre del oro se desataría en 1849, convirtiendo a San Francisco en el puerto más importante del Pacífico. El descubrimiento del oro en el aserradero de Sutter, del que ellos ya sabían desde una década atrás, desataría una oleada de aventureros que soñaban con hacerse ricos de la noche a la mañana. En 1849 la población de San Francisco creció de 1 000 a 25 000 habitantes.

Nuevos negocios como hoteles, restaurantes, venta de herramientas, herrajes, transbordadores, en fin, todo lo relacionado con asistencia a los viajeros, fue la manera más sensata de hacer dinero, que encontrarlo tirado en el río.

La guerra con México había acabado y ahora todos estos territorios, antes mexicanos, eran norteamericanos. Medio país casi virgen se incorporaba a los voraces Estados Unidos, ávidos y saturados en las 13 colonias originales en el Atlántico. Medio país se abría para los aventureros y oportunistas para explotarlo y poblarlo. Media población se quiso mover hacia los nuevos territorios de la noche a la mañana.

Los verdaderos norteamericanos, los indiosamericanos, sufrirían en carne propia esta invasión en la que casi son aniquilados en su totalidad, como ocurrió con 60 000 000 de bisontes. Un exterminio legal y autorizado por los nuevos dueños del país.

Los mexicanos habitantes de estas regiones pasaron de la noche a la mañana a convertirse en ciudadanos de segunda clase. Extraños en su propia cuna. Los nuevos dueños llegaron con sus esclavos y sus dólares por delante para apropiarse de los nuevos terrenos, sin importarles que los anteriores dueños fueran mexicanos trabajadores y de valores.

El oeste americano tenía un nuevo amo y un nuevo orden. Huir hacia el sur para los mexicanos fue la mejor opción, así como para los indios americanos lo fue hacia el oeste, hasta no encontrar más adónde ir y ser irremediablemente exterminados y en el mejor caso, encerrados en reservas, como animales dañinos que estorbaban.

Sixto y su familia se quedaron en Sacramento. El oro encontrado fue discretamente invertido para no llamar la atención de los extraños. Con el correr de los años fundaron el famoso hotel Cherrier, del que vivió la familia Escobar Cherrier por años. Elsa se convirtió en maestra especialista en niños de tribus americanas.

Jim Cooper reforzó su seguridad personal pare evitarse otra sorpresa como la de Héctor Jaramillo. El negocio de los caballos lo mandó a las nubes. Lo primero que necesitaba un inmigrante, llegado por el mar era un caballo y Cooper tenía de los mejores.

Bill Straw se convirtió de la noche a la mañana en el protector de la familia Mackenzie Straw. A falta del difunto John Mackenzie, Bill tuvo que asumir el rol de protector de los hermanos Henry y John Mackenzie, su sobrino Jeremías y su hermana Tracy. La vida les sonreiría. Con el oro encontrado, Bill abrió varias exitosas tiendas en Sacramento y San Francisco para surtir a los viajeros.

Teodoro Escobar regresó triunfante a Texas para disfrutar de su patrimonio y su familia. 14 años más tarde volvería a tomar las armas para enfrentarse contra los mismos compañeros con los que conquistó México. Como si fuera un castigo divino a los estadounidenses, los soldados que no murieron en la campaña contra México lo harían en la guerra civil Norte y Sur.

Genaro Escobar, enamorado de México y esperando el regreso de Lupita López de Santa Anna, se quedaría a vivir en la capital, continuando sus aventuras con los liberales de Benito Juárez en la guerra de Reforma y la intervención francesa.

Evaristo Escobar encontraría el amor de su vida con una mexicana, hija de expolíticos del último gobierno mexicano en California. Como protector de los mexicanos, defendería a capa y espada a los verdaderos dueños de esas tierras, arrebatadas a los mexicanos.

La verdadera conquista del oeste comenzaría con la anexión de medio México a los Estados Unidos en 1848. 20 años después, en 1868, por medio de la Union Pacific Railroad y la Central Pacific Railroad, se unirían ferroviariamente Salt Lake City, Utah con Reno y Sacramento, California. Quedarían así sólidamente unidos los dispersos estados fronterizos del suroeste de los Estados Unidos, un país con una economía boyante que invitaba a los inmigrantes a buscar riqueza y fortuna.

La saga de los Escobar continuará en los tiempos de la guerra de Reforma, el segundo Imperio Mexicano con Maximiliano y Carlota y la Guerra de secesión de los Estados Unidos. Los Mackenzie, Straw y los Cooper participarán activamente en la conquista del oeste americano.

Epílogo

México como país independiente nacería al mundo en 1821 con la firma de los Tratados de Córdoba. El imperio mexicano con su monarca Agustín I se independizaba de España y comenzaba a dar sus primeros pasos como un país libre y soberano. Poco le duraría el gusto a Agustín de Iturbide con su monarquía de cartoncillo, al ser desterrado por Antonio López de Santa Anna y el Plan de Casamata, para dar paso al nacimiento de la República Federal en 1824.

Los Estados Unidos, incómodo vecino del norte, iniciaban sus intrigas y políticas para crecer como país hacia el oeste. Con la compra de Louisiana en 1803, los Estados Unidos llegarían hasta el río Mississippi. Esta compra significó 23 % del territorio actual de los Estados Unidos. Hacia el oeste todo era tierra mexicana hasta llegar al Pacífico.

Tomas Jefferson no se conformaría con eso y después de la financiada expedición de Merywether Lewis y William Clark en 1803 hacia los territorios inexplorados del oeste, pondría los ojos en Texas, Nuevo México y la Alta California para arrebatárselos a México de algún modo.

El primer embajador de Estados Unidos en México, Joel Roberts Poinsett, trabajaría sembrando la semilla de las discordias con la fundación de las logias masónicas que derivarían en los partidos políticos mexicanos que se disputarían el poder en México en las décadas por venir.

Uno de estos partidos, el liberal para ser precisos, lucharía por la anexión de México con los Estados Unidos. Don Valentín Gómez Farías y sus liberales puros promoverían la anexión de Texas en 1836 y la guerra con los Estados Unidos en el 47 para despojar a México de medio país.

Don Antonio López de Santa Anna se convertiría en el polémico protagonista de estas disputas, donde se le achacarían todos los males y tragedia de México, por ser el comandante del ejército mexicano en los dos conflictos.

Después de vivir estos 12 polémicos años en la vida de Santa Anna, deducimos que él no tiene por qué cargar con el sambenito, por todo lo que como nación le ocurrió a México de 1836 a 1848.

Santa Anna es la punta del *iceberg* burocrático que representó el sistema centralista de gobierno que descuidó extensos y olvidados territorios al norte de México.

Antes que él, otros hombres visionarios y poco apegados a su patria coquetearon con los texanos para luchar por la independencia de Texas. Se habla pestes de Santa Anna, se sataniza al Napoleón xalapeño, pero nadie menciona a personajes perversos y traidores a la patria como don Lucas Alamán, opositor a la idea de independizarse de España y promotor de la idea de traer un príncipe extranjero para que nos gobernara; Mariano Arista, comandante del Ejército del Norte en las batallas de Palo Alto y Resaca de Guerrero, donde fue apabullado por Zachary Taylor por inepto y pasivo durante los combates; Vicente Filísola, quien se negó a lanzarse con todos sus hombres para aplastar a Sam Houston en San Jacinto y perder así definitivamente la guerra de Texas; don Lorenzo de Zavala, convencido liberal que conspiró, alentó y consagró la independencia de Texas, convirtiéndose en su primer vicepresidente y por cierto gran amigo y confidente de don Valentín Gómez Farías, primer *comecuras* y ferviente promotor de la anexión de México a los Estados Unidos; José Antonio Mejía, traidor que atacó a su compatriotas en Tampico y fue vencido por el Coronel Gregorio Gómez; Mariano Paredes y Arrillaga, que aprovechándose al ser nombrado comandante en jefe del Ejército del Norte, utilizó a sus hombres para hacerse presidente mediante un golpe de Estado, en vez de ir a combatir a los yanquis en la Angostura; Valentín Canalizo, general a cargo de la brigada de caballería en la batalla de Cerro Gordo, quien por su cobardía, indecisión y falta de ataque permitió el avance franco de Winfield Scott hacia Puebla; el despreciable

Manuel Domínguez, líder de la Spy Mexican Company, espía de los yanquis y asesino de mexicanos bajo la nómina de Winfield Scott; el general Gabriel Valencia siempre celoso de Santa Anna, anteponiendo sus ambiciones e intereses para buscar la presidencia, huyendo hacia Toluca después de ser derrotado en la batalla de Padierna, en vez de buscar unirse de nuevo a la pelea con los demás generales en Churubusco y Chapultepec; el execrable cacique Juan Álvarez, quien se negó a intervenir en la batalla de Molino del Rey, arguyendo que la causa estaba perdida y no expondría más a sus Pintos; don Agustín Viesca, gobernador de Coahuila y Texas con proclamas ruines como ésta:

Ciudadanos de Texas: ¡Levantaos en armas o dormid para siempre! Desde vuestra niñez se os ha inculcado cuán cara es la libertad y cuán odiosa es la tiranía. Vuestros hermanos, Estados Unidos del Norte, os desean mucho la victoria, y a la hora del peligro ocurrirán en millares a vuestro socorro.

Defender la inocencia de Santa Anna o suponer que nunca fue sobornado por los norteamericanos para facilitar la derrota de México, es algo difícil de probar, aunque los hechos, la historia y lo que sus allegados y enemigos cuentan de él, lo pone en una situación muy inconveniente. ¿Cómo suponer que Santa Anna es inocente, cuando estaba exiliado en Cuba y los norteamericanos le permitieron la entrada a Veracruz con el puerto saturado de cañoneros yanquis? ¿De qué manera se puede justificar que huyó de la Angostura, cuando tenía la batalla ganada? ¿Qué nos diría si le preguntáramos por qué no se previno del ataque del cerro de la Atalaya en la batalla de Cerro Gordo? ¿Por qué dejó que los yanquis destrozaran a Valencia sin mover un dedo, en una loma de San Ángel? ¿Por qué no ayudó al general Anaya, en Churubusco, con los 3 000 hombres que nunca intervinieron en ninguna batalla? ¿Por qué no mandó ayuda a Nicolás Bravo en la batalla del Castillo de Chapultepec? Entonces, ¿por qué se alejó de la garita de Belén cuando tenía vencido a Quitman? ¿Por qué diablos no lanzó a los 3 000 inútiles que lo acompañaron todo el tiempo en Ciudad de México sin jamás ensuciarse el uniforme? ¿Por qué huir de la capital la noche del 13 de septiembre y no dar todo por la defensa de Palacio Nacional y así callar las bocas de los detractores que lo acusaban de vendido a los gringos? La lista de porqués es enorme, y no deja bien parado al 11 veces presidente de México.

Su exilio en el Caribe y en Turbaco, Colombia, habitando la casa que perteneció a Simón Bolívar, fue el de un millonario que no se sacrificaba por nada. Santa Anna siguió con su dispendioso ritmo de vida sin aparentemente nunca preocuparse por el dinero. ¿Qué tan grandes eran los ahorros de Santa Anna qué no tuvo que preocuparse durante sus cinco años de exilio, antes de regresar por última vez a la presidencia de México? ¿Habrá recibido de algún modo esos tres y medio millones de dólares que se le ofrecieron desde su visita a Jackson, en Washington? ¿Cobró de algún modo los 30 000 000 de dólares que se dice le ofreció Polk por medio de Atocha? No hay manera de probarlo. Tendremos que conformarnos con los datos arrojados por su actitud y vivencias. Especular no cuesta nada.

El origen de la fortuna de Santa Anna lo deja muy mal parado ante la historia. ¿Cómo puede justificarse que de un militar modesto del virreinato se haya convertido en un magnate con dos enormes haciendas en Veracruz, dos casas en la capital y enormes cantidades de dinero derrochadas en sus francachelas y destierros?

Entre 1824 y 1825 don Antonio fungió como gobernador de Yucatán y le fue tan bien, que al regresar a Veracruz se compró la hacienda de Manga de Clavo y llenó de joyas a su primera esposa doña Inés.

Santa Anna fue un maestro en la formación de ejércitos de la nada, ya que el gobierno siempre estaba desfalcado para tomar dinero de ahí. Nunca hubo alguna auditoria que le reclamará dónde habían quedado esos dineros.

Otro periodo productivo de su vida fue 1839, la gente decía que el coronel Yáñez con su banda de rateros de Río Frío le llenó las bolsas de dinero.

En 1844, Santa Anna sorprendió de nuevo a México casándose con su nueva esposa, la quinceañera Dolores Tosta, cuando la difunta doña Inés tenía apenas 40 días de muerta. Los críticos del gobierno se le echaron encima cuando le regaló la hacienda de El Lencero en Veracruz, dos casas en la capital, valuadas en 50 000 y 20 000 pesos de aquella época y ostentosas joyas que eran la plática de las sorprendidas damas de sociedad en las elegantes tertulias.

A Santa Anna no se le puede probar que recibió dinero de los norteamericanos para perder la guerra. Lo que sí se puede, es deducir su polémico comportamiento durante su vida y de ahí tomar nuestras propias conclusiones: Santa Anna fue un traidor al virreinato, traicionó a Iturbide, les dio la espalda a los federales y centralistas, ¿cómo hubiera actuado, si Scott le hubiera ofrecido tres y medio millones de dólares por hacerse tarugo en las batallas?

Santa Anna aún nos daría más de que hablar con su regreso a la presidencia por onceava vez y su nueva huida de México en 1855, con el triunfo del Plan de Ayutla de Juan N. Álvarez. Intentaría ofrecer su espada al nuevo imperio de Maximiliano y se salvaría de que Juárez lo ejecutara por traidor a México. Convertido en un anciano insignificante y decrépito se le permitiría por medio de Sebastián Lerdo de Tejada, en 1874, regresar a vivir sus últimos meses en la calle de Vergara número 14 (hoy calle de Bolívar) en la capital, donde los niños y curiosos lo molestarían y vacilarían cuando Lolo Tosta lo ponía al sol para calmar su punzante dolor de muñón.

Santa Anna sufría de cataratas y viviría muchos años gracias a los cuidados de su fiel esposa doña Doloritas, quien lo consintió y estuvo con él hasta el final de sus días. Cuando doña Dolores sorprendía a un hombre en el portón, platicándole a Santa Anna como si aún fuera el dictador importante que se creía, ella sonreía y lo apoyaba, sabiendo que esas palabras eran alimento al alma y vanidad del héroe caído y olvidado. Doña Dolores consentía al octogenario cuando le pedía que lo vistiera de gala porque tenía que ir a Palacio Nacional para gobernar de nuevo ese país de perdedores.

En sus últimos años se volvió un católico devotísimo y pidió ser enterrado en un cementerio adyacente a la basílica de Guadalupe. Santa Anna murió el 21 de junio de 1877, 30 años después de la guerra contra los Estados Unidos.

Ciudad de México, a 25 de mayo de 2014

de Sergio Basáñez Loyola
se terminó de imprimir y encuadernar en febrero de 2017
en Diversidad Gráfica, S. A. de C.V.,
Privada de Avenida 11, 4-5 El Vergel cx-09880 Ciudad de México